www.bbulmedia.com

www.bbulmedia.com

연애의
무게

연애의
무게

정이준 장편 소설

DAHYANG
ROMANCE
STORY

Contents

1. 가짜 맞선

✳✳✳✳✳✳✳

짙은 회색빛의 청바지 위에 놓인 커다란 크기의 휴대폰은 화면이 꺼지기가 무섭게 다시 불을 밝혔다. 하지만 역시나 아까와 다르지 않은 화면만이 동공에 가득 들어찰 뿐이다.

이름부터 스마트하다 자랑하는 기계가 문자가 수신되면 알아서 알림을 줄 거라는 것을 잘 알면서도, 이서는 중독자처럼 휴대폰을 손에 쥔 채 계속해서 확인하는 행동을 멈추지 못했다.

'지금쯤이면 올 때가 된 것 같은데.'

생각과 달리 야속할 만큼 잠잠한 물건을 몰래 내려다보는 그녀의 콧잔등이 작게 찌푸려졌다.

"송이서, 내 말 듣고 있어?"

이서가 정신을 다른 곳에 빼놓고 있다는 사실을 눈치챘는지 결국 상대방의 신경질적인 질타가 날아들었다.

그제야 이서는 아차 싶었다. 평소였다면 다다다 재잘거리는 그녀의 말을 정성껏 들어주는 시늉을 소홀히 하지 않았을 것이다. 아주 자연스럽게 한 귀로 듣고 한 귀로 흘리는 것을 그녀가 모르도록 하는 것은 이제 일도 아니었다.

골치 아프게 되었다는 생각을 그녀가 읽을 수 없도록 잘 숨긴 채, 내리깔았던 눈을 올려 앞에 보이는 여자를 응시했다. 깔끔하지만 눈이 돌아갈 만큼 고가임이 분명한 짧은 블랙 원피스를 걸친 서준희는 각선미가 완벽하게 부각되는 각도로 다리를 꼰 채 아니꼬운 눈초리로 이서를 흘기고 있었다.

"미안. 어제 잠을 좀 설쳐서 제정신이 아니야."

이서는 재빨리 만들어 낸 그럴 듯한 변명을 침묵 사이로 집어넣으며 해슬피 웃었다. 이서의 웃다 마는 듯한 어설픈 미소가 마음에 들지 않는지 준희는 가늘게 뜬 눈을 더 날카롭게 좁혀 떴다.

"그럼 가기 전에 세수라도 제대로 하고 가. 아무리 거절할 남자라지만, 내 이름으로 나가서 볼썽사납게 꾸벅꾸벅 조는 모습 끔찍하니까."

준희는 이서에게 날이 선 면박을 주고는 휘핑크림이 부드럽게 내려앉은 카페모카를 한 모금 들이켰다. 그러고는 오른쪽으로 꼬았던 다리를 반대로 바꾸며 가죽소파 등받이에 편하게 등을 기대었다.

이서는 대답 대신 시선을 주변으로 돌렸다.

아직 점심시간이 되지 않은 오전, 카페는 준희와 이서 외엔 사람이 거의 없어 여유롭고 한가한 분위기였다. 겨울의 매서운 바람을 차단한 카페 안은 포근한 느낌마저 들었다. 가사 없는 음악이 물이 흐르듯 부드럽고 고요하게 울려 퍼지는 공간에서 이서는 의미 없이 주위를 살피며 눈동자를 양옆으로 굴렸다.

두 사람이 찾은 이 카페는 바깥이 환히 보이는 전면유리창의 반대편인 한쪽 벽면 책장에 전부 빼곡하게 책이 꽂혀 있었다. 이 동네 주변에서도 조용하고 깔끔한 북 카페라고 소문이 나 특히 여자들에게 꽤 인기가 있었다.

가지런히 놓인 빈티지 가구들과 소품들, 잔잔하게 사물을 비추는 따뜻한 느낌의 조명 하나까지, 세심하게 신경 쓰고 있는 느낌이 물씬 전해졌다. 깨끗하고 아늑한 분위기의 카페는 이곳의 주인을 닮아 있었다.

희미하게 웃던 이서는 고개를 돌리다가 자신이 앉은 테이블을, 정확히는 이서의 얼굴을 못마땅한 눈으로 바라보고 있는 여자와 눈이 마주쳤다. 이서의 테이블과는 꽤 거리가 있는 카운터에 기대어 서서 이쪽을 보고 있는 여자였다.

가장자리에 카페 이름이 새겨진 까만색 앞치마를 두른 여자는 이서와 눈이 마주치자 일곱 살 개구쟁이 꼬마나 지을 법한 심통 가득한 표정을 만들어 냈다. 화가 난 것 같지만 보는 사람에게는 귀엽게만 느껴지는 여자의 표정에, 이서는 때아닌 웃음이 크게 터져 나올 것 같은 순간을 가까스로 모면해야 했다.

이 카페 사장의 여동생이자, 주말 아르바이트생 다원의 뿔난 시선을 피하며 이서는 그녀가 보란 듯 작은 어깨를 살짝 으쓱거렸다.

"자, 받아."

준희가 옆에 두었던 쇼핑백을 들어 이서에게 건네었다. 이서는 그것을 받아 들며 의아한 눈빛을 보냈다.

"이게 뭐야?"

"설마 그 차림으로 선 자리에 나갈 생각은 아니지?"

준희가 비죽거리자 이서는 변명처럼 한마디 대꾸하려다가 이내 그만두었다. 아까 전 그녀가 이서를 불러내던 통화에서 그녀 대신 선을 보러 나가라는 언질을 짧게나마 주었다면, 이서 역시 이렇게 대놓고 편한 옷차림으로 나오지는 않았을 것이라고.

부당하다고 생각하면서도 그 마음을 답답할 만큼 속으로만 누르며 가라앉히는 버릇은 준희와 친구 같지도 않은 친구로 요상한 관계를 이어 오면서 생긴 것이었다. 이서는 쓰게 번지는 자조를 삼켰다.

오늘 이른 오전, 대뜸 건하의 카페로 오라는 말로 전화를 툭 끊더니, 만나자마자 이서를 부른 목적에 대해 이야기하던 서준희는 여느 때처럼 변함없이 당당했다. 그녀는 남에게 부탁을 하는 것보다는 지시하고 명령하는 것이 더욱 익숙한 아이였다. 열여섯, 그녀를 처음 만났었던 때부터 그랬다.

준희를 겪어 온 세월이 오래된 만큼, 저 말투 역시 너무도 익숙했지만 그것뿐이었다. 여전히 면역이 되지 않는 것인지, 여전히 기분이 상하는 것은 어쩔 수 없었다. 이서는 애써 머릿속을 비우며 다시 입을 열었다.

"그래, 장소가 어디라고?"

"주경 호텔. 1시에 만나기로 했으니까 아직 꽤 시간 있어."

준희가 손목에 찬 얇은 줄의 은색 시계를 훑으며 말했다. 그녀의 얼굴은 오늘따라 더욱 들뜬 기색이었다. 물론 그 이유라면 묻지 않아도 이서는 맞출 수 있었다.

'박건하라든가, 박건하라든가, 박건하겠지.'

이어지는 말을 들어 보니 이서의 예상대로였다.

"웬만하면 내가 얼른 나갔다가 오려고 했는데, 오빠가 갑자기 만나자고 해서 말이야."

준희는 건하와 잡힌 데이트 약속 때문에 선 자리에 나갈 수 없다고 했다. 바쁘다는 핑계로 그녀를 줄곧 방치하던 그가 오랜만에 선심을 쓰듯 데이트를 신청하자 그녀는 평소에 그렇게 꼿꼿하고 도도했던 성격을 어딘가에 버려 둔 채 해맑은 아이처럼 기뻐했다.

누구보다 자존심이 강한 준희가 저러는 것만 보아도 그녀의 감정이 너무도 확연해서 이서는 도리어 마음이 불편해졌다.

준희가 자랑처럼 늘어놓는 이야기를 잠자코 들어주던 이서는 신경을 다른 쪽으로 몰기 위해 다시 한 번 몰래 휴대폰 화면을 켰다. 문자가 도착했을지도 모른다는 기대감을 갖고 확인했지만, 어떤 글자도 날아오지 않은 깨끗한 화면이 이서의 눈동자를 가득 메웠다. 동시에 보기 좋게 도톰한 입술 사이로 조그마한 한숨이 비집고 새어 나왔다.

"엄마도 정말 너무 성급하다니까. 스물다섯에 벌써 선 시장에 집어넣다니. 여자는 어리고 예뻐서 가장 비싸게 쳐줄 때 얼른 시집가야 한다나? 엄마도 여자면서 어떻게 그런 구시대적인 말을 할 수가 있을까."

준희가 빨대를 문 입술을 삐죽이며 웅얼거렸다.

"하긴, 우리 새언니 보면 틀린 말도 아니지."

혼잣말을 하듯 아무렇지 않게 내뱉은 준희의 말에 부드러웠던 이서의 인상이 딱딱하게 굳었다. 아무렇지 않은 얼굴로 사람 가슴에 날카롭게 비수를 꽂으며 상처를 주는 준희의 언행에는 이미 익숙했지만 10년 가까이 절대 익숙해질 수 없는 주제가 존재했다.

이서는 입꼬리를 올리기 위해 부단히 노력하며 말을 돌렸다.

"사돈어른은 너 얼른 결혼하길 바라시는 거구나."

"그렇지. 그것도 당신들이 납득하실 만한 집안의 남자와."

준희가 뒤에 덧붙인 말의 의미는 지금 만나고 있는 건하는 그녀의 부모님의 기대를 만족시킬 수 없는 상대라는 것을 뜻하기도 했다.

건하의 집은 그가 잘 다니던 회사를 돌연 그만두고 커피를 배우러 유학을 다녀오자마자 곧바로 괜찮은 자리에 카페를 차려 줄 만큼 부유하고 넉넉한 편이었지만, 오랫동안 탄탄한 중견기업을 운영해 온 준희의 집안에 비할 바는 못 되었다.

준희의 오빠이자 이서의 형부인 승재가 연서와 결혼을 할 때도, 식장에서 내내 탐탁지 않은 눈빛을 거두지 못하던 사돈어른을 떠올리자 이해가 되었다. 가장 기대하고 아끼던 아들인 승재가 기우는 집안의 여자와 결혼을 한 것이 아직까지도 아깝고 못마땅한 준희의 모친은 막내딸 준희만큼은 누구나 알아줄 만한 집안의 남자에게 시집을 보내겠다고 더욱 결심을 단단히 하고 있었다.

"건하 오빠는 알고 있⋯⋯."

"나 네가 건하 오빠 얘기 하는 거 아직 좀 그래."

"어?"

준희에 의해 잘려진 말을 수습하지 못한 이서가 멍하니 그녀를 보았다.

"너 건하 오빠 좋아했잖아."

"⋯⋯."

"뭐, 지금은 아니지?"

찰나의 순간, 이전까지 잠잠했던 뱃속이 부글부글 끓었다. 여태껏 겪어 보지 못한 희귀한 증상이 떠오르자 우리나라에만 존재한다는 화병이 유발되는 것을 순서대로 하나하나 겪어 나가고 있는 건가 싶을 정도였다.

자신의 반응을 교묘하게 관찰하고 확인하는 것을 숨기지도 않는 준희의 얼굴에 무언가를 던지고 싶다는 충동이 잠시 들었다. 그녀에게 위해를 가하고 싶다기보다는 저 얼굴을 어떻게든 가려서 지금 당장 그녀를 보지 않고 싶다는 마음에서였다.

"아니야."

순서가 바뀌었다는 것을 누구보다 그녀가 가장 잘 알 터였다.

"그래?"

"⋯⋯응."

박건하가 송이서의 오랜 첫사랑이라는 사실을 안 순간부터 서준희의 초점에 그가 가득 들어찼다는 것을 그녀도 알고, 이서도 알았다.

"그럼 다행이고."

준희는 이서의 감출 수 없는 씁쓸함과 미련을 확인하고는 안심에 가까운 미소를 흘려보냈다. 이서는 그것을 가장 잘 알기에 자신의 감정을 숨기는 듯하면서도 결코 지워 내지 않았다.

송이서는 아직 박건하를 잊지 못했다는 사실을, 아직 남은 그 처연한 미련을 준희가 쉽게 알아차릴 수 있도록.

준희가 다시 한 번 묘한 눈빛으로 웃었고, 이서는 얼굴에 떠오르는 마음을 흐르도록 두었다. 모든 건 준희의 뜻대로 되어야 했다.

데이트에 가기 위해 준희가 먼저 카페를 나서고, 이서는 그녀가 주고 간 옷을 아무렇지 않게 카페 안 탈의실에서 갈아입었다.

"호구."

준희의 주문대로 얌전히 옷을 바꾸어 입는 이서를 보며, 탈의실 문 옆 벽에 비스듬히 기대어 서 있던 다원은 부러 더 과장스럽게 소리 내어 혀를 찼다.

"찌질이. 고딩 때 일진들 빵 셔틀하는 것도 아니고, 대학도 졸업한 스물다섯 살 성인이 선 셔틀까지 하냐?"

"선 셔틀? 그거 말 재밌다."

속도 없이 웃는 이서를 보며 다원은 더욱 이를 갈았다.

"웃지 마, 이 계집애야."

"그럼 울까?"

"도대체 왜 그렇게까지 하는 건데? 서준희 저 계집애가 아무리

네 언니 시누이라고 해도 그렇게 호구처럼 속도 없이 있는 거 없는 거 다 퍼주고, 해 달라는 거 다 해 줄 필요는 없잖아. 이 등신 천치야!"

다원의 말이 전부 맞다.

다시 한 번 중얼거리는 다원의 호구라는 말에 동조하듯 옅게 웃으면서도 이서는 기어코 높고 뾰족하게 세워진 검은색 하이힐 속에 하얀 발을 담갔다. 새끼발가락이 아래로 꾹 눌려 구겨지는 감각이 낯설면서, 또 아이러니하게 익숙했다.

준희와의 악연 같은 인연은 열여섯 살 때부터 시작되었다. 중학교 3학년, 이서와 같은 반이었던 준희는 그녀에게 묘한 경쟁심을 숨기지 않고 드러냈다. 하지만 1학년에 입학한 때부터 줄곧 성적으로 전교 1등을 도맡아 하던 이서에게 라이벌 의식을 표출하기에 준희의 성적은 그녀와 차이가 꽤 나는 편이었다.

이서의 존재로 인해 만년 2등만 하던 아이보다 더욱 열을 올리며 준희는 그녀를 이기겠다는 목표를 갖고 어느 때보다 열심이었다.

'준희에게 처음 미운 털이 박혔던 이유가 아마도 그 만년 2등 남자애 때문이었나.'

준희의 첫사랑이기도 했던 그 남자아이는 이서와 성적을 나란히 할 만큼 공부를 잘했고, 여자애들이 좋아할 만한 준수한 외모에, 모두에게 다정한 성격까지, 모든 걸 갖춘 아이였다. 그리고 불행히도…… 그 남자아이는 이서를 좋아했다.

준희가 자신에게 날카롭게 굴기 시작한 것이 그 남자아이에게 고백을 듣기 전인지, 아니면 그 이후인지.

이서는 오래되어서 가물거리는 기억에 살짝 고개를 갸웃거렸다. 쇄골 아래로 쭉 뻗은 생머리가 물결처럼 찰랑였다.

◆

주경 호텔 입구에 도착한 이서는 조심스럽게 택시 뒷좌석에서 내렸다. 가히 킬 힐이라 불릴 만한 높이의 구두를 신은 이서는 익숙지 않은 하이힐 위에 올라서서인지 영 어색한 얼굴이었다. 높은 굽의 구두가 한 걸음 내디딜 때마다 편한 스니커즈나 단화만 애용해 온 발바닥을 아프게 긴장시키고 있었다.

"뭐가 이렇게 불편해."

이서가 발을 구겨 넣은 구두를 내려다보며 중얼거렸다.

준희의 비싸고 여성스러운 옷을 빌려 입은 것도 불편한 건 마찬가지였지만 그중 하이힐이 가장 쥐약이었다. 준희와 체형이 엇비슷해 분명 남들이 보기에 그렇게 어색해 보이는 모습은 아니겠지만 스스로 느끼기에 너무도 맞지 않는 옷을 입고 있다는 기분은 지워지지 않았다.

또각또각.

이서는 로비를 걸을 때마다 대리석과 부딪치며 발밑에서 투명하게 울리는 소리와 함께, 어깨와 허리를 펴고 1층에 위치한 레스토랑 쪽으로 향했다. 여전히 어색했지만 우스꽝스럽게 보이기는 싫어 최대한 자연스러운 걸음으로 걸었다.

친절하면서도 과하지 않은 미소를 지으며 다가온 레스토랑 지배인에게 맞선 상대의 이름을 대자 그가 그녀를 안내했다.

"안녕하세요."

경치가 좋은 창가 쪽 테이블에 다가가자, 먼저 도착해서 앉아 있던 남자가 자리에서 일어섰다. 정장을 깔끔하게 차려입은 남자는 한눈에 봐도 단숨에 시선을 사로잡을 만큼 잘생긴 얼굴이었다.

실제로 그가 훤칠한 키를 자랑하며 일어서자 지금 막 레스토랑에 들어서는 손님들과 이미 자리에 착석해 있던 여자들의 시선이 자석에 이끌리듯 그에게로 쏠렸다. 이서는 잠시 얼떨떨한 눈으로 그를 보다가 고개를 숙였다.

다원의 말대로 자신이 아무리 호구라지만 준희의 뒤치다꺼리나 다름없는 대리 선을 보러 오며 기분이 좋을 리 없었다. 그래도 잡생각을 비우고, 치솟으려는 감정을 흐트러트리지 않기 위해 최대한 노력하며 이 자리에 온 것이었다.

준희에 대한 원망만 머릿속에 찼지, 선을 보게 될 상대방에 대해서는 조금도 생각하고 있지 않았다. 그런 상황이었기에 저런 수려한 외모의 남자를 맞닥트리게 된 것은 예상치 못했고 그건 꽤 당황스러운 일이었다.

'잘생기면 또 뭐 어떻다고. 내 남자가 될 것도 아닌데.'

이서는 남자의 특출 나게 빼어난 외모에 당황해서 홀로 속으로 허둥지둥대던 스스로를 잠시 비웃었다.

"앉으시죠."

"네."

친밀함이라고는 찾아볼 수 없는 딱딱한 어조의 권유와, 그에 상응하는 건조한 대답이 두 사람 사이에 놓였다.

자리에 앉은 이서는 테이블 위에 놓인 유리잔을 들어 물로 입술을 축였다. 잠시 주위를 둘러보듯 자연스럽게 시선을 움직이면서 슬쩍 남자의 얼굴을 다시금 확인했다.

다시 봐도 잘생겼다.

그에게서 시선을 떼지 못하고 있는 주변 여자들의 홀린 듯한 시선이 아닌, 객관적으로 날카롭게 판별하는 눈빛으로 그를 훑던 이서는 살며시 고개를 갸웃거렸다. 잠시 말없이 시계를 보는 그는 차가운 인상 그대로 과묵한 성격 같았다.

"한석주입니다."

남자가 무심하게 그녀를 보며 먼저 스스로를 소개했다.

"네. 저는 송이……."

이서를 향한 관심이라고는 조금도 없어 보이지만 자리가 자리인 만큼 예의상 그녀의 이름을 묻는 듯한 눈빛에 무심코 대답을 하던 이서가 말을 다 끝맺지 못하고 입술을 깨물었다. 하마터면 실수를 할 뻔했다. 자신은 지금 송이서가 아니라 서준희로 나온 것이었다. 그녀가 아차 싶은 얼굴로 그를 살폈다.

"서준희라고 합니다."

"네. 우선 식사부터 하죠."

남자가 이서에게 메뉴판을 건네었다. 이서는 잠시 머뭇거리다가 고개를 끄덕이며 그것을 받았다.

다행스럽게도 그는 이상한 기색을 못 느꼈는지 아무 말이 없었다. 하지만 이서는 만난 지 십 분도 안 되어서 대신 맞선을 보러 온 것을 들킬 뻔했다는 생각에 몰래 식은땀을 흘려야 했다. 억울한 마음을 애써 비우며 멍한 기분으로 이곳에 왔지만 이제는 긴장의 끈을 단단히 틀어쥐어야 할 것 같았다.

맞선의 메카라는 이 호텔 레스토랑에는 선을 보러 온 분위기를 자욱하게 풍기는 남녀 쌍들이 대다수였다. 지금 막 처음 만난 상대에게 사적인 자신을 꺼내 보이고, 서로에게 받은 첫 느낌을 은근하게 풍기거나 감춘 채 탐색하는 표정과 말투로 대화를 이어 나가는 남녀.

주위에서 봤을 때, 자신과 한석주라는 남자 역시 그런 어색하면서도 미묘한 분위기를 폴폴 풍기고 있을 것이 분명했다.

이서는 주문을 마치고 고개를 들어 그를 살짝 보았다. 그는 이 자리에 전혀 무관한 사람 같아 보이는 너무도 담담한 얼굴이다. 혹시라도 자신의 미래의 짝을 만날지도 모른다는 약간의 설렘조차 전혀 없는 방관자 같은 눈빛을 읽은 이서는 홀로 작게 고개를 저었다.

자신과 남자는 어쩌면 새로운 인연이 시작될 수 있는 선을 보러 왔다기보다는, 굳이 비유를 하자면 차라리 서로에게 이별을 고하러 온 오래된 연인 같아 보일지도 모르겠다.

'나이가 서른이라고 했나?'

저 좋은 나이에 잘생기고 키도 크고 집안마저 좋은 남자의 주변에는 그를 갈망하는 여자들로 바글바글할 것이라는 걸 누가 콕 집어 가르쳐 주지 않아도 이서는 알 것 같았다.

저렇게 인기가 철철 흘러넘쳐 보이는 남자가 부모의 뜻에 의해 어쩔 수 없이 이런 고루한 자리에 나오는 것이 얼마나 귀찮고 따분한 일일까.

물론 스물다섯에, 형부 여동생의 뒤치다꺼리를 하는 자신의 신세보다야 백번 낫겠지만.

이서는 한숨이 비집고 새어 나오려는 것을 애써 막았다.

"석주 씨는…… 지금 무슨 일을 하시나요?"

이서가 짐작한 첫인상대로 남자는 정말 말이 없었다. 결국 침묵을 이기지 못한 이서가 조용한 목소리로 그에게 질문을 했다.

누군가에게, 그것도 남자에게 아직 '씨'라는 호칭을 제대로 써본 적이 없어서인지 혀끝이 민망하게 간질거렸다.

"회사 다닙니다."

"아…… 네."

간단명료한 대답에 이서는 딱히 더 이어 나갈 말을 찾지 못했다.

"준희 씨는 작년에 대학을 졸업하신 겁니까?"

남자 역시 인형처럼 이서를 앞에 앉혀 두고 밥만 먹고 나갈 생각은 아닌 듯했다. 예의를 갖춘 채 정중하게 호응하며 물어 오는 남자의 질문에는 관심이 1퍼센트도 깃들지 않아 보였지만 이서는 숨 막히는 대화의 단절 속에서 빠져나올 기회라고 생각하며 빠르게 고개를 끄덕였다.

"네. 경영학을 전공했어요."

다른 대학이지만 준희도 경영학을 전공했으니, 이 부분에서는 딱히 거짓말을 하지 않아도 된다는 게 다행이었다.

그녀의 대답에 남자가 고개를 끄덕이며 입을 열었다.

"저도 경영학 전공입니다."

"아, 그러세요? 왠지 반갑네요."

의외의 곳에서 공통점을 찾은 것이 반가운 듯 이서가 활짝 웃었다. 석주는 그녀가 웃는 모습을 빤히 보았다. 웃는 얼굴에 설렌다는 느낌보다는 관찰대상을 꼼꼼하게 관찰하는 무감한 눈빛이라 이서는 올라갔던 입꼬리를 머쓱하게 내렸다.

문득 겉으로 보기에는 누구나 감탄을 자아내게 만들 만큼 완벽해 보이는 저 남자, 어쩌면 예상했던 것보다 인기가 그렇게 많지 않을지도 모르겠다는 생각이 머릿속을 비집고 들어왔다.

맞선 자리에 나온 것이 껄끄러워서일지도 모르지만 그렇다고 하기에 그는 일상에서 묻어 나오듯 너무도 자연스럽게 무뚝뚝하고 차가웠다.

저런 잘생긴 얼굴을 바로 앞에서 보게 되면 보통 여자는 긴장하기 마련이다. 하지만 그는 그런 여자들의 마음에 대한 배려가 없는 건지, 외려 그 긴장감을 극도로 끌어 올려 주기 위함인지 성격마저 냉랭했다. 여자가 신나서 가깝게 다가오기도 전에 저 범접하기 힘든 분위기에 꽁꽁 얼어 버릴 것만 같다.

'진상 떠는 것도 물론 안 되지만, 애프터 안 올 정도로 적당히 잘 조절해 봐.'

헤어지기 전 준희가 했던 말을 되새기면서도 필요 없는 짓이라 여겨졌다. 남자는 이 자리에 전혀 관심이 없다는 게 한눈에 보였다.

사실 어차피 준희의 이름으로 이 자리에 나온 이상 어찌 돼도 상관없다고 생각되었다. 제 마음속을 정확히 읽어 내리자면, 그에게 서준희라는 이름으로 좋은 인상을 남기고 싶지 않다는 묘한 심리가 물꼬를 텄다. 이서는 자신도 모르게 가슴속에 깊이 웅크려 있던 못된 마음인가 싶어 흠칫 놀랐다.

이 불편한 자리에 석고처럼 앉아 있는 자신과 달리, 지금쯤 건하와 즐겁게 데이트를 하고 있을 준희가 머릿속에 선명하게 그려졌다. 그러자 잠잠했던 속이 뒤엉키는 기분이다. 오래도록 숨겨 둔 준희를 향한 적개심인지, 정말로 아직까지 건하에 대한 미련이 남은 건지 알 수 없었다.

이서는 이게 웬 유치한 심보인가 속으로 중얼거리면서도 대본을 읽듯 대화를 시작했다. 목소리를 흘려보내는 자신의 입술은 마치 다른 곳에서 조종이라도 받고 있는 것처럼 막힘이 없었다.

"에르메네질도 제냐 신상품이죠?"

뜬금없이 튀어나온 화제에 남자가 의아한 듯 반듯한 눈썹을 살짝 비틀었다. 주름조차 그림처럼 잡힌 정장과 그보다 더 명품 같은 외모가 에르메네질도 제냐 밀라노 본사에서 모델 제의를 할지도 모른다는 생각이 들 만큼 멋들어졌다.

"잘 어울리시네요. 역시 비싼 건 그만한 이유가 있다고 생각해요. 남자들 브랜드 없는 후줄근한 정장 입는 거 볼 때마다 참 별로라고 느끼거든요."

이서가 가늘게 인상까지 써 가며 고개를 저었다. 박수를 치며 스스로를 칭찬해 주고 싶을 정도로 자연스러운 말투와 목소리였다.

이서는 누군가에게 변명을 하듯 속으로 자신의 행동에 타당성을 만들어 냈다. 딱히 진상을 부리려는 의도가 아니다. 그저 서준희 대신 나와 있는 자신이 그녀의 관심사와 말투를 카피하는 것뿐이다.

서준희의 이름으로 나왔으니 서준희답게.

방금 한 말 역시 스스로 만들어 낸 것이 아닌 준희가 전에 했던 말을 떠올려 인용한 것이었다.

"그렇군요."

남자가 느릿하게 고개를 끄덕이며 그녀에게 시선을 맞췄다. 전혀 관심이 없어 보이던 이전과는 달리 이서의 대놓고 속물적인 발언에 오히려 흥미가 생긴 것 같은 눈빛이었다. 물론 호의적인 시선을 담고 있지 않다는 것은 확실했다.

이서는 그렇지 않아도 익숙지 않은 옷에, 신발에, 생각과 말투까지 남의 것을 흉내 내려 하니 골치가 아팠다. 하지만 누구도 시키지 않은 짓을 스스로 시작한 것이니 원망할 사람은 자신 외에는 아무도 없었다.

"그럼 여자들이 브랜드 없는 옷을 입는 건 더욱 보기 싫겠군요."

"그렇죠. 뭐, 보기 싫다기보다는 안타깝다고 해야 할까요?"

자신이 듣기에도 퍽 재수 없는 말투에 이서는 속으로 쓴웃음을 삼켰다.

남자가 오늘 이 선 자리가 끝난 후, 친구들과 술을 마신다면 그녀는 아주 요긴한 안줏거리가 될 것이 분명했다. 스물다섯의 집안 좋고 개념 없는 전형적인 된장녀라는 주제의 첫 번째 주인공으로.

"옷도 옷이지만 역시 슈즈가 가장 중요하다고 생각해요."

"비싼 건 그만한 이유가 있으니 가장 중요한 신발에 제일 신경을 쓰겠군요."

남자가 이서가 했던 말을 인용하며 적당한 추임새를 건넸다.

"네. 편하다고 매일 운동화만 신는 친구가 있는데 정말 이해 안 돼요. 편한 것만 찾는 게 게을러 보인다고 해야 하나. 전 발목을 다치지 않는 한 무조건 하이힐을 신거든요. 언제 어느 때든 예쁘게 보이고 싶은 게 여자잖아요."

남자와 레스토랑을 나설 때, 자연스럽지 못한 자신의 어정쩡한 걸음에 그가 의아해할지도 모른다는 생각이 잠시 스쳤다. 매일 하이힐만 고집한다는 여자가 처음 신어 본 여자처럼 걷는다면 당연히 이상하게 느껴질 것이다. 하지만 그렇다고 이미 뱉은 말을 주워 담을 수도 없는 노릇이었다.

"물론 그저 그런 하이힐은 안 되죠. 가장 예쁘고 비싸고 이름 있는 게 아니면 신지 않아요."

이곳에 없는 준희를 향한 명백한 조롱.

이서는 스스로에게 감춰져 있었던 간악한 마음에 놀라면서도 이 괴상한 연극을 멈추지 못했다. 준희가 자신에게 해 왔던 말들을 이서는 앵무새처럼 앞에 앉은 남자에게 똑같이 이야기했다.

자신을 더욱 빛나게 하는 명품들과 그것을 마음껏 사들일 만한 집안의 재력. 자신이 가진 것들을 가지지 못한 자들을 향한 비웃음과 허영 가득한 속내.

남자의 얼굴에 경멸과 피곤한 기색이 쌓일수록 이서는 묘한 충족감이 채워지는 것을 느꼈다.

준희의 모습을 연기하는 것이 그녀가 얼마나 매력 없고 속물적인 여자인지 증명하고 싶은 마음에서 비롯된 거란 것을 깨닫게 되기까지는 그리 오래 걸리지 않았다. 준희가 자신에게 이유 모를 열등감을 지녔다고 생각했는데, 그건 자신 역시 마찬가지인 모양이었다.

그런 스스로의 속내를 인지하는 순간, 커피를 한 모금 마신 후 입가에 맴도는 씁쓸함이 한층 짙어졌다.

"회사는 어디에 다니고 계신가요?"

취조하는 형사처럼 직급부터 연봉까지 샅샅이 물어본다면 이 자리가 좀 더 일찍 끝마쳐질 수 있을까.

이서는 이왕 시작한 연극을 허무하게 끝낼 생각은 애초에 없었다. 준희를 향해 오래 쌓아 둔 케케묵은 감정들이 속을 헤집을수록, 지금 준희를 연기하는 이서의 모습을 더욱 자연스럽게 만들고 있었다.

아마 이어지는 그의 대답만 아니었다면 이서는 계속해서 여배우에 버금가는 완벽한 연기를 선보였을 것이다.

"저기에서 일하고 있습니다."

남자가 창가 옆에 비치는 건너편의 거대한 크기의 건물을 가리켰다. 아르데코 건축 양식의 품격 있는 외관이 이서의 눈동자에 가득 박혔다. 회전문 사이로 쉼 없이 들어가고 빠져나가는 사람들의 경쾌한 움직임 역시 한눈에 보였다.

동시에 평온했던 이서의 얼굴에 무겁고 짙은 안개가 끼는 것도 찰나의 순간이었다. 이서가 자신도 모르게 입을 벌리며, 작게 신음했다.

"아⋯⋯."

동시에 테이블 끝에 놔두었던 휴대폰이 부르르 떨며 문자가 수신되었음을 알렸다. 어젯밤부터 오늘까지 내내 졸인 마음을 안고 그토록 기다려 온 그 메시지라는 것을 이서는 단번에 알아차릴 수 있었다.

"저기⋯⋯라면."

"네. 주경백화점 본사에서 근무하고 있습니다."

이서는 테이블 밑으로 휴대폰을 내려 떨리는 손으로 잠금을 해제시켰다. 반짝반짝 환하게 켜진 화면을 확인했다. 두근거리게 만들어야 할 문구임에 분명한데 그녀는 앞이 까마득하게 변하는 기분을 경험해야만 했다.

분명 기쁜데, 절망스러웠다. 이서의 눈이 글자를 읽어 나가며 머릿속에 뜻을 아로새길수록, 그녀의 심정은 처참해졌다.

[축하드립니다. 주경백화점 15년도 상반기 신입 공채에 합격하셨습니다.]

심보 곱게 쓰라는 말이 괜히 있는 게 아니다. 이래서 못된 마음을 먹으면 벌을 받는다고 하는 건가 보다.

이서는 나쁘게 먹었던 마음을 당장 깨끗하게 탈색시킬 테니, 부디 그와 처음 마주했던 1시간 전으로 돌아가게 해 달라고 간절히 빌었다.

문자를 수신받은 이후의 이서는 그녀에게 일말의 관심도 없던 남자조차 이상하게 느낄 만큼 확연하게 말수가 줄어 있었다.

자신이 지금 입고 있는 옷과 요즘 가장 빠져 있는 브랜드, 그리고 명품이란 이름이 붙지 않은 것들이 얼마나 하찮은지에 대한 토로. 준희의 말을 빌려 그런 것들에 대해 한창 재잘재잘 떠들어 대었던 이서는 지금은 꿀 먹은 벙어리처럼 입을 꾹 다문 채, 사색이 된 얼굴로 음료조차 입에 대지 않았다.

남자가 처음 그녀의 질문에 회사원이라고 답했을 때, 바로 어디 회사에 다니는지 묻지 않은 것이 이토록 후회가 될 줄은 몰랐다. 아니면 차라리 아예 끝까지 묻지 않았다면 이렇게 불편하고 불안한 마음을 가지게 되지는 않았을 것이다.

남자가 주경백화점에서 일하고 있다는 얘기를 듣는 것만으로 이렇게 온갖 근심과 걱정에 휩싸이는 꼴이 어쩌면 바보 같은 짓일지도 모른다. 그 많은 부서들 중에 이서가 그의 부서로 가게 되거나 함께 일하게 될 확률은 지극히 낮은 것이 사실이었다.

하지만 이제 막 사회인으로서 첫발을 내딛게 될 첫 회사였다.

두 달간 인턴으로 일하면서도 이곳에서 회사 생활을 시작하고 싶다고 꿈꾸었고 그만큼 설레는 마음으로 합격 발표를 기다리고 있었다.

그렇게 고대하던 곳에 취업을 성공했는데, 이서는 지금 기뻐하기는커녕 혹시 모른다는 두려움에 그의 눈치만 살피고 있었다.

순간 준희를 향한 괜한 심술이 돋아나 전혀 관심도 없어 보이는 남자에게 열심히 된장녀 행세를 하고 있었는데 회사에서 혹시나 마주치면 그 민망함을 어떻게 감당할 수 있을까.

이서는 아예 고개를 푹 숙인 채 풀 죽은 강아지처럼 끼잉끼잉거렸다.

"어디 불편해요?"

"네?"

"아까부터 조금 아파 보이는군요."

"아, 아니에요. 괜찮아요."

이서가 손을 내저으며 부정했다. 하지만 이내 탄식 어린 후회를 했다. 차라리 아프다고 할 걸 그랬다.

'그럼 그 핑계로 얼른 일어설 수 있을 텐데.'

이서는 우선 이 자리를 벗어나는 것이 가장 급선무라 여겨졌다. 그런 그녀의 속내를 읽은 건지, 친절하게도 남자가 먼저 슬슬 나가자는 말을 꺼내 왔다. 이서는 고개를 냉큼 끄덕이며 겉옷을 챙겼다.

"오늘 즐거웠어요. 그럼 전 여기서."

이서가 로비를 걸으며 황급히 끝인사를 전했다. 남자가 황당해

할지라도 지금은 그와 어서 헤어져야겠다는 생각으로 머리가 가득 찼다. 호텔 입구에서 그에게 인사를 한 이서가 뒤도 돌아보지 않고 건물과 멀어졌다. 그에게 이미 머리 텅텅 빈 된장녀로 낙인 찍혔을 마당에 격식을 더 차릴 새도 없었다.

남자가 자신을 붙잡을 리 없다는 것은 그들의 선 자리 분위기를 파악했다면 누구라도 확신했을 부분이었다. 그럼에도 이서는 다급한 걸음으로 거리를 걸어 나왔다. 익숙지 않은 하이힐 때문에 보행 속도를 영 낼 수 없다는 게 서글펐다.

"그러게 왜 안 하던 짓을 해 가지고. 바보 송이서!"

혼잣말로 책망해 보지만 변하는 건 아무것도 없다는 것을 모르지 않았다.

"어?"

핸드백을 고쳐 메며 인도를 걷던 이서는 놀란 눈을 크게 깜박거렸다. 손에 들고 가지고 놀던 인형을 차가 무섭게 쌩쌩 달리는 도로 쪽에 떨어트린 어린 여자아이가 곁에 어떤 보호자도 없이 인도에서 차도로 폴짝 뛰어 내리고 있었다. 그리고 아이를 향해 빠르게 달려오고 있는 오토바이 한 대 역시 이서의 눈에 가득 들어찼다.

그 모든 장면들이 눈 깜짝할 새에 전부 스치듯 벌어진 일이었다. 생각할 틈도 없이, 처음 신어 보는 8센티미터 굽의 하이힐이 부러질 만큼 다급하게 뛴 이서가 오토바이와 충돌하기 직전의 아이를 안고 인도 쪽으로 몸을 던졌다.

"윽……."

딱딱한 콘크리트 바닥에 몸을 부딪친 이서가 고통스러운 신음을 흘렸다. 그녀가 흐트러진 정신을 붙잡고 급히 품 안에 감싼 아이를 확인했다.

"괜찮아?"

"흐엉……."

네다섯 살쯤 되었을까.

아이는 잔뜩 겁을 집어먹은 얼굴로 뚝뚝 눈물을 떨구기 시작했다.

"혜윤아!"

아이 엄마로 추정되는 여성이 울음 가득한 소리를 내지르며 무섭게 뛰어오고, 오토바이를 급히 세운 남자도 어리벙벙한 얼굴을 한 채 이쪽으로 다가왔다. 갑작스럽게 일어난 사고에 각자의 길을 가던 사람들도 자리에 멈춰 서서 소란스러운 사고 지점을 구경했다.

"다친 데 없어?"

"허엉, 엄마……."

"아가씨는 괜찮으세요?"

아이의 엄마는 아이가 다치지 않았는지를 확인하고는 겨우 정신이 돌아온 듯 이서에게 연신 고마움을 표했다. 사례를 하겠다는 아이 엄마의 말에 과장스럽게 손사래를 치며 이서가 몸을 일으켰다.

"으……."

힘센 남자의 손에 두드려 맞으면 이 정도일까.

일어서자 온몸에 알싸한 통증이 퍼져 나갔다. 짧은 신음을 삼킨 이서는 병원에 가 보자는 말에도 열심히 고개를 휘저었다.

"옷이라도 사러 가세요. 저기 바로 근처에 백화점도 있으니까 제가……."

"그러지 마세요. 정말 괜찮아요. 아이도 안 다쳤고, 저도 이상 없으니까 이제 된 거죠."

"하지만 옷이랑 구두가……."

아이 엄마가 미안함이 짙게 깔린 얼굴로 엉망이 된 이서의 차림을 훑었다. 이서 역시 꼴이 말이 아닌 제 모습을 내려다보았다.

오늘은 무슨 날인가 보다. 사람들에게 마구 짓밟혀 본래의 새하얗던 색을 잃고 더러워진 눈 속에 넘어지면서 보기 좋게 몸을 뒹굴었다. 안 그래도 추운 날씨에 이서의 몸이 와들와들 떨려 왔다.

"괜찮아요. 바로 집으로 갈 거예요. 옷은 금방 마를 거구요. 그러니까 정말 신경 쓰지 않으셔도 돼요."

"아휴, 그래도요. 택시비라도 드리게 해 주세요."

결국 택시비 3만 원을 받고 나서야 아이를 소중하게 껴안은 엄마를 가고 있던 길로 다시 보낼 수 있었다. 이서는 인도 끝에 서서 택시를 기다리며 속으로 스스로의 신세를 한탄했다. 오늘은 집에 꼼짝 않고 콕 박혀서 조용히 채용 합격 문자만 기다리고 있었어야 하는 날이었다고.

"이제 와서 후회해 봐야 무슨 소용이야."

젖어서 엉망이 된 코트보다 한쪽 굽이 나가 버린 구두가 더 신경 쓰였다. 이서가 사람들이 거의 사라진 길을 조심스럽게 살피며 덜렁거리는 굽을 완전히 떼어 냈다. 한쪽은 까치발을 든 것처럼 높은 하이힐을 신고, 다른 한쪽은 떼어 낸 굽으로 인해 단화보다 더 낮아진 상태가 자신이 봐도 영 못 볼 꼴이었다.

창피해서라도 어서 빨리 택시를 잡아타야겠다는 생각으로 가득 했다. 하지만 오늘은 정말 세상이 자신을 버린 날이라고밖에 생각 할 수 없을 정도로 택시가 잡히지 않았다. 그녀를 지나쳐 가는 차 들은 셀 수도 없이 많은데, 택시는 거의 없었고 그나마 보이는 택 시들도 그녀를 무시한 채 쌩쌩 달렸다.

이서는 우울 가득한 깊은 한숨을 길게 뱉었다. 찬바람에 절로 덜덜 떨려 오는 몸으로 택시를 기다리며, 이서는 서서히 인식되는 상황에 깊은 피로감을 느껴야 했다.

지금 몸에 걸친 옷들과 신고 있는 구두만 해도 그녀가 앞으로 받게 될 신입 월급보다 더 비쌀 게 분명했다. 착한 척하지 말고 어느 정도 돈을 받았어야 했나.

준희에게 아쉬운 소리를 해야 한다는 게 벌써부터 신경 쓰여 이서는 속에도 없는 말을 중얼거리며 미간을 좁혔다.

"서준희 씨."

손을 들어 택시를 세울 생각도 못 한 채, 아예 멍하니 도로만 바라보던 이서는 바로 뒤에서 들려오는 익숙한 목소리에 깜짝 놀 라서 뒤를 돌았다.

찌를 듯이 높은 하이힐을 신어도 그녀보다 훨씬 큰 키를 자랑 하는 남자가 묘한 얼굴로 그녀를 보고 있었다.

"하, 한석주 씨?"

아까 전 무슨 범죄자를 피하듯 그에게서 냅다 도망쳐 온 기억이 떠올라 이서는 민망함에 어쩔 줄 몰라 했다.

이렇게 빨리 그와 대면하게 될 줄 몰랐다. 아니, 아까의 인사를 마지막으로 영원히 보지 않기를 소망하고 있었다는 것이 더 정확할 것이다. 특히 앞으로 자신이 다니게 될 회사에서는 더더욱 마주치지 않기를 빌면서.

"어떻게 여기……. 가신 거 아니었어요?"

이서가 먼저 두 사람 앞에 겨울바람처럼 놓인 차가운 침묵을 가르고 어색하게 물었다. 남자는 대답 대신 그녀의 엉망이 된 꼴을 조용히 훑었다.

이서는 질끈 두 눈을 감았다.

봤구나.

저 눈빛으로 그는 대답을 한 것이나 마찬가지였다. 자신이 땅바닥에 볼썽사납게 구른 모습을 그는 전부 본 것이다.

오늘은 도대체 어디까지 나에게 잔인해질 셈인 걸까.

이서는 바닥에 가장 세게 부딪쳤던 팔 부분이 아려 오는 것을 느끼며, 이제는 거의 울 것 같은 얼굴이 되었다. 서준희라는 이름으로 안 좋은 인상을 새겨 주고 싶다는, 충동적으로 먹은 마음으로 인해 오늘 하루가 이렇게 꼬여 버린 것 같았다.

"신어요."

고개를 바닥으로 푹 숙이고 있는 이서의 눈에 익숙한 선이 몇 줄 그어진 분홍색 슬리퍼가 들어왔다. 남자가 방금 사 온 것인지 지금 막 비닐을 벗긴 새 슬리퍼를 그녀의 발 앞에 툭 내려놓았다.

"이건…….."

이서는 눈이 동그랗게 커진 상태로 고개를 들어 그를 보았다. 아까와는 전혀 다르게 친절한 면모를 보이는 이 남자가 무관심한 얼굴로 냉철하고 차갑게 대꾸하던 그 남자가 맞는지 확인하듯 맑고 커다란 눈동자로 그를 살살이 살폈다. 아까와 전혀 변함없이 무감한 표정이 자신과 선본 남자가 맞다는 것을 여실히 증명하고 있었다.

"구두가 망가진 것 같길래, 저기 편의점에서 사 왔습니다."

"……."

"아, 브랜드가 아니라서 신을 수 없는 겁니까?"

"그, 그럴 리가요! 감사합니다. 정말, 감사해요."

남자의 진지한 어투에 놀라서 재빨리 고개를 휘젓던 이서는 뒤늦게 그가 농담 같지 않은 농담을 했다는 것을 깨달았다. 웃음기라고는 전혀 찾아볼 수 없는 탓에 더욱 분간하기 어려웠다.

이서는 조심스럽게 구두를 벗어 슬리퍼에 발을 집어넣었다.

아, 이제야 살 것 같다.

누적된 피로로 소리 없는 괴성을 지르던 발이 한층 편해지자 이서는 몸을 뒹굴었을 때, 옷과 함께 젖어 싸늘했던 가슴에 조금씩 훈기가 도는 것 같았다.

"연기는 못하는 편이군요."

"……네?"

남자는 멀리서 다가오는 택시를 확인하며 팔을 들어 차를 잡았다.

"내가 알기로, 옷과 구두에 목숨을 거는 여자는 어떤 일이 있어도 뻔히 보이는 흙탕물에 몸을 던질 각오는 못 합니다."

"……"

"거절의 뜻인 건 잘 알겠습니다."

택시가 스르륵 속도를 낮추며, 부드럽게 이서와 남자의 앞에 멈춰 섰다. 그가 택시에 타라는 듯 손짓했다.

이서는 흔들리는 눈빛으로 그를 보았다. 그가 마음에 들지 않아서 일부러 된장녀 행세를 하며 인상을 나쁘게 만들기 위해 노력했다고 생각하는 모양이었다. 그렇게 생각되는 것도 당연했다.

이서는 미안한 마음에 머뭇거리며 그를 불렀다.

"저…… 한석주 씨."

"서준희 씨가 원하는 대로, 다시 연락하는 일은 없을 겁니다. 안심해요."

그녀를 책망하는 감정은 조금도 들어 있지 않은 사무적인 목소리였다. 미안하다는 말을 꺼내면 오히려 어이없어하며 비웃을 것 같은 느낌이라, 이서는 하고자 했던 말을 꾹 눌러 담았다.

"신발, 정말 감사해요."

다시 한 번 그와 인사를 나눈 이서는 택시 뒷좌석에 올라탔다. 문이 닫히는 동시에 차가 부드럽게 출발하였다.

이서는 고개를 돌려 방금까지만 해도 자신과 남자가 서 있었던 곳을 살폈다. 그녀가 택시에 타자마자 곧장 걸음을 옮긴 건지 그의 모습이 보이지 않았다. 다정한 건지, 차가운 건지 감이 도저히 안 잡히는 남자다.

시트에 몸을 편히 기댄 이서는 천천히 눈을 내리감았다. 뭘 제대로 한 것도 없는데 피곤한 기운이 몰려들었다. 잠에 빠져들 것 같아 뻑뻑한 눈을 깜박거리던 이서는 진동으로 코트 주머니 속에서 몸을 떠는 휴대폰을 꺼내 들었다.

"여보세요?"

— 어떻게 됐어?

확인도 안 하고 통화 수락 버튼을 눌렀던 이서는 귓가에 전해지는 목소리에 살며시 인상을 찌푸렸다.

그녀가 잠시 침묵을 지키자 성질 급한 준희가 재촉했다.

— 아직 같이 있는 거야?

"아니. 방금 헤어졌어."

— 밥만 먹고?

"응."

— 그래?

준희가 시큰둥하게 중얼거렸다.

— 생긴 건 어땠어? 잘생겼어?

선 자리에 자신을 내보내 놓고 저런 질문을 하는 의도가 조금 궁금했지만 이서는 준희의 질문에 묵묵히 답변했다.

"응. 잘생겼더라."

— 어머, 그래? 마음에 들었어?

이제는 대놓고 떠보는 듯한 말투였다. 이서는 피곤한 기색이 한층 짙어진 얼굴로 옅은 한숨을 쉬었다.

"아니."

— 잘 끝내 놓은 건 맞지?

"응. 아마 절대 연락 안 할 거야."

방금 전 남자가 자신에게 했던 말을 떠올리며 이서가 무심히 말했다.

— 왜?

"여자에 별로 관심 없는 것 같았어. 선도 나오기 싫었는데 의무적으로 나온 느낌이었고. 그냥 밥 먹고 재미없는 대화 조금 나누다가 끝났어."

이서가 차근차근 설명하자 준희는 그제야 수긍한 목소리로 알겠다고 대답했다.

"참, 있잖아. 네 옷이랑 구두……."

이서는 조심스럽게 말문을 열었다. 준희가 빌려 준 옷과 구두가 지금 이 모양 이 꼴이 된 것을 그녀가 안다면 또 얼마나 난리를 치며 히스테리를 부릴지 염려스러웠다.

— 아, 그거 너 가져.

"……뭐?"

준희의 말에, 이서는 뒤늦게 되물었다.

— 나 남이 한 번이라도 썼던 거 못 쓰는 거 알잖아.

준희가 퉁명스럽게 한 대꾸에 이서의 입안에서 맴돌던 말이 살살이 흩어졌다. 이서는 허탈한 얼굴로 자조했다.

'정말…… 바보 같다. 너.'

시리게 올라간 입꼬리가 잠깐도 버티지 못하고 다시 힘없이 아래로 내려갔다. 신고 있던 슬리퍼 옆에 고이 놓인 망가진 하이힐이 이서의 눈을 아프게 찔렀다. 그 감각을 견디기 싫어 이서는 눈을 질끈 감았다.

— 서준희. 얼른 와.

수화기 너머로 건하의 목소리가 흐릿하게 들려왔다. 눈을 감아서 더욱 선명하게 울려 퍼졌다.

준희를 부르는 그의 목소리. 순간 목에 돌덩이가 쑤욱 박힌 것처럼 아려 왔다. 아까 꽁꽁 언 맨땅에 부딪혔던 감각보다 더욱 강렬한 통증이었다.

감겨 있던 이서의 눈이 떠졌다. 정처 없이 흔들리던 까만 눈동자가 이내 평정을 되찾으며 고요해졌다.

— 건하 오빠가 부른다. 나 오늘 오빠네 집에서 자고 가려고.

"……."

— 오빠가 아직 허락은 안 했지만 연인 사이니까, 뭐 어떻게든 되겠지.

"그래."

이서는 고저 없는 목소리로 나직하게 답했다. 준희와의 통화를 끝맺고, 이서는 다시 눈을 감았다. 아플 정도로 세게, 아무것도 보이지 않을 만큼 힘을 주어서.

속이 답답했다. 넘어지면서 부딪쳤던 팔이 여전히 아팠고, 눈에 젖은 옷 때문에 여전히 몸이 조금씩 떨리고 있었다.

"호구."

이서가 혼잣말로 건조하게 중얼거렸다.

호구. 등신. 천치.

분명 어제만 해도 합격 통보 문자를 받으면 온 세상을 얻은 것처럼 기쁠 거라 생각했는데, 속이 뻥 뚫린 것처럼 허허했다. 취업에 성공했다는 희소식만으로 오늘 있었던 모든 일을 상쇄시키기에 그녀는 그렇게 단순하지 못했다.

모든 게 다 지긋지긋하다. 서준희고, 박건하고, 뭐고.

이서는 자신을 괴롭히는 모든 것들을 다 머릿속에서 단숨에 쫓아내고 지금 당장 아무 생각 없이 잠에 빠져들고 싶었다. 간절하게.

2. 왜 슬픈 예감은 틀린 적이 없나
�֍֍֍֍֍֍֍֍

여러 식재료가 어우러진 국물이 춤을 추듯 보글보글 끓고 있는 뚝배기 속 된장찌개는 벌써부터 군침을 돌게 하며 식감을 자극하고 있었다.

숟가락으로 찌개를 골고루 휘젓던 경혜는 바로 옆에 따라붙은 이서에게 간을 보라는 듯 국물을 한 숟가락 떠 주었다. 후루룩 소리와 함께 맛을 본 이서가 국물이 조금 뜨거운지 살짝 인상을 썼다.

"어떠니?"

"음."

"맛있어?"

"응. 당연히 맛있지."

이서가 씩 웃으며 엄지를 치켜 올렸다. 막내딸의 애교 넘치는 반응에 경혜 역시 기분 좋게 웃었다.

"언니가 좋아하겠다. 저번에 지나가는 말로 엄마가 끓여 주는 달래 된장찌개 먹고 싶다고 그랬었거든."

"연서가 그랬어?"

"응."

"우리 연서……."

경혜가 쓸쓸하게 중얼거렸다. 그녀는 연서의 이야기가 나올 때마다 안쓰러움과 미안함 가득한 얼굴을 숨기지 못했다. 연서가 학업과 꿈, 모든 것을 포기하고 시집을 간 후부터 줄곧 그래 왔다.

이서는 그런 엄마를 위로하는 대신, 말없이 간을 보았던 숟가락을 내려놓았다. 그러고는 침착하게 그릇을 가져다 놓고 밥을 펐다. 방금 전, 곧 도착할 것 같다고 연락을 해 왔던 연서 때문이라도 침울한 분위기는 얼른 뿌리를 잘라 내야 했다.

경혜도 그런 이서의 뜻을 알아차린 듯 우울한 기색을 지우며 식사 마무리 준비를 시작했다. 두 사람이 상을 차리며 좁은 부엌에서 분주하게 움직이는 사이, 얼마 지나지 않아 초인종이 길게 울렸다.

"이서야, 연서 왔나 보다."

"응. 열어 주고 올게요."

이서가 젖은 손을 키친타월로 대충 닦고 현관으로 향했다. 급하게 문을 열어 주자 바로 앞에 활짝 웃고 있는 연서가 보였다.

"언니!"

"송이서, 취직 축하해."

연서가 달콤한 것에 사족을 못 쓰는 동생을 위해 준비한 네모난 케이크 상자를 이서에게 내밀었다. 케이크를 받자마자 이서의 눈이 보기 좋게 휘어졌다.

"진짜 좋아! 밥 먹고 얼른 자르자."

"그래. 근데 너, 오랜만에 보는 언니보다 케이크가 더 반갑지?"

"그럴 리가 있어?"

연서가 장난스럽게 뜬 눈으로 흘겨 오자, 이서는 아니라고 과장되게 부정하면서도 케이크 상자를 꼭 껴안았다. 그런 그녀의 아이 같은 모습에 연서가 듣기 좋은 목소리로 웃음을 터트렸다.

"들어가자."

신발을 벗고 안으로 들어온 연서가 코트를 벗어 소파에 가지런히 올려 두었다.

깔끔하게 올려 묶은 짙은 갈색빛 머리와 과하지 않은 연한 화장. 감탄을 자아내는 희고 고운 목선.

액세서리를 거의 하지 않았는데도 눈에 띄게 우아해 보이는 모습의 연서는 올해 서른이 되었다는 게 믿기지 않을 정도였다. 제나이보다 훨씬 젊어 보이면서도 마냥 어린 여자처럼 비쳐지기보다는 성숙함과 단아한 느낌을 동시에 풍겼다.

이서는 부엌으로 향하며 자신과 키가 엇비슷한 언니의 옆모습을 훑어보았다.

어린 시절부터 이서의 자랑거리였던 완벽한 언니였다. 얼굴도 예쁘고, 공부도 잘하고, 성격도 여성스럽고 착해서 어른들에게는 항상 칭찬을 받고 주변 또래 친구들에게 단연 인기를 끌었다. 주변 남자들의 시선을 독차지하는 것은 말할 필요도 없었다.

초등학교를 다니고 있던 열두 살 이서의 가장 큰 꿈은 얼른 커서, 예쁜 교복을 입고 학교에 가는 언니처럼 되는 것이었다.

두 자매는 사이좋은 부모님 밑에서 화목하고 유복하게 어린 시절을 보냈다. 자매끼리 싸우는 일도 없었다. 다섯 살 터울에다가 연서가 워낙 어른스러운 성격이기도 했지만 이서 역시 언니를 무척 잘 따랐다. 이웃 친척 모두 그들을 보며 입을 모아 그림처럼 완벽한 가족이라고 흐뭇하게 고개를 끄덕이곤 했었다.

하지만 그런 그림 같았던 삶은 불행히도 오래가지 못했다. 잘 운영되던 아버지의 사업이 무너지고 가세가 기울면서부터 태어나서 첫 시련이자 고난이 시작되었다. 먹고 싶은 것도, 입고 싶은 것도, 갖고 싶은 것도 잠깐의 고민도 없이 손쉽게 얻던 당연했던 나날들이 거짓말처럼 스르륵 손가락 사이로 빠져나갔다.

아버지는 모든 것이 재가 되고 아무것도 남지 않은 현실을 받아들일 수 없었는지 다시 돈을 끌어모아 다른 사업에 손을 댔지만 오히려 더 큰 빚만 끌어안은 채 제자리에 주저앉아야 했다.

학교 급식비마저 내기 어려운 형편에 사업이 망하고 옮겨 간 집의 월세마저 밀리는 상황이 계속되었다. 어릴 때부터 공부를 잘했던 연서는 수험생이 되어 더욱 학업에 매달렸다. 학원도, 과외도 받을 수 없는 상황에서 원하는 대학에 합격하고 장학금을 받기 위해서는 거의 모든 시간을 수험 공부에 쏟아부을 수밖에 없었을 것이다.

그리고 그즈음에 항상 모두에게 선망과 동경을 받아 온 아버지는 상황을 이기지 못하고 완벽하게 무너져 있었다. 패배감과 좌절감에 휩싸여서 온종일 집에만 있었고, 견딜 수 없는 현실을 간신히 술로 버텨 냈다.

무력해진 아버지 대신 어머니는 군말 없이 밖에 나가 일을 시작했다.

결혼 전에는 부모님 품에서, 결혼 후에는 남편 품에서 고생이라고는 전혀 모르고 온실 속 화초처럼 살았던 어머니는 난생처음으로 궂은일을 맡게 되었다. 식당에서 밥도 먹지 못하고 제대로 앉지도 못한 채 설거지를 하고, 손목이 남아나지 않을 만큼 무거운 식기들을 쉬지 않고 날랐다.

그녀로서는 감당이 안 되는 벅찬 노동을 열 시간 넘게 하루도 빠지지 않고 해야 했다. 가장 아끼고 믿었던 친구에게 속아서 세상에 나오는 것이 두려워진 남편을 대신해서, 아직 학업의 길이 많이 남은 착하고 공부 잘하는 두 딸들을 위해서.

하지만 어머니의 고군분투는 그리 오래가지 못하였다. 선천적으로 심장에 이상이 있어 어린 시절과 연서를 낳은 후 두 번이나 심장수술을 받았던 어머니는 결국 고된 노동을 이기지 못하고 쓰러졌다.

결국 병원에 입원해 축 늘어진 어머니를 보며 아버지는 사업이 무너졌을 때보다 더한 충격과 절망을 받은 듯 보였다.

'내가…… 너희들한테 짐이야.'

44

입원 수속을 밟고 몇 가지 짐을 가지러 집에 가는 길, 아버지는 택시 안에서 조용히 중얼거렸다. 아버지 옆에 앉은 이서는 빨간 불이 켜진 신호등만 고요히 응시하고 있었다. 그가 소리 없이 울음을 토하고 있다는 것을 느꼈지만 모른 체했다.

상처받은 그를 따뜻하게 위로하고 싶은 마음은 들지 않았다. 안 그래도 병약한 몸을 가진 어머니를 고생하면서 일하게 만든 아버지가 밉고 원망스러운 마음이 컸었다.

아버지의 사업실패로 남겨진 빚. 어머니의 치료비. 곧 대학에 다니게 될 언니의 등록금. 하루에도 몇 번씩 독촉이 날아오는 밀린 집세. 앞으로 살아갈 생활비.

이제 막 중학생이 된 이서조차 막막하고 암울한 앞날이 그들 가족에게 덩그러니 놓여 있었다. 누구보다 자랑스럽고 멋있었던 아버지는 이제 어디에도 없었다.

이서는 고통스러운 상처로 얼룩진 아버지의 마음을 무시한 채 입을 꾹 다물었다. 그리고 속으로 이제라도 아버지가 정신을 차리겠구나 싶어서 다행스럽다 여겼다.

그리고 얼마 지나지 않아 이서는 아버지를 다시는 볼 수 없게 되었다.

그들에게 목숨 대신 얻은 생명보험금을 남긴 아버지의 장례를 치르며, 이서는 돈보다는 가족의 화목과 사랑이 우선이고, 돈으로는 살 수 없는 것들이 세상에는 많다고 말하던 옛날의 아버지를 떠올렸다.

돈을 대단하게 생각하지 마라. 돈은 별거 아니다. 세상에 사람보다 귀한 것은 없다.

모든 게 손에 잡히고 인생이 쉬웠던 시절, 동화 속 주인공처럼 순진하고 깨끗한 마음을 가진 아버지에게 세상은 그렇게 동화 같지 않다고 장난스러운 야유를 건네면서도 이서는 그런 그를 누구보다 존경하고 사랑했다.

하지만 결국 아버지는 그 돈 때문에 가족들을 남겨 두고 삶을 등져야 했다. 가장 사랑하는 가족들에게 지울 수 없는 상처를 남겨 가면서 가장 잔인한 이별을 택한 것이다.

"우리 딸, 배고프지? 얼른 먹자."

경혜가 부엌으로 들어온 연서를 끌어안았다가 식탁 앞에 앉혔다. 연서를 유치원생 어린아이를 다루는 듯한 어머니의 행동에 이서는 픽 웃으며 고개를 저었다.

"엄마. 언니가 애야?"

"연서도, 이서 너도 엄마한테는 평생 애지."

"그래? 그럼, 아—"

이서가 들었던 젓가락을 냉큼 내려놓고 입을 크게 벌렸다. 경혜가 고개를 갸웃거렸다.

"어떻게 하라고?"

"먹여 달라고. 나 애니까."

이서의 장난에 결국 경혜와 연서가 동시에 웃음을 터트렸다.

"식기 전에 먹자."

경혜와 이서가 정성스럽게 차린 밥상에서 김이 모락모락 피어올랐다. 세 모녀는 오랜만에 단란하게 모여 함께하는 식사가 그저 반갑고 기뻐서 별것 아닌 말에도 즐겁게 웃으며 밥을 먹었다.

"최종 면접에서 실수한 거 같아서 자신 없다더니, 송이서 완전 내숭이었어."

식사를 마치고 거실에 나와 연서가 사 온 케이크를 잘랐다.

단것을 즐기지 않는 경혜는 소파에 앉아 차를 마시고 있었다. 소파 앞 테이블에 사이좋게 앉은 두 자매는 너무 많이 먹지 말라는 경혜의 잔소리에도 불구하고 칼로 큼지막하게 케이크를 조각내어 보기 좋게 접시 위에 올렸다.

"아니야. 답변 제대로 못 한 거 같아서 진짜 불안했어."

"아무튼 잘됐어. 제일 가고 싶어 했던 곳이잖아."

"응."

연서가 흐릿한 미소를 머금은 채, 마주 보고 앉아 있는 이서의 머리를 다정하게 쓰다듬었다. 아주 어릴 때부터 하나뿐인 여동생을 향해 언니가 보여 주던 애정 표현 중 하나였다.

"정말 잘됐어."

연서가 다시 한 번 기분 좋게 웃는다.

하지만 이서는 어쩐지 함께 웃을 수 없어 그것을 숨기기 위해 포크로 크게 뜬 케이크를 얼른 입속에 집어넣었다. 너무 많이 집어삼킨 탓인지, 부드러운 초콜릿 케이크가 제대로 식도를 타고 내려가지 못하고 목에 턱 막히는 느낌이다.

이서는 답답한 속을 비우기 위해 물이 든 컵을 입에 가져갔다.

"우리 이서, 이제 어엿한 직장인 됐으니까 하고 싶은 것도 마음껏 하고 연애도 하면서 그렇게 지내."

"……연애는 무슨."

"왜? 너 대학 들어가서도 취업 준비한다고 1학년 때부터 공부만 했잖아. 미팅 한 번 안 나갔다며? 재미없게."

"됐어. 관심 없어."

가끔 연서와 통화를 하면 만나는 남자친구는 없냐, 연애는 왜 안 하냐 물으며 이서의 연애 생활에 큰 관심을 보이는 연서였다. 이서가 심드렁한 목소리로 연애에 관심 없다는 말이라도 하면 길고 긴 설교가 시작되곤 했다.

오늘 역시 다르지 않은 모양이었다. 됐다며 고개를 휘젓는 이서의 무심한 반응에도 연서는 더욱 끈질기게 굴었다.

"좋은 남자 만나서 결혼도 하고 하려면, 우선 남자 보는 눈이 생겨야 돼. 너 아무것도 모른 채로 이렇게 살다가 어느 날 이상한 놈팽이한테 홀려서 결혼하겠다고 데려오면 언니한테 진짜 엉덩이 맞을 줄 알아."

"학창 시절 내내 모범생에, 항상 아나운서들보다 고운 말만 쓰던 송연서가 놈팽이란 단어도 쓰네. 신기하다."

"말 돌리지 말고."

연서가 이서를 가볍게 흘겼다. 그러고는 이서가 영 넘어오지 않자 티격태격하는 딸들의 소란에도 소파에서 조용히 차를 마시는 경혜를 끌어들였다.

"엄마도 이서한테 말 좀 해 주세요. 얘 스물다섯에 이렇게까지 남자한테 관심 없는 거 불안해요. 슬슬 연애도 하고 결혼도 해야 하는데."

"때 되면 알아서 시집가고 싶다고 졸라 댈 거야. 걱정하지 마."

"미안하지만 나 시집 안 갈 거야."

이서가 입안에 가득 퍼지는 부드러운 달콤함을 맛있게 씹으며 웅얼거렸다.

"어릴 땐 어려서 그러나 싶었는데 다 컸는데도 저러잖아요."

"연서야, 그만 하고 너도 먹어. 얼른. 우리 막내 고집을 누가 말리니."

경혜는 아직도 포기하지 않고 이서를 설득하려는 연서 앞에 접시를 가까이 들이밀어 주었다. 연서가 아쉬운 얼굴로 이서를 보자 그녀는 혀를 쏙 내밀어 짓궂은 표정을 지어 보였다. 연서가 그런 동생을 얄밉다는 얼굴로 흘기다가 결국 피식 웃어 버렸다.

서로 이야기를 나누다 보니 아쉬울 만큼 시간은 금세 흘렀다. 어느새 갈 시간이 되었다며 연서가 코트와 가방을 집어 들었고, 이서는 연서를 배웅하기 위해 급히 홈웨어 위에 점퍼를 걸쳤다.

경혜에게 인사를 한 연서가 먼저 집을 나서고 그녀를 따라 이서가 현관 밖으로 나왔다. 8층인 집에서 내려오기 위해 잡아탄 엘리베이터는 사람 한 명 없이 텅 비어 있었다.

"이서야."

"응."

"정말 관심 없는 거 맞아?"

"또 연애 얘기야? 귀에 딱지 앉겠어. 언니."

"정말로 하기 싫은 거면 안 말려. 근데……."

연서가 앞을 본 채 입을 열었다.

"하기 싫은 거 같은 게 아니라, 일부러 단념하고 포기하려는 거 같아 보여. '이것도 안 되고 저것도 안 돼. 나는 그래선 안 돼.' 이렇게."

"……"

"진짜로 이제 너 하고 싶은 거 하면서 즐겁게 살아."

엘리베이터 문에 비쳐지는 연서의 표정에는 안타까움이 어려 있었다. 이서는 흐릿하게 비쳐지는 연서의 모습을 보며 자신도 모르게 이를 악물었다.

누가 할 소리를.

이서는 입을 꾹 다문 채 소리 없이 중얼거렸다.

자기는 스물한 살에 팔려 가듯 시집가서 십 년 가까운 세월 동안 하고 싶은 걸 하기는커녕 시댁에서 말도 못 할 시집살이와 남편의 무관심을 혼자 감당하고 있으면서. 그러면서 항상 나한테만 행복해지라고 그러지. 저는 행복이고 뭐고 다 다른 세상 일인 것처럼 포기해 놓고.

멍울진 가슴 아래에 깊이 눌러 둔 울음이 울컥 치민 이서는 아무 대꾸도 하지 못한 채 입술을 질끈 깨물었다.

"이서야. 응?"

"……그런 거 아니야."

1층에 다다른 엘리베이터 문이 스르륵 열렸다.

이서는 먼저 복도로 빠져나오며 울음 대신 만들어 낸 웃음을 애써 지어 보였다.

연서를 보내고, 이서는 집으로 다시 올라가기 위해 엘리베이터 버튼을 눌렀다. 계기판의 숫자가 줄어드는 것을 멀거니 지켜보다가 차가운 공기 속에 뿌옇게 한숨을 내쉬었다.

"조금만 더……."

이서는 스스로 무슨 말을 중얼거리고 있는지 자각도 못 한 채 아린 마음처럼 흔들리는 동공을 바로잡았다.

◈

이른 아침, 출근 준비를 마친 이서는 신발장 앞에 섰다.

신발장 옆에 붙은 전신거울을 보자 검은색 비즈니스 정장 차림에 머리를 깔끔하게 하나로 묶은 자신의 모습이 비쳐졌다. 어색하게나마 직장인 느낌이 풍겨 오는 것 같아 마음도 함께 들떴다.

연서가 취업 축하 선물로 지난번에 사 주었던 단정하고 깔끔한 단화에 발을 집어넣던 이서는 그 옆에 가지런히 놓인 분홍색 슬리퍼에 눈길이 갔다. 경혜가 산 것도, 이서 자신이 산 것도 아닌 물건이었다.

어느 순간부터 이곳에 놓여 자연스럽게 쓰게 된 이 슬리퍼는 준희 대신 선 자리에 나갔던 날, 한석주라는 남자에게 받은 것이었다. 망가진 구두를 버리지도 못하고 신은 채 어찌할 바 몰라 하던 이서의 앞에 무심히 툭 건네졌던 슬리퍼. 볼 때마다 그 날의 복합적으로 굴욕적이었던 기억을 뭉게뭉게 떠올리게 만드는데도 이서는 어쩐지 묘한 마음이 들어 버리지 못하고 있었다.

처음 며칠만 해도 저 슬리퍼를 보며 스스로의 유치했던 행동이 떠올라 창피함과 민망함으로 얼굴이 빨갛게 물들었다. 하지만 생각지도 못했던 남자의 호의가 꽤나 인상적으로 남았는지 버리기가 아쉬웠다.

무엇보다 이제 더 이상 만날 일이 없는 사람이라고 생각하자 괜히 의식해서 아직 쓸모 있는 물건을 버리는 것도 우습게 느껴졌다.

그렇게 점점 시간이 지날수록 거리낌 없이 사용한 슬리퍼인데, 갑자기 오늘이 되어서야 또다시 묘한 기분이 들었다. 남자가 다니기도 하는 자신의 첫 직장에 첫 출근하는 날이라서 그럴지도 모른다.

"에이, 아니야."

이서는 두둥실 떠오르는 안 좋은 예감에 허공에서 고개를 휘저었다. 천하의 박복한 인간이 아니고서야 그 큰 회사에서 다시 그 남자를 만나게 될 일은 결코 없을 거다. 그리고 스스로 판단했을 때, 자신은 그렇게 박복한 인간이 아니었다.

운이 나빠서 어쩌다가 엘리베이터에서 잠깐 마주치게 되더라도 얼굴에 철판을 깔고 모르는 척하면 그만이다. 그 날만 해도 다원이 보았다면 혀를 끌끌 차며 잔소리를 늘어놓았을 만큼 패닉 상태로 온갖 걱정을 하던 이서였지만 시간이 주는 안정감과 여유로움 덕분에 이제는 남자와 혹시라도 마주치게 된다 하더라도 어떤 얼굴을 할지 플랜까지 잡아 놓은 상태였다.

"오늘 잘하자, 송이서."

쓸데없는 기억을 접고 거울로 옷매무시를 확인하던 이서가 스스로를 보며 기를 불어넣었다. 문고리를 잡아 현관문을 여는 이서의 손이 평소보다 힘차고 씩씩했다. 느리지 않은 걸음으로 아파트를 나선 그녀는 산뜻한 아침 공기를 만끽하며 버스 정류장으로 향했다.

대학을 다니는 4년 내내 그렇게 열심히 준비를 했는데도, 졸업을 하고 1년 정도는 다시 구직 활동을 해야 했다.

졸업하기 전에 직장을 잡아 곧바로 일을 시작하는 것이 목표였던 이서는 실망이 큰 만큼 초조했지만 그로 인해 좌절할 만큼 여유롭지 못했다. 실망스럽고 조급한 마음은 저 멀리 떨친 채 다시 취직 준비에 열을 올렸다.

오히려 급하게 굴지 말고 여유로운 마음을 가지라는 가족들의 조언에도 불구하고 더욱 스펙 쌓기에 몰두했다.

그런 마음으로 보낸 1년이기에 인턴으로 두 달간 다녔던 주경백화점에 취직을 하게 된 것이 무엇보다 기쁘고 뿌듯했다. 버스에 탄 이서는 안을 가득 채운 사람들에게 치이고 치이다가 겨우 도착점에 내릴 수 있었다.

중후한 분위기를 자아내면도 기하학적인 석조건물인 주경백화점 본점이 내리자마자 바로 눈에 확 들어왔다. 우리나라에서 가장 오랜 전통을 자랑하는 백화점인 만큼 화려하고 품격 있는 외관을 자랑하고 있었다.

웅장하게 버티고 있는 건물을 바라보던 이서는 갑자기 고개를 돌려 건너편에 있는 호텔로 시선을 돌렸다. 출근 전, 분홍색 슬리퍼를 보며 떠올렸던 것처럼 다시 그 날의 기억이 자동으로 재생

되었다.

"아니야."

이서가 작은 목소리로 혼잣말을 하며 고개를 저었다.

'왜 또 저 건물하고 가까이 있어 가지고.'

괜스레 원망하게 되는 마음을 가라앉히고 다시 한 번 자신이 일하게 될 건물을 올려다보았다. 고개를 높이 들어, 시즌에 따라 바뀌는 이미지 포스터가 화려하게 걸려 있는 것을 확인하던 이서는 기분 좋게 웃으며 본점 옆에 붙은 신관으로 발걸음을 옮겼다.

로비를 지나다니는 사람은 아직 많지 않았다. 보통 직원들이 출근하기에는 조금 이른 시간이었다. 혹시 무슨 일이 있어 늦을지도 모른다는 생각에 집에서 좀 더 일찍 출발한 탓이었다. 1층을 가리키며 멈춘 텅 빈 엘리베이터에 탄 이서는 17층 버튼을 꾹 눌렀다.

"잠깐만요!"

기다려 달라는 여자의 목소리와 함께 구두 굽이 로비 바닥에 딱딱 부딪치며 다급하게 뛰어오는 소리가 들렸다. 배치된 부서에 가기 전, 긴장되고 설레는 마음으로 이것저것 생각하던 이서는 닫히려는 문을 급히 열며 뛰어오는 여자를 기다려 주었다.

"감사합…… 이서 씨?"

숨을 헉헉거리며 엘리베이터에 탑승한 여자가 이서를 보자마자 반가운 목소리를 높였다. 이서는 여자가 자신의 이름을 아는 것에 놀라서 그녀를 보았다.

"어, 김 대리님!"

여자는 이서 역시 익히 아는 얼굴이었다. 작년, 영업팀 남성정장 파트에서 인턴으로 일하면서 알게 된 인연이었다. 인턴이었던 이서에게 일을 가르쳐 주었던 김 대리였다.

이서는 활짝 웃으며 그녀에게 인사했다. 이서의 기억 속의 그녀는 새침하고 도도하게 보이는 인상과 달리 무척 좋은 사람이었다.

인턴인 이서에게 잡일만 시키면서 부려먹는 것을 당연하게 여기던 다른 직원들과는 달랐다. 그녀는 이서에게 실무를 하나라도 더 알려 주기 위해 노력하고, 어느 정도의 일은 직접 맡겨 주기도 했었다. 이서는 좋은 멘토였던 그녀 덕분에 이 회사에서 더욱 일하고 싶다고 간절하게 꿈꾸었던 것이다.

이서와 마찬가지로 김 대리 역시 반가움 가득한 얼굴을 숨기지 않으며 이서의 어깨를 다정하게 두드렸다.

"취직했구나. 축하해. 나는 이서 씨 될 줄 알았다니까."

"감사합니다."

김 대리는 꼼꼼하게 한 화사한 화장과 패션으로, 그때와 마찬가지로 여전히 화려한 느낌을 주었다. 독특한 디자인의 스커트에 핏이 깔끔한 재킷을 걸친 그녀는 TV에서 자주 비쳐지는 화려한 커리어 우먼의 이미지 그 자체였다. 그녀는 시원하게 웃으며 오랜만에 만나는 이서에게 쉬지 않고 이것저것 물어보았다.

"참, 부서는 어디야?"

"마케팅 2팀이요."

"아, 그래? 영업팀이 아니구나. 아쉽다."

"저도 조금 아쉬워요."

"어…… 잠깐만. 2팀이면……."

김 대리가 말꼬리를 늘이며 곰곰이 생각하는 표정으로 미간을 좁혔다. 그것도 잠시, 생각하던 것이 확실히 떠올랐는지 김 대리가 입을 벌렸다.

"대박이네."

"네?"

"이서 씨, 축하해. 2팀에 우리 회사 보물 있거든."

"보……물이요?"

뜬금없는 단어를 내뱉는 김 대리 때문에 이서는 영문 모를 얼굴로 고개를 갸웃거렸다. 김 대리는 엘리베이터 안에 두 사람 외에는 아무도 없는 것을 뻔히 알면서도 은밀하게 이서의 귓가에 다가가 조용히 입을 열었다.

"정확히는 우리 회사 여자 사원들의 보물이자 희망?"

김 대리는 빙긋 웃으며 설명했다.

"키 크고, 잘생기고, 일 잘하고 아무튼 완벽해. 주변 미스 동료들이 멋있다고 난리 쳐도 나는 솔직히 별로 관심 없다고 생각했는데, 어쩌다가 한 번 마주치면 확실히 기분이 확 좋아지긴 하더라고. 이게 진짜 괜찮거든."

손으로 자신의 얼굴을 훑는 모션을 취하며 김 대리가 흐뭇하게 웃었다.

"누군지 말 안 해 줘도 아마 보면 바로 이 남자구나 하고 알 거야. 다른 남자 직원들하고는 쉬는 숨부터 다르다고 할까? 비교

불가거든."

"아……."

"이서 씨, 첫 부서부터 아주 느낌이 좋네."

잘됐다며 이서의 등을 토닥이는 김 대리의 호들갑에도 이서는 어쩐지 불길한 예감이 치솟는 것을 막을 수 없었다.

키가 크고, 잘생겼다. 여자 사원들이 사족을 못 쓰는 엄청난 인기.

누군가 특정인물이 급격히 떠오르는 것은 첫 출근으로 예민해진 탓일 것이다.

이서가 혼란에 잠긴 사이, 김 대리가 먼저 인사를 하고 엘리베이터에서 내렸다. 곧이어 17층에 다다른 엘리베이터 문이 활짝 입을 벌렸다. 이서는 굼뜬 몸짓으로 복도로 나왔다. 여전히 얼굴에는 복잡한 고민을 가득 끌어안은 채였다.

"에이, 아니야."

그런 말도 안 되는 우연이 일어날 리가 없다. 자신은 그렇게 박복한 여자가 아니다.

'아닐 거야. 아니어야 돼.'

이서는 오늘만 해도 세 번째로 다가온 무서운 예감을 급하게 떨쳐 냈다. 그러고는 잠시 화장실에 들러 흐트러진 모습을 재정비하고 배치받은 마케팅 2팀 사무실로 향했다.

자동문으로 설치된 투명한 유리문에 다가서려는데 그녀가 있는 바깥쪽이 아닌 사무실 안쪽에서 다가온 사람으로 인해 센서가 감지되며 문이 획, 가볍게 열렸다. 안으로 들어서려던 이서의 걸음이 주춤했다.

"……!"

이서는 너무도 놀랐다.

얼마나 놀랐는지, 들이쉬던 숨조차 단숨에 멎었다. 바로 앞에 보이는 남자는 한 손에는 서류를 든 채, 커다란 키를 자랑하며 그녀의 앞에 떡 버티고 서 있었다. 겉옷을 벗어 두었는지 잘 다려진 깔끔한 흰색 셔츠 차림의 그는 실제 회사가 아닌 드라마나 CF 등 가공된 상황에서나 존재할 것 같은 비주얼과 분위기를 가지고 있었다.

"들어가실 겁니까?"

돌처럼 굳어 가만히 서 있는 이서에게, 남자가 옆으로 비켜서 주며 물었다. 귀신을 본 듯 혼비백산하는 그녀와는 딴판으로 그에게서 놀란 기색은 조금도 찾아볼 수 없었다.

"아…… 그……."

이서는 이제 막 옹알이를 시작한 아기처럼 뜻 모를 소리만 신음처럼 중얼거렸다.

그를 보자마자 확신할 수 있었다. 방금 전 엘리베이터에서 김 대리가 열변을 토했던 그 보물이자 희망이 저 남자, 한석주라는 것을.

지난번 선 자리에서 이미 남자의 실물을 가까이에서 마주했던 이서였다. 만에 하나 가능성을 제기하며 아닐 거라고 수천 번 되뇌어 봤자 다 소용없는 짓이었다.

'박복해도 이리 박복할 수가.'

이서는 사무치는 절망감에 바닥으로 고개를 떨궜다. 아침부터 스멀스멀 기어오르는 예감을 외면하려 부단히 애썼지만 결국 현실은 이렇게 되었다.

슬픈 예감은 결코 이서를 비껴가 주지 않았다.

"신입사원 76기 송이서라고 합니다. 열심히 배우겠습니다. 앞으로 잘 부탁드립니다."

팀장과의 간략한 면담을 마친 후, 부서 직원들에게 첫인사를 한 이서는 배치된 자신의 자리에 가서 앉았다.

엎친 데 덮친 격으로 그녀의 자리는 한석주의 바로 옆자리였다. 파티션을 사이에 두었을 뿐 너무도 가까운 거리였다.

이서는 벌써부터 진이 빠져 한숨을 쉬려다가도 옆에 앉은 그에게 들릴까 지퍼를 채우듯 입을 꾹 다물며 긴장을 늦추지 않았다. 첫 출근이라는 설렘은 어느새 처연하게 증발한 지 오래였다.

이서는 건조하게 수분이 마른 손길로 책상 위에 놓인 컴퓨터 전원을 켜며 방금 전, 청천벽력과도 같았던 팀장의 오리엔테이션을 떠올렸다.

'이서 씨 사수는 한석주 대리라고, 아까 봤을 텐데 저기 저쪽에 잘생긴 미남 있지? 저 친구야.'

'……'

자신의 발언이 어떤 파급력을 가지고 있는지 전혀 모르는 팀장의 무심한 설명에, 더 이상 놀라는 것도 지쳐 버린 이서는 바보처럼 눈만 깜박거렸다.

'시커먼 남자일 거라고 예상했는데, 우리 부서에 배치된 신입 사원이 이런 예쁜 아가씨인 줄은 몰랐네. 솔직히 사실 좀 걱정도 되고. 참, 이거 차별 발언이 아니야. 일은 차차 배우면 되는 거지만 한 대리가 워낙 저래서…….'

최 팀장은 '워낙 저렇다'는 말을 부정적인 뉘앙스로 흘리고 있었지만 그 뜻은 여자들이 일도 못 하고 넋을 잃을 만한 겉모습이라 우려가 된다는 것이었다. 이서 역시 어느 정도 수긍이 갈 만큼 그의 외모는 근사했다.

'한 대리 성격이 또 칼 같아서, 내가 봐도 무서울 정도로 엄청 단호하게 구는데도 여자들은 백 퍼센트의 확률로 거의 무조건 빠지니까. 사실 작년에 있었던 인턴도 시끄럽게…… 아, 아무것도 아니야. 모쪼록 사심 없이 열심히 일 배워.'

팀장의 말을 찬찬히 곱씹을수록 기분이 울적해졌다. 이서는 자세를 똑바로 하기 위해 허리를 쭉 펴고 앉았다. 그리고 아주 조심스럽게 눈길을 옆으로 돌려 석주가 앉은 자리를 슬쩍 보았다. 그의 옆모습이 반쯤 눈에 들어왔다.

'내가 기억이 안 나는 걸까?'

그렇다면 다행이긴 한데 아무리 생각해도 그럴 리는 없을 것 같았다. 처음 회사에서 맞닥트린 순간도 그렇고, 인사를 하던 때에도 천연덕스러울 만큼 모르는 사람 대하는 듯한 석주의 표정에 이서는 헷갈릴 수밖에 없었다.

아무리 사람에 무관심해도 설마 함께 얼굴을 마주하고 식사를 하며 이야기를 나눴던 사람을 못 알아볼까 싶었다. 심지어 그 후에 나름 인상적인 사건도 있었는데.

적어도 이서 자신에게는 두 달 가까이 흐른 지금까지도 그는 기억 속에 선명하게 남아 있었다.

그의 의중을 파악하기 위해 골몰히 고민하던 이서는 결국 나오지 않는 답을 포기해야 했다.

"하아."

속에 담아 둔 한숨이 깊게 새어 나왔다.

"송이서 씨."

"네…… 네!"

갑작스러운 석주의 부름에 놀란 이서가 소리 높여 대답했다. 그리고 대답한 바로 다음, 자신의 목소리가 아침의 조용한 사무실 분위기와 동떨어지게 볼륨이 너무 컸다는 것을 인식했다. 이서는 주위 눈치를 살피다가 긴장한 얼굴로 석주를 보았다.

"네, 한 대리님."

"이거 받아요."

아무것도 맡은 일 없이 멀뚱히 있던 이서에게 석주가 프린트된 종이를 내밀었다.

"점포별 실적과 상품본부 매입팀별 실적 데이터입니다."

"아, 네."

서류를 받아 든 이서가 석주의 다음 말을 기다리며 그를 보았다. 하지만 그는 볼일은 전부 끝났다고 일갈하듯 다시 그의 책상에 있는 자료들에 몰두했다. 이서는 그런 그의 무정한 등을 멍하니 보다가 자신의 책상에 실적 데이터를 올려놓았다.

인턴 때, 영업 관리팀 남성 정장 파트에서 일했던 이서는 이일이 꽤 자신의 적성에 맞을 거라고 생각했다. 영업 현장에서 일어나는 모든 일들을 관리하고 담당하며 사람들과 끊임없이 소통해야 하는 업무가 물론 무척이나 힘들어 보이는 것도 사실이었다.

하지만 이서는 능숙하고 프로페셔널하게 일을 처리해 나가는 김 대리를 보면서 자신도 저런 커리어우먼이 되고 싶다고 꿈꾸었다. 밝고 서글서글한 성격이라고들 말하는 이서인지라 함께 일했던 영업팀 직원들도 일을 시작하면 잘 적응해 나갈 거라고 고개를 끄덕였다.

백화점 특유의 활발하고 활기찬 느낌을 좋아했기에 영업 관리팀 일을 맡고 싶었지만 취업이 확정된 후 실제로 배정받은 곳은 마케팅 팀이었다.

마케팅팀 중에서도 사수인 석주와 같은 마케팅 전략 기획과 판촉 기획 담당으로 배정받은 그녀는 아쉽다고 생각하면서도 큰 숲을 볼 수 있는 좋은 기회라는 것을 알기에 열심히 일하겠다는 열의를 다졌다.

하지만 숫자들이 빈틈없이 나열된 종이를 바라보자 왠지 머릿속이 어지러워지는 기분이었다. 이서는 고개를 갸웃거리며 의문 어린 눈빛으로 데이터를 확인했다.

'우리 회사는 멘토-멘티 제도라는 게 있어.'

아직은 까마득한 수치를 꼼꼼한 눈으로 골똘히 지켜보던 이서는 다시 떠오르는 최 팀장이 했던 말에 종이를 잡고 있던 손에 힘을 주었다. 동시에 얇고 연약한 종이는 그녀의 손이 닿는 곳부터 천천히 빳빳하던 본연의 모습을 잃고 구겨져 갔다.

'멘토-멘티 제도요?'
'그래. 그러니까 한 대리가 멘토고 송이서 씨가 멘티인 거지. 회사 생활 하면서 고민이 있거나 힘든 점이 있으면 한 대리한테 털어놓으면 돼. 처음 입사해서 모르는 것도 많고 어수룩한 신입사원들을 좀 더 빨리 적응할 수 있도록 사수가 더 많이 신경 써 주고 잘 이끌어 주자는 그런 거지.'
'아…… 네.'

최 팀장의 말에 그냥 회사에서 쓸데없이 만들어 놓은 허울 좋은 제도 중 하나구나 하며 넘기려고 할 때였다.

'밥도 같이 먹고 그러면서 친해지면 돼.'

'밥……이요?'

순간 이서의 동공이 어느 때보다 급격하게 흔들렸다.

'신입사원들은 보통 멘토랑 같이 점심 식사 하거든.'

최 팀장은 이서에게 설명을 해 주면서도 약간 거리끼는 얼굴이었다. 바로 전에 한석주 대리에게 멋대로 빠지지 않도록 주의를 주었던 것과 상반되는 이야기였기 때문이다.

점심시간에 가까워지는 시계를 보는 이서의 눈길에 초조함이 묻어났다. 오늘따라 긴장으로 더욱 빨리 배가 고파지는 것과는 별개로 차라리 점심시간을 건너뛰었으면 할 정도였다.

'그와 단둘이 점심 식사라니.'

생각만 해도 체하지 않는 게 용하겠다 싶을 만큼 불편함이 가득한 자리일 것이 분명했다.

"자, 식사들 먼저 하고 다시 오후 근무 시작하죠."

최 팀장이 먼저 자리에서 일어나며 직원들에게 말했다. 그의 말이 알람이라도 되는 양 책상 앞에 앉아 있던 직원들이 하나둘씩 일어서고 자리를 빠져나갔다.

대다수가 점심을 먹기 위해 사무실을 나가는 때까지도 석주는 귀를 막은 채 아무것도 못 듣는 사람처럼 여전히 일에 열중하고 있었다. 이서는 차라리 그게 다행으로 여겨질 정도였다.

어느새 석주와 둘만 남게 되자 대충 타이밍을 봐서 사무실을 나가야겠다는 생각이 들었다. 생각해 보면 석주가 그렇게 강제성이 있는 것 같지도 않은 멘토-멘티 제도를 꼭 지킬 것 같지도 않다는 희망적인 의견이 안에서 솟아났다.

딱 봐도 무시무시할 정도로 완벽한 엘리트의 분위기와 워커홀릭의 냄새를 물씬 풍기는 남자였다. 학생으로 따지자면 그는 선생님과 부모님의 말을 잘 따르는 착실하고 착한 모범생보다는 공부를 잘하지만 무감하면서도 날카로운 눈빛으로 오히려 어른들을 무시할 것 같은 느낌이었다. 어른들 꼭대기 위에서 노는 그런 학생이 원래 사고 치느라 바쁜 반항아들보다 더 무서운 법이다.

일하느라 바빠서 신입이고 후배고 멘티고, 챙긴다는 것이 귀찮기만 할 것이다. 그래, 분명히 그럴 것이다.

이서는 스스로에게 희망찬 가설들을 끄집어내며 힘차게 고개를 끄덕였다. 지금이 때였다. 엉덩이로 의자를 약간의 소리도 나지 않도록 조심스럽게 뒤로 민 이서가 천천히 자리에서 일어섰다.

"송이서 씨."

"……네."

방금 전 몰래 꺼내 둔 지갑과 휴대폰을 가슴께로 모아 놓은 채 일하고 있는 석주의 신경이 거슬리지 않도록 조용하고 조신하게 자리를 뜨려던 이서는 뻣뻣하게 굳은 몸으로 그를 보았다. 자리에 앉아 있던 석주가 손목에 매달린 시계를 한번 훑고는 자리에서 가볍게 탁 일어섰다.

"식사하러 갑시다."

석주가 이서에게 나직이 말하고는 키만큼 커다란 보폭으로 먼저 걸음을 옮겨 유리문 쪽으로 향했다.

덩그러니 사무실 안에 남아 움직이지 못하던 이서는 멍한 얼굴로 있다가 상대도 없는 허공에 늦은 대답을 했다.

"……네, 대리님."

3. 운 좋은 신입사원

✳✳✳✳✳✳✳✳

"내 얘기 좀 들어줘!"

이서는 퇴근하자마자 다원에게 전화를 걸었다. 횡설수설하는 모습으로 넋이 흩어진 자신의 상태를 표현하는 이서에게, 다원은 일단 자신의 집으로 와서 제대로 설명하라는 말로 매몰차게 전화를 끊었다.

어쩔 수 없이 바로 택시를 잡아타고 다원의 집으로 향한 이서는 금세 도착해서 익숙한 단독주택 앞에 내렸다. 커다란 자택을 둘러보는 이서는 서둘러 택시를 타고 이곳에 온 것과는 달리 대문 앞에 선 채, 어딘지 모르게 주저하는 얼굴이었다.

그녀는 짧게 한숨을 쉬더니 다시 다원에게 전화를 걸었다.

"나야."

— 집으로 오라니까.

"도착하긴 했는데……."

— 문 열어 줄 테니까 들어와. 얼른.

남의 속도 모르고 퉁명스럽게 대답하는 다원에게 이서가 조심스럽게 물었다.

"근데 너희 오빠…… 집에 없는 거 맞지?"

뚝.

이서의 질문에 대꾸할 가치도 없다 여겼는지 다원은 다시 한 번 쌀쌀맞게 전화를 끊었다. 이서는 한숨을 쉬다가 이내 열린 문 안으로 들어갔다. 마당을 거쳐 집 안으로 들어가자 현관 앞에 비딱하게 서서 그녀를 기다리고 있는 다원이 보였다.

"우리 오빠, 이 집 잘 안 오는 거 알잖아."

"……응."

건하는 한국에 돌아온 후, 바로 독립해서 지금 운영하는 카페와 가까운 거리에 위치한 오피스텔을 거처로 정했다.

다원이 스치듯 한 말을 기억하는 이서는 그가 본가에는 거의 발걸음하지 않는다는 것을 알고 있었지만, 엄연히 그의 가족이 사는 곳이고 그가 살았던 곳이기에 혹시나 하며 불안한 마음이 드는 것도 사실이었다. 이서로서는 그와의 사이가 애매해진 후부터 다원의 집에 놀러 오는 것을 꺼릴 수밖에 없었다.

"어떻게 보면 넌 우리 오빠랑 만나기 싫은 게 아니라, 오히려 은근히 보고 싶어 하는 것 같단 말이야."

다원의 비아냥거림에 이서는 금세 풀 죽은 얼굴이 되었다. 이서를 다그쳐 놓고 또 저렇게 측은한 표정을 하는 것은 못 봐 주겠는지 다원이 뒤에서 그녀의 등을 떠밀어 자신의 방으로 향하게 했다.

"일단 방으로 들어가. 들어가서 얘기해. 제대로."

다원의 집에 놀러 올 때마다 항상 의외라고 생각하는 것 중 하나가 흐트러짐 없이 깨끗하게 꾸며진 그녀의 방이었다.

밖에선 털털한 모습을 주로 보이던 다원은 자신의 사적인 공간에 한해서는 약간의 결벽을 보여서 가족조차 함부로 들어올 수 없을 정도였다. 여태까지 다원의 집에 놀러와 그녀의 방을 구경할 수 있었던 친구도 이서가 유일했다.

"너 아까 전화로 외국어 하는 줄 알았어. 하도 횡설수설해서 하나도 못 알아들었으니까 다시 말해 봐."

다원이 컴퓨터 책상 앞 의자에 털썩 앉고, 이서는 다원의 침대 한쪽에 사뿐히 자리를 잡아 앉았다.

이서는 한석주를 처음 만나게 됐던 날부터 이야기를 시작해야 했다. 그와의 일은 다원에게도 말하지 않았던 것들이었다. 생각해 보니 확실히 전화로 전부 이야기할 만한 내용이 아니었다.

"……그래서 조금 불안하다고는 생각하고 있었어. 하지만 준희랑 선볼 만한 남자면 당연히 집안도 좋을 거고 TV에서 나오는 재벌2세들처럼 이사나 상무, 뭐 이런 직책이 아닐까 싶어서 나랑 더 마주칠 일은 없겠지 하고 마음을 놓고 있기도 했는데……."

"잠깐만."

여전히 흥분을 가라앉히지 못한 이서의 말을 중간에 잘라 낸 다원은 영 이해가 안 간다는 듯 눈을 찌푸렸다.

"그게 그렇게 큰 문제야?"

"문제지! 그 남자가 내 사수가 됐다니까? 앞으로 밥도 같이 먹어야 돼! 나 오늘 그 남자랑 밥 먹다가 정말 체하는 줄 알았……."

"그러니까."

다원이 불퉁한 얼굴로 그녀의 말을 막았다.

"네가 선 자리에서 그 남자한테 한 행동이 그렇게 지금처럼 오버 난리를 칠 정도로 큰일은 아닌 거 같은데. 내가 보기엔."

"……어?"

"뭐, 쌍욕을 하면서 아예 개념 없이 굴었던 것도 아니고 그냥 된장녀 행세 좀 하다 온 거잖아."

"그치만 이제 내 상사가 됐는데…… 이미지가 얼마나 안 좋겠어. 그 자리에서 내가 얼마나 재수 없게 말했는지 네가 몰라서 그래. 진짜 밥맛이었을 거야. 그걸 기억하고 있다면 분명 내가 완전 별로일 거야. 앞으로 일도 잘 안 가르쳐 줄 거 같고. 오늘만 해도 정말 찬바람이 쌩쌩 불었어."

당황한 이서의 항변에도 다원은 코웃음을 쳤다.

"그 남자 성격이 원래 좀 그렇다며?"

"그건 그렇지만……."

"너무 오버야, 너. 그러니까 쓸데없는 걱정 좀 하지 마. 내가 보기엔 진짜 별거 아니야. 그리고 그 날 결국 그 남자가 너 애기 구하는 것도 본 거잖아? 그럼 그렇게 이미지가 형편없지는 않겠지."

오늘 이서의 머릿속을 복잡하게 채웠던 고민을 다원은 싱겁다는 얼굴로 그 정도는 전혀 고민거리가 되지 않는다고 단언하고 있었다. 도리어 걱정과 근심에 휩싸인 이서를 이상하게 취급하는 다원의 반응 때문에, 이서도 헷갈려하던 마음에서 점차 수긍하기 시작했다.

'정말 그런가?'

생각해 보면 그렇게 대단한 일이 아닐지도 모른다. 오늘 석주의 행동을 보면 다정하다기보다는 쌀쌀함에 가까웠지만, 그건 조금만 살펴봐도 그녀한테만이 아니라 모두에게 일정하게 찬바람을 날리는 그의 성격이라는 것을 알 수 있었다.

그리고 다시 마주한 이서가 그 날의 행동으로 밉살스러웠다면 굳이 그렇게 강제성을 띄는 것도 아닌데 점심을 함께 먹으러 가자고 하지도 않았을 것이다.

"그럴까?"

이서가 걱정 가득했던 눈에 다시 한 줄기 빛을 되찾으며 묻자 다원은 씩 웃으며 고개를 끄덕였다.

"그럼. 그렇게 선행하는 것도 봤는데 '가끔 좋은 일도 하는 된장녀' 정도 타이틀은 달렸겠지. 뭐."

"야! 박다원!"

아니나 다를까, 다원이 자신을 놀리고 있다는 것을 뒤늦게 알아챈 이서가 꽥 소리를 질렀다. 어렸을 때부터 이서를 손바닥 안에 놓고 쥐었다 폈다 하며 놀리는 것이 유일한 취미이자 낙인 다원은 이미 책상에 얼굴을 묻고 킥킥거리며 웃기 바빴다. 이서는 다시 울상이 되어 침대에 벌러덩 누웠다.

사실 가장 걱정이 되는 부분은 따로 있었다. 선 상대였던 석주가 마음에 들지 않아서 자신이 된장녀 행세를 하면서까지 떼어놓으려 했다고 생각하고 있을 그였다.

지금 상황에서 보면 자신을 기억하는지조차 의심스러울 만큼 전혀 신경 쓰지 않는 그에게 괜히 그 오해를 나서서 푸는 것도 우스울 것 같았지만, 또 계속 답답하고 석연찮은 마음으로 그를 마주하는 것도 괴로울 게 분명했다.

"그럼 사실대로 말하든가. 사돈처녀 따까리 하느라 그쪽하고 선을 보게 되었던 건데, 그게 또 갑자기 억울하고 심술이 나서 그런 거라고."

"싫어. 그건 너무……."

"너무 뭐?"

"찌질이…… 같아 보이잖아."

이서의 웅얼거림에 다원이 팩 코웃음 쳤다.

"그 정도면 찌질이 맞아."

"……."

침대에 누운 이서는 티끌 하나 없는 하얀 천장을 바라보며 오늘 일을 다시금 떠올렸다.

오늘 함께 점심을 먹을 때도 석주는 그녀에게 전혀 알은체를 하지 않았다. 그래서 이서는 다시 오후 근무를 시작하면서부터는 그가 어쩌면 정말로 자신과 선을 본 것을 잊어버린 것일지도 모른다고 차츰 생각하게 되었다.

하지만 그렇게 방심하고 있던 그녀를 마지막까지 비웃을 요량이었는지 석주는 퇴근길, 엘리베이터에서 내리며 그녀에게 물어왔다.

'성까지 개명했을 리는 없고. 앞으로는 서준희 씨가 아니라 송이서 씨라고 부르면 되는 거죠?'
'……네?'

마음을 풀고 있던 상태라 그의 물음에 더욱 놀랄 수밖에 없었다. 이서가 눈을 깜박거리며 아무 말도 못한 채 석주를 바라보고, 그는 아무렇지 않은 얼굴로 인사했다.

'오늘 수고했어요. 송이서 씨, 내일 봅시다.'

이서가 오늘 한 일이라고는 아무것도 없었다. 그런데 인사치레라지만 수고했다는 말이 왠지 가슴에 압정처럼 따갑게 콕 박히는 것 같았고, 당연한 말임에 분명한 내일 보자는 인사는 오싹해서 모골이 송연해질 정도였다.

이서는 다원이 왜 그렇게 오버스럽게 생각하냐는 핀잔에 수긍하면서도, 이제는 상사가 된 그가 무척이나 무서웠고 어떻게 대해야 할지 알 수 없었다. 정말이지, 너무도 어렵다.

"지금 너 보면 꼭 전교 1등만 하던 범생이가 제대로 된 일탈 한번 해 보겠답시고 야자 한 번 빼먹었다가 다음 날 선생님한테

야단맞을까 봐 발 동동 구르는 거 같아."

다원의 이죽거림에도 불안함에 몸서리치며 보드라운 이불 속에서 몸을 뒹굴던 이서는 시계를 확인하고는 이내 자리를 털고 일어났다.

"고마워. 어느 정도……는 해결된 거 같기도 해."

"거짓말하네."

"아무튼 어차피 앞으로 내가 다닐 회사고, 그 사람은 내가 일을 배워야 하는 상사니까. 어떻게든 되겠지. 일하면서 시간이 흐르다 보면 또 괜찮아질 거야."

이서는 주문이라도 외듯 괜찮아질 거라고 몇 번을 혼자 나직이 중얼거렸다. 바닥에 내려놓은 숄더백을 집어 든 이서가 침대에 뒹구느라 구겨진 정장치마를 깔끔하게 폈다.

그녀가 갈 준비를 하는 동안 살짝 열어 놓은 방문 사이로 현관문을 여는 소리가 들렸다. 그 소리에 이서는 깜짝 놀라 제자리에서 숨을 죽였다.

"엄마 아빠가 벌써 왔나?"

부모님이 오늘 모임이 있어서 늦는다는 것을 아는 다원도 누군가가 들어오는 소리가 이상했는지 미간을 찌푸렸다. 두 사람은 생각하기 싫은 전제를 괜히 뒤로 빼며 조용히 거실로 나왔다.

"뭐야, 왜 왔어?"

다원이 신경질적인 어조로 까칠하게 물었다. 저벅저벅 커다란 보폭으로 안으로 들어오던 건하가 이서를 발견하고는 잠시 놀란 얼굴을 했다.

"이서도…… 있었네."

그가 오랜만에 마주한 이서의 얼굴을 찬찬히 훑으며 중얼거렸다.

"아, 네. 안녕하세요."

그에 반해 이서는 딱딱해진 얼굴을 감추지 못한 채 그의 눈길을 피해 고개를 숙였다.

"다원아. 나 이제 갈게."

"어? 어. 들어가면 전화해."

"응. 건하 오빠, 저 가 볼게요."

신발을 신은 이서는 누가 붙잡을세라 황급히 다원의 집을 벗어났다. 다급한 발걸음에 구두 소리가 평소보다 더욱 커졌다. 이서는 입술을 잘근 깨물며 흐트러진 표정을 갈무리하려 노력했다.

오랜만에 보는 건하였다. 이서는 마음에 준비도 안 된 상태에서 이런 식으로 그를 만나게 된 것이 너무도 당황스러웠다.

어린 시절의 자신처럼, 마냥 그에게 잘 보이고 싶고 어여쁘게 보이고 싶은 욕심 때문이 아니었다. 이제는 거의 다 잊었겠지, 하고 스스로 믿을 때쯤 다시 그를 만나게 되면서 자신의 착각을 절감하게 되는 것이 싫었다. 그 때문에 3년에 가까운 시간 동안 계속해서 그를 피해 왔다.

이서는 3년 전 건하의 고백을 이미 거절했고, 그는 3년 가까이 껌 딱지를 자처하며 그를 따라다녔던 준희와 최근 들어 교제하기 시작했다. 그러니 이제 그들에 대해서 이서가 상관하거나 신경 쓸 것은 아무것도 없었다.

마음은 그렇지 못하다 해도 겉으로는 전혀 아무렇지 않은 모습을 보여야 하는데, 역시 아직까지 무리인 모양이었다. 건하만 마주치면 이렇게 본능적으로 도망치고 숨고 싶어지는 것을 보면.

하지만 오늘 이서의 뜻대로 되는 일은 하나도 없었다. 거의 뛰는 걸음으로 대문을 지나서 급히 이곳을 벗어나려는 이서의 팔을 건하가 거칠게 끌어당겼다.

"……오빠."

"데려다줄게."

"아니에요."

"가자."

건하의 커다란 손에 잡힌 손목이 불편하게 느껴진 이서가 굳은 듯 제자리에 멈추었다. 그녀를 대문 앞에 세워진 자신의 차로 이끌던 그가 짧게 한숨을 쉬었다. 이서가 자신의 뜻대로 움직여 주지 않을 거란 것을 누구보다 잘 아는 까닭이었다.

"이서야."

"저 그냥 혼자 갈게요."

"걱정돼서 그래. 벌써 깜깜해졌잖아. 날도 차고. 데려다주게 해 줘."

변함없이 다정한 건하의 목소리가 이서의 가슴을 싸르르 할퀴고 지나갔다. 이서는 다시 어물쩍 그를 담으려는 자신의 오랜 마음을 애써 구기며, 그에게 잡힌 손목을 빼냈다.

"이서야, 난……."

건하는 자꾸 자신으로부터 도망치기 위해 뒷걸음질 치려는 이서를 붙잡기 위해 필사적이었다. 아무 말도 듣지 않으려는 그녀의 팔을 다시 잡아챘다. 오랜만에 만나게 된 그녀로 인해 터져 나온, 속에 겨우 눌러 둔 격정적인 감정이 한꺼번에 밀려나와 무섭게 휘몰아치고 있었다.

"송이서."

그가 이서를 처음 만난 건 여동생인 다원과 함께 그녀가 그들의 집에 놀러 온 때였다. 군대를 다녀오고 학교에 복학하기 전 붕뜬 시간을 집에서 여유롭게 보내던 중 다원과 마찬가지로 키도 작고, 얼굴도 몸도 전부 조그마한 여자애를 보게 되었다. 그때만 해도 이서는 열여섯의 제 나이보다 더 아이처럼 보이는 얼굴이었다.

초등학교 때도 친구를 한 번도 집으로 데려온 적이 없던 다원이라 딸이 학교생활을 잘하고 있는 건지 염려스러웠던 부모님은 중학생이 된 후로 종종 집에 드나들기 시작한 이서를 기쁘게 반겼다.

편모가정에서 어려운 형편으로 지내고 있다는 얘기도 들었지만 우리나라에서 가장 좋은 대학을 다니고 있는 이서의 언니처럼 동생인 그녀 역시 특출 나게 성적이 좋았다. 한눈에 봐도 착한 모범생 느낌이 나는 이서는 여러모로 부모님에게 딸의 친구로 안심이 되는 아이였을 거다.

이서는 고등학교에 들어가서도 학교가 달라진 다원과 여전히 친하게 지냈고 종종 집에도 놀러 왔다. 건하가 이서와 친해지고 그녀를 다원과 같은 친동생처럼 여기게 된 것도 자연스러운 일이었다.

여덟 살이나 어린 친여동생과는 서로를 향해 말이 안 통한다는 이야기를 아무렇지 않게 할 정도로 맞는 구석이 전혀 없었지만, 다원과 같은 나이임에도 이서는 신기할 정도로 어른스러운 구석이 있어 건하는 오히려 다원보다 그녀가 더 편하게 느껴질 정도였다.

이서에게 꽤나 힘든 가정사가 있다고 얼핏 들은 적이 있었는데, 구김살 없이 또래 아이들처럼 밝고 명랑하면서도 또 마냥 어린아이 같지 않은, 생각하는 것이 깊은 아이였다. 건하는 그런 이서와 대화하는 것이 꽤나 즐거웠다.

그런 이서가 자신에게 풋풋한 감정을 가지고 있다는 것을 눈치채는 것은 물론 어렵지 않았다. 그를 짝사랑하는 것을 숨기려고 나름대로 이서는 노력했지만 그 어쩔 줄 몰라 하는 서툰 마음이 그의 눈에 비쳐지지 않을 리 없었다. 이서의 감정을 알아챈 후에도 그저 귀엽고 풋풋하다 여기며 몰래 웃어넘겼다.

하지만 이서의 마음을 너무도 가볍고 장난스럽게 여겼던 탓인지, 그는 그런 그녀에게 본의 아니게 커다란 상처를 주고 만 일이 있었다.

소파에 나란히 앉은 다원과 이서가 휴대폰 화면 앞에 머리를 맞대고 그 안에 저장된 사진들을 넘겨 가며 보고 있었다.

이제 막 집에 들어온 건하는 불현듯 장난을 치고 싶다는 생각에 조용히 그녀들의 뒤쪽으로 다가갔다. 살금살금, 바싹 다가가서 크게 소리를 내 놀라게 하자 두 소녀는 정말 귀신이라도 등장한 줄 알았는지 까무러치듯 소리를 질렀다.

혼비백산인 다원과 이서의 손에 들린 휴대폰을 번쩍 들어 사진
을 넘겨 보던 그가 농담처럼 말했었다.

'이서 언니야?'

'네.'

'정말 예쁘다. 남자친구 있어?'

'⋯⋯.'

'없으면 오빠 소개시켜 줘.'

지금 생각하면 짓궂고 무심하다 못해 잔인했던 스스로에게 험
한 욕설이 나왔지만, 그때는 정말로 생각 없이 농담 삼아 한 말이
었다. 하지만 열여덟 소녀들에게 그 파장은 상상 이상으로 컸다.

이서의 마음을 아는 다원은 순간 그를 죽일 듯이 노려보았고,
이서는 아닌 척 감정을 숨기기 위해 그토록 애썼던 날들이 무색
하게 어떤 말도 못 한 채 파리하게 질린 얼굴로 눈물만 뚝뚝 흘려
댔다.

그가 생각했던 것 이상으로 깊게 흘러넘치는 이서의 마음을 그
때서야 비로소 마주할 수 있었다. 그전까지는 자신을 향한 이서의
감정을 어린애의 가볍고 변덕스러운 마음일 거라고 넘겼던 것도
사실이었다.

하지만 얼마 지나지 않아 건하는 전부터 차곡차곡 준비하고 있
었던 유학길에 올라야 했다. 그 날 이후로 사이가 어색해진 이서

에게는 제대로 된 사과도, 마지막 인사도 못한 채 떠날 수밖에 없었다.

'건하 오빠, 개업 축하해요.'

다시 이서를 만나게 된 건 이탈리아에서 돌아와 첫 카페를 차린 후였다. 개업 날, 다원과 함께 온 이서는 아직도 그가 불편한 건지 조금 어색한 얼굴이었지만 그는 그녀가 무척이나 반가웠다. 어릴 때부터 알고 지냈던 동생과 이제는 화해를 하고 예전처럼 돌아갈 수 있겠구나 싶었던 단순한 마음에서가 아니었다.

공부를 하러 머나먼 타국에 가서도 그는 스스로가 이상하다 여겨질 만큼 자주 이서를 떠올렸었다. 어쩌면 가족들보다 그녀를 더 그리워했을지도 모른다. 이제는 어엿한 여대생이 된 이서와 재회한 그는 그제야 오랫동안 천천히 자신에게 녹아든 감정이 무엇인지를 깨달을 수 있었다.

하지만 그 '때'라는 것이 너무 늦은 것이었을까.

준희라는 존재가, 아직은 조심스러웠던 두 사람 사이에 끼어들면서 그가 앞으로 쉬울 거라 생각했던 이서와의 관계는 다시 어긋났다. 유학을 가기 전과는 비교도 되지 않을 만큼 상황은 복잡해졌다.

서로를 마음에 담았지만 좀 더 견고하게 쌓아 놓지 못한 그와 이서의 사이를 비집고 들어온 준희의 일방적인 고백은 그를 갑갑하게 만들었다.

이서와 사돈 지간이기도 한 준희가 자신을 좋아한다는 것이 이서에게도 얼마나 불편한 상황인지 모르지 않았다. 그렇기에 그는 더욱 준희를 차갑고 냉정하게 내쳤다.

하지만 그때에도 이서가 자신과 함께하지 못하게 될 것이라는 것을 차마 의심하지는 못했다. 그가 유학을 간 후에도 한참 동안 그를 잊지 못했다는 그녀가 설마 준희 때문에 자신을 단념할 거라고는 상상할 수 없었다.

이서에게 친언니인 연서가 어떤 존재이고, 그것 외에도 복잡한 상황이 존재한다는 것을 후에 알게 되었지만 그렇다 하더라도 건하는 자신의 고백에 내내 고개를 젓는 이서가 원망스러웠다.

그럼에도 마음을 접은 척을 하는 이서를 끈질기게 기다렸고, 질릴 정도로 구애하는 준희를 매몰차게 대했다. 그런 지치는 나날들이 3년이나 지속되었다.

아마 하룻밤의 실수가 아니었다면 그는 이런 식으로 허무하게 체념해 버리는 일은 없었을 것이다. 그가 다정해서 좋아했다는 이서의 말은 더 이상 기억하지 않았을 것이다. 조금의 배려도 주저함도 없이, 어떻게든 이서를 다그치고 몰아붙여서라도 제발 자신의 마음을 받아 달라 애원했을 것이다.

건하는 무심히 흘려보낸 지난날들이 사무치도록 후회되었다. 쉽게 이루어질 수 있을 거라 자만했던 그는 이서와 이미 너무 멀리 서로의 반대편으로 돌고 있다는 사실이 절망스러웠다.

"놔주세요."

이서의 손목을 아프도록 움켜쥔 건하가 상처가 깊게 밴 눈으로 그녀를 바라보았다. 하지만 고개를 푹 숙인 채 여전히 그를 봐주지 않는 그녀에게 닿을 리 없는 너무도 먼 시선이었다.

"부탁이에요."

이서가 쥐어짠 목소리로 겨우 입을 열었다.

건하는 그녀를 놔줄 수밖에 없었다. 힘이 빠진 그의 손 사이로 그녀가 빠져나갔다. 뒤도 돌아보지 않고 걸음을 돌려 사라지는 이서를, 건하는 하염없이 바라보는 것 말고는 할 수 있는 것이 없었다.

◈

"한석주!"

회사 로비를 가로질러 엘리베이터 방향으로 향하는 석주를 누군가가 우렁찬 소리로 불렀다. 꽤 오랜 시절 동안 들어 온 질릴 만큼 익숙한 목소리라 석주는 대답 대신 눈짓을 한 번 주고는 걸음의 속도를 늦추지 않았다.

엘리베이터 앞에 반듯하게 선 석주의 등을 그 익숙한 존재가 주먹으로 툭 때렸다. 고등학교 동창이자 입사 동기인 서원형이 고개를 비스듬히 하며 그에게 알은척을 했다.

"같은 회사 다니는데 너랑 얼굴 보기도 참 힘들다?"

"부서가 다르니까."

명쾌하면서도 덤덤한 석주의 대답에 원형은 싱겁게 '아, 그렇지.' 하며 조용히 고개를 끄덕였다.

"저번 주말에도 선보러 다녀왔냐? 너희 부모님도 걱정 많으시지?"

은근히 놀리는 듯한 말투에 석주는 조금 인상을 썼다. 저 말만 들으면 마치 그가 부모님의 뜻에 한없이 이끌려 다니는 것 같은 느낌이었다. 하지만 그가 부모님의 애원에 가까운 성화로 그다지 뜻도 없는 맞선을 보러 나간 것은 횟수로 따지면 고작 세 번이 다였다.

서른이 되기 전에 결혼은 아니더라도 진지하게 만나는 여자 정도는 있었으면 좋겠다는 어머니의 눈물바람과 그 옆에서 은근하게 부추기는 아버지로 인해, 효도한다는 셈 치고 처음 맞선을 보러 나간 것이 스물아홉의 가을이었다.

그 후로도 두 번을 더 선을 봤지만 역시 그에게는 전혀 맞지 않는다는 것을 깨닫고 그만두었다. 누구보다 고집이 강한 그가 이건 아니다라고 결정을 확고히 한 후에는 부모님조차 그에게 뜻을 빌어붙일 수 없었다.

"아니."

"선 더 안 봐?"

"어."

"아이고…… 부모님이 얼마나 피가 마르실까. 네 그 '병'이 서른이 되어서도 나을 생각을 안 하니 말이지."

석주는 이번에도 놀리는 건가 싶어 귀찮다는 시선을 원형에게 보냈다. 하지만 그의 예상과는 달리 원형은 진심으로 걱정하는 듯한 얼굴이었다.

오랜 시간을 함께해 온 친구인 원형은 특유의 가벼운 말투로 장난스럽게 한탄을 했지만 그 밑에는 그의 '병'에 대한 진심 어린 걱정과 안타까움이 깔려 있었다.

가족과 친구들이 그토록 염려하는 '그 병'으로 인한 불편함이 당사자인 석주에겐 전혀 아무렇지 않다는 것이 차라리 다행인 것인지 불행인 것인지 그 본인조차 알 수 없었다.

"참 오래도 됐지. 네 여자기피증이 발병하……."

다수의 사람들이 출근하기에는 아직 조금 이른 시간이었다. 덕분에 엘리베이터를 기다리고 있는 사람은 석주와 원형, 달랑 두 사람이었다.

사람이 없다는 사실에 사적인 이야기를 좀 더 편하게 하고 있었던 원형은 누군가의 발걸음이 뚝 멎는 소리를 듣고는 깜짝 놀라 뒤를 돌았다. 아이러니하게도 누군가 걸어오는 소리는 의식을 못 하고 있다가 그 사람이 멈춘 후에야 존재를 인식한 것이었다.

원형의 시선이 쏠리자 뒤에 선 여자가 꾸벅 고개를 숙였다.

"죄, 죄송합니다."

얼굴에 당황스러운 감정을 지우지 못하고 있는 여자는 걸음을 멈춘 채 오도 가도 못하고 앞에 두 남자를 불안하게 보고 있었다. 원형 역시 듣는 사람이 석주 외에 아무도 없다는 생각에 하던 말이었기에 낭패라는 듯 곤란한 얼굴이 되었다.

석주는 자신의 여자기피증에 대해 딱히 꽁꽁 숨기려는 기색은 없어 보였지만 회사에서 거의 아이돌이나 다름없는 그의 모든 일

거수일투족에 촉을 곤두세우는 여자 사원들을 생각하면, 원형은 고의는 아니지만 그 사실을 알린 것에 대해 미안한 마음이 들 수밖에 없었다. 이 소문이 돌기 시작하면 석주가 또 얼마나 귀찮은 일들에 휘말릴지 뻔히 보이기 때문이었다.

여자의 표정을 보니 그의 말을 들은 것은 아주 분명해 보였다.

"좋은 아침입니다."

뭐라고 수습을 해야 하나 골몰하던 원형은 생각지도 못했던 석주가 여자에게 알은척을 하자 놀라서 그를 보았다. 설명이 필요한 얼굴로 자신을 뚫어져라 응시하는 원형에게 석주가 간단하게 소개했다.

"우리 부서 신입사원 송이서 씨."

"아, 그래?"

원형이 고개를 주억거리며 이서를 살폈다.

이서는 어색하게 웃으며 뻣뻣한 몸짓으로 인사를 해 왔다. 저렇게 모든 감정이 얼굴 표정에 다 드러나는 것도 재주다 싶을 정도로 그녀는 자신이 들은 사실에 놀란 것을 숨기지 못하고 있었다.

"안녕하세요. 저는 고객전략팀 서원형이라고 합니다. 한 대리하고는 입사 동기지만 또 고등학교 동창이라 더 허물없는 사이예요. 그치? 자기?"

원형이 마지막에 애교를 떨 듯 석주의 팔을 손가락으로 콕 찔렀다. 그 행동을 보던 이서의 하얀 얼굴이 더욱 새하얗게 질렸다. 그냥 남자들끼리 하는 우스운 장난이라고 볼 수도 있겠지만 방금 전 석주가 여자기피증이란 말을 들은 후니 이서가 지금 무슨 상상을 하고 있을지는 묻지 않아도 알 것 같았다.

"아아…… 네."

자신의 눈을 피하는 이서를 보며, 석주는 원형에게 목구멍 끝까지 치미는 욕설을 겨우 눌러야 했다. 그는 잠시 원형을 노려보는 것으로 짧게 경고를 던졌다.

엘리베이터가 도착하는 소리가 들려오고 사람이 아무도 없는 엘리베이터 안으로 몸을 들이던 두 남자는 제자리에 붙박이처럼 가만히 서 있는 이서를 의아하게 보았다.

"이서 씨? 안 타세요?"

"네? 아, 네."

원형의 물음에 이서는 급히 대답하고는 황망한 몸짓으로 엘리베이터 안으로 들어왔다. 뒤편에 석주와 원형이 서고, 그들 앞쪽에 이서가 넋을 잃은 얼굴로 탑승했다.

엘리베이터 안은 무서울 정도로 적막했다. 이서의 고뇌는 뒷모습만으로도 여실히 느껴질 정도였다. 그녀의 복잡한 머릿속이 그려져 원형이 소리를 죽여 킥킥거렸다. 그 모습에 석주는 원형을 한번 매섭게 노려보았다.

"자기야, 그만 좀 봐. 나 부끄러워."

'이 자식이 진짜.'

웬만한 일에는 흥분하거나 당황하는 일이 없는 석주였지만 지금 원형의 장난은 매사에 무덤덤한 그조차 진심으로 짜증이 일었다. 어렸을 적부터 유명한 장난꾸러기였던 원형이라 어지간한 농담이나 장난에는 눈썹 하나 꿈틀거리지 않았는데, 석주는 스스로 의아해질 정도로 지금 상황이 마음에 들지 않았다.

원형의 코맹맹이 소리에 앞에 있던 이서가 몸을 움찔 떠는 게 보이자 결국 석주는 입을 열었다.

"서원형, 그만해."

"알았어. 알았어."

17층에 도착하고, 먼저 내린 원형이 석주와 이서가 향하는 사무실 반대편으로 가며 손을 흔들었다.

"자기야, 이따 봐!"

마지막까지 기대를 저버리지 않고 원형이 애교 가득한 얼굴로 손바닥에 입술 도장을 찍고는 그것을 석주를 향해 후— 불었다. 그래도 석주가 보일 반응이 꽤 무서웠는지 그는 급히 뒤를 돌아 나 몰라라 사무실로 향했다.

원형이 가 버리고 덩그러니 남은 두 사람은 납처럼 무거운 침묵에 휩싸였다.

"들어갑시다."

침묵을 끊어 내고 석주가 먼저 입을 열었다. 옆에 서 있던 이서가 얼음처럼 굳은 상태로 가만히 있다가 그의 말에 고개를 끄덕였다.

사무실에 들어간 두 사람은 각자 자리에 앉았다. 시간이 흐르자 이서는 아침의 패닉 상태에서 점차 벗어날 수 있었다.

상반기 프로모션과 관련해서 마케팅 1팀과 조율이 필요한 기획서를 출력한 석주는 자리에서 일어섰다. 마케팅 1팀 사무실로 향하려던 그가 슬쩍 이서의 자리를 보았다. 눈을 빛내며 모니터를 들여다보고 있는 여자가 그의 눈에 들어왔다.

서준희……가 아니라 송이서.

그의 세 번째이자 마지막 맞선녀.

지난번, 선 봤던 날과는 다르게 이서는 재미없을 만큼 단정한 정장을 입고 반듯하게 앉아 있었다. 확실히 화려한 명품으로 치장한 그때보다는 지금의 얌전하고 수수한 모습이 더 어울렸다.

감정을 얼굴 표면에 잘 드러내지 않는 성격의 그조차 인상이 그어질 만큼 그 날의 이서의 말투나 행동은 꽤 거슬렸고, 절로 고개가 저어졌다. 여자를 그다지 좋아하지 않지만 그중에서도 철없는 여자는 단연 으뜸이었다.

부잣집 막내딸로 받들어지고 남들을 무시하며 자라 왔을 여자의 과거와 현재가 그려지는 탓에 그는 더욱 기분이 유쾌하지 못했다. 안 그래도 어머니의 통사정으로 하기 싫은 숙제를 꾸역꾸역 하는 마음으로 나가게 된 선 자리였다.

그는 그녀의 허세 가득한 언행을 관망하며 어떻게 하면 이 고역스러운 자리에서 자연스럽게 빠져나갈 수 있을지를 고심해야 했다.

'편하다고 매일 운동화만 신는 친구가 있는데 정말 이해 안 돼요. 편한 것만 찾는 게 게을러 보인다고 해야 하나. 전 발목을 다치지 않는 한 무조건 하이힐을 신거든요. 언제 어느 때든 예쁘게 보이고 싶은 게 여자잖아요.'

석주는 그 날 이서의 말을 떠올리며 시선을 약간 내렸다. 이서가 신고 있는 2-3cm 정도 높이의 굽이 달린 단화가 눈에 들어왔다.

깔끔하고 단정한 느낌의 저 신발은 회사에서 마주친 송이서의 분위기와 얼추 닮아 있었다. 떠올려 보면, 하이힐 예찬을 이어 나가던 그때는 맞지 않는 옷을 입은 사람처럼 기이한 부자연스러움이 깔려 있었다.

보통 남자가 싫어하기에 충분한 말들을 오히려 더 드러내기 위해 안달하며 늘어놓던 그녀의 목적이 뭐였을까.

선을 봤던 날만 해도 그다지 궁금해하지 않았던 점인데, 이서가 그의 부서에 신입사원으로 들어오게 되면서 그는 묘한 궁금증에 시달리고 있었다. 자신이 전혀 그녀의 스타일이 아니었을 수도 있고, 자신처럼 부모님의 성화로 선 자리에 끌려나왔지만 사랑하는 애인이 있어서 부러 상대로부터 퇴짜 맞기를 바랐던 것일 수도 있다. 아마 궁금해할 필요도 없이 그런 뻔히 보이는 이유들 중 하나일 것이 분명했다.

누군가의 시선이 자신에게 쏠려 있는 것을 알았는지, 이서가 고개를 두리번거렸다. 멀지 않은 거리에 있는 석주와 눈이 마주치고는 흠칫 놀라는 표정을 보인다. 그러고는 잽싸게 그의 시선을 회피하며 다시 책상에 얼굴을 박고 또렷한 눈빛으로 업무에 집중하는 척을 하고 있다. 그런 이서의 행동을 보다가 느릿하게 걸음을 옮기는 석주의 표정이 묘했다.

평범해 보이는데 뭔가, 이상하다.

이상한 점이 어딘지 정확이 집을 수 없어서 더 답답한 기분이 들었다. 도대체 뭘까. 석주는 겉으로는 드러나지 않는 얼굴로 송이서의 이상하게 걸리는 부분이 무엇인지 골몰하며 저벅저벅 걸음을 옮겼다.

"송이서 씨."

이서는 자신을 부르는 소리에 뒤쪽으로 고개를 돌렸다. 이서의 자리에서 뒤편 책상에 앉은 광고제작담당 홍 대리가 이서와 눈이 마주치자마자 이쪽으로 오라는 듯 손가락을 까딱거렸다. 이서는 하던 일을 멈추고 몸을 일으켰다.

자신이 소속된 마케팅 2팀은 팀워크가 좋았고 상사들도 대체로 무섭지 않고 부드러운 편이었다. 그중에 예외로 홍 대리는 성격이 까칠한 편이었고 다그치거나 소리를 지르는 경우도 종종 있는 편이라 이서는 그녀를 상대하는 것이 꺼려졌다.

사수인 석주를 어려워하는 것과는 다른 느낌이었다. 물론 자신이 일을 제대로 못 했거나 실수를 해서 한 소리를 듣는 것은 당연한 일이었지만 이서는 누군가 화를 내면 더욱 주눅이 들고 움츠러드는 타입이었다. 신입의 실수를 항상 모두의 앞에서 공공연하게 광고를 해야 직성이 풀리는 홍 대리와 이서는 상극일 수밖에 없었다.

"네, 대리님."

그녀에게 불려 가는 이유는 거의 정해져 있기에 벌써부터 주눅이 들었다. 이서가 쭈뼛쭈뼛 홍 대리의 자리로 다가갔다.

"송이서 씨는 기본이 안 되어 있는 거 같아."

방금 자신을 불렀던 목소리에 실린 감정을 느끼고 대략 짐작하고 있었지만 역시나 잔뜩 화가 난 얼굴의 홍 대리는 이서를 세워두고 한숨을 푹푹 쉬었다.

"경품 선정 준비, 제대로 한 거 맞아?"

홍 대리가 날카로운 눈초리로 이서를 보았다가 인쇄물을 책상에 휙 펼쳤다.

"내가 일 부탁하면서 말했지. 경품은 이번 프로모션의 취지에 맞게 차별화된 고품격 이미지가 필요하다고. 이서 씨는 정말 이게 이 행사랑 어울린다고 생각하고 뽑은 거야?"

"……."

"이 정도면 감이 없는 거 아닌가? 이서 씨, 일하기 싫어? 이번 프로모션이 얼마나 중요한 건지 몰라?"

홍 대리는 일을 가장 많이 떠넘기면서도 칭찬이나 좋은 소리는 결코 안 하는 상사였다. 세부적인 업무 파트는 다르지만 현재로서는 마케팅팀의 유일한 신입사원인 이서는 원래 맡은 업무와 선배가 부탁이라는 명목 아래 무작정 시키는 업무, 그리고 여러 잡일까지 해야 하는 고된 나날이 계속되고 있었다.

스스로 아직 숙련되지 못한 직무라 그다지 깔끔하고 완벽하게 해내지 못한다는 것을 절감하고 있어서 홍 대리의 쓴소리는 더욱 이서를 괴롭게 만들었다.

타닥타닥.

이서가 홍 대리에게 큰 소리로 혼이 나는 동안에도 사무실 안에 배경음악처럼 항상 깔리는 타자 소리는 여전히 끊임없었다. 다들 모니터를 응시한 채 업무를 하다가 힐끗힐끗 무관심한 눈빛을 이쪽으로 주었다.

이서는 왠지 모르게 지금 상황이 숨 막히게 느껴졌다.

자신의 일을 멈추지 않은 상태로 이서를 세워 둔 채 계속해서 잘못을 따지던 홍 대리가 직성이 풀릴 때까지 잔소리를 쏟아 낸 후에야 그녀에게 자리로 돌아가라는 말을 했다. 이서는 고개를 짧게 숙이고는 올 때보다 확연히 무거워진 걸음을 옮겼다.

자신의 책상 앞으로 다시 돌아온 이서는 의자에 풀썩 앉았다. 몸살 기운이 있는 것처럼 머리가 지끈거렸다. 이서는 머리를 두 손으로 살짝 감싸며 어지러운 듯 눈을 감았다.

이제 막 사무실로 돌아온 석주가 그런 이서에게 잠시 시선을 주었다. 뻐근한 목을 살짝 움직이던 이서는 그런 그의 시선을 느꼈다. 그는 그녀와 눈을 마주치자 아무 말 없이 조용히 자신의 자리에 앉았다.

자리로 돌아오다가 무심코 던진 시선이었을 텐데 이서는 그것이 괜히 신경 쓰였다. 방금 전 홍 대리에게 한바탕 욕을 먹어서, 굳세게 단련해 놓은 마음이 물렁거렸다. 키보드 치는 소리와 서류 넘기는 소리만 들리는 이곳에서 누군가에게 한마디 가벼운 위로라도 듣고 싶었다.

눈이 마주쳤던 순간, 석주에게 그런 기대를 잠시나마 했던 모양이었다. 홍 대리에게 깨지는 모습을 보지 못했다 해도, 지금 이서의 모습은 누가 보아도 무슨 일이 있는 듯한 분위기를 풍기고

있었으니 보통 선배라면 신입이자 직속 후배에게 작은 관심 정도
는 표할 수 있었을 것이다.

'그럴 리가 있나?'

석주에 대해 어느 정도 파악한 이서는 그것이 괜한 기대라는
것을 되새기고는 후우 한숨을 내뱉었다. 자신이 기대하고 원했던
다정하고 친근한 선후배 관계는 아마 절대 될 수 없을 거다.

박다원, 이 뺑쟁이.

이서는 석주와 함께 직원식당으로 들어서며, 속으로 적어도 열
번은 넘게 다원을 향해 원망의 말을 늘어놓았다. 소심하게 다원을
저주하던 그녀가 힐끗 그의 옆모습을 보았다. 그의 과묵한 입은
닫힌 채 열릴 생각이 없어 보였다.

다원의 말이 틀렸다. 석주는 자신을 미워하는 것이 분명하다.
아니면 저렇게까지 무관심하고 딱딱하고 무서울 수가 없다.

'여자기피증이라서 그런 걸까?'

오늘 아침, 우연찮게 그의 비밀을 듣게 되었던 이서는 고민스
러운 얼굴로 립스틱이 옅게 칠해진 입술을 살짝 깨물었다.

여자기피증이라서 자신이 싫은 건지, 그가 여자기피증이 있다
는 사실을 알게 된 자신을 경계하는 건지.

이서는 도무지 나오지 않는 답에 울고 싶어졌다. 지난번 맞선
으로 만났던 인연을 빼놓고 보더라도 이서는 석주가 어려웠다. 그
는 무언가를 물어보는 것조차 주저되는 너무도 무섭고 무뚝뚝한
사수였다.

특히 이서는 워낙에 선생님이나 선배, 친구들에게 무언가를 물어보는 것을 어려워하는 편이었다. 학창시절부터 공부는 잘했지만 결코 스스로가 머리 좋고 똑똑한 타입이 아니라는 것 정도는 잘 알고 있었다. 그녀는 남들이 두 번 보면 될 것도 열 번이고 스무 번이고 질릴 정도로 봐 가면서 외워야 정확한 습득이 가능한 전형적인 노력형 우등생이었다.

처음 보는 유형의 문제를 접하면 모르는 것투성이였지만 그럼에도 이서는 누군가에게 모르는 것을 질문하는 것을 꺼렸다. 모른다는 것이 창피하거나 부끄러웠던 탓은 아니었다. 자신의 사정 때문에 다른 사람의 시간을 빼앗는 것이 눈치가 보이고 불편하다는 것이 가장 큰 이유였다.

질문을 하면 얼마든지 기분 좋게 받아 주며 친절하게 가르쳐 줄 만한 선생님들을 이서 역시 알고 있었지만 그럼에도 참 이상하게 질문을 하는 것은 어려웠다. 그래서 모르면 답안지와 해답지가 걸레가 되도록 부여잡고 쉴 틈 없이 파면서 혼자 어떻게든 나오지 않는 해답을 찾기 위해 노력해 왔었다.

상냥하고 다정한 선생님들에게조차 제대로 질문을 하지 못하고 우물쭈물거리던 성격인데, 그런 이서에게 한석주는 특히 더 허들이 높았다. 처음 일을 시작해서 궁금하고 헷갈리는 점이 한가득이었지만 이서는 그의 눈치만 보다가 눈이 마주치면 죄지은 사람처럼 후다닥 고개를 숙일 뿐이었다.

딱 봐도 찬바람이 쌩쌩 부는 얼굴에 무뚝뚝함의 극치인 다나까 말투, 게다가 과묵하기까지 해서 업무 관련한 것이 아니면 사적인 말은 전혀 못 붙일 정도였다.

친해지기 힘든 점들을 모두 갖춘 남자이자 상사.

그런 석주와 함께 매일 같이 점심을 먹으러 가는 것은 고역 아닌 고역이었다.

적당한 침묵은 금이라지만 완벽한 대화 차단에 가까운 침묵은 이서를 심적으로 괴롭게 했다. 그에게 무언가를 물어보는 것도 못 하겠고, 그와 사적인 대화는 더더욱 나눌 수 없고, 그렇다고 그와의 유일한 교차점인 지난 선 자리 이야기를 꺼낼 수도 없다.

식사를 하는 그와 그녀에게 동료 간의 단란한 친목도모는 전혀 찾아볼 수 없었다. 그저 밥알을 씹고 반찬을 삼키고 국을 떠 마시는 행위를 함께 이어 나가다가 사무실에 복귀하는 게 전부였다.

하지만 그런데도 이서는 요 사이 다른 여자 사원들의 매서운 눈초리를 견뎌 내야 했다.

그가 사수로서 의무적으로 신입사원을 데리고 점심 식사를 한다는 것을 알고 있으면서도 함께 복도를 지나고 엘리베이터를 타고 식당 내로 들어설 때까지도 질투 가득한 시선은 끊어지지 않고 이어졌다. 좋아하는 연예인의 스캔들 상대를 보는 듯한 가벼운 질투의 시선부터, 아직 미련이 남은 전 남자친구의 새로운 썸녀를 스캔하는 듯한 날카로운 눈빛까지 아주 다양했다.

아마도 굶고 싶을 만큼 그와의 식사 시간이 끔찍하다고 말했다가는 몰매질을 당할 것 같은 분위기였다.

그만큼 사내에서 한석주의 인기는 대단했다. 어떻게 저번에 인턴으로 일할 때는 그의 존재를 몰랐던 건가 스스로 의아할 정도였다.

이서는 배식을 받으며 바로 옆에 있는 석주를 힐끗 보았다. 한눈에 봐도 부드러운 성격으로는 보이지 않는다. 하지만 매번 감탄할 만큼 훤칠하고 잘생긴 얼굴이라는 것에는 십분 동의한다.

"저쪽으로 가죠."

"네? 아, 네."

사원들이 뭉텅뭉텅 차지한 테이블을 지났다. 석주는 아직까지 아무도 앉은 흔적이 없는 깔끔한 테이블을 골라 자리를 잡았다. 석주와 이서는 마주 본 상태로 테이블 앞에 앉았다.

"잘 먹겠습니다."

이서가 아닌, 석주가 한 말이었다. 어릴 때부터 버릇인지 식사를 시작하기 전에 잠깐 나직이 중얼거리는 말에 가까웠지만 이서는 그가 저 말을 할 때면 묘한 이질감을 느꼈다. 정확히 말하자면, 저 어른 남자의 극치인 얼굴로 말 잘 듣는 착한 어린이처럼 잘 먹겠다는 인사를 하는 것이 조금 안 어울렸다.

그는 식사 예절 역시 완벽하게 깔끔했다. 젓가락질 대회에 나가도 될 정도로 젓가락질을 바르게 잘하고, 음식물을 씹을 때도 소리 나지 않도록 조용히 점잖게 먹는다. 곧고 바른 자세야 뭐 식사할 때뿐만 아니라 사무실 의자에 앉아서 업무를 볼 때나 회의를 할 때, 엘리베이터를 기다리며 서 있을 때 전부 그렇다.

가끔 그는 정말 정교하게 만들어진 로봇이 아닐까 의심하게 되지만 나직하고 조용한 숨소리를 확인하고는 자신의 허무맹랑한 상상에 실소를 뱉었다.

석주를 관찰하느라 그보다 조금 늦게 수저를 든 이서는 혹시라도 그를 기다리게 할까 저어되어 급히 식사를 시작했다. 옆에서는 딱 봐도 친해 보이는 분위기의 사원들이 몇몇씩 함께 앉아서 뭐가 그리 즐거운지 도란도란 대화를 나누고 있었다.

공공의 적과도 같은 악덕 상사의 흉을 보거나 오늘 있었던 동료의 얌체 같은 행동, 사내에서 가장 빠른 카더라 통신들의 자극적인 스캔들 속보.

회사에서 일어나는 일만 해도 저렇게 할 이야기가 많은데 왜 그와 자신은 목소리를 잃은 인어공주처럼 침묵만 고수한 채 식사를 하고 있는 걸까.

'아, 불편하다.'

고구마 하나를 통째로 목에 쑤셔 넣었을 때의 느낌이 아마 이럴까.

이서는 다른 테이블에 앉은 사원들의 수다를 부러움 가득한 귀로 엿들으며, 숟가락으로 밥을 크게 떠서 입속으로 집어넣었다.

반찬과 밥을 열심히 먹고 있던 이서는 음식물을 삼키면서 목 끝에 찾아온 약간의 간질거림에 손으로 입을 가리고 잔기침을 했다. 석주가 신경이 쓰일까 몸을 틀어서 조심스럽게 기침을 하고 있는데 그가 아무 말 없이 자리에서 벌떡 일어섰다.

그가 빠르게 다녀온 곳은 정수기였다. 컵 두 잔에 찰랑거리는 물을 담아 온 그가 이서의 식판 옆에 컵 하나를 내려놓았다. 이서는 고개를 꾸벅 숙여 인사하고는 물을 급히 마셨다. 거슬리던 것이 목 아래로 시원하게 넘긴 이서는 순간 찾아온 의아함에 고개를 갸웃거리며 그를 보았다.

이상하다.

맞선 날, 갑자기 다가와서 슬리퍼를 건네주었을 때도 생각했지만 그는 차가우면서도 묘하게 다정한 부분이 있었다.

"송이서 씨."

그의 갑작스러운 부름에 이서가 놀라서 몸을 움찔거렸다.

"네?"

"하고 싶은 말 있습니까?"

석주가 그녀와 눈을 마주치며 물었다. 계속 관찰대상 보듯 바라보는 것이 역시 거슬렸던 모양이다.

"아, 아뇨."

이서는 빠르게 고개를 저으며 식판으로 시선을 내렸다.

눈앞에 보이는 자신의 사수와 자신이 과연 친해지는 날이 올 수 있을까. 답을 이미 알고 있는 의문을 품으면서.

4. 무겁게 살아온 삶
✳✳✳✳✳✳✳✳

상사와 밖에서 점심을 먹고 회사로 돌아온 경현은 홀로 편의점으로 향했다. 깜박하고 양치도구를 집에 놓고 온 탓이었다. 편의점 안으로 들어서던 그는 초콜릿 코너 앞에 조용히 서 있는 익숙한 뒷모습을 발견했다.

모범생 같은 단정한 검은색 정장에 머리카락 역시 단아하게 하나로 묶은 여자의 뒤태를 멀뚱히 바라보던 그는 조심스럽게 그녀의 뒤로 향했다. 혹시나 해서 옆얼굴을 확인하듯 보자 역시 그의 예상이 맞았다.

"이서 씨."

갑작스러운 부름에 이서가 놀라서 고개를 돌렸다. 경현과 눈이 마주치자 그녀가 눈을 동그랗게 떴다가 이내 반달로 좁혀 희미한 웃음으로 인사를 대신했다. 어쩐지 힘이 없어 보이는 모습에 경현은 고개를 갸웃거렸다.

이서와는 인턴으로 일했을 때도 어느 정도 안면이 있었지만, 본격적으로 친해진 건 지난 신입사원 연수에서 동기로 다시 만나고부터였다.

2주 정도 합숙을 하며 주경그룹 전 신입사원들이 교육을 받았던 연수원에서 계열사별로 친해지는 것이 보통이었다. 경현 역시 전에 봤을 때부터 어느 정도 호감이 갔던 이서에게 기회가 생길 때마다 유독 자주 말을 걸었고, 이서 역시 도도하거나 새침한 타입은 아니라 두 사람은 금세 친구가 될 수 있었다.

"오랜만이에요."

"그러게요. 근데 초콜릿 사 먹으려고요?"

"네."

이서의 손에는 이미 손바닥 크기를 넘는 판 초콜릿이 들려 있었다. 그런데도 매대를 다시 들여다보는 것을 보니 몇 개를 더 사려는 듯했다.

"사수 주려고요?"

"네?"

"더 사려는 거 같아서. 혼자 먹기에는 좀 많을 텐데."

"아뇨. 제가 다 먹을 거예요."

이서는 당연한 얼굴로 대답하고는 몇 개를 더 집었다. 경현은 너무 달아서 한 번에 초콜릿 하나를 다 먹지도 못하는데, 그녀는 한두 개 가지고는 양에 차지 않는다는 얼굴이었다.

골라 놓은 칫솔과 치약을 먼저 계산한 경현 다음에 이서가 계산대 위에 유심히 골랐던 초콜릿들을 올려놓았다.

"무슨 스트레스받는 일 있어요? 혹시 혼났어요?"

계산을 하고 편의점 바깥으로 빠져나오는 이서의 옆에 따라붙
으며 경현이 목소리를 죽인 채 물었다. 이서는 힘없는 얼굴로 웃
으며 고개를 저었다.

"그냥요."

"사회생활 하는 거 힘들죠?"

회사 밖으로 나와 건물 뒤편에 있는 벤치로 향한 두 사람은 적
당히 거리를 둔 채 나란히 자리에 앉았다. 경현이 통달한 분위기
로 물어 오자 이서는 그제야 평소처럼 밝은 미소를 지어보였다.

"경현 씨도 이번에 회사 처음 다니는 거잖아요."

판 초콜릿 껍질을 깔끔하게 반 정도 뜯어 낸 이서가 두 손에
꼭 쥐고 초콜릿을 조그맣게 뜯어먹기 시작했다.

초콜릿을 똑똑 깨물어 분지르는 소리가 듣기 좋았다. 마치 다
람쥐가 해바라기씨를 먹는 것 같다는 생각에 경현이 그런 그녀를
보며 조용히 웃었다.

"이서 씨 사수가 한석주 대리님이라면서요?"

"네? 어떻게 아세요?"

"한 대리님 유명하던데요. 난 회사 들어올 때 당연히 내가 제
일 인기남 되겠구나 했는데, 한 대리님 보니까 무리겠더라고요."

경현이 장난스럽게 눈물 짜는 시능을 보였다.

"어때요? 잘해 줘요?"

"음."

"내 사수는 좀 장난기가 많고 짓궂은 스타일인데, 그래도 괜찮은 편인 거 같아요. 잘 욱하는 타입이라 가끔 피곤하긴 하지만 정이 많고 일도 잘 가르쳐 주고. 옆에 동기 말 들어 보니까 자기가 할 일 다 시켜 놓고 공은 또 가로채 가는 선배 때문에 골머리 썩는 친구도 있던데. 그런 선배 안 만난 게 다행이죠."

약간의 공백도 만들지 않고 말을 늘어놓는 경현의 이야기를 조용히 듣던 이서는 머릿속에 떠오르는 석주를 생각했다. 그는 장난기가 많고 짓궂은 스타일도 아니고, 잘 욱하지도 않고, 정이 많은 건 더더욱 아니며, 할 일은 후배에게 다 미루고 공을 가로채는 밉살스러운 타입도 결코 아니다.

"방임주의."

이서가 중얼거린 말에 경현이 되물었다.

"네?"

석주는 굳이 따지자면 방임주의형 상사였다. 이서가 자잘한 실수를 해도 결코 화를 내지 않고 그녀가 무슨 일을 하든지 전혀 신경을 쓰지 않는 것 같았다. 후배인 이서에게 언성을 높이는 일도 없고, 항상 정중하게 꼬박꼬박 존댓말을 썼다.

다원은 그런 타입이 오늘날의 좋은 상사라고 했지만 이서는 그렇게 차갑고 냉정한 상사는 바라지 않았다. 인턴 때 열정적인 면모를 보여 주었던 김 대리에게 반했던 것처럼 이서는 그런 선배를 원했다.

성격이 다 제각각이고 다양한 사람들로 가득한 사회에서 모든 게 제 뜻대로 될 수 없다는 것은 알지만 머릿속에 자리를 잡고 있었던 회사생활의 로망에 조금 금이 간 기분이었다. 부서 사람들이 하는 얘기를 들어 보니, 서주는 신입사원 시절 하나를 알려 주면 정말 백 가지를 해내는 만능이었다고 했다.

그런 그에 비해 그녀는 하나를 알려 줘도 그 하나를 제대로 못해 낑낑거리는 구제불능이었다. 그녀가 스스로를 답답해하는 것처럼 그 역시 그런 그녀가 답답하고 마음에 안 들 것이 분명했다.

벤치에서 경현과 잠시 이야기를 나누다가 사무실로 향한 이서는 천천히 걸음을 옮기며 작게 한숨을 쉬었다. 오늘따라 자꾸 마음이 땅바닥으로 곤두박질치고 땅굴을 파게 되는 이유가 떠오른 탓이었다.

때마침 손에 쥐고 있던 휴대폰이 진동을 일으켰다. 발신자를 확인한 이서는 조용히 비상구로 향했다. 아무도 없는 비상구 계단 한쪽에 자리를 잡고 앉은 이서는 주저하는 손길로 통화 버튼을 눌렀다.

"언니."

— 이서야.

연서의 흐릿한 목소리가 귓가로 전해졌다.

이서는 말없이 휴대폰을 귀에 댄 상태 그대로 가만히 있었다. 연서 역시 말이 없었다. 전화를 걸어 놓고 아무 말도 하지 않는 연서에게 이서는 아무것도 묻지 않았다. 일부러 무언가를 캐묻거나 걱정을 쏟아 낼 필요는 없었다. 이따금씩 있는 일이었기에.

함께 침묵해 준다는 건 연서가 바라는 일이기도 했다.

혼자 묵묵히 감내하고 참으며 가족에게 자신의 이야기를 잘 하지 않는 연서는 정말 견디기 힘든 순간이 되어서야 이서에게 전화를 했다. 소리 내어 울지도 않았고 구구절절 사연을 이야기하지도 않았다.

그저 소리 없이 울었고, 이서는 그것을 묵묵히 들어주면 되는 것이었다. 연서에게는 그것만으로도 큰 위로가 되는 것 같았지만 전화를 끊은 후 이서에게 남겨지는 괴로움과 죄책감 역시 적지 않았다.

— 오늘은······.

연서가 한참 후에야 입을 뗐다.

"······."

— 갈 수 있을 거야.

"응."

— 미안해. 이서야.

연서와의 통화를 마치고 이서는 잠시 그 자리에 가만히 있었다. 통화를 하느라 귀에 갖다 댔던 휴대폰 역시 그대로였다. 멍하니 아무 곳이나 응시하던 이서의 눈이 다시 또렷해진 것은 조금 후였다.

그녀는 점심시간이 거의 끝나 간다는 것을 확인하고는 주저앉았던 자리에서 일어섰다. 동시에 방금 전 수화기 너머로 느꼈던 연서의 슬픔과 서러움이 그녀의 온 마음에 밀려든 듯 가슴이 욱신거렸다.

어제 경혜의 건강이 악화되어 다시 입원을 해야 했다.

평소와 비슷한 시각에 퇴근한 이서는 집에 들어갔다가 거실에 홀로 쓰러져 있는 경혜를 발견하고 숨이 멎는 줄 알았다. 저녁을 먹은 후 심장발작을 일으킨 경혜는 이서가 조금만 더 늦게 집에 갔다면 위험했을 거라는 말을 들었다.

재작년 이후로는 정기검진을 받거나 약을 처방받는 경우를 제외하고는 병원에 가지 않아도 될 정도로 호전되었던 상태라 모두 꽤 안심하고 마음을 풀어 놓고 있었던 상황이었다. 그랬던 터라 더욱 놀라고 속상한 마음이 클 수밖에 없었다.

이서는 응급실로 이송된 경혜의 상태를 지켜보면서 곧장 연서에게 전화를 걸었다. 될 수 있으면 차분하게 상황을 전하고 싶었지만 쉬운 일이 아니었다. 결국 울먹임을 토해 내는 이서에게 연서 역시 떨리는 음성으로 곧 가겠다고 대답한 뒤 전화를 끊었다.

신속한 처치를 받은 경혜는 다행스럽게도 금세 호전되는 모습을 보였다. 하지만 시간이 꽤 흘렀는데도 연서는 도착할 기미를 보이지 않았다. 입원수속을 밟은 경혜를 응급실에서 입원실로 옮긴 후에도 연서가 오지 않자, 이서는 대략적으로나마 그녀의 상황을 짐작할 수 있었다.

'엄마 이제 어떠시니?'

병원으로 오는 것 대신 다시 전화를 한 연서의 목소리는 듣는 사람조차 가슴이 아릴 만큼 처참했다. 이서는 그녀에게 이제 괜찮아지셨으니 걱정하지 않아도 된다고 대답해 주었다.

왜 오지 않느냐고 화를 낼 수 없었다. 오지 못하는 연서의 마음은 이미 형체도 없이 처참하게 망가졌을 것이 눈에 훤했다.

밤새 경혜를 지키며 아무도 없이 혼자 뜬눈으로 밤을 새운 이
서는 아침이 밝아 올 때까지 보호자 의자에 덩그러니 앉아 창문
밖으로 보이는 까만 하늘만 멀거니 응시했다.

아무도 없는 집에서 홀로 쓰러져 있는 경혜를 발견했을 때 몰
려들던 아득함으로 세차게 두근거렸던 가슴이 이제는 잠잠해져
있었지만 이서는 안심하며 웃을 수 없었다. 아무것도 들지 않은
것처럼 휑한 가슴속을 느낄 때마다 그녀는 이를 악물어야 했다.

'이제, 조금만 더……'

그렇게, 항상 머릿속으로 주문을 외듯 하던 말로 스스로를 삭
이면서.

사무실 안으로 복귀한 이서는 오전과 달리 착 가라앉은 분위기
가 의아해서 미간을 살짝 좁혔다. 이서의 옆자리인 석주의 자리는
텅 비어 있었다. 책상마저 지독히도 깔끔하게 정리해 놓은 그는
11시쯤 외근을 나가서 오늘 그녀는 혼자 점심을 해결하고 돌아오
는 길이었다.

"송이서 씨."

최 팀장의 책상 앞에 서 있던 홍 대리가 이제 막 들어오는 이
서를 매섭게 쏘아보았다. 이서는 움찔 놀라서 팀장의 자리로 다가
갔다.

"홍 대리님, 왜 그러세요?"

팀장 앞에서 출력물을 신경질적으로 넘기던 그녀가 이서를 다
그쳤다.

"내가 아까 오전에 카탈로그북 마지막 체크 부탁하면서, 본네 주 의상 이미지 컷은 빼 달라고 했어, 안 했어?"

"네? 그런 말씀은 없으셨……."

"이서 씨 안 되겠네. 지금 제작 다 들어갔는데 실수해 놓고 오리발 내밀면 다야? 신입이 벌써부터 못된 거만 배워 가지고. 잘못한 게 있으면 솔직히 인정하고 사과를 해야. 그런 식으로 나오면 좋게 봐주고 싶어도 못 봐주지. 안 그래?"

홍 대리의 신경질적인 음성에 이서는 잠시 할 말을 잃었다.

무섭게 몰아붙이는 홍 대리의 모습이 너무도 당당해서 이서는 어제 뜬눈으로 밤을 지새우느라 수면이 부족했던 자신이 오늘 비몽사몽 한 기운에 그녀가 지시했던 말을 흘려들었던 건가 잠시 스스로 의심스러울 정도였다.

오전에 홍 대리는 자신에게 배당된 업무가 너무 많다고 불만을 토로하며 이서에게 몇 가지 일을 부탁했다. 이번에 진행되는 프로모션의 카탈로그북에 들어갈 이미지 컷과 문안들을 체크하고 교정해 달라는 말에 이서는 어제 한숨도 못 자서 감겨 오려는 눈을 힘주어 뜨며 꼼꼼히 확인한 후 다시 그녀에게 넘겼다.

아무리 오전의 일을 다시 곱씹어 봐도 업무를 부탁하며 그녀가 다른 주의사항을 요구한 적은 분명히 없었다.

"송이서 씨가 여기서 제대로 할 수 있는 일이 도대체 뭐야? 부탁한 일도 정신 놓고 있다가 이런 사고나 치고, 평소에도 봐. 뭘 시키면 꼭 실수가 나오잖아. 이서 씨가 그런 식으로 하면 우리가 더 고생인 거야. 어? 한국대 나오고 스펙 좋으면 뭐해? 업무를 제대로 못하는데. 이서 씨 때문에 지금 꼬인 일들 다 어떻게 책임질 거야?"

이서는 억울한 마음에 항변하려 다시 입을 열려 했지만 다다다 연이어 쏟아지는 홍 대리의 질타에 껴들 틈이라고는 전혀 보이지 않았다.

하지만 끼어들 틈이 있었다 해도 이서는 아무 말도 할 수 없었을 것이다. 홍 대리의 말은 날카로운 가시가 되어 이서의 가슴을 휘저었다.

처음에만 해도 그저 억울하다고만 생각한 일이었는데, 이서가 평소 업무에서 잔실수가 있었던 것을 꼬집어 강조하는 홍 대리 탓에 그녀는 변명할 말도 잊어버렸다.

스스로 생각하기에도 현재의 자신은 너무도 민폐에 짐이라 그렇지 않아도 주위 사원들에게 미안한 마음이 컸었다. 하루라도 빨리 일을 잘하게 되어 짐이 되고 싶지 않은 이서에게 그녀의 말은 고스란히 상처를 남길 수밖에 없었다.

팀장이 깊게 한숨을 쉬며 이제 됐다고 홍 대리를 말릴 때쯤에야 이서는 그녀에게서 풀려날 수 있었다. 자리로 돌아온 이서는 넋이 나간 얼굴로 털썩 의자에 앉았다.

태어나서 누군가에게 이런 식으로 거세게 비난을 당하고 얼굴이 빨개질 정도로 냉혹하게 혼난 적은 단언컨대 이번이 처음이었다.

더욱이 억울함이 가실 수 없는 것이 아무리 떠올려 봐도 자신의 실수가 아닌 일이었다. 이서는 고개를 휘휘 저어 방금 있었던 일을 잊기 위해 애썼다.

하지만 그렇게 쉽게 잊힐 수 있는 일은 역시 아닌 듯 보였다.

오늘처럼 심한 적은 없었지만 이서에게 일을 시키고 언제나 꼬투리를 잡으며 질책을 가했던 홍 대리였다. 준희를 제외하고는 살면서 누군가에게 이렇게까지 일방적인 미움을 받아 본 적이 없어서 더욱 마음이 불편했다.

뭘 그렇게 미움을 살 행동을 했던 것일까. 그저 단순히 실수를 뒤집어서 줄 만만한 직원이 필요했거나, 자신이 그냥 마음에 들지 않거나, 아니면 정말로 일을 잘 못하는 자신에게 화가 났거나.

담담함을 가장하며 심각하게 이유를 고민하던 얼굴이 그것마저 지친다는 듯 무표정해졌다. 뭐 하나 제대로 되는 일이 없다. 사무실에 들어오기 전에도 언니의 전화로 우울했던 마음이 이제는 아예 바닥을 기고 있었다.

쓰러진 엄마. 병원에 오지 못했던 언니. 이제는 홍 대리까지.

이서는 의무적으로 키보드에 손을 올려 보지만 머릿속은 집중하지 못하고 자꾸만 다른 생각으로 흘러가는 것을 막지 못했다. 아무리 봐도 오늘 오후 업무는 이미 그른 것 같았다.

직원들이 다들 퇴근하고 불이 전부 소등되어 더욱 휑뎅그렁해진 사무실 안에는 이서의 책상 스탠드만이 그녀를 비추고 있었다. 퇴근 시간이 지났지만 야근으로 회사에 남게 된 이서는 경혜의 병실로 왔다는 연서의 문자를 받고 그나마 안심할 수 있었다.

등받이에 등을 기대며 잠시 눈을 감은 이서의 입술 사이로 연약한 숨이 새어 나왔다.

회사 생활이라는 것이 쓴 일이 더 많고, 남의 돈 버는 것이 참고되고 힘들다는 것은 어른들한테 누누이 들어서 익히 알고 있었지만 역시 듣는 것과 직접 겪는 것은 차원이 다른 일이었다.

오늘처럼 홍 대리 자신이 까먹고 넘겨 버린 실수를 신입인 이서에게 뒤집어씌운 것을 제외하더라도 그랬다. 학교에서 노력해서 공부를 하고 시험을 치는 것과 회사에서 일을 하는 것은 달랐다.

대학 시절, 어떤 교수님이 학업 성적과 나중에 사회에 나가서의 능률은 비례하지 않을 수 있다는 말을 했었다. 지금 학점과 영어 성적이 좀 부족하더라도 오히려 회사에서는 날개가 달린 듯더 일을 잘 해내는 친구도 있을 거라고. 심드렁하게 넘겼던 이야기건만 이서는 그 말이 갑자기 생각났다.

이서는 학창 시절 내내 거의 1등만 도맡아 온, 말 그대로 모범생이었다. 대학교에 들어가서도 다른 동기들처럼 미팅이나 연애를 하고 동아리에 들어가서 학교생활을 즐기기보다는 학점과 토익, 다른 자격증 등 오로지 스펙 쌓기에 몰두했다.

하지만 처음에 회사에서 인턴으로 일하면서 스스로 센스가 그다지 좋은 타입이 아니라는 것을 깨달았다.

꼼꼼히 일한다고 했는데도 잔실수가 있었고, 학습 내용이 머릿속에서 완벽하게 쌓일 때까지 공부하면 되었던 학교와 달리 상사와 협력사원, 손님들의 성격에 따라 척척 다르게 대응해야 하는 것이 자신에게는 조금 버거울 것도 같았다.

"그걸 알면서 김 대리님처럼 되고 싶다니. 꿈이 너무 크잖아."

이서는 책상에 힘없이 엎드렸다.

그러고 보니 사수인 석주가 불편하다고 속으로 계속 불만을 가졌던 자신이 참 호강에 겨운 소리를 했다는 것을 깨달았다. 솔직한 심정으로는 지금은 얼굴도 보기 싫은 홍 대리가 만약 자신의 사수였다면 정말 회사에 다니는 것이 지옥 같았을 거다.

직원들이 지나가는 소리로 하는 말을 들어 보니, 홍 대리가 제 실수를 남에게 뒤집어씌우고 공은 교묘하게 가로채는 일이 한두 번이 아니라고 했다. 그런 홍 대리에 비해 석주는 이서뿐만 아니라 누구에게라도 일을 미루는 일이 결코 없었다.

회사에 입사해 어느 정도 그를 보고 겪어 왔는데, 단언컨대 남의 공을 가로채는 일도 아마 절대 없었을 것이다. 남의 공을 굳이 가로챌 필요도 없이 그는 직급을 막론하고 부서에서 가장 우수한 사원이었다.

무엇보다 그는 후배를 존중하고 배려할 줄 아는 선배였다. 성격상 살갑지 못하고 편하게 대할 수 없는 차가운 면은 확실히 있었지만 그녀를 감정적으로 미워하거나 차별하는 것은 결코 아니었다.

누군가의 실수로 자신이 해 놓은 완벽했던 일이 어긋나고 흐트러져도 군말 없이 다시 상황을 정리할 뿐이었다.

전에 그 모습을 봤을 때는 그저 어지간한 워커홀릭이구나 하고 무심하게 생각하며 넘겼었는데, 지금 돌이켜 보면 그처럼 일하는 것은 결코 쉬운 일이 아닐 것이다.

"앞으로는 잘하겠습니다."

"……."

"더 이상 속으로 불편하고 무섭다고 불평불만도 안 늘어놓을 거고요."

책상에 얼굴을 엎드린 채로 고개를 돌려 옆자리인 석주의 자리를 바라본 이서가 조용히 중얼거렸다.

"송이서 씨?"

없는 자리에 대고 대화를 나누는 해괴한 짓을 했더니, 그 자리 주인의 목소리가 희미하게 들려왔다.

'어제 잠을 너무 못 자긴 했지.'

뻑뻑한 눈을 비비며 자신을 부르는 소리에도 멍하니 있던 이서는 이내 환청이 아니라는 것을 깨달았다. 몸을 번뜩 일으킨 이서가 뒤를 돌아보았다.

"한 대리님!"

아까 오전과 다름없이 흐트러짐 하나 없는 깔끔한 정장 차림의 석주가 그녀를 보고 있었다. 지금 막 사무실에 들어온 그는 이서의 스탠드 덕분에 어둠 속에서도 어슴푸레 비쳐지는 그의 책상으로 다가갈 수 있었다.

이서는 그런 석주에게 시선을 떼지 못했다.

"퇴근하신 거 아니었어요?"

"해야 할 일이 조금 남았습니다."

석주가 간결하게 대답하고는 자리에 앉았다.

이서는 아직 놀라움이 가시지 않은 얼굴로 작게 고개를 끄덕이고는 자신 역시 서 있던 몸을 의자에 안착시켰다. 사무실에 홀로 남아 긴장을 풀고 있었던 마음이 그로 인해 다시 조금 팽팽해졌다.

"송이서 씨."

"네."

"괜찮습니까?"

석주의 뜬금없는 질문에 책상 위 컴퓨터에 시선을 두던 이서가 고개를 갸웃거리며 그를 보았다. 그는 멀뚱멀뚱 자신을 보고 있는 이서의 얼굴을 훑어보았다. 확실히 울거나 한 흔적은 없었다.

'아까 너희 부서 잠깐 들렀다가 봤는데 송이서 씨? 네 부사수, 홍 여시한테 완전 어퍼컷 맞고 있던데?'

외근을 나갔다가 생각보다 더 길어진 일 때문에 회사에 복귀하지 않고 곧바로 퇴근할 생각이었던 석주는 아까 전 원형과의 통화에서 들었던 이서의 얘기를 떠올렸다. 원형의 설명은 자세하지 않았지만 상황은 잘 알 것 같았다.

이서의 안색이 정말 좋지 못했다며 선배가 위로주라도 사 줘야 하는 거 아니냐고 묻는 원형의 말에도 그냥 그러려니 하고 전화를 끊었다. 평소라면 아예 듣지 못했던 것처럼 무관심한 얼굴로 집으로 향했을 것이다.

그러나 그는 그러지 않았다.

이서가 아직 있을 것 같다는 생각에 다시 회사로 돌아오다니.

스스로 참 별일이다 싶었다. 원형의 말처럼 선배 노릇이라도 해야 겠다는 의무감이라도 생긴 것인지.

이해할 수 없는 행동을 한 자신이 못마땅했지만 앞에 보이는 이서의 얼굴을 확인하자 여기에 온 것이 후회되지는 않았다. 언제 부턴가 이서가 조금씩 신경 쓰이는 것도 사실이었다.

석주가 유심히 살피듯 이서를 보자 그녀는 민망한지 얼굴을 붉 히며 어색하고 뻣뻣하게 고개를 책상 쪽으로 돌렸다. 방금 전 어 두운 사무실 안에서 조용히 앉아 상념에 잠긴 얼굴을 했었던 이 서를 떠올리자 그녀가 신경 쓰이기 시작한 것이 언제부터인지 알 것 같았다.

'응, 언니.'

오늘처럼 이서 혼자 사무실에 남아 있던 때였다.

놓고 간 서류를 가지러 다시 회사에 들렀던 석주는 사무실 안 으로 들어오다가 걸음을 멈춰 세웠다. 늦은 시간임에도 아직까지 이서가 남아 있었다. 분명히 전화통화를 하는 것 같았던 그녀는 휴대폰을 귀에 대고도 아무 말이 없었다. 함께 통화하는 사람이 수다쟁이인가 의심하기에는 휴대폰 역시 한없이 잠잠했다.

이상한 신입사원 송이서에게서 또 이상한 점을 발견했다 정도 로 넘어갈 일이었다. 괴상한 침묵 통화를 하고 있는 이서를 무시 하고 얼른 서류만 가지고 가면 될 텐데 그는 난생처음으로 묘한 호기심이 차올라 그 모습을 계속 바라보았다. 아무 말 없는 휴대폰을 귀에 가져간 채 가만히 있는 이서의 얼굴이 너무도 슬퍼 보였기 때문이다.

이서는 하고 싶은 말이 있는 듯 다물었던 입을 열었다가도 결국 어떤 소리도 내지 못했다. 그저 답답할 정도로 아무 말도 하지 않다가 수화기 너머에서 다시 목소리가 들려오자 알았다는 말로 통화를 끝마치는 게 다였다.

그 별거 아닌 일이 인상적으로 남았는지 때때로 그의 머릿속을 가로지르며 돌아다닐 때가 있었다.

속으로 특이한 면이 있다고 생각하긴 했지만 사실 객관적으로 보면 이서는 정말 평범한 여자였다. 요즘 젊은 여자들다운 모습에 적당히 밝고 서글서글한 성격을 지니고 있었다.

고생이라고는 모르고 부모님에게 사랑받으며 귀하게 자란 어느 집 딸 같은 느낌이라고 누군가 말했었는데, 그 역시 어느 정도 동의하고 있었다. 새침하고 안하무인하다는 뜻이 아니라 구김살 없는 밝은 성격 때문이었다.

그런데 그 날 그 모습을 본 이후로는 송이서라는 여자가 마냥 온실 속 화초처럼 밝게만 자라 온 것은 아닐지도 모른다고 생각했다.

그래서 좋다 싫다도 아니고, 뭘 어쩌겠다는 것은 더더욱 아니고, 그냥 그게 다였다. 평소에 그랬던 것처럼 누군가를 무심하게 보고 존재를 인식하기만 하는 것이 아니라 그 후부터 이서에게 스친 시선은 다른 사람들보다 조금 더 길게 머물렀다.

무슨 표정을 짓고 있는지, 무슨 생각을 하고 있는 건지, 오늘은 기분이 좋은 건지, 왜 또 죄라도 지은 사람처럼 자신의 시선을 황급히 피하는 건지. 시선을 줄 때마다 짝꿍처럼 따라오는 의문을 버릇처럼 되씹으면서.

송이서는 저런 표정을 잘 짓고, 저렇게 활짝 웃는 게 버릇이고, 주눅이 잘 드는 것 같으면서도 묘하게 고집이 있고…… 송이서는 저런 사람이고 저런 여자구나. 시간이 지날수록 석주에게는 느릿하지만 선명하게 그녀에 관한 데이터가 쌓여 가고 있었다.

"무, 무슨 말씀을 하시는 건지?"

석주의 괜찮냐는 질문에 한참을 고민하던 이서가 결국 답을 찾지 못하고 물어 왔다. 외근을 나갔던 석주가 그 일을 알고 있을 리 없다고 생각했을 것이다.

"얘기 들었습니다."

"네? 어떤…… 아!"

이서 역시 그의 말을 알아차렸는지 그녀의 입에서 짧은 감탄사가 흘러나왔다. 오후에 있었던 일을 회상한 이서의 얼굴이 잠깐 울상이 되었다가 빠르게 펴졌다.

"괜찮습니다."

주저하다가 대답하는 이서의 작은 목소리에 물기가 서려 있었다. 아까의 억울했던 일이 다시금 떠올라 울컥했다기보다는, 자신에게 전혀 신경도 쓰지 않고 항상 무관심한 상사인 줄 알았던 석주가 처음으로 관심을 보이며 이런 대화를 시작해 준 것이 놀랍고, 또 너무도 의외였다.

따지고 보면 겨우 괜찮냐는 물음 하나였는데도 생각도 못 했던 그의 따뜻한 관심에 이서는 벌써 감동의 물살을 타고 있었다.

"괜찮은 거 맞아요?"

"아…… 그게…… ."

딱딱한 다나까체만 고수하던 그가 해요체를 쓰며 다시 괜찮냐고 묻자 이서는 점차 달궈지는 마음을 주체할 수 없었다.

다원이 보았다면 참도 허물없이 친해졌다며 비아냥댈 만한 것이었지만 이서는 지금 정말 그와 한 단계 허물을 벗긴 기분이었다.

"한 대리님…… ."

내면에 누군가에게 실컷 투정을 부리고 싶었던 마음이 가라앉아 있었던 모양이었다. 이서가 아주 조금 다정해진 석주의 모습에 결국 눈물을 이겨 내지 못했다. 맑고 커다란 눈에서 방울방울 쉴 새 없이 눈물이 떨구어지고 있었다. 제대로 말을 하지 못한 채 울먹거리는 이서를 그는 조용히 지켜보았다.

"많이 서러웠어요?"

"흐윽…… 네."

만약 오늘이 이렇게까지 힘든 하루가 아니었다면 그녀는 결코 그의 앞에서 눈물을 보이지 않았을 것이다.

엄마가 심장발작을 일으켜 입원한 일과 언니의 전화, 그리고 홍 대리의 실수를 뒤집어쓰고 야근까지 도맡아 하게 된 지금 현재 상황 중 하나라도 일어나지 않았다면. 또 그가 지금 찾아오지 않았다면 이렇게 오랜만에 아이처럼 목 놓아 펑펑 우는 일은 결단코 없었을 것이다.

다정하게 토닥이며 달래 주는 것도 아니고, 따뜻한 위로의 말을 끊임없이 해 주는 것도 아닌데 이서는 아무 말 없이 그저 지켜보는 그에게 위로받고 있었다.

이런 마음이었나 보다. 연서가 동생인 자신에게 기대는 것을 꺼리면서도 참다가 참다가 끝에는 결국 전화를 걸어 아무 말이 없는 통화를 했던 이유는. 전에는 까마득하기만 했던 연서의 마음을 이제야 조금 알 것 같았다.

이서는 결국 석주의 앞에서 속이 시원해질 때까지 울었고, 그는 곁에서 묵묵히 그녀를 위로해 주었다.

"……죄송해요."

약간의 시간이 흐른 후에야 어느 정도 진정이 된 이서가 훌쩍이며 말했다. 석주는 뜬금없는 그녀의 사과가 의아하다는 듯 아리송한 얼굴이었다.

"일도 느리고…… 덤벙거리면서 자꾸 뭘 까먹고 실수도 잘하고……. 저 같아도 저 같은 신입이랑은 같이 일하기 싫을 것 같아요."

오늘 홍 대리와 있었던 일이 결국 늘 그러하듯 스스로를 자책하는 일로 옮겨 갔다. 무언가가 잘못되면 그 일의 원인에 대해 홀로 고민하다가 마지막은 항상 자신의 탓이 되어 있었다. 어렸을 때부터의 버릇이었다.

아마도 병원에 입원한 경혜의 짐을 가지러 집으로 가던 중, 아버지가 했던 말을 모른 척하고 무시했던 그 날부터 가슴에 무거운 돌덩이가 하나가 얹어진 듯했다. 아버지의 장례를 치르며 울다 지친 마른 얼굴로 누군가의 탓인가 속으로 생각을 거듭한 이서는 이내 답을 구했다.

'내가…… 너희들한테 짐이야.'

짐은 아버지가 아닌 자신이었다.

시간이 지나도 아버지가 돌아가신 후 얻은 결론은 쉽사리 변하지 않았다. 가족들에게 어린 자신은 항상 짐이었다. 극단적인 마음을 갖고 세상을 등진 아버지도, 아픈 몸으로 쓰러질 때까지 돈을 벌기 위해 안간힘을 썼던 경혜도, 스물한 살 꿈을 펴지도 못하고 팔려 가듯 부잣집에 시집간 연서도.

그들 가족은 누구보다 서로를 사랑하고 아끼면서도 서로를 생각하는 그 마음들은 불행히도 각자 스스로에게 독으로 작용했다.

소중한 사람들을 지키고 싶은 마음. 가족으로서의 무게. 자신이 불행하다 해도 그들만 행복할 수 있다면, 당연하게 바라던 생각.

이서는 누구보다 가족을 사랑했고, 그들의 사랑 역시 넘치도록 받고 있다는 것을 알지만 시간이 흐를수록 자신의 삶을 망가트리면서까지 지키려 했던 그 마음들이 무겁게 느껴졌다. 그것들은 고스란히 이서의 가슴에 죄책감과 또 다른 책임감으로 생겨나 자리를 잡았다.

"송이서 씨는 무거워 보여요."

"네?"

어두운 사무실 안을 나직하게 울리는 석주의 말에 이서가 다시 차오르던 눈물을 닦느라 숙였었던 고개를 번쩍 들었다.

"저…… 살쪘나요?"

심각하게 한바탕 울어 놓고 석주의 말에 충격을 받은 얼굴이 된 이서가 조마조마하게 물었다.

요즘 회사생활을 하면서 그다지 입맛이 없었다. 그러니 살이 찌기보다는 빠졌을 거 같은데. 고민하던 이서는 석주가 자신에게 관심이 없어 보였는데 몸무게가 줄어드는지 늘어나는지까지 체크한 건가 싶어 당황스러웠다.

그런 이서의 단순한 반응이 재밌는지 석주가 살짝 미소를 지었다. 이서는 당연히 놀랄 수밖에 없었다. 저 웃음이 얼마나 귀한 웃음인지 모를 수 없었다. 이서는 그가 웃는 모습을 입사한 지 2개월 만에 거의 처음 보는 것이었다.

"몸이 아니라 마음이요."

"마음……이요?"

"너무 무겁지 않아요?"

"……."

"조금쯤 내려놓으면 더 편할 겁니다."

일만 잘하는 줄 알았는데 그에게는 사람 속을 들여다볼 수 있는 능력까지 있는 것인지도 모른다.

이서는 멍한 얼굴로 그를 보았다. 오늘에서야 처음으로 일적인 것이 아닌 속 깊은 이야기를 나누게 된 자신의 사수를.

가슴이 뜨겁게 물결쳤다. 자신을 전혀 모르고, 관심도 없고, 오히려 싫어하지 않을까 오해하고 있었는데 오히려 누구보다 정확하게 자신을 꿰뚫고 들여다보고 있었던 그 때문에 다시 한 번 눈물이 날 것 같았다.

불이 꺼진 사무실을 마지막으로 나온 두 사람은 나란히 엘리베이터에 탑승했다. 이서는 옆에 선 석주를 흘깃 보았다.

방금 전까지 그의 앞에서 펑펑 눈물을 흘려 댄 자신을 떠올리자 두 뺨은 참 쉽게도 달아올랐다. 토끼처럼 빨갛게 충혈된 눈으로 그를 살피던 이서는 순간 고개를 옆으로 돌려 눈을 마주치는 그로 인해 놀라서 발을 주춤거렸다.

"송이서 씨."

"네? 네!"

긴장한 이서가 버벅거리며 대답했다.

"앞으로는 모르는 게 있으면 물어보세요."

"네?"

"어떤 사소한 거라도 괜찮습니다."

평상시의 딱딱한 말투에서 그다지 바뀐 것은 아니었다. 하지만 그가 평소와 다르다는 것은 분명했다. 놀라움과 감동이 범벅된 눈으로 그를 보고 있는 그녀를 아는지 모르는지 석주가 앞을 본 채 말을 이어 나갔다.

"그리고 모든 사람은 실수를 합니다. 송이서 씨는 더군다나 초년생입니다. 실수를 안 하는 게 더 이상한 겁니다. 나 역시 신입사원 시절엔 그랬어요. 그렇게 배우는 겁니다."

"……정말이세요?"

고개를 끄덕일 줄 알았는데, 이서의 때아닌 확인에 석주가 고개를 돌려 그녀를 보았다.

"정말로 한 대리님도 실수하신 적이 있으세요? 언제요? 어떤 일이었나요?"

이서가 눈이 초롱초롱해져서 질문했다. 석주는 잠시 입을 다물었다. 자신의 실수담을 기억해 내기 위해 심각한 얼굴을 한 채.

"그건."

"한 대리님은 역시 처음 시작부터 완벽하게 잘하셨던 거죠?"

결국 대답을 찾지 못한 석주에게 이서가 울적한 눈으로 물었다.

"기억이 안 날 뿐입니다."

거짓말.

이서는 속으로 뾰로통하게 중얼거렸다. 그의 완벽주의가 짧은 시간 동안 이루어진 것이 아니라는 사실을 그녀도 모르지 않았다. 그래도 자신을 위로하기 위해 저렇게 말해 주는 그가 정말로 고맙고 기뻤다.

"감사해요. 한 대리님."

엘리베이터에서 내린 두 사람은 로비를 가로질러 회사를 나왔다. 다시 한 번 오늘 일에 대해 감사한 마음을 전하는 이서에게 석주는 조용히 고개를 끄덕였다.

그와 인사를 한 이서는 오늘은 버스가 아닌 택시에 올라탔다. 생각보다 더 회사에 있는 시간이 길어져서 경혜는 벌써 잠들어 있을지도 모르겠다고 생각하며 서둘러 병원으로 향했다.

하지만 병원으로 향하고 있는 택시 안에서도 이서는 아직 석주가 준 의외의 감동에서 벗어나지 못하고 있었다. 다시 생각해도 신기한 일이었다. 이서는 그와 여태까지 자신의 속사정은커녕 어떤 사적인 대화도 해 본 적이 없었다.

그런데도 정말로 마음을 들여다본 것 같았다. 그것이 신기하고 놀라우면서도 자꾸만 마음을 일렁이게 만들었다. 야속하게 생각했던 그에게 오늘 깊게 위로받았다는 것을 부정할 수 없었다.

일반 6인실을 사용했던 어제와 달리 경혜의 병실은 병원 내 VIP 특실로 변경되어 있었다. 바뀐 병실 호수를 문자로 알림받았던 이서는 병원에 도착하자마자 곧바로 병실로 향했다.

경혜의 병실 문을 조심스럽게 열자 소등되어 어두컴컴한 내부가 그녀를 반겼다. 경혜는 이미 잠들어 있었고, 연서는 침대 옆 소파에 앉아 경혜의 잠든 모습을 고요히 바라보고 있었다.

이서는 잠시 말없이 그 모습을 응시했다. 그러는 동안 이서의 인기척을 느낀 연서가 자리를 털고 일어섰다.

"나가자."

이서에게 다가온 연서가 경혜가 깨지 않도록 작은 목소리로 말했다.

"응."

문을 열고 복도로 나온 두 사람은 병동 라운지로 향했다. 한쪽 벽 가운데 TV가 틀어져 있어 몇몇 환자와 보호자들이 소파에 앉아 프로그램을 시청하고 있었다. 시끄럽지 않은 TV 소리와 사람들이 조용히 대화를 나누는 소리가 시끄럽지 않게 공간을 채웠다.

무거운 침묵보다는 적당한 소음이 배경이 되는 것이 지금 두 사람에게는 더 나았다. 이서와 연서는 구석에 있는 테이블에 자리를 잡고 앉았다. 연서는 이제 막 도착해서 머리칼이 흐트러진 이서의 머리를 손으로 부드럽게 다듬었다.

"일하는 거 많이 힘들지?"

그렇게 한참을 말이 없던 연서가 물었다.

"괜찮아."

이서가 부러 더 밝은 목소리로 대답했다.

"동료나 상사는 다 괜찮고? 괴롭히는 사람은 없어?"

"별로인 사람도 있고, 되게 좋은 분도 있고."

아까 전까지 회사에 함께 있어 주었던 석주가 떠올라 이서는 희뿌옇게 웃었다.

사람 마음이란 참 간사하기 그지없었다. 무언가 목에 걸린 것처럼 불편하고 무서운 상사였던 그가 오늘 다정하게 위로해 준 것만으로도 이미 마음이 무장해제 되어 있었다.

단순한 위로가 아니었기 때문일지도 모른다. 가슴이 뜨거워질 만큼 그녀의 마음속을 이해해 준 그의 말들이 아직도 귓가에 아른거렸다. 결코 부드럽고 다정한 말투가 아니었지만 따뜻하고 뭉클했다.

오늘 석주가 했던 말을 떠올리며 이서가 실실 웃음을 흘렸다. 그 모습에 연서가 눈을 가늘게 떴다.

"내 직속 선배인데 진짜 좋은 분이야."

"'좋은' 분?"

의미심장한 물음에 이서가 재빨리 손을 크게 휘저었다.

"그게 아니라! 사람이 좋다 할 때 그런 거. 사람 마음이 참 되었구나 싶은 거. 자꾸 그런 쪽으로 끌고 들어가지 마."

연서가 갸우뚱할 정도로 이서는 다급하게 변명을 늘어놓고 있었다. 곰곰이 듣던 연서는 이내 픽 웃었다.

"나 지금 '좋은 분?' 하고 물은 거밖에 없는데, 송이서 왜 이렇게 오버야? 혼자 당황해서는."

"……."

"그러니까 진짜 이상하네."

연서가 음흉하다는 듯 이서를 흘겼다. 이서는 대응할 말을 찾지 못해 잠시 입을 다물었다. 자신이 생각해도 이상하긴 이상하다. 이렇게까지 오버하며 아니라고 부정할 필요는 없었는데, 항상 남자친구 좀 사귀라며 닦달하는 연서라서 더욱 과민반응을 보인 것 같았다.

이서가 얼쯤하며 딴청을 부렸다.

"아무튼 힘든 거 없어. 나."

"그래도 잘됐다. 좋은 분이 있어서."

여전히 자신이 생각하는 '좋은' 분의 뜻과 연서가 생각하는 '좋은' 분의 뜻의 온도 차가 꽤 있어 보였지만 이서는 더 말을 하는 것을 그만두었다. 오히려 더 이상하게 생각하며 놀릴 것이 뻔했다.

"엄마는 언제부터 주무셔?"

"한 시간 전쯤부터. 아마 그전부터 졸리셨던 거 같은데 나 있다고 계속 참으시다가 잠드셨어."

연서가 흐릿한 미소를 지어 보였다.

"아직 안정하실 수 있는 단계인지 더 확인도 해야 하고, 몇 가지 검사도 더 받으셔야 해서 당분간은 계속 병원에 계시기로 했어. 이서 너 회사도 다녀야 하고, 나도 엄마 옆에서 계속 붙어 있지 못하니까…… 내일부터는 간병인 올 거야."

"……응."

"미안해. 이서야."

그 말이 귓가를 파고드는 동시에 이서는 입술을 짓이기듯 깨물었다.

어느 순간부터 연서는 버릇처럼 종종 미안하다는 말을 해 왔다. 저 말이 너무도 듣기 싫어서 왜 그런 말을 하느냐고 화를 낸 적도 있었고 서럽게 울었던 적도 있었다. 그런데도 연서는 이따금씩 미안하다는 말을 했다. 미안하다는 말을 듣기 버거워하는 이서를 괴롭히려는 의도가 아니라 의식하지 않은 상태로 무심코 나오는 것처럼 보였다.

이서는 잠시 연서의 시선을 피해 고개를 떨궜다. 연서에게 미안하다는 말조차 할 수 없을 만큼 미안한 사람은 오히려 이서 자신이었다.

'이서야. 여기 꼭 가고 싶어?'

연서가 스물한 살, 이서가 고등학교 입학을 앞둔 열여섯이었을 때였다. 연서는 학교를 다니면서도 아르바이트를 주말까지 꽉 채워서 두 개를 뛰었다. 다름 아닌 이서 때문이었다. 이서가 중학교 1학년 때부터 목표로 삼고 있었던 고등학교는 한 학기 등록금만 해도 보통 평범한 고등학교와 차이가 월등하게 났다.

학교에 있는 선생님들은 이서를 볼 때마다 꼭 지원해 보라며 격려하고 응원했다. 하지만 스스로 형편이 안 된다는 것을 뼈저리게 절감하기에 가고 싶다고 생각만 했을 뿐 갈 수 있을 거라고는 바라지도 못했다.

경혜와 연서에게도 철없이 무조건 그 학교에 가고 싶다는 말은 일절 꺼내지 않았다. 갈 수 없다는 것을 누구보다 잘 알고 있었다.

하지만 미련을 버리지 못하고 가방에 넣어 둔 학교 팸플릿을 보게 된 연서는 어떻게든 보내 주겠다며 거의 쉴 시간도 없을 만큼 빡빡한 일정으로 아르바이트를 시작했다.

가만히 손 놓고 지낼 수만은 없다면서 경혜 또한 어느 정도 돈이 될 만한 부업을 알음알음 찾아 헤매던 중 다시 그녀의 상태가 악화되어 병원 신세를 져야 했다. 잠시 피곤해져서 그랬겠거니 예사로이 생각하며 검사를 받았지만 청천벽력과도 같은 진단이 떨어졌다.

수술한 부위의 협착이 심해 다시 한 번 가슴을 열어야 한다고 했다. 이번이면 벌써 세 번째 개복술이었다.

말은 간단했지만 그들 모녀에게는 결코 간단한 문제가 아니었다. 경혜의 몸 자체에도 엄청난 부담이었지만, 무엇보다 큰 수술을 하려면 얼마나 많은 비용이 드는지 모를 수 없었다.

'이서야. 언니 결혼할까?'

보충 학습을 마치고 돌아온 이서는 어둠으로 새까맣게 잠긴 집으로 들어섰다. 부엌으로 들어가자 식탁에 엎드려 있는 연서가 보였다. 이서는 연서를 살짝 흔들어서 깨운 후 그녀와 함께 경혜의 병원으로 가기 전에 대충 목이라도 축일 생각으로 냉장고를 열었다.

그런 이서에게 연서가 한 말이었다. 이서야. 언니 결혼할까. 이서는 그 말을 곱씹으며 인상을 찌푸렸다.

'결혼?'

자면서 이상한 꿈이라도 꾼 건가 싶을 정도였다. 하지만 시선을 연서에게 돌려 확인해 보니, 그녀는 조금도 잠에 취한 기색이 아니었다.

'무슨 말이야?'
'이서야. 너 그 학교 가고 싶은 거 맞지?'

연서가 이상하게 느껴질 만큼 고집스럽게 몇 번을 물었다. 이서는 지금 모아 놓은 돈으로는 경혜의 수술비를 감당하는 것도 힘들다는 것을 모르지 않았다. 경혜가 쓰러졌던 날 이미 갈 수 없다는 것을 직감했고 알아서 포기했다. 그것보다 경혜의 수술이 훨씬 중요하고 급했다.

하지만 역시 아쉬운 마음은 제대로 가시지 못한 모양이었다. 그것을 자꾸 들추어내는 연서가 조금 짜증스럽게 느껴졌다.

'당연히 가고 싶지. 근데 못 가잖아. 그러니까 그 얘기 이제 그만해.'

연서에게 그렇게 쏘아 대듯 날카롭게 말한 것은 그 날이 처음이었다. 입술을 질끈 깨문 이서는 아차 싶었지만 차마 미안하다는 말이 나오지 않아 물을 한 잔 삼키고는 먼저 부엌에서 나왔다.

자신의 운동화 끈이 풀린 것을 본 이서는 신발을 신은 상태로 자리에 주저앉았다. 천천히 신발 끈을 매고 있는 이서의 머리를 연서가 여느 때와 다름없이 부드럽게 매만졌다.

'그래.'

'……'

'그렇게 하자.'

그건 연서가 이서에게가 아닌 스스로에게 되뇌는 말이었다.

왜 연서가 비명을 삼키며 나지막하게 꺼냈던 말을 무심히 넘긴 채 제대로 들어주지 못했을까.

후회해 봤자 너무 늦은 일이었다. 자신은 항상 그랬다. 위험한 상태로 흔들리던 아버지를 붙잡아 주지 못했던 과오를 범하고도 또 그렇게 연서를 돌아봐 주지 못했다.

오로지 자신만 보였던 너무도 철없고 어렸던 시절.

그다지도 이기적이고 자기중심적이었던 자신을 이서는 지금까지 용서하지 못했다.

"엄마가 계속 병실 바꿔 달라고 하시는데, 네가 말려 줘."

연서의 말에 이서는 느리게 고개를 끄덕였다.

경혜가 1인실을 거부하는 이유는 분명했다. 연서의 남편인 승재는 성공한 사업가였고, 장모의 병원비나 처제의 학비 등 처가에 쓰는 돈을 아까워하며 계산하고 아끼는 편이 아니었다. 언젠가부터 아내와의 사이가 삐거덕거리기 시작하던 때도, 돌이킬 수 없을 만큼 완전히 틀어진 지금도, 그건 마찬가지였다.

하지만 이서가 그렇듯 경혜 역시 자신 때문에 연서가 승재의 집안에서 더욱 기를 못 펴고 눈치를 볼까 항상 걱정하는 기색이었다. 그래서 경혜가 괜한 돈을 쓰지 말라며 병실을 옮기겠다고 고집을 부렸을 모습이 눈에 훤했다.

"알았어."

"이제 가 볼게."

"응. 전화하고."

연서를 먼저 보내고 이서는 다시 병실로 돌아왔다. 잠든 경혜의 흐트러진 머리카락을 정돈한 이서가 잠들어 있는 그녀를 찬찬히 살폈다. 며칠 만에 눈에 띄게 야윈 모습이 안타깝고 속상했다.

이제 막 사회에 첫발을 내딛은 자신이 할 수 있는 것은 아직 아무 것도 없다는 생각에 더더욱 마음이 아팠다.

'너무 무겁지 않아요?'

석주가 나직이 물었던 그 말이 다시 한 번 가슴에 떠오르며 잔잔한 파동을 일으켰다. 이서의 건조했던 입가에 작은 미소가 피어 올랐다. 아무래도 오늘 밤 내내 그가 해 주었던 말들이 머릿속을 떠다닐 것 같았다.

5. 취중고백

✳✳✳✳✳✳✳✳

출근 준비를 마치고 빵으로 아침을 해결한 이서는 빠른 걸음으로 현관을 나섰다. 어제 경혜의 병실 보호자 침대에서 새우잠을 자다가 새벽에 집으로 돌아와 간단한 샤워를 하고 옷을 갈아입은 상태였다.

이서는 이어폰을 끼고 음악을 들으며 지하철역으로 향했다. 얼마 기다리지 않아 들어오는 열차에 사람들에게 치이고 밀리며 어렵게 탑승할 수 있었다. 겨우 문 쪽에 자리를 잡은 이서는 무심코 고개를 돌리다가 어느 정도 떨어진 거리에서 익숙한 얼굴의 남자와 정면으로 눈이 마주쳤다.

"한 대리님……?"

훤칠한 키에 말끔한 슈트를 입고 있는 남자는 다름 아닌 석주였다. 이서와 가까운 거리는 아니었고, 얼굴은 확실히 알아볼 수 있지만 대화를 나누기에는 무리였다. 석주와 눈이 마주친 이서가 얼떨떨한 얼굴로 살짝 고개를 숙였다. 그러자 그 역시 고개를 까딱하며 인사했다.

석주가 자가용으로 출퇴근을 한다는 것을 알고 있는 이서는 의아한 마음에 휴대폰을 펼쳐 들었다.

[오늘 지하철로 출근하세요?]

문자를 써 놓고 전송 버튼을 누르려던 손이 멈칫했다. 입사한 지 어느 정도 지난 지금, 석주에게 전화나 문자를 해 본 적은 단한 번도 없었다는 사실을 인지한 까닭이었다.

석주의 번호는 물론 알고 있지만 쓸 일이 없었다. 그도 그럴 것이, 얼굴을 마주하고 있어도 사적인 대화는 일체 없었던 삭막한 관계의 두 사람이었다. 함께 있어도 그런데 전화나 문자를 할 필요는 더더욱 없었다.

갑자기 문자하면 친한 척한다고 생각할지도 모른다. 이서가 눈을 가늘게 뜬 상태로 자신이 쓴 문자를 검열하며 생각했다.

'궁금해서 그러는 건데 이 정도면 괜찮지 않나?'

전송 버튼과 뒤로 가기 버튼 사이를 엄지로 왔다 갔다 하던 이서는 이내 마음을 먹은 듯 전송 버튼을 꾹 눌렀다.

그러고는 고개를 쏙 들어 석주가 있는 곳을 확인했다. 휴대폰을 확인하는 그의 모습이 보였다. 이서는 두근거리는 마음으로 답장을 기다렸다. 어제 일이 있은 이후로 이렇게 금방 그를 다시 보게 되니 자그마한 욕망이 슬그머니 머리를 내밀었다.

그와 친해지고 싶다!

소박하면서도 대담한 소망이었다. 이서가 듣기로 석주가 회사에서 친하게 지내는 여직원은 전무했다. 사내에서 워낙에 인기가 높은 남자였지만 그에게 고백하는 사람은 많지 않았다. 그렇지 않아도 그리 다정하지 않은 성격인데, 고백을 한 여자에게는 더욱 차갑게 거리를 두고 무서울 만큼 단호하게 선을 긋는다는 말이 돌았기 때문이었다.

그리고 그건 사실이었다. 이서를 동네북으로 알던 홍 대리 역시 그에게 고백한 전력이 있었다고 했다. 이서가 입사하기 전의 일이었다. 물론 석주는 단칼에 거절했고 그로 인해 홍 대리가 호되게 속앓이를 했다는 것은 이미 부서에서 유명한 이야깃거리 중 하나였다.

이서는 처음 그 말을 들었을 때 설마 했었다. 홍 대리는 꽤 미인 축에 속했고 생긴 것부터가 콧대 높고 자존심 강한 이미지였다. 또 겪어 본 바로는 도도하다 못해 안하무인에 가까웠다. 특히 남직원들에게 얕보이는 것을 극도로 싫어하는 스타일이었고 누구 앞에서건 지는 것을 용납할 수 없어 하는 성격이었다.

누구보다 자존심 강한 홍 대리의 성격을 알수록 잘 믿어지지 않는 얘기였다. 그녀가 석주 앞에서는 나름 순한 양처럼 굴었다는 것에 한 번 놀랐고, 그 이후에 고백했다가 차였다는 소리에 또 놀랐다.

확실히 보면 지금도 그녀는 다른 사람들은 몰라도 석주만큼은 대하기 어려워하는 것 같았다. 직원들에게 그 과거의 이야기를 들은 후에 다시 살펴보니 그의 앞에서 어울리지 않게 수줍음을 타는 기색도 있었고, 거절당했던 것에 대해 상처받았다는 아련한 얼굴로 그를 볼 때도 있었다. 홍 대리가 차인 지 시간이 꽤 흐른 지금도 석주를 향한 미련을 떨쳐내지 못한 것이 모르는 사람 눈에도 훤히 보였다.

참 의외의 면모라고 생각하면서도 이서는 입안이 씁쓸해졌다.

좋아하는 사람에게 미련을 못 버리는 일은 이서가 누구보다 공감할 수 있는 것이기도 했다. 다원의 집에 갔었던 날, 건하에게 손을 붙잡혔던 순간을 떠올리며 어쩌면 미련은 사랑과는 다른 것일지도 모른다고 생각했다.

사랑이 아니라 미련.

만약 지금 건하와 준희가 헤어지고, 이서 자신이 건하를 만날 수 있게 된다 하더라도 그녀는 자신이 그와 행복해질 수 있을 거라고는 생각할 수 없었다. 건하와 그와의 미래를 더 이상 바라지도 꿈꾸지도 않게 되었다.

그와 자신은 인연이 아니었던 거다. 그렇게 담담하게 결론내리기에 이르렀다.

이런 마음이 과연 아직 사랑일 수 있을까.

그토록 원했던 사람과 함께할 수 있게 되었는데도 행복하지 않다면 그건 사랑일까.

이서는 씁쓸하게 고개를 저었다. 어린 시절의 첫사랑이자 꽤 오랫동안 자신의 가슴을 뛰게 했던 남자와 서로 사랑했음에도 엇

갈렸던 인연에 대한 안타까움은 남아 있었지만 그것을 사랑이라
고 부르기에는 그 감정은 이제 너무도 지치고 메말라 있었다.

진동으로 작게 울며 문자 수신을 알리는 휴대폰이 우울한 상념
에 빠져 가는 이서를 깨웠다. 이서는 황급히 휴대폰을 확인했다.
석주의 문자가 도착해 있었다.

[네.]

네…….

이서는 실망한 입술을 쭉 내밀었다. 지독히도 짧은 단답형의
깔끔한 문자가 그와 어울리다 생각하면서도 아쉬움을 감출 길이
없었다. 아무리 친해지고 싶다 해도 이래서야 대화는 이렇게 단절
될 수밖에 없었다.

우울한 손길로 휴대폰을 가방 속에 집어넣으려던 이서는 다시
한 번 부르르 떨며 진동하는 휴대폰을 확인했다.

[차가 고장 나서 수리 맡기느라 당분간 이용할 수 없게 됐습
니다.]

'세상에!'

묻지 않은 것을 설명해 주고 있다. 그것도 길다!

이서는 변덕스러울 만큼 다시 활기차게 변한 얼굴로 웃으며 문
자 수를 세기에 이르렀다. 26자! 석주가 자신의 문자를 귀찮아하

지 않았다는 것을 알려 주는 증거 같아 이서는 조금 자신감이 차올랐다.

[아, 그러시군요. 그럼 당분간은 지하철로 출퇴근하시겠어요. ㅠㅠ]

이건 너무 당연한 소리인가.

나름 자신감도 생겨서 친근해 보이는 이모티콘까지 붙여 문자를 전송했지만 답장이 씹히기에 최적화된 말이라는 것을 뒤늦게 깨달았다. 슬쩍 그가 있는 방향을 보자 문자를 읽은 후 다른 움직임 없이 휴대폰을 집어넣는 그의 모습이 보였다. 역시나.

어느새 내릴 때가 되었다는 것을 확인하고 문 가까이 붙었다. 하얀색 이어폰을 동그랗게 말며 내릴 준비를 하고 있는데 누군가가 옆으로 다가왔다.

"어? 대리님."

이서가 놀라서 눈을 깜박거렸다. 언제 다가온 건지 석주가 문이 열리는 것을 턱짓하며 말했다.

"우선 내리죠."

"아, 네!"

이서는 석주와 열차에서 내려 회사를 향해 함께 걷게 되었다. 언제나처럼 여전히 대화는 거의 없었고 어색한 분위기였다.

하지만 이서의 마음가짐이 달라져 있었다. 그전에는 석주와 있는 시간이 마냥 불편하고 도망가고 싶은 마음뿐이었다면 지금은 달랐다. 그에게 한마디라도 더 붙이고 싶고, 그와 친해질 궁리를 하기 시작한 것이다.

이서는 슬금슬금 석주의 눈치를 보다가 입술을 뗐다.

"차 수리 하는 데 시간이 오래 걸리는 건가요?"

"일주일 정도 걸린다고 하더군요."

"오늘 많이 불편하셨겠어요. 전 적응이 돼서 괜찮지만."

"아니에요. 괜찮았어요."

문제가 있다면, 석주와 어떤 이야기를 해야 대화를 꾸준히 이어 나갈 수 있는지 아직 짐작이 가지 않는다는 점이었다. 다시 한번 유행처럼 떠도는 침묵에 이서는 옆에서 걷고 있는 그를 조심스럽게 흘깃거리기만 했다.

"이서 씨!"

뒤편에서 자신을 부르는 목소리가 들리자 이서는 반사적으로 고개를 돌렸다. 그다지 익숙하지 않은 목소리였다. 뒤를 돌아보자 기억 속에 낯이 익으면서도 가물가물한 남자가 이서와 석주 사이로 당당하게 끼어들었다. 석주와 가까운 거리는 아니지만 나름 친밀하게 나란히 걷고 있던 이서는 황당한 얼굴로 자리를 빼앗은 남자를 보았다.

"이서 씨, 오랜만이에요. 회사는 잘 적응했어요? 다닐 만해요?"

그가 친근하게 말을 걸어오자 그제야 흐릿했던 기억이 또렷해졌다.

"안녕하세요. 서 대리님."

뒤늦은 기억으로 인해 지체된 인사에 원형 역시 눈치챈 듯 웃었다. 그는 회사에 입사하고 얼마 지나지 않아 석주와 함께 엘리베이터를 기다리며 친하게 이야기를 나누던 남자였다. 석주와 입사 동기이면서 고등학교 동창이라고 유쾌한 말투로 스스로를 소개했었다.

'그러고 보니 중요한 것을 잊고 있었던 것 같은데.'

원형과 오랜만에 대면하게 되자 이서는 지난번 그를 만났을 때 무언가 중요한 말을 들었던 것 같은 느낌을 받았다. 굉장히 놀랍고 충격적이었던 것 같은데…… 뭘까.

잘 생각이 나지 않아 연신 고개를 갸웃거리던 이서가 이내 두둥실 떠오른 답을 찾았다.

"아, 여자기피증……. 헉!"

버릇처럼 혼잣말을 작게 중얼거리던 이서는 재빨리 자신의 입을 막았다. 물론 그래 봤자 소용없는 짓이었다. 이미 새어 나간 말이 바로 옆에 선 두 사람에게 들리지 않을 리 없었다.

그 상태로 옆을 슬쩍 보자 무표정한 얼굴로 자신을 응시하고 있는 석주와 어쩐지 속을 다 알겠다는 듯 싱글싱글 웃고 있는 원형이 보였다. 이서는 절망스러운 눈을 감으며 고개를 푹 숙였다.

"죄송합니다. 한 대리님……."

이서가 죄인처럼 고개를 숙인 채 사과했다. 충분히 콤플렉스이고 심각한 고민일 수 있는 것을 이렇게 대놓고 이야기해 버리다니. 어쩌면 자신 때문에 석주의 여자기피증이 더 심해질지도 모른다는 생각에 더욱 미안해졌다.

기어들어 가는 목소리라 원형의 옆에 선 그에게 들릴까 싶었지만 그는 조금도 지체하지 않고 이서의 말에 대답해 주었다.

"괜찮습니다."

그는 전혀 화가 나거나 기분이 상한 기색이 아니었다. 아무렇지 않게 사과를 받아 주는 석주에게 고마우면서도 이서는 어쩐지 묘해지는 기분을 느꼈다. 석주가 지금 이서의 사과를 받아 준다는 것은 스스로가 여자기피증이라는 것을 확언하는 것이나 다름없었다.

'사실……이었구나.'

지난번 원형과 석주의 대화를 본의 아니게 엿듣게 되었던 날, 석주가 여자기피증이 있다는 것을 알았다. 그것도 부모님조차 끙끙 앓으실 만큼 꽤 심각하다는 것도.

하지만 이서는 그 이야기를 듣고 조금 놀랐을 뿐 그다지 심각하게 받아들이지 않았다. 오늘도 원형을 만나고 겨우 생각해 냈을 정도로 잊고 있었던 일이다.

그때는 석주가 무조건적으로 어렵고 대하기 불편하다는 생각만이 머릿속을 차지하고 있어 여자기피증 때문에 나를 더 싫어하는 건가 하는 피해의식 아닌 피해의식을 갖고 있었기 때문이기도 하지만 더 큰 이유는 다른 것이었다.

확실히 석주는 따로 친한 여직원도 없어 보였고, 사생활이야 잘 모르지만 느낌상 딱히 만나는 여자도 없는 것 같았다. 하지만 그게 '기피증'이라는 말을 붙일 정도로 병적인 느낌은 아니었다.

여자를 기피한다는 느낌 역시 크게 받은 적 없었다. 그저 여자보다는 일이 더 중요한 평범한 워커홀릭 중 한 사람이라 생각되는 정도였고, 각 부서가 서로 유기적으로 연결이 되어 무슨 사업이든 많은 부서들과 협력과 조율이 필요한 회사 특성상 다른 부서 직원들, 특히 여직원들과도 어렵지 않게 의견을 나누고 막힘없이 일을 하던 평소의 석주를 떠올리면 더욱 긴가민가하게 느껴질 수밖에 없었다.

"이서 씨, 설마 소문낸 건 아니죠?"

원형이 이서에게 은밀한 목소리로 물어 왔다. 반면 이서는 그의 말에 놀라서 펄쩍 뛰었다.

"아니에요! 정말로!"

"정말요?"

"네! 저 여태까지 그 얘기도 아예 까먹고 있었어요."

이서의 억울함 가득한 목소리에 원형은 킥킥 웃었다. 그가 자신을 놀린 거였다는 것을 깨달으면서도 불안한 눈빛을 석주 쪽으로 향한 채 거두지 못했다. 석주가 혹여 오해라도 할까 염려되는 마음에서였다.

"저, 한 대리님. 믿어 주세요. 진짜로 저 아무한테도 말 안 했어요."

이서가 간절한 목소리로 피력했다. 석주는 그런 그녀의 반응이 재밌었는지 피식 웃었다. 단정한 입술에 잠시 짧게 스친 작은 미소였지만 이서는 몸을 움찔 떨었다.

또다. 저 희귀해서 더욱 귀한 석주의 웃음을 다시 보게 되다니.

어제 본 것만으로도 충분히 놀랍고 신기했는데 하루도 지나지 않아 오늘 또 이렇게 보게 될 줄은 몰랐다.

평소에 거의 안 웃던 사람이 웃어서 그런지, 아니면 어쩔 수 없이 본능으로 갖추어진 외모지상주의 탓인지 그의 짧고 미약한 웃음에도 이서는 절로 기분이 좋아지는 것을 느꼈다.

"그나저나 어제 괜찮았어요?"

"네?"

"홍 대리한테 당하는 거 봤어요. 이서 씨는 주위 둘러볼 정신도 없었겠지만 나 어제 일 때문에 2팀 잠깐 들렀었거든요. 이서 씨 멘붕 와서 고개 푹 숙이고 있는 거도 봤고. 내가 다 짠하더라."

"아⋯⋯."

원형이 어제 일을 상기시키자 이서는 떠오르는 기억에 우울해지려는 마음을 삼킨 채 애써 웃었다.

"이서 씨가 이해해요. 홍 대리, 아니 홍 여시 원래 입사 때부터 유명해요. 저런 유별난 성격에 또 그만큼 적도 많고."

회사 내부로 들어와 로비를 가로지르며 원형이 지치지도 않고 떠들었다. 이서는 조금 불안한 기색으로 원형의 말을 듣고 있었다. 회사로 들어온 상태라 누가 들을지도 모르는 험담에 맞장구를 칠 수도 없는 노릇이었다.

상사 욕에 함께 동참하기도 민망한 상황이라 이서는 원형의 말에 어색하게 웃었다가 그 옆에서 조용히 걷고 있는 석주의 눈치를 보았다가 하며 바쁘게 발을 움직였다.

"2년 전인가? 그때 홍 여시가 어떤 일을 벌였냐면……."

"홍 여시가 뭐?"

불길한 예감은 언제나 틀리지 않는다. 오늘은 다들 출근길에서 만나게 될 요량인지 뒤에서 들린 익숙한 목소리가 원형의 수다를 막았다. 앞을 향해 걷고 있던 이서와 원형의 머리카락이 귀신이라도 맞닥뜨린 듯 쭈뼛 섰다. 하필 가장 만나기 싫은 상대를 출근 전부터 만날 줄이야.

"어어, 홍 대리! 오랜만이네!"

"그래. 홍 여시랑은 오랜만이지?"

홍 대리가 입꼬리만 씩 올려 으스스하게 웃었다. 그러자 원형은 당황한 얼굴을 애써 감추며 털털거렸다.

"그게 무슨 말이야? 홍 대리 잘못 들었구나. 홍 여시라고 한 거 아닌데? 홍 여신이라고 했어, 나. 못 들었어?"

"그래?"

"어! 지금 신입 이서 씨가 모르는 홍 여신의 위대한 일화를 들려주려던 참이었거든."

원형이 알랑거리며 실실 웃자 홍 대리는 익숙한 일인 듯 모른 척하며 넘어가 주었다. 하지만 이서에게 향하는 차가운 시선은 빼먹지 않았다. 그녀의 얼음이 뚝뚝 떨어지는 매서운 눈길에 이서는 긴장한 얼굴로 인사를 했지만 역시나 무시당했다.

"송이서 씨도 근처에서 만난 거야?"

두 사람과 이서가, 정확히는 석주와 이서가 아침 출근길에 함께 오는 것이 영 거슬리는지 홍 대리가 확인차 물었다.

"응. 홍 대리. 내가 아까 오면서 보니까 석주랑 이서 씨, 지하 철역부터 같이 올라오는 것 같던데."

이서는 쪼르르 착실히 대답하는 원형을 몰래 노려보았다. 저 사람은 도대체가 자신의 편인지, 홍 대리의 수족인지 모르겠다. 아까만 해도 홍 대리 욕을 바가지로 떠도 될 만큼 퍼부어 댈 때는 언제고! 홍 대리가 없을 때만 해도 큰소리를 떵떵 치던 것과 달리 그녀가 나타나자 곧바로 깨갱 하는 모습이 참 한심했다.

"아, 둘이?"

역시나 심기가 불편해진 것이 눈에 탁 드러난 홍 대리가 비죽 거렸다.

"그런데 한 대리, 차는 어디에 두고?"

"수리 맡겼어."

석주가 짧게 대답하고는 입을 다물었다. 홍 대리는 자신을 완 벽히 차단하고 무시하는 석주의 모습에 홀로 입술을 잘근 깨물었 다.

이서는 온도 차가 꽤 커 보이는 석주와 홍 대리의 모습을 빤히 보았다. 석주가 홍 대리에게 눈 한 번 마주치지 않고 외면하는 모 습을 보자, 관심을 표하거나 고백을 하는 여자에게 더욱 거리를 두고 차가워진다는 그의 특성이 다시금 떠올랐다.

혹시 여자기피증은 그의 저런 면과도 연관이 있는 건가 하는 생각이 이서의 머릿속을 비집고 들어왔다.

출근한 지 30분 정도 지났을까?

벽시계를 올려다보던 이서는 시선을 조용하고 은밀하게 옆으로
향했다. 평소와 다름없는 모습의 석주가 보였다. 재미없게 느껴질
만큼 딱딱하다 생각했던 어제와 달리 오늘은 그에 대한 이미지가
확연히 달라져 있었다.

아니, 정확히는 어젯밤부터.

이서는 아까부터 그를 흘깃흘깃 바라보며 주저했다. 무려 30분
째 계속되는 고민이었다.

물어볼까? 귀찮아하실 거 같은데. 하지만 어제 분명히 뭐든 물
어보라 하셨어. 집중해서 일하고 있는데 나 때문에 방해되면 짜증
날지도 모르…….

"송이서 씨."

석주가 컴퓨터 화면에 시선을 고정한 채로 이서를 불렀다. 고
민을 거듭하던 이서의 놀란 눈은 완벽한 원의 형태가 되었다.

"네, 네?"

"궁금한 거 있어요?"

역시 마음을 읽을 줄 아시나 보다. 이서는 처음 마술을 보는 아
이처럼 신기해하며 그를 보았다.

"아…… 네."

"물어봐요."

석주가 몸을 틀어 이서와 시선을 맞추었다. 그에 이서는 손에
쥐고 있던 문서를 석주가 있는 방향으로 옮기면서도 아직 어수룩
한 표정이었다.

다들 입을 모아 감탄하는 그의 외모였지만 좋지 못했던 그와의

첫 만남 때문에 전전긍긍했던 이서는 그것에 감탄할 여력이 없었다. 오히려 석주처럼 멋있고 완벽하지 않아도 좋으니 조금이라도 인간미가 있는 상사를 바랐다.

물론 그것도 어젯밤까지였다.

지금은 그가 자신의 선배여서 기쁘고 다행스러웠다. 이제 이서에게 그는 외모를 떠나서 정말로 멋있는 사람으로 각인되어 있었다. 생각해 보면 어렵게 여기고 거리를 두었던 것이 미안할 만큼 석주는 남모르게 배려가 깊은 사람이었다.

홍 대리한테 불려 가서 혼나고 있으면 급하지 않은데도 넘겨야 할 자료를 정리해서 달라고 독촉해서 그 자리를 빠져나오도록 해 주었다. 그때는 그냥 정말로 그 자료가 빨리 필요한 거라 생각했었지만 지금 떠올려 보면 이외에도 많은 따뜻한 배려가 그에게 자연스럽게 배어 있었다.

이서는 새삼 감동스러운 눈을 빛내며 그의 설명을 빠짐없이 들었다. 이렇게 좋은 상사를 두었으면서 입사하고 두 달 동안 마냥 그가 어렵고 무섭다고 입을 내민 채 불평만 해 댔다니. 정말 바보 같고 어리석었다.

"이해했어요?"

"아, 네. 감사합니다."

이서가 기분이 들뜬 것을 감추지 못하며 웃었다. 석주는 말없이 그런 그녀를 보다가 고개를 끄덕였다.

"한 대리님. 커피 드릴까요?"

부서 막내인 이서에게 커피 셔틀은 이제는 업무처럼 여겨질 만큼 익숙해진 지 오래였다. 홍 대리를 포함한 몇몇 선배 티를 내는 것을 좋아하는 이들이 이서의 커피 운반 주요 고객들이었다.

스스로 일을 못한다는 자괴감에 휩싸여 있던 상황이라 내가 왜 좋은 대학 나와서 이런 일이나 해 줘야 하는가 하며 파르르 떨거나 이를 갈지는 않았었다. 하지만 그녀도 사람인지라 후배를 하녀 다루듯 하며 이것저것 심부름을 막 시킬 때는 당연히 기분이 좋을 리 없었다.

그 와중에 또 생각해 보니 석주는 이서에게 커피 심부름은 물론이고 다른 잔심부름 한 번 시킨 적이 없었다. 한석주는 따지면 따질수록 정말 완벽하게 훌륭한 선배였다. 이서는 속으로 다시 감탄하며 그를 보았다.

다른 사람이라면 몰라도 그에게는 기쁘게 커피를 대령할 수 있을 것 같은 마음이었다. 그가 이 시간쯤 탕비실에 직접 가서 커피를 타 온다는 것을 대략적으로 알고 있기에 꺼낸 말이지만 역시나 선배의 귀감인 그는 조용히 고개를 저었다.

"괜찮습니다."

석주의 정중한 거절에 이서는 아쉬운 얼굴을 숨겼다. 고개를 숙이고 다시 자신의 책상으로 몸을 돌린 이서는 고민스러운 눈빛을 서류 위에 뿜어냈다.

'우리가 세 번째로 만나는 날, 석주의 여자기피증에 대해서 얘기해 줄게요.'

동화 속에 나오는 요정이나 내걸 법한 조건을 말하던 아까 전의 원형이 떠올랐다. 출근길, 엘리베이터에서 내려 각자의 부서로 가기 직전 원형이 이서에게 귓속말을 했다. 다음에 또 만나면 석주의 비밀의 유래에 대해 자세히 말해 주겠다고.

본인도 아닌 사람이 그런 사적인 이야기를 멋대로 떠들 권리는 없다고 단호하게 거절……하지는 못했다. 말해 준다면 못 이기는 척하며 듣고 싶을 만큼 궁금한 이야기였기 때문이다.

하지만 처음 만난 날 이후로 거의 약 두 달 만에 원형을 만났듯, 부서가 아예 달라서 또다시 만나게 될 날은 그리 가깝지 않을 것으로 예상되기는 했다.

하루가 빠르게 흘러가고, 어느새 퇴근 시간이 가까워졌다. 이서는 가장 먼저 컴퓨터 전원을 끄고 주변을 정리하기 시작한 팀장을 흘끗 보았다. 오늘은 마케팅팀 단체 회식이 있는 날이었다. 팀워크를 중시하는 팀장 때문에 회식을 빠지는 것은 거의 불가능한 분위기였다.

회식이 다른 부서처럼 잦은 편도 아니었고 술을 마시라고 강요하는 분위기도 아닌 나름 자유로운 자리라서 부서원들은 회식을 너무 부담스럽게 생각하거나 스트레스를 받지 않고 즐길 수 있었다.

하지만 아직 짬밥이 없는 이서에게는 해당되는 말이 아니었다.

회사에 들어온 후 첫 회식 때만 해도 이서가 주인공 격인 신입사원 환영회라는 명목으로 상사들이 한 잔씩 건네주는 술을 다 기분 좋은 얼굴로 목구멍에 쏟아부어야 했었다.

다음 회식 때도 다른 직원들은 친한 사람들과 떠들며 가볍게 안주와 술을 걸치고 노는 분위기였지만 이서만큼은 주변에서 주는 술을 받아먹느라 죽을 맛이었다. 술이 약한 이서는 그것이 상당히 곤욕이었다.

하지만 생각해 보면 차라리 아예 만취할 만큼 마시는 것이 더 나았다. 이서의 술버릇은 적당히 마셨을 때 나오기 때문이었다. 그 술버릇이라는 게 성격상 거의 표현하지 못하고 마음속에 감춰 두었던 속의 말을 하는 것이라 회사 생활을 할 때에는 약점이나 다름없었다.

아예 만취했던 이서는 첫 번째 회식 때는 무관심하고 냉랭한 사수인 석주를 미워했던 마음을 다행히 감출 수 있었고, 두 번째 회식 때는 자신만 표적으로 삼고 갈구는 홍 대리에게 함께 쏟아붓고 싶은 것을 막아 낼 수 있었다.

모두 쉬지도 않고 채워지는 이서의 술잔 덕분이었다. 아예 적정량을 넘어 그 이상으로 넘치게 마시면 오히려 말이 없어지고 꾸벅꾸벅 졸기만 하는 이서였다.

업무를 마치고 직원들은 다 같이 회식 장소로 향했다. 대다수의 의견이 모아진 회사 근처 대형 식당은 고기질이 좋기로 유명한 곳이었다. 마케팅 1팀과 2팀이 함께 하는 회식 자리라서 무엇보다 장소가 커야 했다. 신발을 벗고 들어가 앉아야 하는 식당에 차례차례 사람들이 자리를 채워 나갔다.

직원들이 전부 들어가는 것을 지켜본 이서는 아직 안으로 들어가지 않고 식당 앞에서 경혜에게 전화를 걸었다.

"여보세요. 엄마?"

— 응. 이서야.

"나 오늘 병원 못 갈 거 같아. 회식이야."

— 그래, 오지 마. 뭘 자꾸 오려고 해. 일하고 와서 피곤할 텐데. 괜찮으니까 오지 말고 집에서 푹 쉬거나 해.

"알았어요. 무슨 일 있으면 전화하고."

— 일은 무슨. 어린 게 걱정만 많아 가지고.

길지 않게 경혜와 대화를 마치고 이서는 통화를 끝냈다.

"통화 끝났어요?"

이제 막 식당으로 오던 석주가 그녀에게 다가왔다.

"대리님, 오셨어요?"

"네. 들어갑시다."

오후에 외근을 나갔던 석주 역시 전체 회식에 참여하기 위해 조금 뒤늦게 식당으로 도착했다. 함께 들어선 두 사람은 마케팅 2팀이 줄지어 앉은 테이블 끝에 남은 두 자리에 착석했다.

석주와 마주 보는 상태로 앉게 된 이서는 왠지 모르게 불안한 마음이 가슴을 두드리는 것을 느꼈다. 자신의 불길하거나 불안한 예감은 언제나 비껴 나간 적이 없다는 것을 알기에 더욱 초조해졌다.

느지막하게 도착한 다른 직원들도 거의 다 자리를 채우고, 그 앞 테이블들에 각종 밑반찬들과 고기가 수북이 쌓이기 시작했다. 소주와 맥주, 그리고 그것을 채워 넣을 투명한 잔들까지 빠질 수 없었다.

고기가 지글지글 소리를 내며 익어 가고 여기저기서 맥주 병 따는 소리가 들리자 점차 회식 특유의 들뜬 분위기가 거세졌다. 시끄럽게 잡담이 오고 가며 술잔을 나누는 동안에도 물론 마주 보고 앉은 석주와 이서는 썰렁할 만큼 조용하고 단정하게 자리를 지키고 있었다.

"이서 씨, 한 잔 해야지."

옆에 앉은 직원이 방금 비운 이서의 술잔을 다시 빠르게 채우며 말했다. 이서는 고기를 한 점 집어 먹다가 어색한 표정으로 웃었다. 당장 마시지 않으면 벌써부터 빼냐는 소리와 함께 엄청난 독촉이 날아들 것을 이미 알고 있기에 이서는 잠자코 술잔을 들었다.

"아이고, 잘 마시네. 자, 한 잔 더."

하필이면 옆에 앉은 사람이 술을 주지 않고는 못 배기는 사람으로 유명한 자였다. 오늘은 잘하면 몇 잔만 마시고 가볍게 자리를 털 수 있지 않을까 생각했던 것이 그 덕분에 산산이 박살 났다.

여러 사람들의 권유를 이기지 못하고 술을 마시던 이서는 이제 술에 취해 몽롱해지는 기운을 느끼며 차라리 입을 딱 다물기 위해 만취를 향해 달려가고자 했다. 이제는 확실히 맨정신이 아니라는 것을 스스로 알 수 있었다.

하지만 그녀의 그런 뜻을 막아 세운 것은 너무도 의외의 사람이었다.

"이제 그만 주시죠."

고개가 꺾어진 채 술을 받던 이서는 희미한 시선으로 앞을 보았다. 석주가 이서의 잔을 거품 가득 채우던 술병을 잡고 말했다.

"뭐야, 한 대리. 그래도 후배라고 챙기네?"

"송이서 씨 많이 취한 거 같습니다."

한석주가 송이서를 챙겼다.

이서는 세상에 이런 일도 있구나 생각하며 자꾸만 아래로 내려가는 눈꺼풀을 다잡았다. 물론 그에게 고맙고 감동이었지만 이서는 차차 아까 찾아왔던 불길한 기운을 감지해 나가고 있었다.

"괜찮아요?"

석주는 눈이 풀려서 초점이 흐려진 이서의 상태를 확인했다. 그의 질문에도 이서는 명확한 대답 대신 고개를 까딱거렸다가 휘휘 젓는 등 술에 취했다는 증거를 속속들이 보여 주고 있었다.

한편 이서에게 그가 자신을 챙긴다는 것이 신기한 별일이듯, 다른 직원들의 반응도 별반 다르지 않았다.

이서의 옆에서 그녀의 술잔이 바닥이 드러나기 무섭게 공백 없이 잔을 채우던 남직원 역시 석주의 제지가 의외인 듯 보였다. 그는 잠시 어물쩍거렸지만 석주의 말에는 무시하기 힘든 묘한 힘이 있어서 이내 집요했던 손을 아래로 내려놓았다.

가까운 자리에 함께 앉아 있던 홍 대리 역시 그 모습이 상당히 마음에 들지 않는지 석주와 이서를 번갈아 응시했다.

하지만 석주는 주변 사람들의 묘한 시선들이 느껴지지 않는 듯했다. 그는 이서를 보며 인상을 찌푸렸다. 벌써부터 취해서 몸을 흐물흐물거리는 신입이 마음에 들지 않는 건가, 생각하는 사람들도 있었지만 그의 마음속은 그들의 예상과는 달리 걱정으로 차오르고 있었다.

이서가 회사에 입사하고 몇 번의 회식을 함께했는데, 그녀는 술을 잘하지 못하는 타입이라는 것을 알 수 있었다.

첫 번째 회식 때만 해도 선배들이 주는 술을 거절하지 못하고 꾸역꾸역 다 받아 마시는 모습을 그저 관망하기만 했는데 점차 그 모습이 거슬리기 시작하더니, 오늘은 잘 하지도 않는 참견을 하며 그녀에게 술을 주는 것을 말리기까지 했다.

별일이 다 있다. 스스로조차 그렇게 생각되었다.

"저…… 한 대리님."

묘한 분위기에 휩싸여 잠시 조용했던 테이블에 누군가가 침묵을 깨트리고 입을 열었다. 사람들의 시선이 그 한 지점으로 쏠렸다. 고개를 다시 푹 숙인 채 술에 이미 젖은 모습을 보이고 있는 이서였다.

"어디 불편해요?"

석주가 잠시 인상을 찡그리며 약간의 걱정이 깃든 표정으로 이서를 보았다.

"아뇨. 그게 아니라……. 저, 대리님을……."

이서는 아직 말을 다 끝내지 않았지만 테이블의 분위기는 이미 이서의 다음 말을 확신한 상태였다. 앞쪽에 앉은 팀장부터 시끄럽게 떠들어 대던 직원들까지 무슨 일이냐 수군수군거리며 석주와 이서가 있는 곳을 향해 시선을 뿌리박았다.

"송이서 씨가 왜?"

"한 대리한테 지금 고백할 건가 봐. 저기 봐 봐."

누군가가 속닥거리는 소리가 조용히 들려왔다. 저번에 마케팅 2팀에서 일했던 인턴 역시 저질렀던 일이라 어떻게 보면 익숙했지만 직원들은 숨을 죽인 채 재밌는 구경거리가 터져 나올 곳을 지켜보았다.

석주와 함께 일하게 된 여자들이 그를 짝사랑을 하게 되는 경우는 꽤 허다한 편이었다. 거기다가 사수라서 누구보다 더 함께 있을 시간이 많았을 신입사원인 송이서는 더욱 쉽게 그에게 마음을 주었을 것이 어떻게 보면 자연스러운 일이었다.

하지만 지난번 인턴과는 달리 앞으로 계속 얼굴을 보고 일을 해야 하는 사원인 이서가 다음 날 얼마나 창피해하고 괴로워할지 짐작이 가는 몇몇은 안타깝게 혀를 찼다.

주변 직원들의 눈길이 이쪽으로 쏠렸다는 것을 인지한 석주는 인상이 굳어졌다. 그 역시 눈치가 없지 않아 지금 상황이 어떤 분위기로 흘러가고 있는지 모르지 않았다. 그는 말을 이으려던 이서를 막기 위해 그녀를 불러 세웠다.

"송이서 씨."

"한 대리님. 저 대리님을…… 정말로 존경해요."

이서가 진심으로 가득한 말을 결국 그에게 전했다. 순간 주변이 고요해졌다. 사람들은 바보처럼 눈만 껌벅거리며 이서를 보다가, 제 귀를 의심하며 인상을 찌푸렸다.

"대리님 같은 좋은 분이 제 사수이자 멘토셔서…… 정말 전 운이 좋은……."

이서가 술에 취한 몸을 흐물흐물거리면서도 끝내 하고 싶은 말을 멈추지 않고 뱉어 냈다. 이서의 옆에 앉은 남직원은 이 상황이 웃긴 듯 허, 웃음을 흘렸다.

"앞으로도 진짜…… 열심히 배울게요."

석주가 말없이 이서를 보았다. 이서는 그 말을 끝으로 테이블에 엎드리듯 고개를 푹 숙였다.

"이서 씨 혹시 술 안 취한 거 아니야?"

이서가 잠들었는지 확인하던 남직원이 고개를 갸웃거렸다.

"아니면 어떻게 이래? 이거 고도의 딸랑딸랑 전략, 뭐 그런 건가?"

남직원의 말에 숨을 죽인 채 의아해하던 직원들조차 맥이 풀려 깔깔거리며 웃기 시작했다. 이서의 술버릇으로 빚어진 해프닝에 모두가 소리 내어 웃으며 다시 원래 시끄러웠던 분위기를 되찾았다.

하지만 단 한 사람만은 그러지 못했다. 석주는 여전히 말없이 굳어진 채, 편안한 얼굴로 잠들어 버린 이서를 응시하고 있었다.

6. 얼굴값의 비애

"2차에서 적당히 놀고 내일 회사에서 일에 지장 없도록 합시다."

마케팅 2팀 최 팀장이 먼저 자리를 떠나기 직전, 부하직원들에게 말했다.

"네!"

"팀장님, 들어가세요!"

적당히 술이 들어가 여전히 활기를 띄는 분위기의 직원들이 말 잘 듣는 아이들처럼 씩씩하게 대답했다. 식당을 나와 다음 회식 장소로 향하는 사람들의 발걸음이 분주했다.

또 그런 그들과는 상반되게, 이미 거나하게 취해 더 이상 회식에 참여할 수 없거나 멀쩡한 정신임에도 얼른 집에 가고 싶은 마음으로 굴뚝같은 사원들은 적당히 눈치를 보며 자리를 빠졌다. 물론 이서 역시 후자에 해당되었다.

이미 멀어져 가는 회사 사람들의 뒷모습을 흐릿한 눈으로 보던 이서가 몸의 중심을 잡지 못하며 기우뚱했다. 그런 이서를 뒤에서 있던 석주가 어깨를 붙잡아 세워 주었다. 덕분에 그녀는 아슬아슬하게 넘어질 뻔한 위기에서 벗어날 수 있었다.

"송이서 씨."

"한 대리님……?"

이서는 석주의 두 손에 어깨가 고정된 상태로 고개를 돌려 그를 보았다.

"안…… 가셨어요?"

"송이서 씨 많이 취해서 지금 혼자 못 갑니다."

"아……."

"데려다줄게요. 가죠."

멀뚱거리는 이서를 석주가 담백한 손길로 부축하며 도로 쪽으로 향했다. 이성 간의 묘한 기류가 흐르는 상황이라고 보기는 약간 어려웠다. 어떤 흑심도 없이, 취해서 혼자 잘 걷지도 못하는 후배를 그저 담담하게 도와주는 모습이었다.

굳이 이 상황에서 어색하고 이상한 점을 찾자면 다른 사람은 몰라도 평소의 한석주는 그런 살뜰한 행동을 할 성격이 아니라는 것이었다.

"이렇게 또 민폐를 끼쳐서…… 죄송해요. 대리님."

이서가 석주의 도움 없이 혼자 서 있기 위해 노력해 보지만 역시 잘 되지 않았다. 그녀는 술로 인해 흐트러진 발음으로 말했다.

"괜찮으니까 그런 생각 안 해도 됩니다."

석주가 손을 놓자 이서의 몸이 다시 불안하게 비틀거렸다. 그는 다시 그녀의 몸을 잡아 주며 도로 저 끝에서 달려오고 있는 택시를 잡았다. 빠르게 도로를 달리던 속도가 점차 줄어들며 '빈차'라는 단어가 빛나는 표시등의 택시가 두 사람 앞에 세워졌다.

석주는 잘 걷지 못하는 이서를 조금의 어려움도 없이 수월하게 뒷좌석에 태우며 잠시 고민했다. 술에 취한 이서를 택시에 태워 집에 보내는 것만으로도 자신이 할 일은 끝난 것이나 다름없었다.

이 정도면 해야 할 최소한의 의무는 다 했다고 생각하면서도 석주는 결국 그녀의 옆자리에 앉으며 택시 뒷문을 닫았다. 아직 정신이 깨어 있는 이서에게 집주소를 물어 기사에게 알려 준 뒤, 흐트러진 몸을 시트에 기댄 이서처럼 석주 역시 등을 대고 편하게 몸을 기대었다.

차가 앞을 향해 빠르게 달려 나가고, 라디오조차 틀어져 있지 않은 내부는 세 사람이 있음에도 조용하기 짝이 없었다. 가만히 앞을 보며 앉아 있던 석주는 예고도 없이 갑작스럽게 찾아온 작은 무게감에 고개를 비스듬히 밑으로 내렸다.

톡. 꾸벅꾸벅 졸던 이서가 커브를 돌던 차의 방향과 함께 움직이며 석주의 넓고 단단한 어깨에 머리를 기대었다.

그녀의 몸 역시 그에게 기대지며 이서 특유의 향기가 그의 코끝으로 다가왔다. 항상 일정한 거리를 두고 대화를 나누기에 이렇게 그녀의 향기를 가까이서 가득하게 맡아 본 적은 없었다.

분명 무거운 느낌은 전혀 아니었지만 어쩐지 이 자세가 불편하고 거슬려서 석주는 잠시 움직일 수 없었다. 불편하고 거슬린다는 감정이 불쾌하고 싫다는 의미에 향해 있는 것은 아니었다. 그는 가슴이 불편하게 뛰는 것을 느끼면서도, 그녀를 밀어내고 싶다는 생각은 하지 못했다.

석주는 창문으로 고개를 돌려 대략 언제쯤 도착할지를 가늠해 보았다. 무엇인지도 모를 것에 동요하며 초조한 눈빛을 창문 위에 빛내던 그는 재차 꼼지락대며 더욱 몸을 편하게 만들어 기대어 오는 이서 때문에 다시 한 번 가슴이 답답해졌다.

이상한 신입사원 송이서는 오늘 꽤 여러 번 그의 속을 어지럽히고 있었다.

아까 회식 때만 해도 그랬다. 신입이라는 이유로 선배들이 권하는 술을 거절하지도 못하고 받아 마시는 이서를 보는 것이 신경에 거슬렸다. 그래서 결국 평소라면 하지 않았을 만류를 하며 이서에게 술을 권하던 남직원을 제지했다.

그리고 바로 직후 이서에게 고백 아닌 고백을 들었다. 그 일을 떠올리자 석주의 단정한 입가에 살짝 짧은 웃음이 걸쳐졌다.

사실 그 역시 아까 다른 직원들의 착각과 마찬가지로 이서가 자신에게 고백을 하려는 건가 의심한 상태였다.

스스로 자기애가 강하다거나 나르시시즘이 있다고 생각한 적은 없었는데, 하도 이런 일이 많았었기에 경험으로 터득한 직감이었다. 오늘은 그 직감이 우스울 정도로 맞지 않았다는 것이 문제였지만.

아니, 다행이라고 해야 맞는 것일까.

이서의 말을 막아 세우려던 그에게 그녀가 전했던 말들은 정말 상상한 적 없던 것들이었다. 석주는 자신도 모르게 허탈한 웃음을 흘렸다.

존경이라니. 그의 나이는 이제 막 서른이었다. 이서 역시 스물다섯으로 그와 나이 차가 심하게 나는 것도 아니었다. 그런데도 불구하고 그런 예찬에 가까운 말을 들었으니 그도 사람인지라 민망하지 않을 수 없었다.

처음에는 얘가 도대체 무슨 말을 하는 건가 싶어 황당했다가, 자신의 예상이 틀렸다는 것을 깨닫고 민망해졌다가, 송이서라는 존재는 정말이지 알다가도 모를 존재라는 생각에 대해 다시 한 번 뿌리를 박은 계기가 되었다.

자신이 예상했던 고백과 전혀 다른 의미의 취중고백을 해 왔던 이서를 보면서, 왜 순간 실망스러운 감정이 스쳤던 것인지 의아했지만 이내 민망한 마음이 더 커져 애써 생각을 갈무리했다.

이서의 동네로 들어선 택시는 그녀의 아파트 앞에서 세워졌다. 택시비를 지불하고, 이서와 함께 내린 석주는 아파트 입구로 그녀를 데리고 들어갔다. 거의 수면 직전 상태의 이서는 몸이 둔해져 아까보다 더욱 움직이기 힘들어 보였다.

"송이서 씨, 몇 층이에요?"

이서가 아이처럼 손바닥을 쭉 펴서 5라는 숫자를 석주에게 내밀어 보여 주었다.

"혼자 올라갈 수 있겠어요?"

"그……럼요."

이서가 정신을 차리기 위해 고개를 빠르게 휘저으며 대답했다. 하지만 아무리 봐도 영 믿음직스럽지 못한 모습이었다. 아까 택시를 잡기 직전에도 그랬던 것처럼 이 정도면 되었다고 속으로 생각하던 석주는 또다시 기묘한 충동에 굴복하며 하느작거리는 이서의 몸을 붙들었다.

이서는 눈을 반쯤 감은 채로 그의 쇄골 부근에 머리를 기대며 죄송하다는 말을 쉬지 않고 중얼거렸다. 석주는 그런 그녀의 사과에 지치지도 않는 듯 짜증 한 번 내지 않고 괜찮다는 대꾸를 해주었다.

그리고 그건 가식이 아니라 진심이었다. 왜지? 싶을 정도로 지금 이 곤란한 후배의 뒤치다꺼리가 짜증나지도 불쾌지도 않았다.

이제 막 위층에서 내려온 엘리베이터를 잡아탔다. 이서는 서서 잠들 수 있는 건지 이젠 거의 눈이 감겨 있었다. 조금 전만 해도 의식이라도 있었던 이서가 거의 반수면 상태에 돌입함으로써 두 사람이 더욱 밀착되는 것은 어쩔 수 없는 수순이었다.

힘을 빼고 온전히 석주의 품에 몸을 기댄 이서를 거의 안다시피 한 석주는 택시에서 그녀가 자신에게 머리를 기대어 오던 때처럼 다시 한 번 불편감이 찾아오는 것을 느꼈다. 자신의 가슴에 얼굴을 기댄 이서의 잠을 방해할지도 모른다고 생각될 만큼 그의 심장은 쿵쿵 거칠게 뛰고 있었다.

하지만 이서를 밀어내야겠다는 의식 역시 아까와 같이 석주의 머릿속을 침범하지 못했다. 5층에 도착했음을 알리는 소리와 함께 석주는 그녀를 잡아 준 상태로 엘리베이터 밖으로 빠져나왔다.

초인종 벨을 누른 그는 안에 아무도 없다는 것을 깨닫고는 이서를 내려다보았다.

"비밀번호 누를 수 있겠어요?"

석주의 물음에 이서가 빠져들던 잠에서 다시 어느 정도 정신을 차리고 냉큼 고개를 끄덕였다. 하지만 착실하게 대답한 것과 달리 이서의 손가락은 도어록 근처에서 허공을 푹푹 찔러 댔다.

어쩔 수 없이 이서에게 비밀번호를 들은 후 그가 문을 열어야 했다. 문이 활짝 열리고 그 안으로 들어가자 신발장 위 센서등이 주황빛으로 두 사람을 옅게 비추었다. 겨우 사물이 어디 있는지 알아볼 수준의 밝기라서 석주는 먼저 거실 불을 켰다.

이제 정말 할 수 있는 모든 도리를 다했다. 석주는 그 사실을 인지하고 있었다. 이서가 지금 아예 의식이 없는 상태도 아니니 집까지 왔으면 알아서 침실을 찾아가겠거니 생각할 수도 있었다. 또 이서를 데려다주기 위함이지만 허락도 받지 않은 남의 집에 출입하는 것이 꺼려지는 탓에 이 정도쯤에서 나가야 한다는 생각이 가장 컸다.

하지만 넘어질 것처럼 위태위태하게 걷는 이서를 보자 석주는 불안함이 더 커져서 그 꺼려지는 마음 정도는 무시해야 했다.

그가 다시 그녀의 허리를 안으며 부축했다. 이서에게 방을 묻자 팔을 번쩍 들어 나침반처럼 한쪽을 곧게 가리켰다. 그는 그 방향으로 이서를 데리고 들어갔다.

거실 분위기와 비슷하게 아기자기하고 깔끔한 인테리어로 이루어진 이서의 방으로 들어선 석주는 깨끗한 하늘색 침구 위에 이서를 눕혔다. 그제야 불편해 보였던 이서가 몸을 꼼지락거리며 편한 자세를 찾아갔다. 꾸역꾸역 뜨려고 안간힘을 주던 눈꺼풀도 이제는 편안하게 아래로 내린 상태였다.

"한 대리님……."

잠시 서서 그런 이서를 바라보던 석주는 자신을 부르는 그녀의 목소리에 살며시 눈썹이 올라갔다. 이서가 잠에 취한 상태에서 그를 부른 것만으로도 어울리지 않게 동요하고 있는 스스로가 믿기지 않았다.

"정말…… 감사합니다."

이서가 그 말을 중얼거리며 이제는 완전히 잠에 빠져들었다. 석주는 조용히 생각에 잠겼다. 자신이 그녀에게 저렇게까지 감사받을 일을 한 적이 있는가. 곰곰이 생각해 보지만 딱히 떠오르는 일은 없었다.

이서 덕분에 오늘 참 황당한 경험을 했지만 그런대로 나쁘지 않았다. 무엇보다 이상하다고 생각하며 자신도 모르게 관찰 중이던 송이서에게 어울리는 수식어를 하나 더 찾은 것 같았다.

순수한 여자. 엉뚱하다는 말이 더 어울릴지도 모르지만 석주가 느끼기에는 그랬다.

이불을 이서의 몸에 덮어 주는 마지막 친절까지 완료한 석주는 이내 지체 없이 그녀의 집을 빠져나왔다.

"아."

걸음을 옮기던 석주가 제자리에 우뚝 섰다. 아까부터 무언가 이상하다고 생각했었는데, 정작 그게 무엇인지는 떠오르지 않아 답답한 마음이었다. 이서를 집에 데려다준 후에야 그게 무엇이었는지 머릿속을 섬광처럼 스쳤다.

'어째서?'

중고등학교 시절 TV 출연 한 번 하지 않은 일반 학생이었음에도 불구하고, 당황스럽게도 팬을 자처하던 여중고생들의 집착에 가까운 관심을 받았던 석주는 여자들이 자신의 몸에 손을 대는 것을 극도로 싫어했다.

한 여고생의 도가 지나친 스토킹을 받을 때는 스트레스가 극에 달하고 신경이 예민해질 대로 예민해져 가족들의 가볍고 정겨운 스킨십조차 거부할 정도였다.

대학에 들어가면 차츰 나아질 거라고 예상했던 주위 사람들의 생각과는 달리, 처음 사귀었던 여자친구의 자살 소동 이후로 그의 그런 성향은 더욱 강해졌다. 모르는 여자건 아는 여자건 살짝이라도 몸에 닿으면 온몸에 파르르 소름이 돋고 신경이 날카로워졌다.

회사에 처음 들어왔던 신입 시절, 끈적한 관심을 표하며 은근슬쩍 그의 등을 쓰다듬던 여자 상사의 손을 무섭게 쳐냈던 일 역시 그 때문이었다.

그에게 대놓고 접근하던 그의 상사를 안 그래도 시기질투하고 있던 여사원들은 체면을 구긴 그녀를 보며 잘됐다고 코웃음을 치고 그의 편에 서서 일단락되었지만 그는 고민스러울 수밖에 없었다.

앞으로 사회생활을 계속한다면 이런 예상 못 한 접촉이 비일비재하게 있을 것이 분명했다. 그때마다 이렇게 히스테릭하게 반응한다면 주변 사람들도 이상하게 여기며 수군거릴 것이다.

차가운 무표정과 딱딱한 행동으로 자신을 더욱 숨긴 것은 그런 이유에서였다. 평소에도 잘 웃는 편이 아니고 매사에 덤덤한 편이었지만, 쉽게 접근하기 어려운 이미지를 고수하기 위해 회사에서는 더욱 딱딱하게 굴어야 했다.

그런 모습을 보여도 여자들의 관심은 잦아들지 않았지만 은근하게 스킨십을 시도하려는 여사원은 이제 찾아볼 수 없었다.

가족들과 친구들까지 걱정스러워할 만큼 여자의 접근을 기피하는 그의 성향은 쉽게 사라지지 않았다. 그래서 친구들 사이에서는 여자기피증이라는 웃지 못할 별명까지 생겼다. 꽤 오랜 시간 동안 그의 속을 썩이던 증상이었는데, 정말이지 신기한 노릇이었다.

회식 자리에서 나와 휘청거리던 이서의 몸을 조금도 주저하지 않고 부축했다. 하지만 증상을 보이기는커녕 자신이 여자를 만지면 소름이 돋고 머릿속이 하얗게 변한다는 자각조차 하지 못했다.

너무도 자연스럽게 이서를 데리고 택시에 탔다. 심지어 택시 뒷좌석에 함께 올라타서 이서가 자신의 어깨에 기대었을 때는 그 시간이 조금이라도 더 오래 유지되기를 바라기도 했다. 어머니나 누나가 그의 지금 속마음을 엿보았다면 경악을 금치 못했을 거다.

'어째서?'

답이 나오지 않는 질문을 재차 속으로 던졌다. 참 이상한 일이었다. 누구에게도 예외가 없었는데, 오늘 생겨 버렸다. 예외가.

이서의 집과 그리 멀지 않은 자신의 오피스텔로 향하는 내내 그는 그 의문을 떨치지 못했다. 아까부터 불편감을 호소하던 심장 역시 잦아드는 데에는 꽤 오랜 시간이 소요되었다.

창가로 햇빛이 몰려들며 방 안을 환하게 밝히자 이서는 어쩔 수 없이 인상을 찌푸리며 잠에서 깨어나야 했다. 일어나기 전에는 항상 버릇처럼 뭉그적거리며 시간을 끌던 이서는 무의식적으로 휴대폰을 손에 잡았다. 그리고 이서는 순간 입을 쩍 벌리며 놀란 표정을 감추지 못했다.

뭉크의 절규에 가까운 입모양과 자세를 취하게 된 까닭은 출근 시간에 늦었다거나 하는 이유에서는 아니었다. 예고도 없이 머리 에 들어찬 어제의 기억들로 인해서였다.

이서는 어제 회식 자리에서 부끄럼도 모르고 했던 말들과 그 이후로 석주가 인사불성이 된 그녀를 집으로 데려다주었던 기억 까지 모두 떠오르자 이불을 얼굴 위까지 뒤집어쓰고 소리 없는 비명을 질렀다.

"미쳤어, 송이서!"

이서는 얼굴이 일그러진 상태로 머릿속을 어지럽히는 기억들의 잔해를 지우기 위해 노력했다. 물론 헛수고나 다름없는 짓이었다. 흐릿했던 기억은 오히려 더욱 선명해지며 이서가 부산스럽게 출 근 준비를 하는 동안에도 그녀를 부단히 괴롭혔다.

'한 대리님. 저 대리님을…… 정말로 존경해요.'

절절하기 그지없는 목소리가 어디선가 울려 퍼졌다.

'대리님 같은 좋은 분이 제 사수이자 멘토셔서…… 정말 전 운이 좋은…….'

폼클렌징 거품을 얼굴에 바르던 이서가 괴성을 지르고 싶은 것을 참으며 급히 수도를 틀어 거칠게 물을 뿌렸다. 분노에 가까운 세수였다.

어쩌자고 저런 말을 한 걸까. 자신의 해괴한 술버릇에 이서는 탄식했다. 차라리 누군가 싫은 대상에게 욕을 하지 않은 걸 다행으로 여겨야 한다고 긍정적인 마음을 가져 보지만 역시 창피한 마음은 가시지 않았다.

'얼마나 민망하고 기막히셨을까.'

바로 앞에서 얼굴을 마주한 채 저런 말을 듣는 것도 꽤나 고역일 것이었다.

자신은 술에 취해서 못 느꼈겠지만 곱씹을수록 민망한 상황이 펼쳐졌을 것이 눈에 훤해서 이서는 석주에게 미안한 마음으로 가득했다. 하지만 딱 거기까지만 했어도 이렇게까지 죄스럽지는 않았을 거였다.

그런 주정을 부린 것도 모자라서 그 후 거나하게 취한 자신을 부축한 석주가 직접 택시에 함께 타고 집까지 데려다주었다는 것을 인식하자 이서는 이제 그를 보면 미안하다는 말조차 나오지 않을 것 같았다. 차라리 그렇게 챙기지 말고, 버리고 가셨다면 좋았을 텐데 하는 배은망덕한 생각까지 쫓아왔다.

배려심이 깊고 아닌 척하면서도 후배를 아끼는 석주가 그렇게 매정하게 굴 수 없었다는 것을 알면서도 이서는 어제 본의 아니게 그에게 민폐를 끼쳤던 상황이 안타깝고 죄스러워서 자꾸만 울상이 되었다.

"왜······."

'왜 오늘은 주말이 아닌 걸까.'

이서는 지하철 계단을 터벅터벅 내려가며 바닥까지 닿을 만큼 푹푹 깊게 한숨을 쉬었다. 예상컨대 오늘 회사에서 석주를 보자마자 얼굴이 토마토처럼 새빨갛게 달아오를 것이 분명했다.

사람들과 함께 미어터지는 열차에 탑승한 이서는 지하철 문이 닫히기 직전에야 중요한 것을 기억해 냈다.

'차 수리 하는 데 시간이 오래 걸리는 건가요?'
'일주일 정도 걸린다고 하더군요.'
'오늘 많이 불편하셨겠어요. 전 적응이 돼서 괜찮지만.'
'아니에요. 괜찮았어요.'

어제 석주와 나누었던 대화를 떠올리자 이서의 눈은 금세 후회로 물들었다. 오늘은 버스를 탔어야 했는데.

이서와 석주는 출근 시간이 거의 비슷했다. 회사 로비나 엘리베이터 등 출근길에 먼저 만나게 되는 경우가 많은 걸로 볼 때 알 수 있었다. 어제도 석주와 같은 시간대에 지하철에 탑승했는데 아무리 봐도 오늘 역시 마주칠 확률이 높았다.

이서는 불안함을 머금은 채 고개를 삐쭉 내밀어 주위를 살피었다. 아닐 것이다. 같은 열차에 탔다 해도 설마 이쪽 칸에서 또 만날 거란 보장은 없었다. 이제 막 문이 닫히고 출발하려는 열차 안은 출근하는 직장인들과 등교하는 학생들로 복잡하기 그지없었다. 아는 사람이 있다고 해도 찾는 것은 거의 불가능해 보이는 수준이었다.

하지만 이서가 찾는 사람은 그냥 평범한 남자가 아니라 한석주였다. 그는 모르는 사람에게 영화배우나 모델이라고 속여도 고개를 끄덕이며 수긍하게 할 만한 외모를 지니고 있었다. 인파 속에서 딱히 노력하지 않아도 금세 찾을 수 있을 정도로 그의 외모는 특출 났던 것이다.

슬그머니 고개를 내밀어 주위를 둘러보던 이서는 결국 단번에 눈에 띄는 남자를 찾아냈다. 그리 멀리 있지도 않았다. 길게 놓인 좌석 한 줄을 사이에 두고 석주와 눈이 마주친 이서는 놀라서 숨을 들이켰다.

뻣뻣하게 굳어서 가만히 있는 이서 대신 석주가 먼저 눈인사를 해 왔다. 이서는 그제야 굳어 있던 몸을 풀고 어색하게나마 웃으며 고개를 살짝 숙였다. 그러고는 먼저 눈을 피해 애먼 곳을 바라보았다. 얼굴이 얇은 이서로서는 도저히 석주를 볼 낯이 없었다.

이서가 서 있는 자리는 열차에서도 가장 구석진 곳이었다. 등 뒤로는 폐쇄 문이 있고 앞에는 사람들로 복작거렸다. 석주와 눈이 마주칠 수도 있는 옆이 아닌 앞을 보던 이서는 바로 가까이에 있는 남자와 눈이 마주쳤다.

30대 후반 정도 되어 보이는 남자는 열차 안의 수많은 사람들과 다르지 않게 평범한 검은색 양복에 서류 가방을 들고 있었다. 그가 이서와 눈이 마주치자 웃는 듯 마는 듯한 애매한 미소를 지어 보였다.

왠지 모를 섬뜩함에 이서는 뒷걸음질 쳤다.

탁. 등이 문에 밀착되며 닿았다. 남자 역시 사람들에게 떠밀리는 척을 하며 자연스럽게 이서 쪽으로 더 가까이 다가왔다. 그의 서류 가방이 이서의 바로 옆 봉을 잡으며 사람들의 시야를 차단했다.

이서는 버스나 지하철로 등하교를 하고 출퇴근을 하면서 아주 가끔씩 있었던 일이 또 일어나려 한다는 것을 직감했다. 치한들은 꽤 약삭빠르고 교묘했다. 치한 행위를 당해도 소리 한 번 뻥끗하지 못할 것 같은 내성적인 성격에 조용하고 소심해 보이는 여자들을 단번에 알아채고 주로 공략했다.

치한들은 그렇게 표적을 정했고, 이서는 그 표적에 부합하는 생김새를 하고 있었다. 이서 스스로도 잘 알고 있었다. 크고 동그랗지만 살짝 처진 눈매에 하얀 피부, 순하고 착해 보이는 오밀조밀한 이목구비까지 만만하게 여기기에 충분한 생김새였다. 게다가 그녀가 가지고 있는 분위기 역시 수수하고 얌전한 편이었다.

남자가 더욱 가까이 이서에게 접근하려는 때였다.

누군가가 이서와 남자의 사이에 끼어들었다. 이서는 치한임에

틀림없는 남자가 접근하려 할 때보다 더욱 놀란 얼굴이 되어 바로 앞에 보이는 이를 보며 믿기지 않는지 쉴 새 없이 눈을 깜빡였다.

"한…… 대리님?"

남자의 몸을 아닌 척 자연스럽게 밀며 이서의 앞자리를 차지한 석주는 일그러진 얼굴로 자신을 노려보는 남자와 눈을 마주쳤다. 남자와 달리 석주는 그를 노려보는 것도 아니었고 그저 원래 항상 장착되어 있는 차가운 눈빛으로 사람을 얼릴 것처럼 응시할 뿐이었다.

그러자 남자는 흠흠 헛기침을 하며 다른 곳으로 얼굴을 돌렸다. 이서는 여전히 놀란 기색을 숨기지 못하며 너무도 가깝게 붙게 된 석주를 바라보고 있었다. 그것도 잠시, 이내 그가 자신을 도와주기 위해 이곳으로 왔다는 것을 인지하고는 감사함에 어쩔 줄 몰라 하며 급히 고개를 꾸벅 숙였다.

"감사…… 아……!"

"……."

출근 시간의 지하철은 생각보다 더욱 비좁았다. 내릴 준비를 하며 문 쪽으로 향하는 사람들로 인해 두 사람이 서 있는 곳은 아까보다 더 좁아질 수밖에 없었다. 그런 상태에서 감사하다는 인사를 하겠답시고 고개를 숙였으니 이서의 머리가 주름 하나 없는 깔끔한 정장을 입고 있는 석주의 가슴 쪽에 닿는 것은 당연한 일이었다.

순간 이서는 석주의 넓고 딱딱한 가슴이 차라리 물이 담긴 접시이길 바랐다. 어제 그렇게 진상을 부려 놓고 오늘 또 이렇게, 그것도 아침부터.

누군가와 사귀었던 적도 없고, 남자에 대한 면역이 거의 전무한 이서였다. 어린 시절부터 짝사랑했던 건하는 그만큼 오래 알아온 사이이기도 했고, 그가 유학을 갔을 때는 좋은 대학에 들어가기 위해 오로지 수험 공부에만 전력을 다했다. 또 대학에 들어가서는 취업을 위해 도서관에서 살다시피 하며 친구들이나 남자와 노는 것에는 관심도 없었고 아예 등을 돌렸다.

당연히 남자와 이런 친밀한 접촉은 처음이었다. 어쩔 수 없는 상황이라는 것을 알면서도 이서는 왠지 모르게 부끄러웠다.

머리를 떼고 뒤로 물러나려 했지만 이미 문에 닿아 있는 등이 그녀를 곤란하게 만들었다. 이제 몸이 닿아 있지는 않았지만 그렇다 해도 너무 가까웠다.

정지 버튼을 누른 것처럼 가만히 있던 이서는 이내 은은하게 풍겨 오는 좋은 냄새에 본능적으로 소리 없이 코를 킁킁거렸다. 독한 향수 냄새는 아니었다. 삼십 대의 총각인 남자가 무슨 냄새까지 이렇게 좋은 걸까. 자꾸 맡게 되는 중독적인 은은한 향에 이서는 어쩌면 스스로가 변태일지도 모른다는 자괴감에 휩싸였다.

반면, 석주는 석주대로 당황한 상태였다. 물론 무심한 표정은 이서와는 달리 평소와 다름없는 듯 보였지만 속으로는 어젯밤과 마찬가지로 알 수 없는 의문에 자신의 어깨 정도 오는 키의 그녀를 내려다보았다.

이렇게 가까이 닿아 있는데 전혀 아무렇지도 않다. 아니, 아무렇지 않은 정도가 아니라…….

버스나 지하철에 타면 우연히 여자와 몸이 닿거나 부딪치는 일이 있어서 대중교통을 이용하는 일은 거의 없다고 봐야 했다. 차를 수리 맡긴 첫날, 지하철에 탔지만 10분도 되지 않아 후회했었다. 사람들에게 치이는 것을 누가 좋아하겠느냐만 그것에 유별나게 예민한 그로서는 출근길의 지하철은 레벨이 너무 높았다.

그런데 그렇게 생각하고 마음을 먹어 놓고 또 지하철을 타고 있다. 이서와 첫날 마주친 이후 계속 그랬다. 석주는 도통 이해되지 않는 상황에 인상을 찌푸렸다.

"저…… 대리님."

이서는 용기를 내어 내리깔았던 눈을 위로 올려 석주를 보았다. 내내 이서를 보고 있던 그와 눈이 마주쳤다. 깊고 또렷한 눈동자 때문에 기가 죽은 이서가 다시 옆으로 눈을 피했다.

"하고 싶은 말 있어요?"

"네? 아…… 그게."

이서는 어색하게 웃었다.

"어제…… 죄송합니다."

"아."

"저 때문에 귀찮으셨을 텐데. 감사하고 죄송해요."

진심으로 미안한 얼굴의 이서를 말없이 보는 석주의 눈에는 해석할 수 없는 감정이 깃들어 있었다.

이서는 그의 무반응에 다시 민망해졌다. 왜 아무 말도 하지 않는 것일까. 어제 술 취한 자신의 뒤치다꺼리를 하다가 정이 떨어진 걸지도 모른다. 이서는 조급해져서 다시 입을 열었다.

"많이 힘드셨죠?"

"괜찮았어요."

"하지만……."

"힘들지도, 귀찮지도 않았습니다. 그러니 미안해하지 않아도 돼요."

석주의 간결하지만 배려 가득한 대답에 이서는 물기 어린 촉촉한 눈을 그에게 빛내었다. 역시 자신은 사람 볼 줄을 안다.

이렇게 넓은 아량을 가진 훌륭한 선배라니. 귀찮은 일임에 분명한데도 불만 하나 없이 묵묵히 하는 그의 평소 성격을 사람들은 대부분 인지하지 못하지만 이서는 그가 누구보다 빛이 나는 인성을 가졌다는 것을 이제는 안다.

자신이 생각해도 인사불성이 된 후배를 집에 데려다주는 것은 귀찮고 짜증나는 일이 분명한데도 그렇지 않았다고 조금의 짜증스러운 기색도 내비치지 않고 진심으로 고개를 저어 주는 그가 이서는 너무도 고마웠다.

석주처럼 일도 완벽하게 하고 조용히 사람을 챙길 줄 아는 멋진 사회인이 되고 싶었다.

이서가 다시금 그에게 반해 초롱초롱한 눈을 빛내고 있는데, 석주는 그런 이서의 눈을 못 볼 것을 본 것처럼 휙 피했다. 그런 석주의 모습은 처음이라 이서는 고개를 갸우뚱하며 의아해했다.

'왜 그러시지?'

석주는 이서에게서 고개를 돌린 채 아예 인상을 긋고 있었다.

어디가 불편한 건가. 아니면 자신이 심기를 건드리는 말이라도 했던 건가. 이서는 생각해 봤지만 딱히 그런 말을 한 것 같지는 않았다.

어느새 내릴 때가 되고, 석주와 이서는 사람들 틈바구니에서 빠져나올 수 있었다. 열차에서 내려 나란히 걷게 되자 석주가 조용히 물었다.

"이런 일이 종종 있었어요?"

"네? 어떤 일이요?"

"아까 그 남자."

석주는 생각만으로도 불쾌하다는 듯 인상을 구겼다. 평소에 잘 보여 주지 않는 표정 변화였다. 이서는 아까 전 자신에게 접근하려 했던 남자를 금방 떠올렸다.

"아, 치한이요?"

"네."

"아뇨. 종종까지는 아니고 아주 가끔이요."

이서의 담담한 말에 반대로 석주의 눈은 순간 스스로조차 자각하지 못한 험악한 빛을 띠었다.

"가끔이면 처음 있는 일이 아닌 거군요."

살벌하고 딱딱하게 끊어지는 그의 말투를 의식하지 못한 이서가 명쾌하게 대답했다.

"네. 분기에 한 번 정도 있는 거 같은데요. 얼른 자리를 피해서 나쁜 짓을 당한 적은 없지만요. 오늘처럼 만원일 때는 곤란했는데, 덕분에 정말 감사해요."

이서가 주인을 만나 반가워하는 강아지처럼 순하게 웃으며 그에게 다시 한 번 감사를 표했다. 석주는 숨겨져 있는 꼬리를 강아지처럼 살랑살랑 흔드는 것 같은 느낌을 들게 하는 이서를 물끄러미 보다가 이내 다시 시선을 돌렸다.

금세 사무실에 도착한 두 사람은 전일 매출 실적을 체크하면서 업무를 시작했다. 오늘은 오전부터 마케팅팀 전체 회의가 있는 날이었다. 회의실 내부에 사람들이 들어차며 모두 착석한 후 얼마 지나지 않아 이내 회의가 시작되었다.

불이 꺼지면서 먼저 다음 달 프로모션과 관련되어 석주가 준비한 간략한 프레젠테이션이 이어졌다.

앞으로 나간 그의 얼굴에 회의실 안에 있던 여사원들이 탄성에 가까운 한숨을 한 번 내쉬고, 나직이 흘러나오는 그의 듣기 좋은 음성에 다시 한 번 감탄이 쏟아져 나왔다.

다른 여직원들과 마찬가지로 이서 역시 넋 놓고 석주의 모습을 바라보고 있었다. 말끔한 모습으로 막힘없이 설명을 이어 나가는 모습에서 빛이라도 뿜어져 나오는 것 같았다.

그의 프레젠테이션이 끝나고 본격적인 회의가 이루어졌다. 얼마의 시간이 흐른 후 오전 회의가 마무리되고 회의실을 나가기 위해 자리에서 일어나는 사람들로 소란스러움이 더해졌다.

앞에 놓인 자료를 정리하던 이서는 아직 자리에 앉아 있던 팀장이 이서 자신의 옆에 앉은 석주를 부르자 함께 그쪽으로 시선을 향했다.

"한 대리는 좋겠어."

최 팀장이 웃음기와 장난기가 고루 섞인 목소리로 말했다.

"대리 때부터 벌써 라인 타려는 사원도 있고. 얼마나 능력이 있으면, 안 그래?"

최 팀장이 거론하고 있는 사람이 자신이라는 것을 깨닫기까지는 오래 걸리지 않았다. 어제 일을 장난스럽게 이야기하는 그의 짓궂은 농담에 아직 자리에 앉아 회의 내용을 정리하던 사원들과 이제 막 회의실 밖으로 나서던 사원들 모두 웃음이 터졌다.

어제 진심으로 석주를 존경한다는 이서의 '취중고백'은 이미 그들의 테이블과 멀리 떨어져 있던 테이블까지 정성스럽게 전해져서, 마케팅 전 팀원들이 알게 된 사실이었다.

이서는 책상 쪽으로 고개를 숙이며, 그 자세가 고정이라도 된 것처럼 다시 펼 생각을 못 했다. 민망함과 창피함이 이서의 고개를 들지 말라고 꾹 누른 채 놓아주지 않고 있었다.

"송이서 씨도 어떻게 보면 참 특이한 캐릭터야."

최 팀장이 어제 일을 회상하는 듯 헛웃음을 지었다.

다들 이서가 석주에게 '사랑' 고백을 할 거라고 예상했지 그런 말을 늘어놓을 거라고는 아무도 생각하지 못했었다. 특출 난 외모의 석주가 워낙 회사에서 인기가 높기도 했고, 더군다나 이서는 다른 여직원들보다 그와 있을 시간이 더 많았으니 그를 흠모하게 된다 해도 무리는 아니었다. 그런데 엉뚱하게도 이서가 전혀 다른 말을 내놓았으니 다들 그때 그 순간은 잠시 얼이 빠질 수밖에 없었다.

어제 있었던 일로 한바탕 웃던 분위기가 흘러가고 다들 회의실을 차례차례 빠져나갔다. 옆에 앉아 있던 석주도 일어서는 것을 본 이서는 힘이 쭉 빠진 듯 책상에 엎드려 누웠다.

"아, 창피해."

은근히 짓궂은 구석이 있는 최 팀장이 당분간은 계속 자신을 놀림거리로 삼을 것 같았다. 사람들이 썰물처럼 모두 빠져나가 조용해진 회의실 한쪽에 맥없이 엎드려 누운 이서는 등 뒤에 아직 발걸음을 떼지 못한 석주가 있다는 것을 모른 채 혼잣말로 자책을 계속했다.

그리고 이서를 부르려던 석주는 이내 그만두고는 그녀에게 깊게 닿아 있던 시선을 옮겨 조용히 회의실을 빠져나갔다.

❖

중국으로 한 달 정도 여행을 다녀온 다원이 오늘 돌아왔다는 소식을 들었다. 혼자 모르는 곳에 가는 것을 설레어 한다기보다는 두려움이 먼저 앞서는 데다가 길치인 이서와는 달리 다원은 배낭 하나만 메고 홀로 여행을 다니는 것을 좋아했다.

극과 극이라고 할 수 있을 만큼 서로 다른 두 사람이 어린 시절 친해진 후 지금까지 친구의 연을 이어 온 것이 어쩌면 신기하다 여겨질 정도였다. 성격도 판이하게 다르고 좋아하는 취향도 달라 공통점이 거의 없었지만 이상하게도 둘은 아웅다웅하면서도 꽤 잘 맞는 편이었다.

오늘 한국에 도착했다는 다원이 보낸 짧은 문자에 이서는 사무실의 앉아 있던 자리에서 조용히 일어나 탕비실로 향했다. 반가운 마음에 급히 다원에게 전화를 하자 신호음이 얼마 가지 않아 그녀의 목소리가 들려왔다.

— 왜?

"집이야?"

— 응.

"오늘 뭐 해? 얼굴 보자."

이서가 신이 난 목소리로 말했다.

— 야근 안 해?

"응. 오늘 일찍 끝날 거 같아. 너희 집 근처에서 만날까?"

— 됐어. 내가 네 회사 쪽으로 갈게.

시큰둥한 반응을 보이면서도 결국은 회사로 직접 찾아오겠다는 다원의 말에 이서는 활짝 웃었다.

"그럴래? 알았어. 이따가 보자."

다원과의 통화를 마친 이서는 다시 자리로 돌아왔다. 오랜만에 보는 친구 때문에 마음이 들떴다. 두루두루 좋게 지내는 성격이라 학창 시절부터 지금까지 연락을 하는 친구들은 적지 않았지만 가장 친한 친구를 꼽는다면 역시 다원이었다. 이서가 마음을 털어놓을 수 있는 유일한 친구이기도 했다.

어릴 때부터 친한 친구였다 해도 이서가 다원의 친오빠인 건하와 관련해서 복잡하게 엮인 일로, 어떻게 보면 둘 사이에 금이 갈수도 있었다. 다원과 직접적으로 연관된 일은 아닐지라도 그녀의 오빠와 애정 관계로 얽혔던 이상 여전히 절친하게 지내는 지금이 오히려 더 이상한 것일지도 모른다.

이서 역시 건하와의 관계가 어그러지면서 다원과의 사이를 우려했었지만 그녀는 그런 걱정을 비웃듯 전혀 아무렇지도 않아 했다. 이서에게 서운해하지도 않았고, 이서를 원망하지도 않았다. 소탈한 다원의 성격상 건하와의 일과 자신의 우정은 별개였던 거다. 이서는 그런 다원에게 고마운 마음이 컸다.

항상 무언가를 속에 묻고 삭이면서 살아가는 자신과 달리 다원은 그녀와는 정반대의 스타일이었다. 싫은 것은 곧 죽어도 싫다고 말하며 남들의 눈치 따위 보지 않고 살아가는 다원이 신기하면서도 부러워서 처음 만난 순간부터 눈길이 갔었다.

그 후에도 안 맞을 거라고 생각했던 성격이 오히려 잘 맞았고 두 사람은 꽤 오랜 시간 동안 친한 친구로 함께 지내올 수 있었다.

일을 마치고 회사를 나온 이서는 주변을 둘러보았다. 근처에 도착했다는 다원의 문자를 받은 후였다. 번화가에 위치한 곳이라 원래도 유동인구가 많은 편이었고, 직장인들이 대부분 퇴근했을 시간에 더군다나 오늘은 주말을 앞둔 금요일이었다. 빠르게 지나다니는 사람들을 훑어보다가 휴대폰을 꺼내 들던 이서는 자신에게로 다가오는 다원을 보고 환히 웃었다.

"여행은 재밌었어?"

"뭐, 그럭저럭. 이제 회사는 다닐 만하고? 적응됐지?"

"응? 으응."

"뭐야? 대답이 왜 이렇게 시원찮아?"

"우선 어디 좀 들어가서 얘기하자."

고개를 끄덕이는 다원과 함께 이서는 회사 근처에 있는 깔끔한 분위기의 술집으로 들어갔다.

"사람이 왜 이렇게 많대?"

"원래도 인기 많은 가게이긴 한데, 오늘 특히 금요일이라 더 그런가 봐."

꽤 많은 테이블들이 모두 꽉 차 있는 가게 안을 둘러보던 다원이 혀를 찼다. 이서 역시 아쉽다는 듯 주위를 둘러보고는 다원을 데리고 다른 가게로 옮기려던 때였다. 한 테이블에서 팔을 번쩍 들며 이서를 불렀다.

"이서 씨! 여기!"

이서가 자신을 부른 쪽으로 시선을 향했다. 4인 테이블에 앉아 정장 재킷을 옆자리에 벗어 둔 원형이 반가운 얼굴로 이서를 향해 이리 오라는 듯 손짓하고 있었다.

원형의 앞자리에는 뒷모습만으로도 누구인지 알 것 같은 남자가 앉아 있었다. 그는 오늘 아침부터 저녁 무렵까지 계속 함께 옆자리에 앉으며 가까이 있었던 석주임에 분명했다.

이서는 당황스러운 마음에 발을 뒤로 주춤 뺐다. 원형의 저 손짓으로 보아하니 합석이라도 하자는 모양인데 이서로서 그게 편할 리 없었다. 원형과는 몇 번 말을 나눈 게 다인 사이였고, 그렇다고 석주와 엄청 돈독한 친분이 있는 것도 아니었다. 어색해질 것이 훤히 보이는 술자리라 처음부터 시작을 하지 않는 게 나을

듯 보였다.

하지만 이서의 바람과는 달리 원형은 슬그머니 발을 빼려 하며 술집 문 앞에서 주춤거리는 이서 쪽으로 냉큼 다가왔다. 다원이 아는 사이냐고 조용히 물었지만 금세 다가온 원형 때문에 대답 대신 어색한 미소만 흘릴 수밖에 없었다.

"친구하고 술 한잔하러 왔나 봐요."

"네? 네."

"이서 씨 친구분? 안녕하세요."

원형이 넉살 좋게 다원을 향해 인사했다. 다원은 귀찮은 얼굴이었지만 그래도 그에 맞춰 예의상 고개를 숙였다.

"발 아프게 다른 술집 갈 필요 없어요. 우리랑 같이 앉아요. 어차피 두 자리 남는데. 어때요?"

"아, 그게…… 저는 괜찮지만 제 친구가 좀……."

원형과 석주와 초면인 다원이 불편할 거라는 뉘앙스를 깔며 이서가 조심스럽게 거절을 표했다. 도망갈 퇴로를 마련한 이서의 말에 원형이 동그랗게 뜬 눈으로 다원을 보았다. 다원은 무심한 얼굴로 어깨를 으쓱하며 말했다.

"난 상관없는데."

"상관없다고 하시네요."

잠시 잊고 있었다.

웬만한 일에는 시큰둥하고 관심 없는 다원이 이서를 놀리는 일만큼은 꽤 열의를 보인다는 사실을.

이서는 자신이 곤란해한다는 것을 알면서도 외려 합석을 하겠다는 의사를 드러내는 다원을 흘깃 원망스럽게 보았다. 다원의 얼굴에는 딱히 표정이 드러나 있지 않았지만 그녀를 오래 알아 온 이서로서는 그 얼굴 뒤에 숨은 주체 못 할 장난기를 이미 느끼고 있었다.

"아, 잘됐네. 안 그래도 남자 둘이 우중충하게 술 마시는 거 짜증나던 참이었거든요. 얼른 와요. 이서 씨, 그리고…… 친구분 성함이?"

자리를 맡아 놓은 테이블을 향해 걸어가며 원형이 다원에게 물었다.

"박다원이요."

"아, 다원 씨."

원형이 이서와 다원을 데리고 오자, 지금 막 통화를 마친 석주가 고개를 들어 그들을 보았다.

이서는 회사에서가 아닌 이렇게 사적으로 그를 만나는 것이 어색한 얼굴이었다. 물론 석주는 이서와 달리 아무렇지도 않은 듯보였다.

"자리가 없어서, 이서 씨랑 이서 씨 친구분인 다원 씨 같이 합석하기로 했어. 괜찮지?"

대답을 바라는 질문이 아니라는 것을 증명하듯 원형은 석주의 말은 들을 생각도 없이 부산스럽게 자신의 옆자리에 놓아둔 짐부터 치웠다. 석주 역시 그녀가 와서 싫다는 내색을 보이지 않아 이서는 그나마 다행스러웠다.

어쩌다 보니 석주의 옆자리에 앉게 된 이서는 더욱더 이상한 기분을 느끼고 있었다. 회사에서도 항상 석주의 옆자리에 앉고 있었지만 이렇게 바로 가까이 붙은 자리는 아니었다.

"이서 씨, 회사생활 잘하고 있죠?"

원형의 물음은 아까 다원이 이서의 얼굴을 보자마자 한 질문과 같았다. 이서는 바로 옆에 사수인 석주가 있다는 것을 자각하자 뭐라고 대답해야 할지 어려웠다.

"네. 아직 일은 서툴지만…… 많이 배우고 있어요. 한 대리님도 항상 친절하게 잘 가르쳐 주시고요."

"오, 한 대리가요?"

원형이 신기하다는 듯 웃으며 중얼거렸다.

두 남자가 미리 시켜 두었던 안주가 나오고, 원형은 서버에게 잔을 두 잔 더 가져다 달라 말했다. 처음 들어왔을 때보다 더욱 시끌벅적해지며 분위기가 달아오르고 무르익어 가는 술집에서 유일하게 너무도 점잖고 이성적인 모습으로 앉아 있는 석주는 음주가무와는 전혀 어울리지 않는다는 느낌을 강하게 풍겨 오고 있었다.

친화력이 남다른 원형 덕에 이서가 걱정했던 것과는 달리 어색했던 분위기는 금세 사라지고, 끊기지 않고 대화가 이어져 나갔다. 그 와중에 방금도 통화했던 협력회사에서 다시 업무 관련 전화가 온 석주는 이제는 너무도 시끄러워져 통화가 불가능한 술집을 잠시 나가야 했다.

원형은 밖으로 걸어 나가는 석주를 한번 보고는 은밀한 시선을 남아 있는 두 여자에게 던졌다. 그리고 예상대로 세 사람이 된 테이블은 원형의 주도하에 원래 떠들고 있던 주제는 뒤로 내팽개친 채 한석주를 화두에 올렸다.

"내가 저번에 약속했죠?"

"뭘요?"

"다시 만나면 한석주의 여자기피증에 대해 말해 준다고 했었잖아요. 기억 안 나요?"

"아……."

기억이 난다. 이서의 얕은 끄덕거림에 원형이 그럴 줄 알았다며 씩 웃었다.

"솔직히 궁금했죠?"

"……."

"안 궁금하면 그게 거짓말이죠. 그렇게 존경하는 사람인데. 안 그래요?"

원형의 짓궂은 놀림에 이서는 속으로 이를 갈았다. 술에 취해서 상사에게 욕을 한 것도 아니고, 사랑고백을 한 것도 아닌 진심에서 우러나온 존경을 표했던 이서의 이야기는 꽤 신선했는지 마케팅팀 외에 다른 팀들에게까지 전해질 정도였다.

더군다나 그 대상이 회사에서 연예인급 인기를 자랑하는 한석주였기에 더욱. 물론 또 다른 당사자인 이서로서는 창피함에 몸부림칠 수밖에 없었지만.

"다원 씨. 방금 이 자리 앉아 있던 남자 처음 봤을 때, 어떤 생각 들었어요?"

원형이 통화를 하러 나가느라 잠시 비워진 석주의 자리를 가리키며 타깃을 다원에게 돌렸다. 원형의 뜬금없는 질문에 다원은 대답했다.

"잘생겼다."

"그러고 끝이었어요?"

"네. 지나치게 잘생겼다. 그 정도?"

"아, 그거예요. 정답."

원형이 학원 강사라도 된 듯 다원의 대답을 칭찬하며 웃었다.

"저 녀석이 저 지나치게 잘생긴 얼굴 때문에 살면서 피해를 많이 봐 왔거든요."

"피해요?"

이서가 이해가 가지 않는 얼굴로 미간을 좁혔다. 확실히 석주는 누구에게나 시선을 끌 만한 얼굴을 가지고 있었다. 얼굴뿐일까. 훤칠한 키도, 슈트에 가려져 있지만 굳이 벗겨 보지 않아도 느껴지는 건장하고 탄탄한 몸도, 나직하게 흘러나오는 목소리도. 전부 여자들의 시선을 한 몸에 끌고도 남았다.

그런데 오히려 축복받았다고 말해도 모자랄 그의 얼굴 때문에 그가 피해를 받으면서 살아왔다니. 의문이 들 수밖에 없었다. 다원 역시 이서와 같은 생각인지 저절로 찌푸려진 인상을 하고는 원형에게 되물었다.

"그게 무슨 말이에요?"

"지금도 마찬가지지만 고등학교 때도 인기가 장난 아니었어요. 아니, 어쩌면 지금보다 더 심했죠. 어린 만큼 철이 없어서 악질이라고 해야 하나. 스토커들도 있었으니까."

"스토커……."

텔레비전에서나 들어 봄직한 단어를 직접 듣자 피부에 잘 와 닿지가 않았다. 이서의 의뭉스러운 중얼거림에도 원형은 말을 이어 나갔다.

"내가 석주하고 고등학교 동창인데, 등하교 때는 우리 학교뿐만 아니라 다른 학교에서까지 찾아와서 그 녀석을 보러 왔어요. 파파라치 사진 같은 거도 막 찍히고."

"파파라치 사진? 무슨 아이돌이에요?"

다원이 혀를 내둘렀다. 지나치게 우월한 외모 때문에 귀찮은 일이 있을 수도 있다는 원형의 말에 이서는 이제야 슬슬 감이 잡히는 것 같았다.

"그러니까 본인은 얼마나 힘들었겠어요. 연예인도 아닌데 주변에서 그렇게 극성에 난리를 치니까. 게다가 원래 성격부터 사람들 관심 끄는 걸 즐기는 타입도 못 되는데. 그거뿐만이게요? 석주 친누나가 3년 정도 유학 갔다가 들어온 날이었는데, 그 녀석 스토커 중 한 명이 여자친구라고 오해를 한 건지 또 한바탕 난리가 일어났어요. 석주 누나는 독립해서 다른 데에 살았었거든요. 근데 누나한테 거울 깨뜨린 조각을 모아서 보낸다든가, 쥐를 죽여서 보낸다든가?"

"미친 거……."

"아, 석주 앞으로는 피 묻은 생리대도 보냈었어요."

원형의 덧붙임에 결국 다원이 참지 못하고 시원하게 걸쭉한 욕설을 뱉어 냈다. 여성스러운 외모와 달리 거침없는 말투를 가진

187

다원으로 인해 원형은 조금 당황한 듯 보였으나 다원의 재촉에 다시 입을 열었다.

"아무튼 내 생각에는 아마 고등학교 때부터 여자들에 대한 정이 많이 떨어진 상태였을 거예요. 대놓고 말은 안 했지만 이성을 사귄다는 거에 거의 치를 떨었던 거 같고요. 고등학교 내내 그런 짓을 당했으니까요."

"누군지 도대체. 여자 망신을 다 시켜 놨네. 생리대가 뭐야, 진짜."

다원은 술을 한 모금 들이켜다가도 질색을 하며 석주의 학창 시절 스토커를 욕했다.

"그걸로 끝이면 다행이겠지만 대학교에 가서도 일이 한 번 더 있었어요. 스토커들 때문에 석주가 너무 이성 관계에 관심을 뚝 잘라 낸 것처럼 보이니까, 그 녀석 부모님들도 그렇고 친구들도 그렇고 이제는 제대로 연애를 해 보라고 다들 부추겼었어요. 제대로 된 사람을 만나면 괜찮을 거라고요."

원형은 숨도 차지 않는지 막힘없이 이야기를 이어 나갔다.

"석주도 영 안 내켜 하다가 계속들 그러니까 여자를 사귀긴 사귀었어요. 뭐, 이런 말하기 짜증나지만 사실 그 녀석이 손 한 번 까딱하면 달려올 여자들은 말 그대로 널렸었죠. 근데 고등학교 때 스토커 행위를 심하게 당했던 게 남아 있어서인지, 석주가 고른 여자는 딱 봐도 절대 집착 안 할 것 같은 쿨한 타입의 여자였어요. 석주를 다른 주변 여자들처럼 그렇게 미치도록 좋아하는 것 같지도 않았고 헤어지자고 하면 언제든지 오케이 할 것 같은 타입이요."

"……."

"그래서 저희도 걱정 안 했죠. 근데 또 일은 터지자고 마음먹으면 어떻게든 터지는 거더라고요. 아니면 한석주 저 박복한 자식의 운명이든가."

"무슨 일이 또 있었어요?"

"그나마 고심해서 고른 여자인데 좋아하는 감정은커녕 전혀 관심도 안 가고 귀찮기만 하니까 석주가 결국 먼저 헤어지자고 했나 봐요. 그리고 그 쿨해 보여서 석주가 선택했던 그 여자는……."

잠시 말을 멈춘 원형은 아까의 가벼웠던 어조와는 달리 무거운 목소리로 변해 있었다.

"헤어지면 죽어 버리겠다고 석주를 협박하다가 결국 정말로 자살시도를 했어요. 그것도 석주의 앞에서요."

다원이 헛웃음을 지었다. 그 앞에서 잠자코 원형의 말을 듣던 이서는 끔찍하다는 듯 입술을 깨물었다.

"생명에는 지장이 없었지만 아마 그 일까지 있었던 이후로 완전히 정이 떨어진 거 같아요. 사랑이나 연애나 그런 거에 대해서 전부."

상상도 한 적 없는 일이었다. 방금 전만 하더라도 회사에서만 알아 온 그이기에 사적으로 조금이라도 알고 싶은 마음이 있으면서도 그가 아닌 다른 사람에게 이야기를 듣는다는 것이 약간의 죄책감이 일었었는데, 원형이 들려준 충격적인 이야기에 그런 것은 잊은 지 오래였다.

"그런 일들을 겪어서인지, 여자를 만질 수 없어요. 그 녀석."

"……네? 그게 무슨……."

충격적인 말만 전해 주는 원형을 보며 이서는 인상을 찌푸렸다.

"여자들이 아주 살짝 손끝만 스쳐도, 몸에 소름이 돋고 머릿속이 하얗게 변하는 증상이 있거든요. 기분이 아주 더러워지는 거죠."

"……."

"그런데 그런 상태인 놈이 여자를 어떻게 만지겠어요? 뭐, 그래도 지금은 많이 나아진 편이지만."

이서는 세게 움켜쥐고 있던 맥주잔에서 손을 뗐다. 차가운 물기가 섞인 손으로 주먹을 쥐었다. 그렇게 말도 안 되는 일을 겪어 오며 극심한 스트레스를 받았을 그의 심경이 궁금하고 걱정되었다. 석주가 얼마나 힘들고 괴로웠을까 겪어 보지 않은 자신으로서는 짐작도 가지 않았다.

"두 사람이 생각하기에도 여자한테 학을 뗄 만하죠? 아, 그런 거 보면 난 이렇게 태어나서 다행이라니까요. 한석주처럼 그렇게 쓸데없이 잘생길 필요가 없죠. 제가 그 녀석보다 연애 경력이 훨씬 화려하거든요."

원형의 너스레에 생각에 잠긴 이서 대신 다원만이 반응해 주었다.

"그 정도면 정신 승리인데요."

시니컬한 말투가 이제는 적응이 된 듯 원형이 킬킬 웃었다.

"그런 일이…… 있으셨구나."

두 사람의 대화에 도통 끼어들 생각이 없어 보이는 이서가 안쓰러움이 묻어난 목소리로 중얼거렸다.

원형은 그런 이서의 표정을 슬쩍 살폈다. 자신의 일처럼 심각한 얼굴로 고민하는 듯한 그녀의 얼굴을 확인한 그가 살며시 미소를 지었다. 석주의 바람 잘 날 없었던 과거에 대한 이야기가 마무리되는 동시에 석주가 다시 가게 안으로 돌아왔다.

어쩐지 아까와 다르게 묵직하고 어두워진 듯한 분위기를 석주 역시 눈치챘지만 딱히 무언가를 꼬치꼬치 캐묻지 않는 성격상 굳게 입을 다무는 그였다.

다시 원형의 주도하에 테이블 위가 떠들썩하게 변했지만 옆에 앉은 이서는 여전히 고민스러운 얼굴로 말없이 가만히 있었다.

7. 가랑비에 마음 젖는 줄 모르다

✳✳✳✳✳✳✳✳

병실 안에 있는 화장실에서 화장을 지우고 꼼꼼하게 세안을 마친 이서가 수건을 얼굴에 비비면서 밖으로 나왔다. 침상에 반쯤 누운 상태로 벽에 붙은 TV를 보고 있던 경혜의 시선이 정장 블라우스와 치마에서 홈웨어로 편하게 갈아입은 둘째 딸에게로 돌려졌다.

"집에 가서 쉬지, 뭐하러 여기서 잔대. 불편하게."

아까 전 이서가 병실 문 사이에 얼굴을 빠끔 내밀었던 순간부터 왜 왔냐며 환영이 아닌 박대를 하던 경혜는 여전히 그녀가 못마땅한 모양이었다. 이서는 그런 경혜의 마음을 모르는 척 어깨를 으쓱거렸다.

"안 불편해. 보호자 침대도 완전 푹신푹신하고 좋던데?"

"그래도 집에서 자는 거랑 같아?"

올해 회사에 입사한 딸이 일을 배우고 회사에 적응하는 것만으로도 벅찰 텐데, 거기다가 갑작스럽게 상태가 악화되어 병원 신세를 지게 된 자신을 보살피기까지 해야 하니 경혜는 이런 상황이 참 답답하면서 이서에게 미안하기만 했다.

사위인 승재 덕분에 우리나라에서 으뜸가는 병원에서 최고의 진료와 치료를 받고, 그중 가장 좋은 병실을 쓰게 되고, 간병인도 두면서 불편할 정도로 호화로운 혜택을 받고 있었지만 마음이 편할 리 없었다.

이서 역시 말은 안 해도 승재에게 매번 이런 도움을 받는 것이 속상하고 싫은 눈치였다. 이서는 낮에는 어쩔 수 없었지만 퇴근한 후에는 간병인을 보내고 되도록 자신이 경혜를 간호하기 위해 노력하고 있었다.

"이제 몸도 괜찮은데 왜 아직까지 있으라는 건지 모르겠다."

"몸도 괜찮은 분이 혼자 그렇게 쓰러져 계셨어?"

"그거야……."

"이번에는 수술 안 해도 된다니까 다행이지만, 혹시 모르니까 검사 더 확실히 받아 봐야 돼."

이서의 똑 부러진 말에 경혜는 어쩔 수 없다는 듯 고개를 끄덕였다.

"회사에서 무서운 선배는 이제 안 괴롭히니?"

"응? 무서운 선배?"

경혜의 침상 옆 목재테이블 의자에 앉아 파우치에서 꺼낸 로션을 얼굴에 바르며 이서가 되물었다.

"회사 입사했을 때만 해도 직속 선배가 너무 무서운 사람이라고 징징댔었잖아."

"아……."

회사에 막 입사했던 무렵, 석주가 자신의 사수라는 것을 알게 되고 말 그대로 멘탈 붕괴가 왔던 때였나 보다. 회사생활이 어떠냐 묻는 경혜에게 지나가는 말로 석주에 대해 약간 투덜거렸던 것 같은데, 어지간한 일이 아니면 밖에서 힘든 일이 있어도 내색하는 법이 없는 딸이 그런 말을 하니 걱정이 되었었는지 경혜는 아직도 그 이야기를 기억하고 있었다.

이서는 괜한 말을 했었다고 생각하며 우윳빛의 묽은 액체를 볼에 문질러 대던 손을 멈추고 경혜를 바라보았다.

"이제 안 무서워. 엄청 잘해 주고. 되게 좋은 분이라는 걸 조금 늦게 알았어. 그리고 사실 그때도 딱히 괴롭힌 건 아니었는데 내가 그냥 쫄아서 지레 질겁했던 거지."

"그래? 다행이네."

"응. 그나저나 엄마, 내가 언제 또 징징대기까지 했어?"

이서가 민망한 얼굴로 중얼거렸다. 경혜는 그런 딸이 귀여운지 소리 내어 웃었다.

"아, 맞다."

경혜가 갑자기 꺼낸 말에 깜빡 잊고 있었던 것을 떠올릴 수 있었다. 이서는 다급하게 휴대폰을 집어 들었다. 9시가 조금 넘은 시간을 확인하고는 문자 화면을 열어 석주에게 보낼 메시지를 정성껏 써 내려갔다.

"왜? 무슨 일 생겼니?"

"응? 아니……."

문자를 보내느라 경혜의 질문에 답하는 속도가 저절로 느려졌다. 이 시간에 석주에게 꼭 전해야 할 말은, 내일은 집에서 출발하지 않으니 데리러 오지 않아도 된다는 내용이었다. 이서는 문자를 보내면서도 얼떨떨한 기분이었다.

이서가 석주와 카풀을 하게 된 지는 얼마 되지 않았다. 지난번, 석주와 원형 그리고 다원 이렇게 넷이 우연찮게 술을 마셨던 날 그의 제안으로 시작된 것이었다.

적당히 음주를 즐긴 후 자리를 파하고 각자 흩어지려던 때, 그 전에 다원의 동네를 물었던 원형이 다원과 집 방향이 같다며 데려다주겠다고 제안했다. 됐다고 매몰차게 거절할 거라 이서가 예상했던 다원은 의외로 쉽게 고개를 끄덕이며 원형과 함께 자리를 떴다.

그러자 결국 마지막에 이서와 석주만이 덩그러니 남게 되었고, 그는 그녀를 데려다주겠다고 말하며 택시를 잡았다. 원형이 오늘 처음 본 다원을 데려다준다는데 회사 선배인 그 역시 늦은 밤에 그녀가 홀로 귀가하는 것을 모른 척할 수는 없었을 거라고 이서는 생각했다.

미안한 마음에 두어 번 거절을 하다가 결국 고집을 꺾지 않는 그와 함께 차에 올라탔다.

'카풀을 하자는 말씀이세요?'

택시 안에서, 차 수리를 마쳤다는 석주에게 해맑은 얼굴로 지옥철 출근에서 탈출한 것을 축하하던 이서는 그의 말에 놀라 눈을 동그랗게 떴다. 전혀 생각지도 못했던 의외의 제안이었기 때문이다.

확실히 석주의 오피스텔과 이서의 집은 그리 멀지 않았다. 또 석주가 오피스텔에서 회사로 가는 길에 이서네 아파트가 있었으므로 따져 보았을 때 확실히 카풀을 하기에 안성맞춤인 조건이었다.

하지만 회사에서 이서가 직접 보고 겪어 온 석주의 성격상 그런 제안을 해 줄 거라고는 생각하지 못했다. 따뜻한 위로를 받았던 날을 기점으로 석주에 대한 이미지가 그전과는 완전히 다르게 바뀌기는 했지만 그것과는 달랐다.

이서에게 누군가가 한석주가 따뜻하고 다정한 사람이냐고 물었을 때 객관적으로 답해야 한다면 힘차게 고개를 끄덕이기는 조금 힘들 것이다. 물론 이서는 그가 너무도 좋은 사람이라고 생각하고 보이지 않는 섬세한 배려가 있는 선배라는 사실을 알지만 보통 사람들의 평범한 잣대로 따지자면 다정과는 거리가 멀었다.

또 일적으로 그에게 도움을 받는다는 것으로도 충분히 넘치도록 고맙게 여기고 있던 상태라 출퇴근을 같이 하자고 말하는 그 때문에 얼떨떨하기도 했다.

'어차피 가는 길이고, 출근하는 시간도 거의 비슷하니 그게 좋

을 것 같습니다. 송이서 씨가 불편하지 않다면요.'

'불편하다니요! 저야 오히려 감사한 말씀이죠. 근데 한 대리님
이야말로 불편하실 텐데요. 가는 길이라지만 아무래도 평소보다
좀 더 일찍 출발하셔야 하고…….'

'난 괜찮습니다.'

단호하게 고개를 젓는 석주를 보면서 이서는 생각했다. 누가
뭐라 해도 자신에게 한석주는 정말로 다정하고 좋은 사람이라고.
후배인 자신이 회사에서 잘 적응을 못 하는 것을 보며 알게 모르
게 도움을 주고, 이제는 이런 배려 가득한 제안까지 해 주다니.

어느 정도 술기운이 올라와 있어서 감동스러운 마음이 더욱 물
결쳤는지도 모른다. 이서는 택시 뒷좌석에 똑바로 앉아 있던 몸을
틀어 그를 보았다. 선망과 동경과 감동이 뒤섞인 눈빛이 어두운
차안에서도 꽤 형형하게 빛났을 게 분명했다.

'한 대리님.'

'네.'

'저는 정말로…….'

바로 전에 술자리에서 원형이 들려줬던 석주의 과거 이야기가
떠올랐다. 도를 지나친 스토커들의 만행과 처음 사귄 여자친구의
자살 기도. 어렸을 때부터 그런 일을 당했으니 여자에게 관심이
뚝 떨어지는 것도 어쩌면 당연한 일이었다.

이성으로 적극적으로 다가오며 접근하려는 여자들에게 단번에 싸늘해지는 그의 행동도 그제야 이해가 갔다.

이서는 그런 그를 절대 배신하지 않을 것이다. 배신이라는 말이 여기서 어울리지 않을지 모르지만, 이서가 만일 보통 여자들처럼 그에게 다른 마음을 먹은 것을 보이면 그가 크게 실망할 거라는 예감이 들었다. 어쩌면 그녀가 그를 이성으로 느끼는 것이 아니라 정말로 순수하게 동경하고 있다는 것을 알기에 그 역시 그녀에게 마음을 열고 이렇게 다가와 준 게 아닐까 싶기도 했다.

'정말로 앞으로 더 노력해서…… 평생 좋은 후배로 남을게요.'

도원결의에 비할 만큼 결연한 이서의 목소리가 퍽 우스웠을 텐데도 석주는 웃음을 보이지 않았다. 역시 자신은 적당히 술을 마시면 안 된다. 비록 순도 백 퍼센트의 진심이긴 하지만 상대방은 손과 발이 구운 오징어처럼 오그라들 말을 면전에 대고 해 버리게 되니까.

이서는 그 날 일을 떠올리며 고개를 가로저었다.

첫 번째 취중고백으로도 모자라서 또 그런 말을 하다니. 그는 얼마나 황당하고 민망했을까. 그렇게 친하다고도 생각하지 않는 여자 후배가 앞에서 저런 결의를 다지는데.

'아닌가?'

석주도 그녀를 꽤 친하다고 여기기에 카풀을 제안한 것인지도 모른다. 그런 자신감을 가져도 될 것이 그는 아무에게나 무턱대고 친절을 베푸는 스타일이 아니었다.

이서는 경혜가 재차 자신을 부르는 것도 듣지 못하고 이 정도면 석주와 자신이 어느 정도 친한 건가에 대해 곰곰이 따지고 있었다.

"송이서."

"……어?"

경혜의 연이은 부름을 이서가 뒤늦게 알아차렸다.

"휴대폰 보면서 무슨 생각을 그렇게 골똘히 해? 정말 무슨 일 있는 거 아니야?"

"아, 그런 거 아니야. 방금 말했던 그 무서운 줄 알았던 선배. 며칠 전부터 대리님 차로 출퇴근 같이 하고 있는데 오늘은 병원에서 자니까 내일은 오지 말라고 문자 보낸 거야. 아까 퇴근할 때 말한다는 거 깜빡해서."

오늘은 그와 퇴근 시간도 달라서 함께 가지 못했다. 어차피 이서는 바로 경혜가 입원한 병원으로 올 생각이라 거절의 말을 해야 했겠지만.

"어머, 정말 많이 신경 쓰고 챙겨 주네. 고마워라. 엄마 퇴원하면 언제 한번 집으로 데려와. 밥 한 끼 대접하게."

"됐어."

"되긴 뭐가 돼. 귀찮은 것도 감수하고 그렇게 신경 써 주는데 입 싹 닦고 있으면 쓰니? 집으로 데려오는 게 불편하면 선물이라도 사 주든가. 화장품 같은 거."

"화장품?"

선물을 사 주거나 확실히 대접을 해야 한다고 확고하게 주장하는 경혜와 대화를 나누던 이서는 의아함에 고개를 살짝 기울였다. 경혜가 무언가를 착각하고 있다는 생각이 얼핏 스쳐 지나갔다.

"고마운 줄 모르고 받기만 하면 아무리 착한 사람이라도 빈정상하는 거야. 같은 여자니까 그런 건 더 신경 써서……."

"엄마, 한 대리님 남자분이야."

"어?"

이서가 냉큼 경혜의 착각을 고쳐 주자 그녀는 멀뚱한 얼굴이 되었다.

"남자였어?"

"응. 왜 여자라고 생각한 거야?"

"어머, 생각해 보니 그러네. 네가 무섭다고 하니까 깐깐하고 까다로운 이미지가 떠올라서 그랬나?"

경혜 역시 모르겠다는 듯 고개를 갸웃거렸다.

"까다롭고 깐깐하면 다 여자야?"

"아니, 잠깐만. 그러면 남자가 데리러 오고 데려다주고 하는 거였다고?"

"그렇게 말하면 또 이상하잖아. 그냥 회사 오고 가는 길에 우리 집이 있으니까 태워 주는 거지."

"이상한 거 맞지. 그 남자, 너한테 관심 있는 거 아니니?"

경혜의 의심에 이서는 재밌는 콩트라도 본 것처럼 크게 웃었다.

"엄마, 아니야."

"뭘 아니야? 네가 부탁한 것도 아니고 먼저 태워다 준다고 한 거라며? 관심도 없는데 귀찮게 그런 걸 왜 하겠어?"

침대 위에 버저라도 가져다주면 당장이라도 눌러 그린라이트를 켤 기세로 경혜가 단호하게 말하고 있었다. 이서는 그런 그녀의 확고한 주장에도 여전히 고개를 저으며 말도 안 된다는 듯 웃었다.

"원래 그렇게 친절한 사람이야."

"무섭다며? 말도 거의 안 하고, 무뚝뚝하고."

저번에 석주에 대해 이야기할 때 저런 것까지 말했었나. 이서는 경혜의 반박에 어깨를 으쓱했다.

"그때는 잘 몰랐다니까. 아무튼 성격은 무뚝뚝하긴 한데 알고 보면 볼수록 배려심도 깊고 그래."

"정말 아닌 거 같아?"

"그렇다니까. 한 대리님 여자한테 전혀 관심 없는 분이야. 워커 홀릭, 그냥 일만 아는 일 중독자."

아마도?

이서가 속으로 중얼거렸다. 석주를 사적으로 잘 아는 것도 아니라서 확언할 수는 없지만 여태까지 보인 모습으로 추정했을 때는 그랬다.

"흠."

"눈치가 없는 것도 아니고, 나도 여잔데 딱 보면 알지."

"너 가끔 좀 눈치 없어."

"엄마!"

"그래. 알았어. 아니라고? 됐지?"

경혜가 아쉬운 눈빛으로 이서를 살짝 흘기고는 아까부터 혼자 떠들고 있던 텔레비전으로 시선을 돌렸다.

이서는 그런 경혜를 의외라는 듯 보았다. 남자친구를 사귀어 보라며 연서가 닦달한 적은 꽤 있었지만 그때마다 경혜는 때가 되면 알아서 만날 거라며 웃어넘기는 편이었기 때문이다.

대학을 졸업하고 점점 나이를 먹어 가면서도 어렸을 때의 고집을 지킨 채 결혼을 하지 않겠다고 말하는 이서에게 별말을 하지 않았던 경혜라 이서는 그녀가 자신의 연애나 결혼에 대해서 편하게 생각하고 있을 거라 예상했다. 이서가 정말로 평생 결혼을 하지 않아도 그래라 하고 말 것 같은 느낌이었다.

하지만 방금 출퇴근 때 이서를 태워다 주는 사수라는 사람이 남자라는 것을 알자마자 경혜가 저렇게 눈에 불을 켜는 모습을 보자 그것도 아닌 모양이었다.

이서는 텔레비전에 시선을 고정한 채 불만스럽게 중얼거리는 경혜를 보며 웃었다.

"연서가 계속 걱정하더라."

"나를?"

"그래. 너 이러다가 정말 혼자 늙어 죽겠다고."

이서는 테이블에서 일어나 경혜의 침대로 들어갔다.

"나 말고 엄마나 생각해."

"뭘?"

"엄마야말로 이대로 계속 혼자 있을 거야? 난 처음부터 없었으

니까 상관없는데 엄마는 아니잖아. 안 외로워? 아직도 피부가 탱
탱하신 문경혜 여사?"

경혜 옆에 바싹 가까이 자리를 잡고 누운 이서가 그녀의 볼을
살짝 건드렸다. 장난스러운 행동에 경혜가 코를 구기며 이서의 옆
구리를 찔렀다.

"요게 엄마 놀리지!"

"아! 하지 마."

"그러게 누가 말 돌리래?"

경혜가 제대로 마음을 먹은 듯 이서의 옆구리를 무자비하게 간
질이기 시작했다. 친구 같은 엄마인 그녀의 장난은 집요하게 계속
되었다. 간지럼에 약한 이서는 숨도 못 쉴 만큼 웃으며 괴로워했
다.

"알았어! 잘못했어요! 응?"

경혜가 끈질기게 손을 놀리며 장난을 그치지 않자 이서가 결국
할 수 없이 백기를 들었다. 그녀의 비굴한 음성을 들은 후에야 경
혜는 만면에 미소를 지어 보이며 행동을 멈추었다.

진이 빠진 얼굴로 침대에 누워 있던 이서는 테이블 위에서 울
리고 있는 휴대폰을 받기 위해 몸을 일으켰다.

"여보세요?"

테이블 앞에 선 상태로 전화를 받은 이서의 목소리는 누구도
알아차리기 힘들 정도의 떨떠름함이 가냘프게 섞여 있었다. 깊은
밤이 다 되어 가는 시각에, 전화를 걸어 온 상대 역시 그다지 반
기고 싶지 않은 인물이었기 때문이다.

— 송이서.

준희의 목소리가 평소와 다르다는 것을 직감하는 일은 어렵지 않았다. 그녀와 알고 지낸 지도 어언 십 년이었다. 싫어도 저절로 알게 되는 것이 세월의 힘이었다.

이서는 준희에게 무슨 일이 생겼다는 것을 알았고, 그 일이 아마도 건하와 관련된 일이라는 것까지 예상이 갔다.

"응. 무슨 일이야?"

통화를 하는 동안, 준희는 언성을 높이지는 않았지만 혹시 모른다고 생각한 이서는 경혜가 있는 병실을 빠져나왔다.

그러고 보니 준희와 오랜만에 하는 전화였다. 애초부터 그리 살가운 친구 사이도 아니었고. 서로 눈 가리고 아웅 할 수 있는 성격도 아니었다.

준희가 이서를 집착하듯 찾을 때는 건하와 관련이 있을 때가 대부분이었다. 자신이 건하에 대해 어떤 감정을 가졌는지 이서에게 깊게 각인을 시키기 위해서나 이서가 그를 단념해 가고 있는지를 확인하기 위해서나 건하와의 관계에 문제가 생길 때마다 그 유일한 원인이 이서라는 것을 눈으로 말하기 위해서.

질린다는 말이 나오지 않을 수 없을 만큼 준희의 이기적인 일방통행은 꾸준하고 집요했다. 이서가 지쳐서 체념하고 건하가 경멸에 가까운 눈길을 보낼 만큼.

— 집이야?

"아니. 지금 엄마 병원이야."

— 알았어. 그쪽으로 갈 테니까 병원 앞에서 잠깐 봐.

이서의 대답이 흘러나오지도 않은 상태에서 전화가 뚝 끊겼다. 이서는 신호음이 끊어진 휴대폰을 든 채 옅은 한숨을 쉬었다. 긴 하루가 아직도 끝나지 않았다는 사실에 몸에 누적되어 있는 피로가 아우성을 쳤다.

경혜에게는 보호자 침대가 푹신푹신하고 편하다며 아무렇지 않게 말했지만 잠자리에 예민해서 원래 자던 환경이 바뀌면 숙면을 취하기 힘든 이서였다. 경혜의 옆에 있기 위해서 어쩔 수 없는 일이었지만 침대에서 잔다 해도 그게 집이 아니면 그다지 개운한 아침을 맞이하지는 못할 정도였다.

하지만 그것도 모자라 이제는 준희와 만나야 한다니.

딱 봐도 신경이 팽팽하게 당겨지는 설전이 오갈 거라는 느낌이 왔다. 방금 전 전화에서 준희의 목소리는 가까스로 이성을 다잡으려 하고 있었지만 흥분한 어조를 숨기지는 못했기 때문이다.

좋지 못한 예감에 휩싸인 이서는 병실로 들어가 경혜에게 대충 말을 둘러댄 후 나왔다. 준희를 만나러 간다고 솔직하게 말한다면 경혜 역시 제대로 잠에 들지 못하고 신경 쓸 것이 눈에 선했다.

병원 로비를 가로질러 밖으로 나온 이서는 때마침 다시 울리는 전화를 받았다. 거의 도착했다는 준희에게 병원 앞 카페에서 보자는 말을 하려 했지만, 그러기도 전에 병원 정문 바로 앞에 택시가 세워졌다. 뒷좌석에서 급히 내려 주위를 두리번거리다가 이서를 발견하고는 날카로운 눈빛을 빛내는 이는 당연하게도 준희였다.

"카페로 가자."

"아니, 됐어. 그냥 여기서 얘기해."

준희의 목소리가 얼음장처럼 차가웠다. 하지만 이서는 그녀의 매서운 눈초리와 목소리보다는 그녀의 충혈된 흰자위에 시선이 갔다.

사납고 모진 성격의 서준희가 무슨 일로 눈이 토끼처럼 빨갛게 변할 정도로 서럽게 울었던 걸까.

이서는 도통 이해가 가지 않아 잠시 말을 잇지 못했다.

반면 준희는 이서에게 시선도 주지 않은 채 성큼성큼 앞서 걸어 병원 옆 공원 벤치로 향했다. 이서는 말없이 준희를 따라 갔다. 어둠이 짙게 깔린 하늘을 지붕 삼아 두 사람이 벤치 위에 나란히 자리했다.

"송이서, 너……."

아까부터 거침이 없었던 준희의 행동과 어울리지 않게 지금의 그녀는 잠시 주저하는 기색을 보였다.

"너, 건하 오빠 만나고 있어?"

"……뭐?"

힘겹게 묻는 준희의 물음에 이서는 미간을 모았다. 갑작스러운 연락에, 뜬금없이 찾아와서는 대뜸 한다는 소리가 저런 말이라니. 건하와 사귀고 있는 것은 자신이면서 갑자기 그와 만나고 있는지 묻는 저의가 이해가 되지 않았다.

이서는 그녀의 말에 기가 막혀 제대로 말이 터져 나올 것 같지 않았다. 준희를 만난 지 5분이 채 지나지 않아 급속도로 아래로 추락하려는 기분을 다잡으며 이서가 입을 열었다.

"그게 무슨 말이야? 내가 건하 오빠를 왜 만나?"

준희가 이렇게 막무가내로 구는 것이 하루 이틀 일도 아니었다. 평소라면 그러려니 하며 넘어갔겠지만 준희의 상태가 남달랐고, 또 그녀가 해 오는 질문들이 예사로이 넘기기 힘든 것들이었다.

"우리 헤어졌어."

"뭐라고?"

이서가 아까보다 더욱 패이도록 미간을 좁히며 되물었다. 그녀의 반응에 준희는 옆에 앉은 그녀를 맹렬하게 노려보았다. 마치 그녀가 알면서 모르는 척을 하고 있다고 확신하는 얼굴이었다.

이서는 준희의 모습을 보며 할 말을 잃었다. 더 이상 그녀는 모든 사람에게 무시와 경멸이 깔린 느긋한 눈빛을 보내는 평소의 서준희가 아니었다.

새빨갛게 충혈된 눈은 파르르 떨리고 있었고, 허벅지 위에 올려놓은 두 손 역시 가만있지 못하고 덜덜 떨렸다. 감정을 숨기는 데 실패하고 마구잡이로 터져 나오는 분노와 질투를 이서에게 전부 쏟아 내기 직전으로 보였다.

"정말로 몰랐어?"

준희의 눈이 공격적으로 이서에게 향했다.

"그걸 내가 어떻게 알고 있겠어? 너랑 건하 오빠, 두 사람 일이잖아."

잠시간 놀란 얼굴로 말을 잇지 못했던 이서는 스스로 믿기지 않을 만큼 금세 평온한 모습을 되찾아 있었다.

물론 두 사람이 헤어졌다는 소식은 여전히 놀랍고 당황스러웠다. 건하와 준희, 두 사람이 서로 마주 보고 있지 않다는 사실은 알고 있었다. 건하가 여전히 자신에게 마음이 있다는 것도.

하지만 지난번에 두 사람이 사귀게 되었다는 소식을 처음 접했을 때의 충격과 쓰라림에 비할 바는 아니었다. 혼자 건하를 포기해야 한다 정해 놓고, 그렇게 겁쟁이처럼 단념해 놓고 그가 누구를 만난다 해도 자신에게 그를 욕할 자격은 없었다. 누구보다 스스로가 가장 잘 아는 사실이었다.

하지만 그를 마음에 담았던 여자인 이상 서럽고 쓰라린 마음이 제멋대로 상처로 자리를 잡는 것까지 컨트롤할 수는 없었다.

그 후 언젠가 건하가 변명처럼, 원망처럼 쏟아 내었던 말들도 다 소용없는 일이었다. 두 사람이 술김에 실수로 하룻밤을 같이 보냈고, 그 후로 건하도 완벽하게 잠긴 채 열릴 생각이 없어 보이는 이서에게 지쳐 자포자기하는 심정으로 준희를 만났다는 이야기를 들어 봤자 가볍게 수긍하고 넘어갈 수 있을 리가 없었다.

이서는 표현하지 못했지만 준희가 죽도록 미웠고, 술에 취해 한순간 그녀가 이서로 보였다고 말했던 건하가 원망스러웠다. 잊을 것이다, 지울 것이다, 단념할 것이다 골백번을 되뇌어 놓고도 실은 한 번도 정리할 수 없었던 마음을 이제는 정말로 접을 때가 왔다는 것도 느꼈다.

준희에게 건하의 이야기를 들으며 주체할 수 없을 만큼 욱신거리던 가슴의 통증도 시간이 지날수록 조금씩 옅어질 거라고 애써 자위했다. 두 사람을 볼 때마다, 떠올릴 때마다 바보같이 끝이 난, 아니 스스로 끝을 내려 애쓴 자신의 길었던 사랑이 자꾸만 떠올라서 미련을 떨쳐 내기란 도무지 불가능해 보였다.

분명 그랬는데.

이서는 무언가 달라졌음을 느끼고 있었다. 그녀의 눈빛이 어둡게 깔린 하늘만큼 깊게 변했다.

"널 못 잊겠대. 도저히 잊을 수 없대. 그런데 나 때문에 이제 절대로 너에게 갈 수가 없어져서 내가 죽이고 싶을 만큼 밉고 진절머리가 난대."

준희가 입술을 피가 나도록 강하게 깨물었다. 동공이 파르르 흔들렸다. 자존심이 누구보다 강한 준희가 건하에게 들었던 모욕적인 말을 여과 없이 이서에게 전하고 있다는 것은 그녀가 지금 이성을 제대로 차리지 못한다는 증거와도 같았다.

"도대체 네가 뭔데…… 너 같은 게…… 나는 왜……."

준희가 이를 악물어도 결국 빠져나오는 눈물을 참지 못하고 공원 바닥에 뚝뚝 흘리며 쏟아 냈다. 이서는 그 모습에 다시 할 말을 잃었다. 자신이 착각하고 있었던 사실이 지금 눈앞에 보이는 것 같았다.

준희가 건하를 탐냈던 이유는 자신이 그를 좋아했기 때문이라고 생각했다. 아마 분명 처음은 이서의 생각과 다르지 않았을 것이다.

하지만 벌써 3년이라는 시간이 흘러 있었다. 아무리 이서가 밉고 싫어서 견딜 수 없다 해도 그녀를 괴롭히고 싶다는 이유만으로 3년이란 시간을 마음에도 없는 남자만을 바라본 채 쫓아다니는 일은 할 수 없는 일이었다.

준희는 이미 누구보다 건하를 사랑하고 있었다. 그녀의 흔들리는 눈빛에서, 달달 떨려 오는 몸에서, 질끈 깨문 입술 사이로 흘러나오는 숨에서 전부 그에 대한 마음을 드러내고 있었다.

이서는 준희에게 어떤 말을 해야 할지 갈피가 잡히지 않았다. 스스로의 감정조차 불확실하고 불분명한데 누군가에게 어떤 말을 해 줄 수 있는 처지가 아니었다.

억제할 수 없는 화를 다스리기 위해 애쓰고 있는 준희를 옆에 둔 채, 이서는 지금 듣게 된 사실에 놀랐으면서도 믿기지 않을 만큼 담담한 가슴이 의아했다.

우습게 질질 끌며 남아 있던 미련마저 완전히 사라진 걸까. 이서는 두 사람의 결별이 기쁘지도 슬프지도 않았다. 그저 오늘에서야 더욱 확고하게 받아들여졌다. 그들과 자신은 이제 정말 아무런 관계가 없다는 것을.

끝내 울음을 터트리는 준희의 옆에서, 이서는 차분하고 고요하게 가라앉은 가슴의 원인을 찾고 있었다.

◈

점심시간까지 5분도 채 남지 않은 사무실 안은 조용해질라 치면 누군가가 지갑을 챙기고, 가방에서 무언가를 꺼내며 부스럭거리는 소리에 고요함이 오래가지 못하고 있었다.

벌써부터 점심을 먹으러 갈 준비를 하는 것은 이서도 마찬가지였다. 업무시간에서 벗어나 자유를 얻기를 손꼽아 기다리고 있는 다른 사원들과는 조금 다른 이유에서였다.

점심은 보통 석주와 함께하는 편이었는데 대부분 직원식당에서 해결하는 편이었다. 이서가 그를 일 중독자라고 표현할 수 있는 근거 중 하나가 그는 식사를 해결하는데 경로가 가장 짧은 직원식당을 이용하고 식사가 끝나면 거의 바로 사무실로 돌아가 업무를 이어 나가고는 한다는 점이었다.

워낙 업무 속도가 빠르고 유능하게 일 처리를 해서 남들보다 업무량을 빠르게 해치웠을 것이 분명한데도 그는 거의 쉬는 법이 없었다.

하지만 그렇다고 그 모습이 일에 쫓기는 사람처럼 보이지는 않았다. 아이러니하게도 그렇게 일을 쉼 없이 하는데도 그에게는 몸 어딘가에서 흐르는 특유의 여유로움이 있었다.

'귀찮은 것도 감수하고 그렇게 신경 써 주는데 입 싹 닦고 있으면 쓰니?'

어제 경혜의 말을 떠올렸던 이서는 그에게 오늘 밖에서 식사를 하자는 제안을 하고 싶었다. 경혜의 말처럼 이서가 생각하기에도, 말로는 쉽게 오고 가는 길에 있어서 태워다 준다지만 그것이 결코 쉬운 일이 아니라는 것을 알고 있었다.

또 카풀이 아니더라도 회사에서 매번 도움만 받는 신세라 맛있는 밥 한 끼 정도는 대접하는 게 도리라고 여겨졌다. 물론 그것도 석주가 고개를 끄덕여 주어야 가능한 것이었지만.

이서는 파티션 끝으로 시선을 은밀하게 쭉 빼서 석주를 살폈다. 이제 식사하러 가자는 말을 하며 일어서는 팀장의 목소리에도 들리지 않는다는 얼굴로 집중하고 있는 그의 모습이 보였다.

'부담스럽다고 생각하지는 않으시겠지?'

조금이나마 감사함을 표하고 싶은 건데, 혹시나 이성으로서 접근하려는 거라고 오해를 받을까 살짝 걱정이 되었다. 석주가 그런 착각을 잘 하는 사람일 거라는 뜻이 아니라, 워낙 그런 식의 접근을 빈번하게 받아 왔을 것이 분명했기 때문이다.

원형에게 들어서 석주의 과거를 알고 있는 이서로서는 더욱 조심스러워질 수밖에 없었다. 그를 향한 자신의 순수한 동경 어린 마음을 이성으로서의 접근으로 여긴다면 그가 곧바로 경계 태세를 갖추며 멀어질 것이라는 예감이 들었다.

사원들이 분주하게 준비하고 나가는 동안, 이서는 그제야 일어서려는 석주를 확인하고는 소심한 목소리로 그를 불렀다.

"저, 한 대리님······."

"네."

"오늘····· 밖에서 식사하면 안 될까요?"

말을 하는 동시에 이서의 얼굴이 살짝 붉어졌다. 그녀는 속으로 새된 비명을 질렀다. 이게 도대체 무슨 짓인가. 마치 데이트 신청이라도 하는 것 같은 말투에 거기다가 부끄러운 듯 상기된 표정이라니. 이러면 아무리 자신이 아니라고 우겨도 그의 오해를 피할 수 없을 것이다. 자신은 정말로 떳떳한데 왜 이렇게 수줍은 마음이 드는 건지 이서는 도통 알 수 없었다.

"그러죠."

"……네?"

이상한 눈길로 혹은 차가운 눈빛으로 볼까 걱정했던 것과 달리 석주는 평소와 다른 기색 없이 고개를 끄덕거리고는 자리에서 일어섰다. 고민했던 것이 우스울 만큼 너무 쉬운 대답에 오히려 맥이 빠질 지경이었다.

"갑시다. 송이서 씨."

"네? 네!"

잠시 멍하니 있던 이서가 쪼르르 그의 뒤를 따라붙었다. 내려오는 엘리베이터를 붙잡은 두 사람은 먼저 발 빠르게 간 사람들보다 조금 뒤처진 덕분인지 한산한 느낌의 엘리베이터에 탈 수 있었다.

승강기 안에는 석주와 이서 두 사람 외에도 그들과 같은 상사와 부하직원으로 보이는 두 남자가 있었다. 한 남자는 이서 역시 몇 번 마주친 적 있는 신입사원 동기였다. 그와 말없이 눈인사를 한 이서는 앞쪽을 보고 섰다.

"너무 기죽지 말고."

"네."

"원래 다 실수도 하면서, 그렇게 배우는 거야. 인마. 어깨 펴고. 어?"

왠지 평소보다 풀이 죽어 있다고 느꼈는데 저 말을 들으니 오늘 무슨 일이 있었던 모양이다. 이서는 뒤편에서 자신의 동기를 격려하고 있는 남자의 말을 들으며 흘깃 옆에 있는 석주를 보았다.

'나도 저렇게……'

반말을 들어 보고 싶다.

'인마' 라는 친근한 말투는 꿈도 못 꾸지만 적어도 그가 쓰는 지독히도 정중하고 예의 있는 존댓말은 이제 그만 사용해 주었으면 좋겠다. 그것이 그와 자신의 친밀감을 쌓을 수 없도록 하는 장애물 같다고 여겨졌다.

이서의 간절한 눈빛이 느껴졌는지 그가 고개를 돌려 그녀와 눈을 마주쳤다. 이서는 흠칫 놀라며 그의 시선을 피해 재빠르게 앞을 보았다.

엘리베이터에서 내려 회사를 빠져나온 두 사람은 가까이에 있는 파스타 전문점으로 향했다. 지켜봐 왔던 결과 석주는 의외로 아무거나 다 잘 먹는 편이라서 메뉴를 정하느라 고심할 필요가 없었다.

2층에 위치한 가게로 올라가 문을 열자 문에 달린 방울이 딸랑 소리를 내며 두 사람의 방문을 알렸다. 점심시간답게 테이블은 사람들로 구석구석 채워지는 중이었다.

석주와 함께 안에 들어선 이서는 앉을 자리를 찾기 위해 주위를 두리번거리다가 아는 얼굴을 발견하고는 놀라서 굳어 버렸다.

화장실이 있는 코너에서 나와 테이블로 향하려던 그녀 역시 이곳에 들어선 석주와 이서를 본 듯 시선이 모아졌다. 마주친 사람이 그냥 아는 사람이었다면 이렇게 놀라지는 않았을 거라고 생각하며 이서는 어색하게 미소를 지어 보였다.

"호, 홍 대리님."

하필이면 이럴 때 무슨 켕기는 거라도 있는 것처럼 말까지 더듬어 버리면 정말 어쩌라고. 이서는 제 혀를 저주하며 그녀를 보았다.

"둘이 온 거야?"

홍 대리의 목소리가 벌써부터 뾰족하게 날이 섰다. 두 사람이 함께 점심을 한다는 것은 그녀 역시 알고 있었지만 커플들이나 젊은 여자들이 선호할 만한 가게를 부러 찾아온 듯한 모습이 거슬린다는 표정도 함께였다. 그 사실 자체로도 두 사람이 처음과 다르게 더욱 친근하고 친밀해졌다는 뜻 같았기 때문이다.

석주의 앞이라 겨우 험악한 얼굴을 잠재우기 위해 노력하는 홍 대리를 보며 이서는 최대한 분위기를 부드럽게 만들기 위해 짓고 있는 이 미소가 아무짝에도 쓸모없다는 것을 슬슬 눈치채 가고 있었다.

"……네."

무언가 하고 싶은 말을 참듯 입술을 잘근거리던 홍 대리가 갑자기 노골적인 시선으로 이서의 몸을 훑었다.

"그래. 맛있게 먹어. 참, 근데 이서 씨."

"네?"

"어제랑 옷이 똑같네. 집에 안 들어갔나 봐?"

홍 대리의 직구에 이서가 멍한 얼굴로 입만 뻐끔거렸다.

"가끔 같은 옷 이틀씩 입던데. 전혀 안 그래 보이는데 이서 씨가 은근히 개방적인 스타일인가 봐."

"……"

"그럼 두 사람 다 이따가 사무실에서 봐."

홍 대리가 높은 구두로 도도하게 걸음을 옮겨 원래 앉아 있던 테이블로 사라졌다. 남겨진 이서는 석주가 이끌어 준 후에야 정지 상태처럼 굳어 있던 몸을 옮길 수 있었다. 홍 대리가 앉은 테이블과는 정반대 쪽으로 두 사람은 자리를 잡았다.

다가온 종업원에게 메뉴를 주문한 후에도 이서는 홍 대리가 날리고 간 어퍼컷에 정신을 차리지 못한 상태였다. 아무리 밉다 해도 저렇게 예의 없는 말을 면전에서 대놓고 하는 사람이 정말 있구나. 세상은 넓고 그만큼 별의별 사람이 다 있다는 사실을 이서는 깨닫는 중이었다.

그저 그 옷에 꽂혀서 똑같은 옷을 이틀 입을 수도 있는 거고, 아니면 옷이 별로 없어서 그럴 수도 있는데 그녀는 왜 그렇게 단호하게 외박을 했다 단정을 짓는 걸까.

이서는 물컵에 담긴 물을 마시며 그 안에 든 얼음과 함께 홍 대리를 향한 분노를 씹어 삼켰다.

어제 외박을 한 것은 사실이었다. 하지만 홍 대리가 무례하게 추측했던 개방적이기 때문이라든가 하는 것은 아니었다. 어제는 집을 들리지 않고 곧장 경혜의 병실로 갔고, 오늘 아침 그곳에서 출근했다.

평소에는 퇴근을 하고 경혜의 병실에서 늦게까지 있다가 집으로 가거나, 반대로 집에서 먼저 옷을 갈아입은 후 병원으로 향했다. 똑같은 옷을 이틀 연속 입는 날이 종종 있다고 지적했던 홍 대리의 말대로 그런 날은 집을 들르지 않고 병실에서 바로 출근하는 때였고 그 역시 손에 꼽을 만큼 적었다.

"아, 한 대리님!"

홍 대리의 언행에 홀로 조용히 씩씩거리던 이서가 이제야 자각한 듯 황급히 석주를 불렀다. 그녀의 앞에 자리한 그가 시선을 맞추었다.

"저 그런 여자 아니에요!"

"……."

"믿어 주세요!"

왜 그에게 자신이 개방적인 여자가 아니라는 것을 이렇게 열심히 피력하고 싶은 건지 스스로도 알 수 없었지만 이서는 간절하면서도 진실 가득한 눈을 반짝거리며 그를 보았다.

떠올려 보니 어제 문자에도 병원에서 잔다는 사정을 구구절절 이야기하는 것이 약간 오버스럽게 여겨져서 그저 내일은 집이 아닌 다른 곳에서 출근할 예정이라는 말만 전했던 것도 걸렸다. 따지고 보면 그는 이서가 외박을 했다는 사실을 알 수밖에 없었던 거다.

요즘 세상에 성적으로 개방적인 게 그다지 흠이 아니라는 것은 알지만, 회식 자리에서 누군가 남자친구가 있냐고 물었을 때 이서는 없다고 대답했었고 그것을 아마 석주도 들었을 것이다. 그런데 솔로인 여자가 퇴근한 후 종종 외박을 즐긴다? 다른 사람들에게 꽤 묘하게 들릴 수 있다는 것을 이서는 모르지 않았다.

석주에게 헤픈 여자로 보이고 싶지는 않았다. 아마 그가 완벽할 정도로 단정하고 말끔한 남자이기 때문일 거다. 저토록 무결한 남자의 앞에서는 어떤 여자라도 조금의 흠이 있으면 그게 더욱 크게 보일 것이다.

"네."

그의 대답을 기다리던 이서는 짧은 대답에 잠시 의아해졌다. 그가 어떤 말에 대답을 한 건지 순간 알 수 없었다.

"알겠습니다."

그리고 이어진 간결한 대답을 듣고서야 알아차렸다.

저 그런 여자 아니에요, 믿어 주세요.

네, 알겠습니다.

허무할 만큼 깔끔하고 간단한 대답. 잠시 잊고 있었다. 석주는 자신이 그런 여자든 저런 여자든 하등 신경 쓰지 않는다는 것을. 뭐, 정확히 따지자면 그녀뿐만 아니라 그녀를 포함한 모든 여자들이겠지만.

왜 허전하고 서운한 마음이 드는 건지 이해할 수 없으면서도 이서는 괜히 더 아무렇지 않은 얼굴로 평소처럼 웃었다.

판촉 기획 담당에서 테마에 맞게 기획한 이벤트 내용을 각 영업부서와 마지막 마무리 협의를 거친 후 사무실로 다시 돌아왔을 때는 하늘이 꽤 어둑어둑해진 시각이었다. 사원들이 퇴근하여 아까 낮과는 달리 허전해 보이는 사무실 안으로 들어간 이서는 퇴근한 줄로만 알았던 석주가 자리에 남아 있는 것을 확인했다.

"한 대리……님?"

그를 부르려던 이서의 목소리가 음소거를 누른 것처럼 점차 작아졌다. 책상 앞 의자에 편히 기대어 앉아 있는 석주가 잠에 들어 있다는 것을 알아차렸기 때문이었다.

이서는 어느 때보다 놀란 마음을 품은 채 고양이처럼 살금살금 걸어 그에게 다가갔다.

한석주의 자는 모습을 보게 되다니.

회사 사람들 중에서는 자신이 유일하지 않을까 하는 생각마저 들었다. 점심시간 후에 남들이 다 춘곤증에 괴로워하던 때조차 멀쩡한 얼굴로 조는 모습 한 번 보이지 않는 사람이었다.

아마 다음 날 그의 자는 모습을 보았다고 말하면 놀란 얼굴로 어떤 모습이었냐고 묻는 사원들이 꽤 될 것이다. 우스운 생각이지만 그렇게 생각할 만큼 희귀하고 진귀한 모습임에 틀림없었다.

퇴근했을 거라고 예상했던 석주가 지금까지 남아 있는 것도 의아했지만, 그 역시 피곤함을 느끼는 사람이었구나라는 당연하면서도 생소한 감상이 더 먼저였다.

소리를 죽여 조심스럽게 그의 옆에 다가온 이서는 살짝 무릎을 굽혔다. 그러자 의자에 앉아 깊게 눈을 감은 그와 눈높이가 얼추 맞았다.

일을 하다가 잠시 눈을 붙이려던 생각이었던 건지 석주는 안경을 쓴 상태였다. 그는 항상 안경을 착용하는 것은 아니었다. 팀 단체 회의 등 사람들이 많이 참석해서 부득이하게 스크린과 멀리 떨어져서 앉게 될 경우나 아주 가끔씩 소지하고 다니는 깔끔한 무테안경을 쓰곤 했다.

물론 그냥 안경을 쓴 것일 뿐인데도 왠지 더 시크해 보이는 그 모습은 회사 여직원들의 가슴을 더욱 거칠게 방망이질 치게 만들기 충분했다. 희귀한 것이 더 좋은 것이다라는 인식이 팽배해서인지, 그가 안경을 쓰는 모습을 그다지 자주 볼 수 있는 것이 아니기에 그 모습에 여자들은 더욱 설레어 하며 서로 속닥거리고는 했다.

그러고 보면 석주는 서른이라는 나이가 되어서도 여전히 여자들의 아이돌 같은 존재였다. 십 대 때처럼 도를 지나친 스토커 행위는 이젠 없겠지만. 그나저나 아이돌이라는 말은 이제 좀 안 어울리지 않나?

그의 사연을 들어서인지, 눈에 확 띄는 잘난 외모를 가지고 있음에도 지나친 관심에 힘들었을 그의 숨겨진 모습이 상상되어 진한 안타까움이 번졌다. 그가 이렇게 무디고 딱딱한 성격이 된 것은 어쩔 수 없는 수단이었는지도 모른다.

이서는 그의 잠든 모습은 평소보다 부드러운 얼굴이 되는구나 생각하며 자신도 모르게 그의 얼굴 가까이 손을 가져갔다. 멈칫. 이서의 손이 석주의 볼 근처에서 멈추었다. 그녀는 자신이 무슨 행동을 하려고 했었던 건가 경악하며 그대로 굳어졌다.

'얼굴을…… 만지려던 거야?'

누군가를 추행하려던 변태를 맞닥트렸는데 정신을 차려보니 그 변태가 자신이었을 경우에는 도대체 어떻게 해야 하는 건가. 이서는 너무도 놀란 얼굴로 그대로 멈춰 있다가 이내 재빠르게 고개를 휘저었다.

아니다.

안경을…… 그래, 안경을 벗겨 주고 싶었던 거다. 석주의 높은 콧대 위에 걸쳐진 안경이 어쩐지 불편해 보였던 거다.

이서는 자신의 속에 숨어 있는 누군가에게 절실히 해명하며 이제는 스스로를 속이기 위해 커다랗게 고개를 끄덕이는 중이었다.

이서는 조금 떨리는 손길로 석주의 안경을 살짝 잡고 조심스럽게 빼기 시작했다. 스스로의 행동에 명분을 주기 위해서였지만 안경을 벗기는 것만으로도 이유 모를 긴장감이 그녀의 몸을 덮쳐 왔다. 무슨 대단한 일을 한다고 손에서는 땀까지 나고 있었다.

스르륵.

최대한 마찰이 없고 소리가 없도록. 불편하게 무릎을 굽힌 상태가 꽤 오래 지속되어 종아리가 점점 저려 온다는 것을 느끼며 이서가 그의 안경을 얼굴에서 전부 빼냈을 때였다.

"헉."

쉬던 숨이 정지되며 헉 소리가 절로 나왔다. 바로 앞에 보이던 석주의 감겨 있던 눈이 마법처럼 위로 올라간 탓이었다. 이서는 입을 벌린 상태로 아무 말도 못 하다가 저려 오는 다리의 통증을 이기지 못하고 휘청거렸다.

우지끈.

휘청거리던 몸을 바로잡기 위해 책상을 잡은 것은 다행이었지만, 그 책상을 잡은 손이 빈손이 아닌 석주의 안경을 든 손이었다는 것은 전혀 다행이 아니었다. 무언가 연약한 것이 한순간 톡 부러지는 소리에 이서는 울고 싶어졌다.

"아…… 어떡해."

이서는 다리가 분리되어 둘로 나뉜 그의 안경을 두 손에 덩그러니 올려놓은 채 잘못의 처분을 기다리는 아이처럼 불안한 얼굴을 지우지 못했다.

"대……대리님."

"언제 왔어요?"

"……네?"

죄인 같은 표정을 하고 있는 이서가 보이지 않는 건지, 신경 쓰이지 않는 건지 석주는 이서의 손에 놓인 망가진 안경을 아무렇지 않게 가져간 후 옆에 두었던 가방을 챙기며 일어섰다.

"갑시다."

"네?"

"집에 안 가요?"

"가, 가야죠. 근데…… 혹시 저 기다리신 거예요?"

착각일지도 모르지만 지금 석주의 행동이 그랬다. 마치 일을 아직 마무리하지 못한 이서를 줄곧 기다리던 와중에 잠에 들었던 것처럼 그녀가 사무실로 들어서니 퇴근하기 위해 짐을 챙기는 모습은 누가 봐도 오해할 만했다.

그리고 석주는 이서의 말이 오해가 아니라는 것을 입증하듯 당연하게 대답했다.

"네."

"네? 왜…… 아, 제가 오늘은 같이 갈 수 없다고 미리 말씀을 안 드렸죠? 오늘 일이 좀 늦게 끝날 거 같았는데 죄송합니다."

이서가 고개를 꾸벅 숙이며 사과했다. 석주가 자신의 일정을 대략적으로나마 알고 있을 줄 알고 오늘은 각자 알아서 퇴근하는 거라 짐작하고 있었는데, 그가 그것을 몰랐던 상태로 기다렸다면 자신의 잘못이었다.

"알고 있었어요."

이것도 아니라니.

그럼 정말 늦게 끝나는 것을 알면서도 기다려 준 모양이었다. 이서는 새삼 그에게 감동하다가 번뜩 놀라서 감탄사를 내뱉었다.

"아!"

네모나게 각진 서류 가방 안에 부서진 안경이 든 안경집을 넣으려는 석주를 보며 이서는 다시 절망스러운 얼굴이 되었다.

"죄, 죄송합니다! 안경 쓰고 주무시고 계시는 게 너무 불편해 보여서 살짝 빼 드린다는 게…… 제가 너무 오지랖을 떨었어요."

"괜찮습니다."

"변상…… 아니, 지금 바로 사러 가세요. 네?"

"정말 괜찮아요."

"아니에요! 이건 정말 제가 책임져야 돼요. 아까 낮에도 제가 점심 사려고 했었는데……."

안경에 대한 변상 여부를 논하다가 아까 낮에 있었던 일까지 떠올랐다. 경혜의 말을 듣고, 오늘 석주에게 조금이나마 감사한 마음을 표현하고 싶어 점심을 살 생각이었다. 비록 파스타 가게에 들어서자마자 홍 대리를 만나서 그다지 좋지 못한 풍경이 연출되었지만 그래도 식사를 하면서 우울했던 분위기가 많이 나아질 수 있었다.

먼저 자신이 점심을 사겠다는 말부터 하면 석주가 거절할 것 같아서 일단 밖에서 점심을 먹자는 말만 해 놓았던 상태였다. 식사를 마치고 볼일이 급한 사람처럼 신속하게 카운터로 먼저 향해서 계산을 하려 했지만 결국 실패로 끝났다. 석주가 다른 때보다 더욱 단호하게 굴며 이서의 카드를 밀어 두었기 때문이다.

항상 도움을 받는 것으로도 모자라 식사까지 얻어먹은 처지가 된 이서는 그와 함께 회사로 돌아오며 곰곰이 생각했다. 밖에서 한 첫 식사였는데 선배인 그가 후배인 자신한테 얻어먹는다는 것이 용납이 안 되었을지도 모른다. 그렇게 이해하며 어쩔 수 없이 다음을 기약해야 했다.

그런데 그의 안경을 부러트린 일은 점심을 사는 것과는 다른 얘기였다. 명백히 자신의 실수였고 물어내는 것이 당연한 일이었다. 괜찮다는 말로 끝내려는 석주에게 절대 안 된다고 소리쳐 가며 이서는 끝내 그를 이끌고 회사 근처 안경점으로 향했다.

"정말 죄송해요."

"누가 보면 송이서 씨가 안경다리가 아니라 내 다리라도 부러트린 줄 알겠네요."

단정한 얼굴에 진지한 말투로 하는 말이었다. 다른 사람이었다면 눈치채지 못했을 수도 있었겠지만 이서는 알고 있었다. 저것이 한석주 표 농담이라는 것을. 그것도 민망해하고 미안해하는 자신을 북돋아 주기 위한.

'구두가 망가진 것 같길래, 저기 편의점에서 사왔습니다.'

'…….'

'아, 브랜드가 아니라서 신을 수 없는 겁니까?'

처음 봤던 날에도 저렇게 농담인지 진담인지 구분 가지 않는 말로 알게 모르게 분위기를 풀어 주었었다.

이서는 그 날을 떠올리며 살포시 웃었다. 그는 그때나 지금이나 참 그다웠다. 안경점으로 들어서며 이서가 다시 입을 열었다.

"원래 쓰시는 것보다 더 비……싼 걸로 고르셔도 돼요. 정말로요."

'비싼'이라는 단어를 사용할 때 조금 목소리가 떨렸던 것은 원래 장착되어 있는 짠순이 기질 때문에 그럴 것이다. 이서는 괜스레 더욱 밝게 웃으며 우선 안경테를 골라 보라고 석주를 이끌었다. 그가 원래 쓰는 안경테와 렌즈가 한눈에 봐도 고급스럽고 값비싼 느낌을 주었다는 것은 애써 무시해야 했다.

"정말 비싼 걸로 고르세요. 네?"

이서의 고집에 석주가 짧게 한숨을 쉬고는 대답했다.

"알겠어요."

석주가 유리 너머로 보이는 안경테 몇 가지를 고르자, 안경점 주인이 그것들을 꺼내 주었다. 깔끔한 디자인의 반무테 안경을 집어 들어 쓰는 그를 보던 이서는 시끄럽게 울기 시작하는 휴대폰을 확인했다.

"몇 개 더 써 보고 있을 테니 나가서 받고 오세요."

석주가 이서를 보지 않고 안경테에 시선을 준 채 말했다. 이서는 고개를 끄덕이며 나가려다가 제자리에 멈춰 섰다. 그러고는 지갑에서 재빨리 카드를 꺼내어 안경점 주인에게 건네주었다.

"이걸로 계산하시면 돼요."

"아, 네."

웃으며 대답하는 주인을 뒤로하고 이서가 급히 안경점 밖으로 나왔다. 이제 막 끊기려는 전화를 타이밍 좋게 받을 수 있었다.

발신인은 경혜였다. 연서가 왔으니 오늘은 정말로 병원에 들르지 말고 바로 집으로 가라는 그녀의 신신당부에 이서는 알겠다고 대답할 수밖에 없었다.

웃으며 전화를 끊은 이서는 다시 안경점 안으로 들어갔다. 경혜와의 통화가 살짝 길어져 이미 안경을 넣은 봉투를 받고 있는 석주를 볼 수 있었다. 그에게 다가가자 석주는 아까 주인에게 넘겼던 카드를 그녀에게 주고는 문으로 향했다.

"또 오세요."

주인의 인사를 마지막으로 가게를 빠져나온 두 사람은 석주의 차량이 주차된 곳으로 향했다. 회사 근처 안경점이어서 그리 멀지는 않았다.

"저…… 한 대리님."

"네."

"이 카드로 계산하신 거 맞죠?"

이서가 의아한 듯 그의 쪽으로 카드를 들어 보였다. 계산을 했다면 결제 문자가 자신에게로 왔을 텐데 경혜와의 통화를 마친 이후로 휴대폰은 잠든 것처럼 잠잠했기 때문이었다.

"혹시…… 직접 계산하셨어요?"

이서의 집요한 물음이 곤란한지 석주는 잠시 뜸을 들이다가 결국 그렇다는 대답을 해 왔다. 이서는 땅이 꺼져라 푹 한숨을 쉬었다.

"제가 사야 하는 건데요."

"제가 쓰는 거니 제가 사는 게 맞습니다."

"하지만 제가 망가트렸잖아요."

점심도 사지 못하게 하고, 자신의 잘못으로 부러트린 안경도 사지 못하게 하는 것이 그 나름의 배려일지도 모르지만 이서는 어쩐지 서운한 기분이었다.

아까 낮에서부터 느꼈던 감정이 다시금 그녀의 속을 쓰리게 만들었다. 인간관계에 있어 절대 빚을 지지 않고 선을 그으며 살아왔을 그가 자신에게도 딱 여기까지라고 확실한 선을 제시해 주는 것 같은 느낌을 받아서였다.

그와 친해지고 싶은 그녀로서는 서글퍼질 수밖에 없었다.

"죄송해요. 제가 괜히…… 여러모로 귀찮게 해서."

생각해 보면 여태껏 자신만 친해지려는 의지로 충만했지 그의 마음은 잘 헤아리지 않고 있었다는 것을 깨달았다. 깔끔한 관계를 추구하고 여자기피증이 있는 석주로서는 그런 그녀가 부담스러웠을 수도 있다.

이서는 그의 마음을 이해한다 속으로 중얼거리며 우울해지는 마음을 애써 뒤로했다. 다시 평소처럼 밝게 웃으며 말하는 이서를 석주는 걸음도 멈춘 채 물끄러미 바라보았다.

"한 대리님?"

"그렇게 마음에 걸린다면 내일은 이서 씨가 점심 사는 걸로 하죠."

이서 역시 걸음이 멎었다. 맑고 커다란 눈동자가 아른거리며 석주에게로 오롯이 향해 있었다.

내일 점심을 사라는 말 때문이 아니었다.

'이서 씨⋯⋯.'

방금 분명 송이서 씨가 아니라 이서 씨라고 불렀다. 그게 뭐가 그렇게 대단한 일이냐고 누군가 묻는다면 딱히 거창하게 대답할 말은 마련되어 있지 않았지만 그럼에도 이서는 뜨끈뜨끈하게 달궈지는 마음을 주체할 수 없었다.

항상 송이서 씨라고 풀 네임으로만 부르던 석주였다. 거기다가 딱딱한 존댓말만 쓰니 더욱 멀게 느껴지고는 했었다. 그런데 이렇게 갑자기 친근해 보이는 호칭이라니. 성을 뗀 것만으로도 이서는 감격스러워서 말이 잘 나오지 않았다.

"아⋯⋯."

"괜찮아요?"

말도 제대로 못 하고 가만히 서 있는 이서가 걱정되는 얼굴로 석주가 그녀에게 다가왔다. 그녀의 안색을 살피며 상태를 묻는 그에게 그녀는 작게 대답했다.

"그게⋯⋯ 너무 좋아서요."

이서의 뜬금없게 느껴지는 말에 석주의 눈빛이 살짝 굳어졌다. 이서는 석주가 혹여 오해를 할까 염려되어 급히 말을 이었다. 그

에게는 결코 이성으로서 접근한다는 느낌을 주어서는 안 된다고
생각했다.

"저, 점심 살 생각하니까 너무 좋아서요. 하하."

둘러댄 말이 자신조차 어이가 없게 만들었지만 어쩔 수 없었
다. 성 한 번 떼고 불러 주었다고 기분이 다시 저 위로 올라간 이
서는 해맑게 웃으며 그를 올려다보았다.

그리고 그런 이서의 웃음을 말없이 바라보던 석주는 순간 얼굴
위에 그려진 복잡한 표정을 애써 지워 내며 고개를 돌렸다.

8. 숨은 감정 찾기

✳✳✳✳✳✳✳✳

"엄청 친절하고 다정하고 섬세해."

심드렁한 얼굴을 한 채 리모컨으로 채널을 돌리고 있는 다원과 상반되는 이서는 누군가를 설명하며 꿈이라도 꾸는 듯한 황홀한 표정을 짓고 있었다. 소파 아래 둘이 달라붙어 앉아 텔레비전을 앞에 둔 상태로 떠드는 이서는 두 손을 꼭 모은 채 쌓여 있던 말을 하느라 정신이 없었다.

반면 다원은 이서의 이야기를 들어주며 헛웃음을 지었다가 귀찮다는 듯 고개를 끄덕여 주는 등의 최소한의 추임새만 보이는 중이었다.

두 사람이 모여 앉은 이서의 집 거실에는 텔레비전 소리보다 이서의 목소리가 더욱 커져 갔다.

"원래 한 대리님은 밥 다 먹은 다음에 물 마시는 스타일인데,

나 때문에 항상 중간에 물을 떠 오셔. 그것도 내가 안 미안하도록 자기도 마실 생각이었다는 듯이 꼭 두 잔."

"아."

"홍 대리님한테 까이고 있을 때마다 엄청 자연스럽게 빼내 준다는 얘긴 이미 했나?"

"어."

"그것도 눈치 못 채고 바보같이 나중에 알았다니까. 아, 참! 그리고 내가 안경을 실수로 부러트린 적이 있는데 그때도……."

"그것도 들었어."

다원이 옆에 앉은 이서를 보며 기어이 쯧쯧 혀를 찼다.

"너도 참 대단하다."

"응? 내가 뭐가? 근데 정말 너무 다정하지 않아?"

"그게 그렇게 찬양할 정도로 다정하고 착한 거야?"

석주의 대한 이야기는 이제 질린다는 듯 다원이 갖은 인상을 쓰며 물었다. 이서는 도리어 이해를 못 하는 다원이 의아한 기색이었다.

"자기가 다정하고 착하다는 걸 절대 드러내지 않는다는 게 정말 멋있지 않아? 대단하다고 생각해."

"너 말이야."

"응?"

다원이 눈초리를 가늘게 만들며 이서를 응시했다.

"아줌마나 연서 언니한테도 이런 얘기 했어?"

"이런 얘기?"

"네가 지금 하고 있는 그 한석주라는 남자 찬양 말이야."

"무슨 찬양씩이야. 그냥 좋은 점 칭찬하는 거지."

"그러니까. 아줌마나 언니한테는 안 했잖아?"

이서가 대답하지 않고 우물쭈물거렸다. 경혜와 연서에게 석주의 이야기를 하지 않은 것이 무슨 관련이 있는 건지는 모르겠지만 입꼬리를 쓰윽 올리는 다원의 태도에 무의식적으로 뜨끔했다.

오늘은 경혜의 퇴원 날이었다.

경혜의 짐과 그녀를 간호하면서 병원에 두고 왔던 자신의 짐을 옮기는 것도 일이었는데 고맙게도 알아서 찾아와 준 다원 덕분에 함께 경혜를 데리고 집으로 돌아온 길이었다.

식사를 마치고 경혜는 오랜만에 온 집이 편해서인지 안방에서 금세 잠이 들었고 남은 이서와 다원은 거실에 앉아 느긋하게 대화를 나누던 중이었다. 대부분 말하는 건 이서였고, 대화 주제는 회사 이야기, 그중에서도 한석주에 대한 이야기가 가장 큰 비중을 차지했다.

다원이 얇게 뜬 눈초리로 흘겨도 이상하지 않은 것이, 경혜와 다 같이 셋이 점심을 먹고 그녀가 안방으로 들어가기 전까지만 해도 석주에 대한 말은 일체 하지 않던 이서였다. 그리고 경혜가 자러 방으로 들어가자마자 다원 옆에 쪼르르 앉은 이서는 어서 들어 달라는 눈빛을 빛내며 석주의 이야기를 늘어놓기 시작했다.

"그건 그런데…… 그게 왜?"

"수상하다 이거지."

"뭐, 뭐가 수상해?"

이서가 괜스레 더 퉁명스럽게 대꾸하며 재빨리 텔레비전으로 시선을 돌렸다. 십년지기 친구인 만큼 다원이 이서의 마음을 파악하는 것은 식은 죽 먹기보다 더 쉬운 일이었다. 이서는 저 자신도 파악이 안 되고 잘 가늠이 안 가는 제 속을 다원이 꿰뚫어 보는 것 같은 느낌에 긴장한 얼굴이었다.

"송이서, 너 옛날에 기억나? 너 처음 우리 오빠 보고 반한 후에 오빠가 뭐 조금 해 준 거 가지고 다정하다고 그렇게 난리 쳤던 거."

"……."

"난 우리 오빠 다정하다고 한 사람 처음 봤거든."

건하에 관한 이야기를 꺼낼 거라고는 상상도 못 했던 이서는 다원의 말을 듣다가 점차 미묘한 표정을 짓게 되었다. 바보가 아닌 이상 다원이 하려는 말의 뜻을 모를 수가 없었다.

"말도 안 되는 소리."

"너가 그런 애야."

"박다원, 그건……."

"누굴 좋아하게 되면, 그 사람의 엄청 작은 일도 그 콩깍지 낀 눈으로 확대경이라도 단 것처럼 크게 보는 거."

이서의 눈동자가 미세하게 흔들렸다. 다원이 건하를 거론해서가 아니었다. 자신이 석주에게 마음이 있다는 식으로 몰고 가는 다원에게 따지고 싶었다.

하지만 무작정 아니라고 말해 봤자 아주 쉽게 반박당할 것이 분명했다. 아닌 이유를 대보라고 한다면 어떤 말도 할 수 없다는 것을 스스로 자각하고 있었기 때문이다.

석주를 좋아한다. 하지만 그건 회사 상사이자 선배로서다. 그를 좋아한다는 건 이성 간의 감정이 아닌 누군가를 동경하는 것에 가까웠다. 지금까지 그렇게 생각해 왔다.

그리고 너무도 갑작스럽게 이서의 그런 생각을 비틀어 버린 다원은 작정이라도 한 듯 단호한 눈매를 빛내고 있었다.

"너 우리 오빠랑 서준희 헤어진 것도 알고 있잖아."

"……."

"그런데 전혀 아무렇지도 않아 하고. 내가 봤을 때, 그 일에 대해 신경 쓰기는커녕 이제는 아예 머릿속에도 없는 눈치였어. 너. 안 그래?"

이서의 입술이 다물어진 채 열릴 줄을 몰랐다. 아무것도 부정할 수 없었다. 전부 다원의 말이 맞았다.

경혜가 퇴원하기 전, 갑작스러운 연락과 함께 찾아왔던 준희는 건하와 이별했다는 이야기를 하며 끝내 눈물을 보였다. 그 일이 있고 대략 일주일 정도 흘렀을까. 이서는 그것에 대해 까맣게 잊고 있었던 자신을 깨닫고 누구보다 놀라고 있었다.

말도 안 된다.

아무리 회사생활을 하며 정신없이 사는 중이라지만 두 사람의 일을 머릿속에조차 들이지 않고 싹 잊었다는 게 믿기지 않았다. 건하를 잊기 위해 끊임없이 노력했고, 준희를 향한 복잡한 감정을 애써 무시하면서도 신경을 쓰지 않을 수 없었던 시절들이 짧다고는 말할 수 없는 시간이었다.

이서에게 박건하와 서준희라는 두 사람은 밉고 화가 나는 상대인데도 너무도 아프고 따갑게 가슴속에 자리를 잡은 상처들이라 마음대로 잊는 것이 불가능했다.

그런데 이 며칠 동안, 아니 회사에 입사한 이후 거의 그들을 떠올릴 겨를도 없이 잊고 살았다.

처음엔 분명 바빠서 생각할 틈조차 없었던 게 맞다. 회사에 적응하고 일을 배우느라 누군가를 생각하며 가슴앓이를 할 여유 따위는 그녀에게 없었다. 물론 어느 순간을 기점으로 건하에게 설레고 애틋한 마음보다는 상처 가득한 미련만이 남았다는 것을 알지만 사랑이든 원망이든 이서는 오랫동안 건하를 잊지 못했다는 것을 부정할 수 없었다.

그리고 시간이 흐르고 그나마 조금씩 여유가 생겨난 후에도 이서는 그를 떠올리지 않았다. 앞만 보고 달리느라 정신이 없어서가 아니었다.

솔직히 고백하자면 석주 때문이었다. 처음 석주를 사수로 만나 놀라고 당황스러운 마음에 정신이 없었고, 그의 눈치를 보느라 매일같이 진이 빠지는 경험을 하다가, 그의 숨겨져 있던 따뜻한 마음을 보고 감동하게 되기까지. 정신없는 나날들이었고 그만큼 이서는 석주를 생각하는 시간이 길어졌다.

"그게 뭐?"

"이상하다고 생각 안 해? 너 전에만 해도……."

다원의 말을 이서가 툭 잘라냈다.

"이상할 거 없어. 건하 오빠를 잊었을 뿐이야. 벌써 몇 년째인데, 잊을 때도 됐잖아. 내 쪽에서 그렇게 거절해 놓고 계속 멍청하게 마음 졸이는 것도 우스운 짓이고."

이서의 단호한 목소리가 거실을 조용하게 울렸다. 항상 착하고 순하게 웃던 모습은 사라져 있었다. 다원는 그런 이서를 가만히 응시했다.

"내가 한 대리님을 좋아한다고 생각하는 거 같은데, 착각이야. 정말로 그분한테 연애 감정 같은 거 없어. 그저 닮고 싶고 동경하는 마음이야."

"그래?"

다원은 더 이상 몰아붙이지 않고 고개를 비스듬히 한 채 살짝 웃었다. 이서는 다시금 가슴 언저리가 바늘로 콕 찔러 오는 감각을 느꼈지만 아무렇지 않은 척 무시했다. 그럴 수밖에 없었다.

"응. 정말로 아니야."

혼잣말을 하듯 다시 한 번 중얼거린 이서의 얼굴이 망연했다. 자신이 석주를 남자로 마음에 담았을 리 없다.

안 그래도 여자에게 데여 여자기피증이란 수식어까지 달린 그를 자신마저 선배 이상으로 좋아하게 되면 그는 정말 얼마나 더 여자에게 실망을 느껴야 하는 건가.

이서는 그 생각에 미치자 고개를 휘휘 저었다. 그럴 리가 없다. 절대 아니다. 끝 간 데 모를 부정만 하염없이 하는 머릿속이 너무도 복잡하게 어지러웠다. 그런 쪽으로는 여태껏 전혀 생각도 하지 않았었는데, 다원의 때아닌 의심에 속이 괜히 껄끄러워졌다.

이서는 마음속으로 조용히 다원을 원망하며 머릿속에 가득 채워진 생각을 떨쳐내기 위해 노력했다.

◆

"어라?"

자신의 책상에 널브러진 서류들을 뒤적이던 이서는 고개를 갸웃거렸다. 분명 아까 전 출력해 두었던 기획서를 아무리 찾아도 보이지 않았다. 부산스럽게 손을 움직이며 종이뭉치를 뒤적이던 그녀는 자리에서 일어섰다.

'회의실에 두고 왔나?'

아까 전 마케팅팀 회의를 했는데, 그때 회의실에 깜박하고 서류를 놓고 온 것 같았다. 급한 마음에 회의실까지 성큼성큼 걸어간 이서는 완전히 닫혀 있지 않고 한 뼘 정도 열린 문을 활짝 열 생각이었다.

멈칫.

회의가 끝나고 아무도 없을 줄 알았기에 벌컥 문을 열려 했던 이서의 손이 안에 누군가가 있다는 것을 깨닫고는 조심스러워졌다. 문고리를 잡았던 이서는 문을 열지 못한 채 안에 있는 두 남녀에게 시선이 꽂혔다.

"한 대리님……."

아련하고 애절한 목소리로 석주를 부른 이는 마케팅 1팀의 서영아 대리였다. 청순한 얼굴에 몸매는 글래머러스한, 우리나라 남자들이 말 그대로 환장한다는 요소를 고루 갖춘 인기 여사원이었다. 신입인 이서조차 영아가 얼마나 많은 남자 사원들에게 관심과 대시를 받고 있는지 파악하고 있을 정도였다.

"정말 오랫동안 담아 온 마음이에요. 저."

언제나 자신감 넘치던 영아의 목소리가 지금 이 순간만큼은 가늘고 여리게 떨려 오고 있었다. 하지만 그런 그녀의 사랑고백을 받고 있는 상대는 평상시와 다름없이, 아니 오히려 평소보다 더욱 냉각된 얼굴로 그녀를 응시할 뿐이었다.

"입사하고 줄곧 한 대리님만 바라보고 있었어요. 어떤 남자들이 대시를 해 와도 전 한 대리님밖에……."

"미안합니다."

석주가 영아의 말을 제지하며 단칼에 거절을 표했다. 영아의 얼굴은 어느 정도 그의 반응을 예상한 것 같았지만 거절을 듣는 것에 익숙하지 않아 아무래도 상처로 남을 수밖에 없는 듯했다.

더군다나 몇 년을 짝사랑해 왔던 남자에게 겨우 듣게 된 대답이 조금의 망설임도 없는 미안하다는 말이었으니, 영아로서는 곱게 화장된 뺨 위로 눈물을 뚝뚝 떨구는 것 외에는 할 수 있는 일이 없었다.

"저는…… 정말 안 되는 건가요?"

영아가 쉴 새 없이 흘러내리는 눈물을 손가락으로 훔치며 물었다.

"서 대리한테 동료 이상으로의 감정은 생기지 않을 겁니다. 앞으로도."

예쁘고 가녀린 모습의 여자가 바로 앞에서 보호본능을 자극하며 눈물을 떨구고 있는데도, 저렇게 단호한 얼굴과 목소리로 주저 없이 대답하는 석주의 모습은 어떻게 보면 잔인해 보이기까지 했다.

소리를 죽인 채, 불안이 깃든 눈으로 회의실 안의 두 사람을 가만히 지켜보던 이서는 어느 때보다 차가워진 석주의 표정을 마음속에 각인시켰다. 선 자리에서 그와 좋지 않은 인연으로 만난 이후 회사에서 다시 재회했지만, 저런 얼굴은 본 적 없었다.

석주에게 고백을 하면 안 그래도 차가운 그가 더욱더 냉기를 뿜는다는 소문이 돌아, 대부분의 여사원들이 고백을 포기한다는 이야기를 들었는데 왜 그런 말이 돌았는지 이서는 이제야 알 것 같았다. 여자에게 전혀 관심이 없는 그는 고백을 듣는 순간, 고백을 한 대상에게 날카로운 경계를 시작하는 것으로 보여졌다.

그 이유는 아마도 과거에 겪었던 사건들의 기억이 맞물려서 스스로를 방어하려는 본능일 것이다. 남들이 본다면, 자신을 좋아한다는데 왜 저렇게까지 차갑고 날카롭게 구는지 의아해했을지도 모르지만 지난번 술자리에서 원형에게 석주의 과거에 대해 들은 적 있는 이서는 쉽게 추론할 수 있었다.

그는 자신을 깊게 좋아하는 여자를 신뢰할 수 없다. 하지만 과거의 기억에 갇혀 계속 그런 상태로 있다면 그는 아마 평생이 지나도 그 누구도 사랑할 수 없을 것이다.

이서는 그런 석주가 가여웠다. 모두에게 관심과 사랑을 받으면서도 자신은 누구에게도 마음을 내어 주는 것이 힘들고 어려운 남자였다. 사춘기 시절부터 집요한 관심으로 인해 심한 스트레스를 감당해 왔을 그이니 지금의 상태가 이해가 가면서도 안쓰러웠다.

입안이 씁쓸해지는 것을 느끼며 입술을 질끈 깨물던 이서는 유리로 된 문 앞에 비치는 자신의 얼굴을 보고는 깜짝 놀랐다.

유리창에 비친 여자의 얼굴은 수많은 감정으로 가득했다.

그저 그가 가엾고 안타깝게 여겨지는 동정만 있는 것이 결코 아니었다.

자신의 그런 표정을 처음 본 이서는 당황한 마음에 발을 뒤로 뺐다.

'뭐야, 이 표정…….'

이서는 고개를 휘휘 저었다. 이게 전부 박다원 때문이다.

그녀는 애먼 다원을 욕하며, 급히 몸을 돌렸다. 이제 막 회의실을 나올 것 같은 석주를 마주할 자신이 없었다.

아직은 한산한 도로를 달리고 있는 석주의 차 안은 그의 분위기처럼 조용하고 또 차갑게 느껴질 만큼 깨끗했다. 라디오조차 틀어지지 않은 공간은 삭막하게 느껴지는 고요함으로 가득했다.

협력회사와의 미팅을 마치고 다시 회사로 복귀하는 두 사람은 약속이라도 한 듯 말없이 앞을 보고 있었다. 조수석에 앉은 이서는 정면을 향해 있던 눈을 조심스럽게 옆으로 돌려 운전 중인 석주를 훑었다.

꽤 면역이 되어 있다고 생각했던 그와의 침묵 대화가 오늘따라 불편했다. 지난 주말, 다원의 쓸데없는 추측 때문에 신경이 그쪽으로 쏠린 탓이었다. 더욱이 아까 낮에 영아가 석주에게 고백하는 모습까지 엉겁결에 목격하게 되었다. 그 모습을 본 순간부터 가슴이 체한 것처럼 꽉 막혔다.

이서는 조심히 손을 올려 괜스레 자신의 심장 부근을 꾹 눌렀다. 답답하게 막힌 것 같은 가슴을 누르자 시원해지기는커녕 오히려 더욱 쓰라린 통증이 일었다. 그녀는 다시 손을 내리며 옅은 한숨을 흘렸다.

최근 석주와 함께 출퇴근을 하고 있어서 그와 어색한 분위기는 많이 사그라진 상태였다. 퇴근하는 저녁에만 해도 그 날 있었던 업무 관련 이야기를 자연스럽게 나눌 수 있으니 이서로서는 출근길보다는 퇴근길이 마음 편했다.

오늘만 해도 아침에 일어나자마자 잠도 덜 깬 상태로 허겁지겁 준비하고 나와서 곧바로 석주를 만나는 것이 어쩐지 부끄럽고 창피하게 느껴졌다. 다원의 말 때문에 괜히 더 의식을 하게 되는 것 같았다. 자신은 결코 그를 이성으로 좋아하는 것이 아닌데, 괜히 다원 때문에 이상한 기분이 드는 것이다.

앞으로는 차라리 늦잠을 잔 척을 할까. 스스로 생각해도 어이없는 묘책을 궁리하던 이서는 이내 피식 웃었다.

"어라?"

조수석 쪽 창문을 살짝 열어 놓은 채 그 사이로 솔솔 들어오는 바람을 만끽하던 이서가 무언가를 발견하고 눈을 반짝였다.

"한 대리님, 저기 패션쇼 할 건가 봐요."

협력회사에서 돌아가는 길에, 신호와 함께 멈춰진 차의 창밖으로는 청계천이 보였다. 이서는 손가락으로 한곳을 가리켰다. 관련 스태프들이 한창 커다란 조명과 런웨이를 설치 중인 모습이 눈에 들어왔다.

"저녁에 하려나 봐요. 근데 벌써 사람이 많네요. 누구 연예인이라도 오나 봐요."

"그런가 보네요."

석주는 이서의 시선이 향한 곳을 보며 대답했다.

"재밌겠다."

길게 늘어진 런웨이에 모델들이 걸어 다니는 모습을 상상하던 이서가 작게 웃었다. 바깥의 풍경에서 이서에게로 시선을 돌린 석주는 잠시 말이 없었다. 잠시 뒤 신호가 바뀌어 다시 차를 몰기 시작한 석주가 나직한 목소리로 이서를 불렀다.

"송이서 씨."

"네?"

"오늘 퇴근하고 약속 있어요?"

"……네?"

석주의 질문에 이서가 놀라서 눈을 크게 떴다. 아닌 게 아니라 그의 물음은 그녀를 놀라게 하기 충분한 말이었다. 퇴근하고 약속이 있냐고 묻다니. 이서는 때마침 또 쿵쿵 뛰어 대는 심장 소리에 두 번 놀라며 우물쭈물거리다가 대답했다.

"어, 없어요. 왜 그러세요?"

"같이 보러 가죠."

"네? 어떤 걸……?"

"방금 지나친 패션쇼."

회사에 들어서 직원 주차장으로 차를 몰던 석주가 간단하게 설명했다. 그제야 이서는 그의 뜻을 파악하고는 푸시시 김이 빠진 듯 멍한 얼굴이 되었다. 요란하게 뛰던 심장도 스스로의 설레발이 부끄럽고 창피한지 단숨에 잠잠해져 있었다.

그럴 리가 없다는 것을 알았을 텐데도 석주가 자신에게 데이트 신청이라도 하려던 건가 한순간 착각했던 이서로서는 그가 자신의 속마음을 알아차리지 못했다는 것을 알면서도 얼굴을 들 수가 없었다. 어두운 주차장에 들어와 불그스름하게 달아올랐을 두 뺨이 가려진 게 그나마 다행이었다.

"내키지 않으면……."

"아니요! 갈게요. 가겠습니다."

이서가 대답이 없자 싫은 기색을 보인 거라 생각한 석주가 다시 입을 열었고, 그제야 정신을 차린 이서는 사라지기 직전의 제안을 다급하게 수락했다. 그녀의 뒤늦은 대답에 석주가 알겠다는 듯 조용히 고개를 끄덕였다.

한숨을 돌린 이서는 차에서 내리면서도 부끄러움이 가시지 않았다. 백화점 본사에 근무하고 있고, 패션과 요즘 유행하는 모든 것들에 민감해야 하는 업무를 하고 있는 그들이었다. 팀원들은 퇴근 후에 가끔 일의 연장으로 패션 브랜드에서 진행하는 파티에 참석하는 경우도 종종 있었다.

이서 역시 최신 트렌드를 체크하고, 차후 주경 파티를 기획할 때 참고할 수 있는 점들을 살펴보기 위해 패션쇼나 파티에 직원들과 함께 간 적이 입사한 이후 없지 않았었는데 도대체 왜 그의 말을 사적인 느낌으로 받아들인 것인지 이해할 수 없었다.

아무것도 모른 채 앞서 걷고 있는 석주를 보면서 이서는 창피한 기억을 지우기 위해 애썼다.

"어? 이서 씨!"

자신을 부르는 목소리에 이서가 뒤를 돌았다. 차를 주차하고 석주와 이서가 선 엘리베이터 앞쪽으로 다가오고 있는 경현이 보였다. 오랜만에 보는 동기의 얼굴에 이서는 미소를 지어보이며 반가움을 표했다.

"외근 나갔다 오는 거예요?"

"네. 아, 한 대리님. 안녕하십니까."

"네."

이서에 신경이 쏠려 석주를 뒤늦게 발견한 경현이 그에게 정중하게 인사했다. 석주는 간단하게 고개를 까딱하며 그의 인사에 대꾸했다.

"왜 이렇게 얼굴 보기가 힘들어요?"

"부서가 다르잖아요."

경현의 장난스러운 투덜거림에 이서가 작게 웃으며 대답했다. 엘리베이터에 타서도 경현이 이끄는 친화력 가득한 분위기는 가시지 않았다. 그의 말대로 오랜만에 보는데도 어색함이 전혀 없는 것이 신기할 정도였다.

"우리 신입사원 동기들 한번 뭉칠 때 됐잖아요."

"그렇죠."

"시간 언제 괜찮아요? 각 부서에서 핍박받고 있는 우리 오남매, 얼른 회포 한번 제대로 풀자고요."

경현이 말해 놓고 아차 싶었는지 석주를 보며 헤헤거리며 웃었다. 이서의 사수인 그가 뻔히 있는데도 장난이지만 핍박받고 있다느니 표현한 것이 뒤늦게 머쓱해진 까닭이었다.

석주는 경현과 눈이 마주쳤는데도 사물을 본 것처럼 표정 없이 다시 앞으로 시선을 돌렸다. 소문으로 익히 들어 알고 있는 성격이었지만 딱딱해도 너무 딱딱한 모습에 경현은 속으로 혀를 끌끌 찼다.

"저는 핍박 같은 거 전혀 안 받아요. 한 대리님이 얼마나 많이 도와주시고 가르쳐 주시는데요."

이서는 두 사람의 묘한 신경전을 아는지 모르는지 평소처럼 산뜻하게 웃으며 석주에 대해 칭찬했다. 그러자 나무처럼 변함없던 석주의 표정이 약간 부드럽게 변했다. 반대로 경현은 이서를 날카롭게 감정하는 듯한 눈길로 바라보았다.

"왜 그러세요?"

눈치 없는 이서의 물음에 경현은 앞에 선 석주를 한번 힐끗한 뒤 소리 없이 입모양으로 '내. 려. 서.'라고 말했다. 엘리베이터에서 내린 후 말해 주겠다는 뜻이라는 것은 알아차린 이서는 조용히 고개를 끄덕였다.

머지않아 엘리베이터가 제자리에 멈춰 서고 세 사람은 열린 문사이로 몸을 빠져나왔다. 앞서 걷는 석주의 뒷모습을 보던 이서는 경현에게 물었다.

"무슨 말씀 하려던 거였어요?"

"이서 씨 있잖아요."

"네."

경현은 주위를 살폈다. 앞서 걷던 석주는 마케팅 2팀 사무실이 있는 코너를 돌아서 이미 사라지고 없었다.

"혹시 한 대리님 좋아해요?"

"네에? 제가 한 대리님을요?"

이서가 황당하면서도 격앙된 목소리로 되물었다.

"아니에요?"

"왜 갑자기 그런 말씀을 하세요?"

"이서 씨랑 한 대리님 회식 사건, 회사에 파다하게 소문난 거 알죠?"

"회식 사건이라뇨? 아……."

되물어 놓고 뒤늦게 알아차렸는지 이서가 작게 감탄사를 흘렸다.

"솔직히 난 안 믿겨요. 다른 여자들은 다 좋다고 난리 치는 남자인데, 제일 오래 옆에 있는 이서 씨는 정말 아무 마음 없다고요?"

"……."

"한 대리님한테 정말로 안 반했어요?"

경현의 눈빛이 어느 때보다 날카롭게 빛났다.

이서와는 알게 된 지 오래된 사이도 아니었고, 연수원에서 꽤 친해지긴 했지만 그렇게 서로를 잘 알게 된 것도 아니었다. 처음 만난 순간부터 그녀에게서 엄청난 매력을 느낀 것도 아니었다. 하지만 조금씩 느릿느릿 그녀를 알아 갈수록, 천천히 작은 호감에서 깊어 가는 감정을 느꼈다.

이서는 물처럼 잔잔하면서도 투명한 여자였다. 그런 그녀에게 자신도 모르는 사이 조금씩 젖어 들었고, 경현은 회사에서 가끔씩 만나게 되는 이서를 볼 때마다 자신의 감정을 되새겼다. 그래서 이서가 모든 게 완벽해 보이는 석주와 일을 하게 된 것을 들었을 때는 확실히 불안할 수밖에 없었다.

스스로에 대한 자신감이 없는 것은 아니었지만 주변 사원들에게서 소문으로만 들어도 석주에게 반하지 않은 여자를 찾는 것이 더 힘들 거라는 말에 괜히 초조해지고 조급해지지 않을 수 없었다. 이서에게 따로 자연스럽게 연락을 해 본 적도 있지만 피차 이제 막 입사해서 바쁜 상황을 알기에 적극적으로 만나자고 하기도 뭐했다.

그러는 와중에 이서가 술에 취해 석주에게 취중고백을 했다는 이야기를 듣게 되었다. 그 취중 '고백'이라는 것이 그가 생각하는 의미의 고백이 아니란 설명을 들었음에도 경현은 불안해지는 마음을 참을 수 없었다.

"반했어요."

경현의 물음에 이서가 담담하게 대답했다. 경현은 자신이 한 질문에 이서가 긍정으로 답하자 꽤나 충격을 받은 얼굴이었다.

"반했……어요?"

"네. 인간적으로 정말 반했어요."

"……네?"

"닮고 싶은 상사예요. 술에 취해서 한 대리님 존경한다고 했던 거 솔직히 오글거리고 부끄럽지만 사실이에요."

"아."

이서가 석주에게 처음 마음을 열게 되었던 날을 떠올리며 부드럽게 웃었다. 떨쳐낼 수 없는 무거운 감정들에 허덕이며 홀로 가만히 삭이던 자신을 말없이 위로해 주던 그.

그 날을 계기로 그에 대해 다시 생각하면 할수록 그가 얼마나 좋은 사람인지에 대해 재정립할 수 있었다.

이서는 그 날 그에게 반했고, 지금도 그가 참 좋았다. 하지만 그것은 다원이나 경현이 생각하는 것과는 다른 의미라고 단호하게 부정하고 싶었다.

"아마 한 대리님이 여자였다고 해도 저는 그분한테 반했을 거예요. 연애 감정이 아니거든요. 남자 한석주가 아니라 선배이자 상사 한석주한테 반했어요."

경현은 진심으로 가득한 이서의 얼굴을 잠시 조용히 바라보았다. 부러 거짓말을 지어내어 하는 모습은 확실히 아니었다. 여전히 마음에 걸리는 게 있었지만 경현은 확고한 이서의 눈을 보며 알겠다는 듯 고개를 끄덕였다.

석주는 엘리베이터에서 내려 코너를 돌자마자 그대로 벽에 기대어 있었다. 막힘없이 걷던 걸음은 이서의 입에서 자신의 이야기가 들려온 순간 그 자리에 붙박이처럼 멈춰 버렸다.

두 사람의 대화를 듣고 있었던 석주는 다시 조용히 걸음을 옮겨 사무실로 향했다. 무표정했던 눈빛이 가늠할 수 없게 날카로워져 있었다.

자신의 자리로 성큼성큼 걸어간 그가 들고 있던 서류를 내팽개치듯 책상에 탁 내려놓았다. 신경질적인 행동에 책상에 고개를 숙이고 있던 직원 몇몇이 그를 잠시 힐끗거렸다. 그답지 않은 모습이라 생각되는지 직원들은 그를 보며 고개를 갸웃거렸다.

석주는 스스로 왜 이렇게 짜증스러움이 치솟는지 이해하지 못해 더욱 불편한 마음이 가득했다.

'도대체 왜 이런 기분이 드는 거지?'

그는 이성적으로 차분히 생각하기 위해 잠시 짧게 심호흡을 했다. 하지만 아무리 생각해도 문제 될 일은 없었다.

'닮고 싶은 상사예요.'

협력회사와의 미팅이 잘 마무리되었고,

'아마 한 대리님이 여자였다고 해도 저는 그분한테 반했을 거예요.'

오늘 해야 할 업무 역시 깔끔하게 끝낸 지 오래고,

'남자 한석주가 아니라 선배이자 상사 한석주한테 반했어요.'

컨디션 역시 평소와 다르지 않았다.

별다를 것 없는 하루였고, 일처리 역시 모두 완벽하게 마무리 지었다. 그런데 대체 왜. 도대체 어디서 이렇게 화가 끓어오르는 거지?

석주는 이제 어느 정도 풀이를 알 것 같으면서도 여전히 어리석을 만큼 답을 찾지 못해서 성급하고 분주했다.

순간 그의 동공 안에 이제 막 사무실로 들어오고 있는 이서가 담겼다. 답을 모르는 척하기 위해 애써도 소용없었다. 그녀가 눈에 들어오자 답답하게 죄어 오던 가슴에 파문이 일었다. 깊어진 그의 눈빛은 오롯이 그녀에게 향한 채, 다른 곳으로 벗어나지 못했다.

'송이서.'

그가 이토록 화가 난 이유는 이미 나와 있었다.

아까 낮과 달리 저녁이 된 지금 런웨이 무대 주변 돌계단들에는 발 디딜 틈 없이 사람들로 꽉 차 있었다. 행사 일정을 인터넷으로 살펴보니 유명 가수의 공연도 있을 예정이었다. 아마 그래서 이렇게 더 인파가 몰린 모양이었다.

이서와 석주가 도착했을 때만 해도 이미 사람들이 가득해서 뒷발치에서나 볼 수 있겠거니 했는데, 그 후에도 사람들은 끊이지 않고 왔다. 덕분에 두 사람은 앞뒤로 사람들로 가득해 오도 가도 못하는 중간에 막힌 자리에 서 있게 되었다.

아직 쇼가 시작하지 않아 산만한 주위를 둘러보며 이서는 아까 있었던 일을 떠올렸다. 엘리베이터에서 만났던 경현이 그녀에게 석주를 좋아하는 게 아니냐는 질문을 해 왔던 때를. 다원에게도 들었던 말이라 이서는 깜짝 놀랐으면서도 당황하지 않은 척 최대한 담담하게 굴며 대답했다.

하지만 생각할수록 속이 답답했다. 자신이 그를 좋아한다고 생각하는 사람이 벌써 두 명째였다. 아니라고 대답하면서도 어딘지 스스로 시원스럽지가 않았다. 이서는 요즘 들어 자꾸 불편해지는 마음을 뒤로하며 앞을 보았다.

"수중 패션쇼라니, 재밌네요."

이서가 현수막의 문구를 읽으며 말했다. 수중 패션쇼라는 이름에 맞게 무대는 물이 흐르는 하천 위에 설치되어 있었다. 정확히 표현하자면 수중이 아니라 수상 패션쇼라고 해야 할 것이다.

사람들이 가장 기대한 유명 가수의 초청 공연이 먼저 선을 보였다. 뒤이어 분위기가 달구어진 런웨이를 길고 늘씬한 몸매의 모델들이 줄지어 걷기 시작했다. 크게 틀어진 빠른 비트의 음악과 화려한 조명을 만끽하며 자신감 넘치는 자세를 지으며 아름다움을 뽐내는 모델들에게서 사람들 모두 눈을 떼지 못하며 즐거워했다.

"사람들 반응이 정말 좋네요."

"네. 본점에서도 작년 하반기 이벤트로 패션쇼를 열었었어요."

"아, 네. 효과가 있었나요?"

"프로 모델들이 아닌 일반인들을 참여시키자는 기획이었는데 그때도 반응이 좋았어요. 물론 판매도 늘었죠."

시끄러운 주변에도 선명하게 들리는 석주의 설명에 이서가 고개를 끄덕였다.

"그런데 수중 패션쇼라고 해서 정말로 '수중'을 기대했는데, 그건 무리겠죠? 물속에서 패션쇼를 해도 신기하고 재밌을 것 같은데요. 사람들도 많이 보러올 것 같고요. 모델들은 물론 엄청 고생하겠지만요."

이서는 농담을 하듯 웃었다. 하지만 석주는 곰곰이 생각하는 얼굴을 하더니 이내 입을 열었다.

"재밌겠군요."

"네?"

"송이서 씨가 방금 말한 수중 패션쇼요. 좋은 아이디어입니다."

생각지도 못했던 석주의 칭찬에 이서는 잠시 멍한 표정이었다. 그저 떠올린 것을 말한 것이지 일로 연결시킬 생각은 전혀 하지 않았기에 더욱 놀랄 수밖에 없었다.

"그걸로 기획서 한번 작성해 보세요."

"아……. 네! 근데 기획서는 한 번도 작성해 본 적이 없어서……."

"도와줄게요. 모르는 게 있으면 언제든 물어봐요."

"네. 감사합니다!"

이서가 활짝 웃으며 열심히 고개를 끄덕였다. 석주의 배려가 깃든 말에 이서는 의지를 다졌다. 자신이 직접 이벤트를 기획하고 싶은 꿈은 당연히 있었고, 그 기회가 온 것이다. 아직 서툴겠지만 제대로 된 기획을 만들어 보고 싶다는 열정이 샘솟았다.

티 없이 맑은 이서의 웃음에서 시선을 떨어트리지 못하고 있던 석주의 눈이 복잡하게 뒤엉켰다.

또다. 누군가의 얼굴을 보면서 할 말을 잃을 정도로 아무런 생각이 들지 않게 되는 것은 이서가 처음이었다. 그리고 그녀는 언제부턴가 매번 그가 숨을 죽인 채 시선을 뗄 수 없도록 만들고 있었다.

'언제부터?'

아까도 했던 질문을 다시 던져 보지만 답은 명확하게 떨어지지 않았다.

선 자리에서 처음 만난 후, 도도한 척을 하며 허세를 부리던 여자가 온몸이 다 까져 가면서 오토바이에 부딪힐 뻔했던 아이를 구하는 것을 봤을 때부터? 그 여자를 회사에서 다시 만나게 되었을 때부터? 그를 불편해하고 어려워하는 걸 숨기지 못하며 눈치를 보는 여자를 자신도 모르게 지켜보기 시작했을 때부터? 누군가와 통화를 하며 아무 말도 하지 않고 침묵하던 여자의 깊고 고요했던 눈빛을 알았던 때부터?

도대체 어떤 순간부터인지 그는 도저히 알 수가 없었다.

어느 순간부터 눈에 자꾸 밟혀서 무심한 척하면서도 계속 집요한 시선으로 좇게 되었고, 그렇게 볼수록 궁금해졌고, 심지어 회사에서뿐만 아니라 퇴근하고 집에 가서조차 그녀가 떠올랐다.

선 자리에서 이미 자신을 거절했던 여자라는 것을 자각하고 있으면서도 내내 관심이 갔고, 그녀가 술에 취해 그에게 존경한다는 말을 했던 때도 황당하면서도 왠지 모르게 씁쓸한 마음이 들었다.

이제 그나마 그녀가 자신에게 가지고 있던 경계심이 어느 기점부터 많이 누그러진 것 같아 묘하게 기분이 좋았다가도 오늘 경현에게 확고하게 했던 대답처럼 그에게 연애 감정이 없다는 것을 인식시킬 때마다 모든 것이 짜증스러워졌다.

이 모든 복잡한 감정들과 생각들이 그의 요즘 일상의 대부분을 차지하고 있었다.

송이서에 의해 기분이 좋았다가 저조해지는 것을 반복하는 하루.

단 한 번도 겪어 보지 못한 유치한 감정들의 범람.

그가 깊게 변한 눈으로 바라보는 것이 무안했는지 이서는 마주쳤던 시선을 다시 앞으로 돌린 상태였다. 여기저기 설치된 조명 탓인지 그녀의 단정한 옆모습에서 환한 빛이 아른거리는 것 같았다. 석주는 그 모습을 조용히 바라보았다.

"와, 저 모델 정말 멋져요."

피날레를 장식하는 모델은 누구보다 화려한 모습으로 당당하게 런웨이에 섰다. 눈이 따가울 만큼 여기저기서 산발적으로 터져 나오는 카메라 플래시에도 모델은 결코 눈을 찌푸리지 않았다. 그런 프로페셔널한 모습이 이서로서는 감탄이 새어 나올 수밖에 없었다.

쇼가 사람들의 박수갈채를 받으며 마무리되고, 무대 주위에 모였던 수많은 사람들이 한꺼번에 우르르 자리를 떠나기 시작했다. 평지가 아니라 층층이 쌓아진 돌계단에 오밀조밀하게 모여 있던 터라 나가는 길이 더욱 혼잡하게 느껴졌다.

"어라? 대리님?"

사람들에 치여 석주와 멀어진 이서는 돌계단을 오르려다가 발을 헛디뎠다. 순간 삐끗한 발목이 시큰거렸다. 이서는 속으로 고통의 비명을 질렀다.

하지만 불행은 그것으로 끝나지 않았다. 발을 헛디디며 밑으로 내려온 이서의 발을 위로 오르려던 누군가가 모르고 세게 밟아 버렸기 때문이다. 동시에 안 그래도 삐끗한 발목으로 신음을 삼켰었던 이서는 결국 그것을 입 밖으로 꺼내 터트릴 수밖에 없었다.

"아……!"

"어, 죄송합니다."

우람한 체격의 성인 남성이 굵직한 목소리로 가볍게 사과하고는 떠나갔다. 이서는 점점 통증이 세지는 발을 질질 끌고 조금 늦게 평지 위로 올라섰다. 이서는 아직도 얼얼한 자신의 발을 내려다보았다.

남자는 발을 밟은 것만이 아니라 지르밟은 채로 걸을 때 버릇인 듯 발을 쓱 끌어서 날카로운 통증이 더해졌다. 얇은 단화를 신고 있어서 고통이 더욱 큰 것 같았다. 삐끗한 발목이 더 아픈지, 육중한 무게의 남자에게 내리 밟힌 발등이 더 아픈지 서로 내기라도 하는 듯 화끈거림이 지속되었다.

"어?"

발을 내려다보던 이서가 입을 벌렸다. 남자에게 밟혔던 오른쪽 단화 앞코에 붙어 있던 장식이 그때 함께 뜯어진 건지 어디론가 사라져 보이지 않았다.

망연자실한 표정이 된 이서가 삐끗한 왼쪽 발목을 질질 끌며 주위를 두리번거렸다. 어두운 데다가 아직 사람들이 다 빠져나가지 못한 터라 바닥이 잘 보이지 않았다.

"송이서 씨."

"아, 한 대리님."

"다친 거예요?"

수많은 사람들을 헤치고 어떻게 이서를 찾았는지 그녀에게 다가온 석주가 제대로 걷지 못하고 있는 이서를 확인하고는 인상을 찌푸렸다. 이서는 어색하게 웃으며 머뭇거리다가 이내 고개를 끄덕였다.

"발을 헛디뎌서 발목을 살짝 삐끗한 거 같아요."

"우선 병원으로 가죠."

"아, 저……."

이서의 손목을 잡고 차를 주차한 곳으로 향하려던 석주는 발을 떼지 못하는 그녀를 의아하게 바라보았다. 이서는 오른쪽 신발을 가리켰다.

"장식이…… 떨어져서요."

이서는 그에게 설명하면서도 민망한 기분을 어쩌지 못했다. 하지만 그녀에게는 중요한 것이었다.

"언니가 입사 선물로 준 신발이라…… 그래서……."

연서가 그녀를 위해 정성스럽게 고르고 준비했을 선물이었다. 아직 신은 지 그렇게 오래되지도 않았는데 이렇게 엉망으로 만든

256

것이 미안하면서도 억울했다. 연서가 알았다면 아무렇지 않게 웃으며 똑같은 걸로 사 주겠다고 했겠지만 이서는 그러고 싶지 않았다. 때문에 석주가 이상하게 생각할지도 모른다는 것을 알면서도 한 말이었다.

하지만 그는 어이없어할 줄 알았던 그녀의 예상과는 다르게 조금도 주저하지 않고 그녀의 뜻을 수긍하며 받아들였다.

"그럼 여기 앉아서 기다리고 있어요. 내가 찾아볼 테니까."

"네? 아니에요! 제가……."

"괜찮으니까 내 말 들어요."

다른 사람이었다면 별거 아닌 것에 집착을 한다며 흉을 보았을 것이다. 이서가 스스로 생각하기에도 그렇게 여겨졌다. 그런데 그는 그렇게 특별할 것도 없는 단화 한쪽의 장식을 찾는 것이 당연하다는 듯 걸음을 옮기며 사람이 빠져나간 자리를 구석구석 살펴보기 시작했다.

이서가 서 있던 주변과 그녀가 걸음을 옮기던 길을 샅샅이 확인하는 그를 보며, 그녀는 망연히 서 있었다.

어째서.

이렇게 자잘한 일에는 전혀 신경도 쓰지 않고 관심도 없을 것 같은 성격인데, 그는 도대체 왜 저렇게까지 열심인 걸까.

이서는 세심한 눈빛으로 어둠이 짙게 깔려 눈에 잘 보이지도 않을 까맣게 물든 바닥을 열심히 살피는 그를 보며 묘한 기분을 느꼈다.

얼마 기다리지 않아 그가 반듯한 허리를 굽혀 무언가를 주웠다. 그리고 손에 쥔 그것을 탈탈 털면서 이서에게로 다가왔다.

"이거 맞아요?"

"아…… 네!"

이서가 입을 벌린 채 바보처럼 고개를 주억거렸다. 그러자 석주가 평소와 달리 급하게 굴며 그녀를 이끌었다.

"그럼 병원 가요. 이제."

"아, 저 근데 괜찮아요. 정말 살짝 삐끗한 거라 하룻밤 자면 금방 괜찮아질 것 같아요. 그러니까……."

"안 돼요."

이서가 손사래를 치며 거절하려 했지만 석주의 단호함을 이길 수는 없었다. 그는 절대 봐주지 않겠다는 눈빛으로 그녀를 보고 있었다. 잠시 당황해서 말을 잇지 못한 이서가 이내 알겠다는 듯 웃었다.

"정말 민폐 중에 민폐네요. 저는."

석주를 또 귀찮게 한다고 생각하자 얼굴을 들 수가 없어 이서가 가벼운 어조지만 씁쓸하게 중얼거렸다. 석주는 그런 그녀가 마음에 들지 않는 얼굴이었다.

"민폐 아니에요."

"네?"

"걸을 수 있겠어요?"

"아, 물론…… 어라?"

씩씩하게 대답하며 앞을 향해 걸으려던 이서가 쓰라린 통증에 멈춰 서며 식은땀을 흘렸다. 살짝 삐끗한 거라고 믿어 의심치 않

있는데 발을 내딛는 순간 이는 고통은 살짝이 아니라고 알려 주고 있었다.

당황한 이서 앞에 석주가 다리를 굽혔다.

"업혀요."

"네, 네?"

이서의 눈이 어느 때보다 동그랗게 크기를 키웠다. 그녀는 뒤를 돌아 있는 그가 볼 수도 없는데도 손을 크게 내저었다. 당치도 않은 일이었다.

"아니에요! 한 대리님! 제가 어떻게……."

"괜찮으니까 업혀요. 차 있는 데까지 잠깐이니까."

"제가 갈 수 있어요! 저 무거워요."

"얼른."

또 거절할 수 없는 톤의 음성이다. 심지어 '얼른'이라는 어떻게 들으면 반말 같이 들려오는 말투에 이서는 가슴이 두근거렸다. 그와 친근한 선후배 사이가 되고 싶어 그가 반말을 해 주기를 바란다고 생각했는데 아무래도 말을 놓지 않는 게 그녀에게 좋을 것 같았다.

지금도 이렇게 무섭게 심장이 뛰는데, 그가 정말로 친근하게 반말을 하면 그녀의 심장은 남아나지 않을지도 모른다.

그의 재촉에 이서가 머뭇거리는 몸짓으로 그의 등에 몸을 기대었다. 그가 그녀를 업은 채 아무런 무리 없이 번쩍 일어섰다. 자신의 무게를 감당하며 업고 있는 것은 그인데, 오히려 그녀의 얼굴이 힘든 일이라도 하는 사람처럼 붉게 달아오르고 있었다.

"무, 무거우시죠?"

"아니요."

석주의 대답은 간결했지만 이서의 마음을 조금 편하게 해 주었다. 듣기 좋은 저음의 그의 목소리는 모든 사람들로 하여금 신뢰를 가질 수밖에 없게 만드는 힘이 있기 때문이었다.

"아!"

그가 앞으로 한 발 내딛는 순간, 이서가 작게 비명을 질렀다.

"많이 아파요?"

석주는 당연히 이서가 다친 발 때문에 소리를 지른 거라고 생각한 모양이었다. 하지만 이서는 그에게 업히고 나서야 떠오른 생각에 조마조마한 얼굴이 되었다. 석주가 여자와 몸이 닿으면 질색을 한다는 원형의 말을 이제야 떠올린 스스로가 참 한심스러웠다.

'괜찮으신 건가?'

이서가 그에게 업힌 상태로 살며시 그의 옆모습을 살폈다. 전혀 아무렇지 않게 자신을 업고 걸음을 옮기고 있는 석주를 보자 원형의 말이 거짓말처럼 느껴질 정도였다. 하지만 석주의 오랜 친구인 원형이 쓸데없이 그런 거짓말을 했을 리는 없을 것 같았다.

그래도 예전보다는 많이 나아졌다고 하던데 어쩌면 이제 여자를 만지는 것이 가능해진 것일지도 모른다. 이서는 의아함이 깃든 눈으로 그를 바라보다가 다시 그와 몸이 닿고 있다는 사실에 신경이 쏠렸다.

살에 닿은 그의 등이 따뜻했다. 이서는 지난번 지하철에서 치한을 막아 주느라 어쩔 수 없이 가까이 붙어 있었던 이후로 이렇게 그와 바싹 몸을 맞대는 적은 처음이라 더욱 떨렸다.

당황했던 마음이 그가 천천히 땅을 밟으며 걸을 때마다 조금씩 사그라졌다. 떨리면서도 편안한 이중적인 마음이 참 희한했다. 사춘기 소녀로 돌아간 것처럼 이랬다저랬다 롤러코스터를 타는 기분이 우스워 이서는 자신도 모르게 풋 웃음을 터트렸다.

그녀의 조그마한 웃음이 그의 목과 귀 뒷부분에 부드럽게 닿았다. 동시에 안정적으로 걷던 그의 걸음이 알게 모르게 살짝 느려졌다.

이서는 설레는 기분에 굳어서 어쩔 줄 몰라 불편하게 있던 몸을 이제 편하게 그의 등에 기대었다. 이서의 몸이 그의 등에 접착제처럼 착 달라붙었다. 그녀의 행동에 그의 몸이 미세하게 굳어졌다.

석주의 뇌신경이 등에 가득 쏠렸다. 옷에 가려진 그녀의 가슴이 부드럽게 그에게 맞닿으며 매사에 이성적인 그를 혼란스럽게 만들고 있었다.

"너무……."

석주가 무슨 말을 하려다가 이내 입을 다물었다.

"네?"

이서가 의아한 듯 고개를 기울였다.

"너무 무거우세요? 역시 저 그냥 내릴……."

"아닙니다. 그런 거."

"괜찮으니까 내려 주세요. 네?"

아니라는 석주의 말에도 이미 무거워서 그가 힘들어한다고 확신한 이서는 민망한 마음에 재촉했다.

"내려 주세요."

"그게 아닙니다."

"하지만……."

"그게 아니라."

이서는 내려달라고 거의 사정을 하고 있었다. 하지만 석주는 이서를 결코 내려주지 않은 채 평소와 다르게 굼뜨게 말을 이어 나갔다.

"……아무것도 아닙니다."

그는 아무것도 아니라고 말했지만 그녀가 생각하기에는 아무것도 아닌 게 아닌 목소리였다. 무거운 게 아니면 뭘까. 그가 왠지 당황한 기색을 보이는 것 같아 이서는 이유가 무엇인지 궁금했다.

석주는 그녀에게 느릿하게 대답한 후 덥혀진 한숨을 흘려보냈다. 시끌벅적하게 떠들며 앞서 나가고 있는 사람들의 행렬을 보던 이서는 다시 그에게로 시선을 돌렸다. 밤이 되어 어두워진 탓에 확신할 수는 없었지만 그의 귀가 어쩐지 조금 붉어진 것 같았다.

이서는 차로 향하는 내내 의아함을 풀지 못했다.

9. 무슨 사이

****

편한 구두에 발을 집어넣던 이서는 움직일 때마다 쓰라림이 밀려와 미간을 찌푸릴 수밖에 없었다. 입사한 이후 가장 자주 신고 많이 신어 온 연서가 선물해 주었던 단화는 신발장 가장 위 칸에 고이 모셔져 있었다.

떨어져 나갔었던 꽃 모양의 장식도 다시 예쁘게 붙여져 있건만 이서는 슬쩍 애매한 눈길만 줄 뿐 그것에 손을 대지는 않았다.

이유는 따로 있었다. 저 단화를 신으면 어젯밤 석주 때문에 한참을 두근거리고 긴장했던 마음이 도로 삐져나올 것 같은 두려움에서였다.

이서는 고개를 작게 저으며 확실히 어제와 달리 표 나게 부어 있는 발목을 한번 앞뒤로 움직여 보았다.

"윽."

신음이 절로 나올 만큼 아팠다.

석주의 완고한 주장에 그와 함께 병원에 다녀오긴 했지만 발목
이 다 나으려면 며칠 더 기다려야 한다고 했다. 통증 때문에라도
당분간은 무리하게 걷거나 뛰지 말라 했던 의사의 말을 따르고
싶지 않아도 따를 수밖에 없는 상황이었다.

"다녀오겠습니다."

"그래. 조심히 다녀와. 다리 더 안 다치게 꼭 조심해서 신경 쓰
고."

"응. 이따 전화할게."

이서가 현관을 나서며 경혜에게 언제나처럼 밝게 인사했다. 걱
정스러운 경혜를 최대한 안심시키기 위해 애쓴 이서는 곧바로 엘
리베이터에 탑승했다. 마침 기다렸던 것처럼 휴대폰이 울며 전화
가 오고 있음을 알렸다.

"네, 한 대리님."

— 도착했어요. 지금 집 앞이에요.

"아, 네! 저 엘리베이터예요. 곧 내려가요."

이서가 황급히 대답했다. 그녀의 대답이 무언가 마음에 차지
않는 건지 그는 잠시 텀을 두다가 곧 알겠다고 말했다. 이서는 문
이 열리는 엘리베이터에서 빠져나오며 고개를 갸웃거렸다.

석주는 보통 아침에 그녀의 집에 도착하면 따로 연락을 하지
않고 그녀가 나올 때까지 기다렸다. 그런데 오늘은 만나는 시간에
맞추어 전화를 한 것이 조금 의아했다.

"한 대리님."

차를 댄 채, 운전석에서 내려 서 있는 석주를 발견한 이서가 한 껏 반가운 얼굴을 드러냈다. 어제 자신 혼자만이 느꼈던 감정일지 라도 강하게 두근거렸던 마음이 아직 몸 어딘가에 남아 있었지만 그렇다고 그를 어색하게 대할 수는 없었다.

"내가 데리러 간다고 했잖아요."

"……네? 데리러 오셨잖아요."

이서가 영문을 알 수 없어 되물었다. 석주의 말이 무슨 말인지 이해가 잘 가지 않았다. 그는 짧게 한숨을 쉬었다.

"어제 병원에서 당분간은 최대한 걷지 말고, 걸을 때 부담이 없어야 한다고 했던 거 기억나요?"

"네."

"집 앞까지 데리러 갈 생각이었어요."

"아…… 네?"

그의 말에 이서가 놀란 듯 움찔했다. 그의 말을 들으니 방금 전 이상하게 느꼈던 것들이 이제야 이해가 갔다. 그는 자신을 현관 앞까지 와서 직접 부축해 줄 생각이어서 그녀가 엘리베이터를 탔 다는 말에 마음에 들지 않는다는 듯 갑자기 침묵했던 것이다.

'혼자 걷는 게 조금 불편하긴 해도 그렇게까지 할 필요는 없는 데.'

속으로 하는 생각이 말로 터져 나오지는 않았다. 그의 다정함 에 먼저 가슴이 훗훗해졌기 때문이다.

"그렇게까지 해 주실 필요는 없어요. 이렇게 태워 주시는 것만 으로도 너무 감사하고 죄송한데요."

"내가 그러고 싶어요."

석주는 단호하게 대답하며 이서에게 다가왔다. 그가 그녀에게로 팔을 내밀었다. 그녀는 다시금 가슴이 세차게 두근거리며 말라버리려는 입술을 축였다.

이렇게 그를 보는 것만으로 청심환이라도 먹어야 할 만큼 긴장하다가는 나중에 가서는 그와 업무를 함께할 수 없을 지경에 이를지도 모르는 일이었다. 그런 일만큼은 있어선 안 된다고 우습지만 진지하게 속으로 중얼거리며 이서는 미세하게 떨려오는 손으로 그의 팔을 잡았다.

석주가 이서를 자연스럽고도 부드럽게 부축했다. 주차되어 있는 차와 그리 먼 거리도 아니건만 석주는 정말로 그녀가 혼자 걸으면 큰일이라도 나는 사람처럼 진지해 보였다.

이서는 처음 그를 봤던 때만 해도 상상할 수 없었던 상냥함에 도저히 마음에 평온을 찾을 수가 없었다.

석주는 그녀를 도와주고 싶어 했지만, 본의 아니게 그녀를 괴롭히는 중이었다.

"아직도 많이 아파요?"

"아니요. 조금 부은 거 빼고는 이제 많이 괜찮아졌어요. 아프지도 않고요."

차에 타서도 석주는 신경이 쓰이는 듯 이서의 발목 상태를 물어 왔고, 이서는 시큰거리는 통증을 느끼면서도 아무렇지 않은 척 환하게 웃었다.

"송이서 씨."

"네?"

"거짓말할 때 버릇 있는 거 알아요?"

"제, 제가요?"

이서는 경악에 가까운 얼굴로 그를 보았다. 석주는 담담한 눈길로 그녀를 훑고는 차를 출발시켰다.

"어떤 버릇인데요?"

간절한 물음에도 야속하게 대답이 없다. 이서는 가방에서 손거울을 꺼내어 자신의 얼굴을 확인했다. 거짓말을 하면서 자신도 모르게 눈을 깜빡인다거나, 코를 찡긋거린다거나 하는 버릇이 있었나. 감이 안 잡혔다.

"뭔지 말씀해 주시면 안 돼요?"

"그건 모르겠고 송이서 씨가 방금 거짓말한 건 맞나 보네요. 그렇게 당황하는 거 보니까."

"……네?"

이서가 어벙한 얼굴로 되물었다. 잠시간의 시간이 흐르고 천천히 곱씹어 보자 석주가 자신에게 거짓말을 했다는 것을 파악할 수 있었다. 이서는 스스로의 단순함에 고개를 휘저으며 머리카락을 흐트러트렸다.

"너무하세요."

이서가 장난스럽게 그를 흘기며 애교스럽게 입술을 삐죽였다. 석주가 작게나마 피식 웃는 것이 느껴졌다.

오랜만에 그의 보기 드문 귀한 웃음을 접하자 이서는 놀림당했다는 것도 잊고 새삼 기분이 좋아졌다. 어느새 그와 이렇게 친근한 장난을 칠 수 있을 정도로 편한 사이가 된 것 같아 벅찬 마음이었다. 물론 자신만의 생각일지도 모르지만.

"이서 씨."

"네."

송이서 씨가 아니라 이서 씨. 이서는 그 엄청난 차이를 홀로 가슴 깊이 담은 채 조심스럽게 대답했다.

"이번 주말에 시간 있어요?"

"네? 아…… 네, 있어요! 주말에 혹시 무슨 파티가 있나요?"

어제 혼자 무안하게 설레발을 쳤던 기억을 애써 지우며 이서가 기대감을 발끝으로 가라앉혔다. 떡 줄 사람은 생각도 안 하는데 김칫국부터 마시는 꼴은 한 번으로 충분했다. 아니지, 지금 그 말은 떡 받을 생각을 했다는 거야? 그런 말도 안 되는…….

"같이 영화 보러 가죠."

"……네?"

이서의 눈이 휘둥그레졌다. 석주가 방금 그녀에게 떡을 내밀었다. 아마 석주의 말을 잘못 들은 모양이다. 그게 아니면 저 데이트 신청으로 느껴지는 말에는 분명 다른 숨은 뜻이 있을 거다.

"업무 관련 영화인가 봐요! 하하, 저는 주말 아무 때나……."

"업무 관련 영화 아닙니다."

석주가 안정감 있게 운전을 하며, 단호하게 그녀의 말을 부정했다.

"송이서 씨가 저번에 보고 싶다고 했던 영화가 이번 주에 개봉했더군요."

"아…… 그럼……."

그 말인즉, 한석주가 지금 송이서에게 같이 영화를 보러 가자고 데이트 신청을 하고 있다는 거다. 그리고 그 의미는 평범하게 해석해 보자면 그가 그녀에게 관심이 있다는 것을 뜻했다. 이서의 두 뺨이 발갛게 붉혀졌다.

그게 말이 되는 일인가? 아니, 그보다 고작 영화 한 편 보러 가자는 것인데 너무 과민반응을 하는 것일까?

물론 한 회사, 한 부서에서 함께 근무하는, 그것도 일을 가르치는 사수가 후배에게 아무 뜻 없이 주말에 영화를 보자고 제의할 수도 있다.

하지만 상대는 저 한석주다. 그가 원형을 제외한 회사 동료에게 사적으로 말을 걸거나 어울리는 것은 본 적도 없고, 아마 그녀가 입사하기 전에도 없었을 것이다. 이서는 보지 않아도 확신할 수 있었다.

이서는 얼떨떨한 얼굴을 숨기지 못한 상태로 옆에 앉은 석주를 보았다가 다시 앞을 보았다가 시선을 가만히 두지 못했다. 어제 이후로 겨우 진정시켰던 가슴이 석주의 몇 마디에 참 쉽게도 다시 요란하게 뛰어 대고 있었다.

◈

주말 오후. 영화를 본다. 한석주와.

이서의 얼굴이 여전히 구름 위를 걷듯 몽롱했다. 하지만 아직도 실감이 안 나는 것치고는 차림새는 어느 때보다 신경을 쓴 티가 여실히 났다. 오후에 만나기로 약속했음에도 불구하고 아침부터 일어나 정결하게 씻고 정성스럽게 세팅한 옷과 화장을 마친 후 집을 나선 것은 여자의 본능과도 다름없었다.

마치 정말 데이트를 하는 것처럼 이서의 집 앞까지 차를 끌고 데리러 온 석주와 함께 영화관으로 온 이서는 표를 예매하고 팝콘과 콜라를 사는 등 영화를 보러 왔을 때 하는 가장 평범한 행위를 하면서도 신기한 기분을 지울 수 없었다.

"한 대리님은 멜로 영화 좋아하세요?"

두 사람이 기다리고 있는 영화는 다들 눈물을 펑펑 쏟으며 나온다는 최루성 멜로 드라마였다. 이서는 영화를 보면서 우는 것을 좋아하는 편이라 멜로나 휴먼 드라마 장르를 즐겼지만 아무리 보아도 석주는 그녀와 같은 취향일 것 같지 않았다.

"안 좋아합니다."

"아……."

"그렇다고 싫어하지도 않아요."

저 말이 자신 때문에 이 영화를 보는 것이라고 들린다면 정상이 아닌 걸까. 이서는 멋대로 해석되는 그의 말뜻이 머리를 맴맴거려 괴로울 지경이었다.

"하하, 오혜라가 이번 영화에서 되게 청순하게 나온다고 하더라고요. 사실 이미지는 청순하고 착한데 작품은 기세고 악녀 같은 역할에 많이 도전했잖아요. 그래서 오히려 이런 역할이 기대돼요. 저 완전 팬이거든요. 우리 백화점 모델이기도 하잖아요."

애써 머릿속을 갈무리하며 이서가 말을 돌렸다. 머지않아 전광판에 입장하라는 글자가 뜨고 두 사람은 천천히 걸음을 옮겨 상영관으로 들어갔다. 이서는 석주와 나란히 걸으며 그를 힐끗거렸다.

석주는 요상한 데이트 아닌 데이트를 하는 오늘도 별다른 점이 없었다. 회사에서 보던 것과 다른 점을 딱히 찾을 수 없었다.

깔끔한 정장이 아닌 편안한 사복을 입은 모습 역시 주위 사람들의 시선을 끌어당길 만큼 유별나게 멋졌지만 그녀에게 건네는 말투나 행동이 딱히 더 부드러워졌다거나 다정해진 것은 아니었다.

그럼에도 이서는 그가 자신에게 영화를 보러 가자 제안한 사실 자체가 여전히 충격적이어서 그런 것에서는 그다지 신경 쓰지 않았다. 더 따지고 들자면 그가 겉으로도 다정해지고 상냥해진다면 오히려 조금 주춤하게 될 것 같았다.

이서는 겉으로는 고집스러울 만큼 차갑고 냉정한 모습을 유지하면서도 속으로 챙길 것을 다 챙기고 정을 주는 그의 본래 모습이 좋았다.

'좋다고……?'

"아……."

"이서 씨?"

"……."

"괜찮아요?"

상영관 좌석을 찾아 앉은 후 무언가 깨달음을 얻은 사람처럼 멍하니 입을 벌려 감탄사를 흘린 이서를 석주는 걱정스러운 기색을 담은 눈빛으로 바라보고 있었다. 이서는 조금 뒤늦게 그에게 괜찮다는 대답을 돌려주었다.

"아무것도 아니에요."

"그래요?"

"네. 아, 영화 시작하네요."

광고가 끝난 화면을 눈짓으로 가리키며 이서가 소곤거렸다. 함께 영화를 관람할 사람들에게 방해가 되지 않도록 그의 귓가에 살며시 속삭이는 것은 그녀로서 어쩔 수 없는 상황이었지만 그녀도 그도 그 가까워진 거리에 몸이 굳어질 수밖에 없었다.

이렇게 얼굴과 몸이 서로에게 가까워지는 것은 처음도 아니었지만 매번 두 사람을 곤경에 빠트렸다.

먼저 정신을 차린 이서가 바로 앞에 보이는 석주의 얼굴을 넋을 잃고 응시하던 행동을 그만두고 어색하게 웃으며 거리를 떨어 트렸다. 그러고는 곧장 하얗게 밝아지고 있는 스크린으로 시선을 올곧이 했다.

석주는 그런 이서를 잠시간 바라보다가 이내 시선을 그녀와 같은 방향으로 돌렸다.

석주와 영화를 보고, 영화관 근처에 위치한 근사한 레스토랑에서 저녁 식사를 했다. 그 후에는 다시 자리를 옮겨 아담한 카페에서 차를 마시며 대화를 나누었다. 그러는 동안 이서는 곰곰이 생각했다.

이건 어떤 누가 보아도 데이트임에 분명하다고.

어릴 적부터 남자에 관심이 없었다 해도 모를 수 없는 사실이었다. 아니, 사실 정확히 말하자면 학창시절을 거쳐 오면서 남자에게 전혀 관심이 없었다고는 말할 수 없을 것이다. 그러기에는 박건하라는 남자를 꽤 오랜 시간 동안 짝사랑하며 가슴앓이를 해 왔던 전적이 있기 때문이다. 그를 향한 마음을 가두고 없애기 위해 노력해 온 시간들이 하염없이 길어서 다른 남자를 눈에 담을 새가 없었다고 하는 편이 옳았다.

이런저런 사연이 있다 해도 결국 이서는 대학을 졸업할 때까지 건하 외에 다른 남자들과 친밀한 사이로 발전하지 못했고 스스로 그럴 생각조차 하지 않았다. 어떤 누구에게도 관심이 없었고 또 누구도 만날 여유가 없었다. 남자보단 취업이 우선이었고, 하루라도 빨리 취직을 해서 연서의 시댁에서 짐 덩어리 취급을 받는 자신의 가족을 스스로 부양하고 싶은 마음이 컸다.

이제 막 초년생으로 발을 디딘 지금조차 그 꿈이 턱없는 소리라는 것을 알고 있다. 한 달에만 해도 엄청난 병원비와 약값을 들이며 치료를 진행해야 하는 병을 이고 있는 경혜를 지금의 자신으로서는 감당할 수 없는 것이 현실이었다.

그런 현실 아래 있었다. 송이서는.

자신의 처지를 생각할 때마다 누군가를 만난다거나 남자에 대한 설렘이나 호감을 느끼는 것은 사치라고 여겨질 수밖에 없었다. 이성에게 마음을 주지 않고 문을 꼭 걸어 잠그고 살아가는 것은 지금까지 이서에게 그리 어려운 일은 아니었다.

분명 지금까지는.

"영화 재밌었어요. 오늘."

석주는 카풀을 하며 여러 번 오갔던 길을 익숙하게 운전해 이서의 아파트 앞에 차를 세웠다. 왠지 모를 어색해진 분위기를 무너트리기 위해 이서가 조심스럽게 입을 열었다.

"저녁도 맛있었고요."

"다행이네요."

이서의 말에 석주가 희미하게 웃었다.

이서는 그 모습에 겨우 이끌어 가던 말마저 할 수 없는 상황에 도달했다. 자신의 두 눈을 정확히 마주친 채로 웃는 그의 모습이 정말로 위험하다 여겨졌다. 이서는 그의 미소 한 번에 가슴이 터질 것처럼 뛰며 얼굴이 발갛게 달아오르는 자신의 변화가 여전히 어색하고 의문스러웠다.

"무슨 데이트라도 하는 것 같았어요. 하하. 정말 이곳에 취직해서 한 대리님 같은 분을 사수로 두게 된 게 저한텐 큰 행운이에요. 어리버리하게 잘 적응도 못 하고 일도 제대로 못 하는 저를 북돋아 주시려고 이렇게 신경 써 주시고……."

너무나도 좁게만 느껴지는 차 안에서 잠시간의 침묵을 이기지 못하고 아무 말이나 지껄여대는 스스로가 원망스러웠지만 그렇다고 이미 터져 버린 입은 멈추지 않았다. 이서는 차마 그와 눈을 마주치기 힘들었다.

마음을 잠그는 것이 어렵지 않은 일이었는데, 아무래도 방심했던 모양이다. 다원과 경현에게 아니라고 그렇게 부정했지만 무서

우면서도 따뜻한 선배로 다가온 그에게 언젠지도 모를 순간부터 마음을 활짝 열어 놓고 있었다. 상사가 아닌 남자인 그에게 설레면서.

"송이서 씨."

자신의 무릎 위를 차분히 덮고 있는 치맛자락만 응시하던 이서가 흠칫 몸을 떨었다. 그녀를 부르는 그의 목소리가 어쩐지 차갑게 들렸다. 고개를 들어 그를 보자, 그녀의 생각이 틀리지 않았는지 석주는 굳어진 얼굴로 그녀를 보고 있었다.

"네. 한 대리님."

"오늘 우리가 한 거."

"……."

"데이트 맞습니다."

그가 마음에 들지 않았던 부분이 자신이 지금 데이트임을 부정하는 듯한 뉘앙스의 말을 해서였던 건가?

이서는 생각지도 못했던 석주의 반응에 대꾸도 하지 못할 만큼 놀랐다.

오늘 우리가 한 거. 데이트. 우리가. 데이트.

이서의 머릿속을 어지럽히며 가득 채워 가는 몇 개의 단어가 그녀를 혼란스럽게 만들었다.

"아…… 데, 데이……."

"네. 데이트."

친절하게 되짚어 주기까지.

이서가 멍한 얼굴로 다시 석주를 바라보았다. 석주 역시 그녀의 시선을 피하지 않은 채, 깊고 곧은 눈빛을 그녀에게 향하고 있었다.

그의 진지한 눈빛과 마주하자 이서는 아까처럼 침묵을 깨기 위해 아무 말이나 지껄여 대던 것조차 할 수 없었다. 머릿속이 말끔하게 비워졌기 때문이었다.

"송이서 씨."

"……네."

이번에도 먼저 시선을 피한 것은 이서 쪽이었다. 그의 눈빛이 부담스러운 것은 결코 아니었지만 낯설고 부끄럽게만 느껴져 어쩔 도리가 없었다. 슬그머니 그의 시선을 피해 앞을 보던 이서가 이내 동공의 움직임을 멈추었다.

"건하…… 오빠?"

이서는 있어서는 안 될 사람이 바로 앞에 보이자 미간을 좁히며 그가 정말 본인이 맞는지를 확인했다.

반면 이서의 입에서 나온 낯선 이름에 석주는 자신도 모르게 인상을 찌푸렸다. 누가 보아도 알 수 있는 남자 이름에 그 옆에 자신은 한 번도 그녀에게 불리어 본 적 없는 오빠라는 친근한 호칭까지 더해졌으니 그로서는 기분이 나빠지는 것도 당연했다.

"아는 사람이에요?"

"아, 그게……."

그의 흐트러진 기분을 아는 건지 모르는 건지 이서의 신경은 어느새 자신의 집 앞에서 무거운 얼굴을 한 채 자신을 기다리고 있는 건하에게 쏠려 있었다.

하지만 결코 그에 대한 애틋한 마음이 아직까지 남아 있기 때문이 아니었다.

지난번 병원을 찾아왔던 준희에게서 건하와 헤어졌다는 소식을 듣기는 했었지만 전혀 신경 쓰지 못했다. 그 사실을 다시 상기시키자 씁쓸함이 입안을 맴돌았다.

그전만 해도 홀로 상상해 본 적은 있었다. 만약 건하와 준희가 헤어진다면 속이 시원할까, 그저 허탈할까 도대체 어떤 기분일까. 그런데 이서는 막상 상상했던 일이 일어나자 어떤 기분도 느끼지 못했다.

그만큼 그녀에게 버겁고 힘든 존재였던 두 사람이 어느샌가 조금씩 아무렇지 않게 느껴질 만큼 가벼운 존재로 변하고 있었던 것이다. 머릿속을 빈틈없이 채우며 괴롭히던 두 사람이 이제 이서에게 아무것도 아니게 되었다.

회사에 입사한 이후 이서는 자신도 몰랐던 사이에 두 사람의 그늘에서 벗어난 것이었다.

어떻게 이렇게 변할 수 있었을까. 꽤 오랜 시간 동안 불가능했던 일이었는데. 이서는 여전히 벗어나지 못한 그늘에 갇힌 건하를 바라보며 생각에 잠겼다.

사는 게 바빠서. 첫 취직을 이룬 뒤 일을 배우고 야근을 하느라 피곤해서. 환경이 바뀌면서 두 사람을 신경 쓸 여력이 없을 만큼 정신없었던 것도 물론 사실이지만 무엇보다 가장 큰 이유가 있다는 것을 이서는 알고 있었다.

지금 자신의 옆에 앉아 있는 사람. 한석주라는 남자 때문에.

처음은 분명 호감은 아니었지만 회사에 입사해서 지금까지 줄곧 그에게 온 정신이 빼앗겨 있었다. 무서웠고 어려웠던 상사였다가 고맙고 든든한 선배에서 지금은 행동 하나하나에도 온 마음을 빼앗기게 만드는 남자.

후회와 괴로움만이 남은 과거를 회상하는 것이 어려울 만큼 그는 그녀의 머릿속에 찾아와 단숨에 모든 자리를 빼앗았다.

이렇게 준희와 건하에 대해 생각하다가도 버릇처럼 다시 그를 떠올리게 되는 것만 봐도 그랬다. 이서는 스스로를 힐난하듯 고개를 얕게 저었다. 지금은 잔뜩 심각한 얼굴로 자신을 기다리고 있는 것이 분명한 건하를 상대해야 할 때였다.

"저, 한 대리님."

"네."

"오늘 정말 감사했어요. 저 이만 내릴게요."

이서가 조금은 다급한 어조로 인사했다. 석주의 얼굴이 어두워지는 것을 파악할 정신은 없었다. 그저 자신과 방금 막 눈이 마주친 건하가 석주의 차 앞까지 다가오기라도 할까 불안한 마음으로 가득했다.

석주에게 꾸벅 고개를 숙인 이서가 빠르게 차에서 내렸다. 역시나 모르는 남자의 차 조수석에 타고 있는 그녀가 마음에 들지 않는다는 듯 건하가 굳어진 얼굴로 이서에게 다가왔다. 이서는 그런 그를 제지하기 위해 입을 열었다.

"여긴 왜 온 거예요?"

이서의 차가운 목소리에 건하의 걸음이 거짓말처럼 제자리에

뚝 세워졌다. 건하에게 이런 식으로 무감정하게 말하는 것이 자신에게 가능한 일이었다니. 이서가 스스로 크게 놀란 만큼 그 역시 배로 놀라고 당황했을 것이 분명했다. 어둠 속에서도 초조하게 흔들리고 있는 그의 눈동자가 그것을 여실히 증명하고 있었다.

그 모습에 이서는 잠시나마 약한 마음이 들면서도 이내 다시 단호하게 마음을 다잡았다.

"이서야."

"오빠한테 분명하게 말했잖아요. 저는 절대……."

"이제 네 말 듣기 싫어."

건하가 답답한 가슴을 제 손으로 치며 언성을 높였다.

"처음부터 그러는 게 아니었어."

"……."

"네가 아니라고, 안 된다고 그렇게 바보같이 굴었을 때도 네 말 같은 건 다 무시하고 내 옆에 뒀었어야 했어. 그랬으면 우린 분명 지금보다 더 행복해져 있을 거야."

제자리에 서 있던 이서가 고개를 저으며 뒤로 한 발짝 물러났다. 그녀는 믿을 수 없다는 얼굴로 건하를 바라보았다.

그는 지금 그녀가 알고 있는 그가 아니었다. 이런 사람이 아니었다. 격앙된 얼굴을 숨기지 못하고 괴로움과 분노, 후회, 증오 등 갖가지 감정이 뒤범벅되어 그녀에게 자신의 감정을 강요하려 하고 있는 남자는 그녀가 과거에 사랑했던 박건하가 아니었다.

"그런 말 지금 해 봤자 전혀 소용없다는 거, 알잖아요."

"이서야."

지금 건하와 더 대화를 나눠 봤자 그에게 크게 실망하기만 할 거라는 것을 예감할 수 있었다. 이서는 더 이상 상처만 남은 자신의 첫사랑에 얼룩을 남기고 싶지 않았다.

그녀가 잠시의 미련도 없이 그에게서 등을 돌려 아파트 안으로 들어가려 했다. 하지만 그의 거친 손짓에 붙잡혀 그녀는 그에게로 몸을 돌릴 수밖에 없었다.

"오빠!"

"이제 정말 그만하자."

"……."

"우리 정말 많이 돌고 돌았어. 처음부터 서로만 보고 있었는데도, 괜한 사람 때문에 계속 이렇게 엇갈리고 등 돌리고! 이제 더는 못 하겠다."

건하가 세게 쥔 이서의 손목이 가늘게 떨렸다. 무력으로라도 그녀를 자신에게 가두고 싶어 하는 그의 마음이 느껴져서 더욱 무서웠다. 그녀가 그의 손아귀에서 벗어나기 위해 손을 뿌리쳐 봤지만 미동도 하지 않았다. 오히려 그는 더욱 강하게 힘을 주어 그녀의 손목을 꽉 잡은 채 결코 놓아주지 않았다.

"갑자기 왜 이러는 거예요. 우리 얘긴 예전에 끝난 거잖아요."

"난 끝난 적……!"

"오빠가 끝난 적 없다 해도 전 끝났어요. 오빠가 그 날 준희를 안은…… 그 날 이후로 우리에게 다음이라는 건 없어졌다고요."

그 일을 알게 되고 원망하지 않는다고 확신했었는데 아니었던 모양이다. 가슴속 깊은 곳에서는 조금이나마 그를 원망하고 있었나 보다. 실수로라도 준희를 안아 버린 그를, 용서하지 못하고 있었나 보다.

바보 같은 마음으로 용기를 내지 못하고, 그를 좋아하면서도 거부했던 것이 도리어 그에게 미안하고 또 미안하다고만 여겼다고 생각했다. 서로의 마음을 뻔히 알고 있는데, 언니를 위해서라는 다른 사람이 보기에는 도무지 이해할 수 없는 이유로 그를 밀어냈으니 그에게 경멸받아도 어쩔 수 없다고 생각했다.

이서가 그를 거절한 이후, 준희는 기회를 얻었다고 여겼던 것인지 줄기차게 건하를 쫓아다녔다. 하지만 그럼에도 그런 준희를 투명인간 취급하며 신경조차 쓰지 않았다. 오히려 자신과 이서 사이를 갈라놓은 준희에게 더욱 싸늘하게 굴며 조금의 틈도 주지 않았다. 그런 그를 보면서 이서는 남몰래 안심했었다.

인정한다. 준희를 상대해 주지 않는 건하를 보면서, 준희가 제풀에 지칠 때쯤이면 하면서 그 순간을 조심스럽게 기다리고 있었던 마음이 가슴 한 부분을 차지하고 있었을지도 모른다고.

그리고 이서의 그런 조용한 희망을 뒤엎듯 준희의 짝사랑은 꽤나 끈질겼고 그 후 가장 끔찍했던 소식을 접하게 될 수밖에 없었다. 그렇게 소란스러웠던 첫사랑이 완벽하게 산산조각 났다.

이서는 서글플 정도로 힘없는 미소를 흘려보냈다. 이런 감정싸움을 할 이유는 이제 자신에게는 털끝도 남아 있지 않았다. 건하와 이야기를 나눌수록 피곤하고 지칠 뿐이었다. 오늘 석주로 인해 설레고 기분 좋았던 마음들이 어디로 재빠르게 도망갔는지 저조해진 기분을 돌이킬 수 없을 것 같았다. 그런 이서의 지친 모습에 건하의 표정 역시 처참하게 가라앉았다.

"이서야. 그 일은 정말로……."

"실수였든 실수가 아니었든 저하고는 관련 없는 일이에요. 오빠가 준희와 헤어진 일 역시 마찬가지로 저하고는 아무런 상관도 없어요. 그러니까 이제 제발 저 두 사람 사이에 끼워 넣지 마세요. 부탁이에요."

이서의 목소리가 더없이 차갑고 싸늘했다. 조금의 연민이나 미련도 보여서는 안 되었다. 하지만 이번에는 단단히 마음을 잡고 온 건하 역시 쉽게 그녀를 포기할 마음이 없어 보였다. 그는 잡고 있던 그녀의 손목을 자신의 쪽으로 끌어당겼다.

"놔주세요."

"이서야. 제발 내 말……."

"뭐 하는 겁니까?"

익숙한 목소리가 이서와 건하 사이를 매섭게 갈랐다. 이서는 날카로운 감정을 숨기지 않은 채 이쪽으로 다가오고 있는 석주를 볼 수 있었다. 놀라서 흔들리는 동공이 그에게로 향했다.

그의 차에서 내리고 그가 금방 아파트 단지에서 벗어났을 거라 무심히 생각했었는데 아니었던 모양이다. 석주의 표정을 보니 두 사람의 실랑이를 잠자코 지켜보다가 건하의 행동이 거칠어지자 참지 못하고 끼어든 것 같았다.

"한 대리님."

이서가 곤란한 얼굴을 한 채 석주를 보았다. 건하의 행동이 점점 더 격해져서 홀로 감당하는 것이 무서웠지만 이런 모습을 석주에게 보이고 싶지는 않았다. 그런 그녀의 표정에 가라앉아 있던 석주의 얼굴은 더욱더 어두워졌다.

"그 손 놓으십시오."

석주가 그들에게 가까이 다가서며 차갑게 말했다. 이서의 눈동자가 다시 한 번 요동치듯 흔들렸다. 석주의 행동이 의아하면서도 가슴이 제멋대로 두근거리는 것 역시 항상 그랬던 것처럼 막을 수 없었다.

그는 그녀에게 있어서 더없이 완벽한 상사이자 선배이긴 했지만 다른 여러 사람들의 시선들로 보았을 때는 확실히 무관심하고 무심한 면이 많은 사람이었다.

동료가 업무에서 실수를 저질러도 질책이나 짜증나는 기색을 전혀 부리지 않고 그저 다시 해야 할 일을 묵묵히 해 나가는 모습을 이서는 생각이 깊고 배려심이 많고 이해심이 넓다고 판단했지만 다른 이들은 그렇게 생각하지 않았다.

대신 그가 실수에 대해 질책을 하는 것이 도리어 시간낭비라고 여기기 때문이고 자신이 알아서 전부 일을 맡는 것이 더욱 빠르고 효율적으로 업무를 진행시킬 수 있어서라고 이야기했다.

그렇게 말할 만큼 그는 남과 관련되는 것을 유쾌하게 생각하지 않았고 누군가의 일에 오지랖을 넓히거나 개입하는 것이 어울리지 않는 성격이었다.

그런 석주가 화가 난 기색을 숨기지도 않은 채 두 사람에게 다가온 것이다.

놀랄 수밖에 없었고, 또 놀란 마음만큼 설레는 마음 역시 커졌다. 그가 그만큼 자신을 생각해 주고 신경 쓰고 있다는 증거 같아서 이서는 이 상황에서 도통 마음을 진정시키기 어려웠다.

"이서 회사 선배인 모양인데, 이건 사적인 일입니다. 저와 이서의 일이니 신경 쓰지 말고 가세요."

이서가 불렀던 한 대리님이라는 호칭에 대략적으로나마 두 사람의 관계를 추측한 건하가 날을 세우며 석주를 노려보았다.

이서와 단둘이 있는 상태에서도 그녀가 말을 제대로 들어주지 않고 피하려고만 해서 안 그래도 답답한 그였다. 마음을 단단히 걸어 잠근 채 만나 주지 않는 그녀를 지금에서야 힘들게 만날 수 있게 되었는데 상관도 없는 사람에게까지 방해를 받아 이번 기회조차 놓치는 것은 사양이었다.

더군다나 저 남자가 이서를 집까지 데려다준 것을 두 눈으로 확인한 상태였다. 차 안에서 인사하고 헤어졌던 두 사람을 본 것뿐이지만 그것만으로도 두 사람의 미묘한 감정은 건하에게 확연하게 전해졌다.

그래서 더욱 조급하게 굴고 있는 것인지도 모른다. 언제까지고 자신만 애틋하게 기다릴 줄 알았던 이서가 언제부턴가 변한 것 같다고 이유 모를 직감이 스쳤을 때도 착각일 거라고 애써 고개를 젓고 있었다.

그런데 건하는 지금 남자를 맞닥트린 순간 그 직감이 다시 한 번 강렬하게 머리를 때리는 것을 느꼈다. 이서의 눈빛 때문이었다. 남자를 향하는 이서의 표정이 그를 충격으로 물들게 했다. 그건 무엇으로도 감출 수 없는 감정이었다.

"송이서, 너……."

"나중에 이야기해요. 오빠, 제발."

이서가 간절한 음성으로 건하에게 부탁했다. 지금 상황에서 누구보다 가장 곤란하고 난처한 사람은 당연하게도 이서였다. 이서는 일그러진 얼굴의 건하보다, 자신을 곧게 바라보고 있는 석주가 가장 신경 쓰였다.

"부탁할게요."

건하는 믿을 수 없다는 듯 고개를 저었다. 십 년 넘게 알아 온 이서였다. 그는 이서의 표정만 봐도 알 수 있었다. 이서가 저 남자에게 이미 마음을 주었다는 것을. 그래서 부정할 수 없는 사실에 더욱 절망스러웠다.

건하의 얼굴이 처참할 정도로 크게 일그러졌다. 이서의 마음이 너무도 솔직하게 드러나 있어 믿고 싶지 않지만 믿을 수밖에 없었다. 어쩌면 이미 무의식적으로나마 알고 있었으면서도 억지를 부리고 있었다. 그런데.

송이서의 마음에서 이미 박건하는 사라진 지 오래였다.

◆

인쇄기에서 이제 막 따끈따끈하게 나온 출력물을 꺼내 든 이서는 조금 긴장한 얼굴로 내용을 다시 한 번 차근차근 살펴보았다.

'이상한가?'

처음 써 본 기획서라 아무래도 잘 감이 잡히지 않았다. 내용을 찬찬히 훑던 이서는 자리로 돌아와 옆에 앉은 석주를 보았다.

예전 같았으면 어림도 없을 일이었지만, 시간이 흐르면서 그와 많이 친해졌다고 느낀 이서는 이제 그에게 도움을 요청하는 것이 자연스러웠다. 그가 그만큼 그녀의 마음을 편안하게 만들어 준 덕분이었다.

"한 대리님. 기획서 좀 봐 주시겠어요?"

이서의 조심스러운 음성에 고개를 든 석주가 출력물을 받아 들었다. 그가 차분한 시선으로 내용을 확인하는 동안 이서는 선생님에게 숙제를 검사 맡는 학생처럼 잔뜩 긴장한 얼굴이 되었다.

"수정할 부분이 많을……."

석주가 뒷장까지 넘긴 후에도 별말이 없자, 이서는 눈치를 보며 입을 열었다.

"잘했네요."

"네?"

칭찬을 들을 수 있을 거라고는 예상 못 했다. 그녀가 놀란 눈을 깜박거리며 석주를 보자, 그는 친절하게도 다시 한 번 말해 주었다.

"잘 정리했어요. 처음인데 이 정도면 훌륭해요. 무엇보다 기획 자체가 좋아요. 신선하고."

"아……."

"수고했어요."

그의 담백하면서도 무게감 있는 칭찬에 이서는 대답할 말을 찾지 못하고 입만 뻐끔거렸다. 물론 무척이나 기쁜 마음에 반응을 하는 것조차 잊은 탓이었다. 그에게 잘했다는 말을 듣게 되자 어떤 누구에게 칭찬을 받는 것보다 기분이 들떴다.

초등학교 시절, 받아쓰기 시험을 보면 항상 다른 아이들보다 뒤처지는 점수를 받아서 매번 분발하세요 도장만 찍혔었다. 그게 창피하고 아쉬워서 집에 가서도 받아쓰기 공부를 열심히 해 보았지만 쉽지 않았다.

그러다가 학년 마지막 받아쓰기 날, 노력하고 노력해서 결국 처음으로 참 잘했어요 도장을 받을 수 있었는데 지금 이서는 그때의 그 성취감을 다시 느끼고 있었다.

석주의 말 한마디가 회사에 입사한 내내 기를 못 펴고 있던 이서의 가슴에 참 잘했어요 도장을 쾅 박았다.

이렇게 들뜬 마음이 되는 것도 당연한 게 회사에 입사하고 거의 처음 듣는 것이나 마찬가지인 칭찬이었다. 그것도 가장 닮고 싶은 상사이자 열심히 따르고 있는 사수인 석주가 해 준 말이었다. 기분이 날아갈 것 같다는 말의 의미를 이서는 이제야 알 것 같았다.

정말로, 날아갈 것 같다.

"대리님……."

이서가 특유의 초롱초롱한 눈빛을 발사하며 그를 보았다. 하지만 그는 그런 이서의 눈빛을 피하며 시선을 한 곳에 두지 못하는 것이 어쩐지 난처한 기색이었다.

"저 정말 대리님께……."

"뭐야. 이서 씨, 또 한 대리한테 고백하려는 거야?"

불쑥 두 사람 사이에 끼어든 최 팀장이 장난스럽게 이서를 놀렸다. 이서는 그의 등장에 흠칫 놀랐다가 그가 한 농담을 뒤늦게 알아듣고는 민망한 듯 얼굴을 붉혔다.

최 팀장은 잊을 만하면 이서가 석주에게 취중고백을 했던 날의 일을 상기시키며 이서가 얼굴을 들 수 없도록 만들었다. 악의가 있는 것은 아니었지만 사골처럼 우려먹는 장난에는 이제 웃음조차 나오지 않는 게 당연했다.

"티, 팀장님!"

"저번에 그렇게 절절한 취중고백을 해 놓고, 이번에는 사무실에서 또 한 대리를 얼마나 존경하고 따르는지에 대해 열변을 토할 생각인가 보네."

"그런 거 아니에요."

이서는 뻘쭘해져서 고개를 숙였다.

"알았어. 그만 놀릴게. 그래도 내가 얼마나 다행으로 생각하는지 몰라. 내가 지난번에 이서 씨 처음 부서에 왔던 날, 한 대리한테 마음 주지 말라고 주의 줬었던 거 기억하지?"

"네? 아, 네."

최 팀장의 말에 석주의 눈이 번뜩였다. 그로서는 처음 듣는 사실이고, 또 내용 자체가 굉장히 마음에 들지 않았기 때문이다. 자신에게 마음을 주지 말라고 이서에게 주의를 주었다니. 듣는 순간 본능적으로 최 팀장의 멱살이라도 잡고 싶었다.

그렇지 않아도 이미 이서와 맞선으로 처음 만났던 날, 자신을 우회적으로 거절했던 이서를 기억하기에 그녀에게 남자로 다가가는 것이 더욱 어렵게 느껴지는 그였다. 또 그녀는 회사에 입사하고도 내내 그의 눈치를 살피며 어려워했다.

지금은 물론 그때보다는 많이 친해지고 사이가 가까워진 편이지만 같은 회사, 그것도 같은 부서에 근무하면서 그녀의 감정을 전혀 파악하지 못한 상태로 자신의 감정만 강요하는 것은 성급하고 경솔한 일이라 판단했다. 좋은 선배라고 항상 무언의 선을 긋는 그녀 때문에 더욱 조심스러운 마음으로 다가가고 있었는데 최 팀장을 말을 듣자 열이 뻗칠 수밖에 없었다.

석주는 얼음처럼 딱딱해진 얼굴로 최 팀장을 보았지만 둔한 그는 그것을 눈치채지 못한 상태였다.

"사실 그렇게 말하면서도 걱정했는데, 여러모로 이서 씨가 여기 온 건 잘된 일이었다니까. 일도 착실히 잘하고, 무엇보다 열심히 하려는 자세가 좋고, 성격도 서글서글해서 팀 분위기도 더 부드러워졌고, 가장 중요한 거."

"……"

"한 대리한테 이성으로서 전혀 감정이 없다는 거."

"……"

"다른 여자 신입사원이 왔다면 아마 분명히 얼마 안 가 한 대리한테 빠져서 좋다고 티 내다가 팀 분위기만 괜히 흐트러졌을 거야. 솔직히 이서 씨가 취중고백하기 전까진 계속 걱정했는데 얼마나 다행스러운지 몰라. 앞으로도 잘 부탁해. 이서 씨."

최 팀장이 얄미울 정도로 수더분하게 웃으며 이서의 어깨를 가볍게 토닥였다.

이서는 순간 가슴속을 바늘로 콕콕 쑤시는 것처럼 알싸한 통증을 느껴야 했다. 아니라고 그토록 부정하던 그 사실을 건하와 만났던 날 이미 깨달아 버렸기에, 지금 석주를 좋아하지 않는다고 말한다면 그건 거짓말이 되어 버린다. 그를 좋아하는 것이 아니라고 스스로 믿었던 전과는 달랐다.

"참, 이서 씨."

"네?"

"아직도 남자친구 없어?"

홀로 숙연해진 이서에게 최 팀장은 뜬금없는 질문을 던졌다. 이서는 자신도 모르게 석주의 눈치를 보았다. 그는 아까부터 어쩐지 기분이 저조해 보였다. 그녀는 다시 최 팀장을 보며 고개를 저었다.

"없어요. 왜 그러세요?"

"내 친구 녀석 동생이 소개팅시켜 달라고 난리인 모양인데, 이서 씨 혹시 할 생각 있나 해서."

"아, 아뇨. 전 아직 연애할 때가 아니라서요."

누군가를 소개시켜 준다는 말을 사람들이 해 오면 항상 하던 대답이 버릇처럼 불쑥 튀어나왔다. 연애할 때가 아니다. 물론 그 생각은 지금도 변함없었다.

그런 이서의 말이 우스운지 최 팀장은 고개를 절레절레 저었다.

"스물다섯이 연애할 때가 아니면 도대체 언제 연애를 해?"

"그게……."

"그러지 말고 한번 나가 보는 게 어때?"

"팀장님."

소개팅에 나가 보라며 재차 권유하는 최 팀장을 제지하듯 부른 것은 석주였다.

석주는 최 팀장이 오기 전과는 전혀 달라진 어두운 분위기를 강렬하게 내뿜으며 그를 응시하고 있었다. 최 팀장은 이제야 뒤늦게 그의 싸늘한 기운을 온몸으로 느끼고는 순간 한기가 돌아 몸을 움츠렸다.

자신이 뭔가 한 대리에게 실수가 될 말이라도 했던가.

곰곰이 머리를 굴리며 생각해 보지만 딱히 짚이는 게 없었다. 더군다나 지금 자신의 앞에서 무언가 거슬리고 화가 난다는 것을 드러내고 있는 사람은 다름 아닌 한석주였다.

어떤 짜증나는 일이 생겨도 그런 감정을 겉으로 잘 표현하지 않는 사람이 한석주라는 것을 알고 있기에 최 팀장은 지금 상황이 더욱 당황스러웠다. 무엇보다, 무서웠다.

"어? 어. 한 대리. 왜…… 그러지?"

"송이서 씨도 곤란해하는 것 같은데 그만 권유하셨으면 합니다."

"아, 그, 그런가? 이서 씨, 곤란했어? 미안해. 내가 눈치가 좀 없어서. 그래, 그래. 다른 친구한테 부탁해 보지, 뭐. 홍 대리나…… 아니, 홍 대리는 안 되겠다. 아무튼 한 대리, 이서 씨. 수고해."

그렇게 최 팀장이 급히 자리를 떴다. 장난스럽고 느긋한 걸음으로 왔을 때와는 달리 누가 뒷덜미라도 잡을까 다급한 걸음이었다. 이서는 어리둥절한 얼굴로 사라지는 그의 뒷모습을 보다가 다시 석주에게로 고개를 돌렸다.

"한 대리님, 곤란했는데 감사해요. 대신 말씀해 주셔서."

그는 최 팀장이 떠나고 이서만 있는 자리가 되자, 다시 평온하고 침착해진 얼굴로 그녀와 눈을 맞췄다.

"괜찮아요."

"전 정말 선배 복이 넘치는 거 같아요."

급히 퇴장한 최 팀장으로 인해 썰렁해진 분위기를 되돌리고자 이서가 자신의 의자에 앉으며 말했다. 그 말을 함과 동시에 석주의 눈썹이 다시금 비틀어졌다는 것은 물론 볼 수 없었다.

이제 일상이 된 함께하는 퇴근길.

엘리베이터에서 내려 로비를 함께 걸으며, 이서는 바로 옆에 선 석주를 힐끔거렸다.

그와 데이트를 했던 날 이후로 관계가 조금 묘하게 바뀐 것 같았다. 어디선가 흘러나오는 어색한 분위기를 떨치기 위해 다른 날보다 더 오버하며 명랑하게 굴고 있는 이서의 노력과 그녀의 노력이 우스워질 만큼 예전과 그다지 달라진 점이 없는 석주의 모습을 보면 이상한 점을 굳이 꼽기가 힘들었지만 그녀는 느낄 수 있었다.

무언가가 변했다. 확실하게.

하지만 헤어지던 때에 갑작스러운 건하의 등장으로 이서로서는 그 날의 일에 대해 말하는 것이 꺼려질 수밖에 없었다. 석주가 건하에 대해 따로 묻거나 한 것도 아닌데 나서서 석주에게 그가 누구인지 자신과는 어떤 관계인지 설명하기도 뭐했고, 그냥 이렇게 넘어가자니 왠지 찜찜한 기분이었다.

'한 대리님하고 내가 무슨 사이도 아닌데 왜?'

이서는 속을 끓이다가 찾아온 근본적인 물음에 남몰래 탄식을 흘렸다.

그랬다. 아무런 사이도 아니다. 한석주와 송이서는. 단순히 상사와 부하직원. 선배와 후배. 사수와 부사수. 그게 다였다. 그것을 깨닫고 나니 이런 고민을 하는 것이 우스워진다.

'착각하지 말자.'

이서는 고개를 휘휘 저었다. 요즘 들어 바람 잘 날 없이 시끄러운 자신의 속을 다스리는 것이 참 쉬운 일이 아니었다.

"이서 씨?"

"네? 아, 네! 대리님."

"어디 불편해요?"

머리를 휘젓고 있는 이서가 의아하고 걱정되었는지 옆에 선 석주가 걸음을 멈춰 선 채 그녀를 자세히 들여다보았다. 이서는 갑자기 가까워진 그의 얼굴에 움찔 놀라서 한 발짝 뒤로 물러섰다.

"아……."

그를 거부하듯 물러선 건 이서 자신인데 그녀는 뒷걸음질 쳐놓고 놀란 얼굴로 오히려 어찌할 바 몰라 하고 있었다. 무엇보다 거부당한 거라고 그가 오해하면 어떡하나 염려되는 마음이 컸다.

"죄송해요. 싫어서 그런 게 아니라⋯⋯."

"송이서!"

미안한 얼굴로 울상을 지은 채 입을 열었던 이서는 익숙하지만 결코 반갑지 않은 목소리에 등을 돌렸다. 이곳에 있을 리 없을 사람이라 아니겠지 하는 마음이 컸지만 상대를 발견하자 순간 왠지 모를 두려움이 가슴을 에워쌌다.

다름 아닌 준희가 로비 한가운데 선 두 사람에게로 빠르게 다가오고 있었다. 이서는 굳어진 얼굴로 그녀가 다가오는 것을 지켜보았다.

"어떻게⋯⋯ 여기에 온 거야?"

두 사람 앞에 선 준희에게 이서는 떨리는 어조로 물었다.

"꼭 못 볼 사람 본 것처럼 말한다, 너?"

"그게⋯⋯."

"내가 깜박하고 너한테 말도 안 했나 보네. 나 여기 취직하게 될 거 같아."

준희가 주변을 품평하는 눈빛으로 둘러보며 말했다.

"취직?"

이서가 미간을 좁힌 채 되물었지만 준희의 시선은 벌써 이서에서 석주에게로 넘어간 지 오래였다. 준희가 던진 폭탄선언에 아직 정신을 제대로 수습하지 못한 이서는 말이 나오지 않는 입을 벙긋거렸다.

"누구시니?"

준희가 석주를 응시하며 이서에게 물었다.

"우리 팀…… 한석주 대리님."

"어머, 안녕하세요. 이서 친구 서준희예요."

준희가 고른 치열을 드러내며 활짝 웃어 보였다.

준희가 석주에게서 시선을 떼지 못하는 내내, 이서는 터질 것처럼 뛰는 심장을 평상시의 속도로 돌려놓지 못했다. 이상하다 싶을 정도로 가슴속이 무섭게 요동치고 있었다. 이서는 불안이 깃든 눈으로 준희를 보았다.

"우리, 자주 볼 수 있겠네요."

준희의 말이 신경을 아프게 찌른다. 지금 석주에게 향해 있는 저 눈빛을 이서는 모르지 않았다. 건하와 처음 만났을 때 역시 준희가 보였던 눈빛이었다. 이서는 입술을 질끈 깨물었다.

'더 이상은……'

"잘 부탁드려요. 한석주 씨."

이서는 준희를 이곳에서 만난 지금 이 순간 절감했다. 석주에게 향해 있는 자신의 마음이 단순한 호감 정도가 아니라는 것을. 모두가 알아차릴 수밖에 없을 만큼 확실하고 깊은 마음이 그에게로 뻗고 있다는 사실을.

10. 주사위

✳✳✳✳✳✳✳✳✳

주말의 이른 아침. 햇살이 공격하듯 내리쬐는 커다란 침대는 이미 주인이 떠난 채, 침구가 깔끔하게 접혀져 있었다. 여느 때와 다름없이 일찍 눈을 뜬 석주는 몸을 씻고 부엌에서 간단하게 아침 준비를 했다.

딩동.

요리를 마치고 가스레인지의 불을 끄던 석주는 반사적으로 소리가 들린 곳으로 고개를 돌렸다. 주말 아침부터 자신의 집을 찾을 손님이 누구인지는 대충 예상이 갔다. 초인종을 울린 주인공은 그가 예상한 이가 맞았는지 벨을 울린 것은 정말 예의였다는 듯 그가 현관으로 가기도 전에 먼저 문을 활짝 열고 들어왔다.

"역시 일찍 일어나 있었네. 부지런한 우리 둘째."

"오셨어요."

"그래. 좀 앉아 봐."

정 여사는 여유로운 모습을 보이려 했지만, 석주가 쉬는 날 아침부터 부랴부랴 찾아온 행동부터 조급한 마음을 숨기는 것은 불가능했다. 아직 세팅되지 않은 깨끗한 식탁 위에 선명하게 출력된 빳빳한 사진들을 일렬로 늘어놓는 그녀의 손은 석주에 버금가는 고집스러움을 담고 있었다.

"말씀드렸을 텐데요. 선은 이제 안 보겠다고."

"고작 세 번 봐 놓고 그러는 게 어디 있니."

"세 번으로 확인하기에는 충분했어요. 시간낭비일 뿐이에요."

정 여사가 언성을 높이기 위해 입을 크게 벌렸다가 꾹 눌러 참았다. 철저히 논리로 대응하는 아들에게 소리를 치며 화를 내 봤자 마지막엔 그녀 홀로 백기를 들고 터덜터덜 집에 돌아가는 꼴이 될 거라는 것은 경험상 잘 알고 있었다. 그녀는 한숨을 쉬며 사진들을 톡톡 쳤다.

"엄마가 잘 알아보지 못한 건 미안해. 세 번째로 선봤던 기명 막내딸이 별로 참하지 못하다는 건 엄마도 나중에 들었어. 그쪽 집안에서 적극적으로 너한테 관심을 둔다 해서 괜찮겠지 하고 보게 한 건데. 더 알아봤어야 했는데 내가 생각이 짧았다."

세 번째 선을 보고 온 후 더 이상은 나가지 않겠다고 일갈한 석주 때문에 정 여사는 날벼락이라도 맞은 기분이었다.

그래도 그전에는 석주가 효도를 한답시고 별말 않고 선을 나가는 것을 보며 다행이라 생각했던 그녀로서는 당황스러운 마음에 준희에 대해 자세히 알아봤었다. 갑자기 그가 맞선을 보지 않겠다고 마음을 굳힌 데에는 상대방의 영향이 컸을 거라는 생각에서였다. 그리고 준희가 성격이 드센 편에 명품에 사족을 못 쓰고 전형적인 철없는 막내딸이라는 평을 들었을 때는 자신도 모르게 이가 갈렸다.

그런 여자애를 자신의 며느릿감으로 추천했다니.

지인에게 화가 나면서도 안 그래도 여자에 질려 있던 석주가 얼마나 더 학을 뗐을지 안 봐도 뻔해서 걱정이 더 앞을 가렸다. 남들은 아직 이르니 걱정하지 않아도 된다고 웃었지만 정 여사는 마른 웃음조차 나오지 않았다.

석주가 여자를 돌 보듯 하게 된 계기를 떠올리자 다시금 분통이 터졌다. 그를 너무 잘 낳아서, 그가 너무 잘나서 문제였다. 남들이 들으면 장난하냐고 헛웃음을 지을 소리였지만 그녀는 진심으로 그렇게 생각하며 오랫동안 진지하게 고민해 온 문제였다.

어렸을 때부터 TV나 스크린에서나 볼 법한 외모로 아역배우나 아역모델 등의 제안을 넘치도록 받을 때만 해도 심각성을 모른 채 마냥 기분이 들뜨고 친척들과 친구들에게 아들을 자랑하기에 바빴다. 주변사람들 모두가 눈을 떼지 못하고 누구에게나 사랑받는 아이를 보며 그저 흐뭇한 마음뿐이었다.

중학생, 고등학생 나이를 점점 먹어 가면서 엄마인 자신조차 등줄기가 서늘해질 만한 여학생들의 심각한 스토킹에, 거기다가 석주가 말하지 않아 나중에야 알게 된 사실이지만 미성년이었던 아이를 향한 성인 여자들의 노골적인 성적 대시까지.

실습을 나온 교생 선생마저 아들에게 손길을 뻗치려 했었다고 하니, 얼마나 수많은 경악스러운 유혹들이 있었을지는 상상도 가지 않았다. 그런 모습들에 아들이 여자란 존재에게 얼마나 회의와 경멸을 느꼈을지도.

말하기도 힘들 만큼 참 많은 해프닝들이 있었다. 누나인 해주는 자신이 석주였다면 벌써 속세에 지칠 대로 지쳐서 머리 깎고 절에 들어갔을 거라는 농담까지 했으니 말 다했다.

그리고 올해 벌써 서른.

결코 어리지 않았다. 이대로 놔둔다면 금세 서른둘, 서른다섯, 마흔이 되어서도 혼자인 채 정 여사의 속을 타들어 가게 하는 그 특유의 무덤덤한 목소리로 '여자에는 관심이 없다'고 말하고 있을 것이다.

"여기 이 아가씨들은 다 검증된 아가씨들이야. 내가 아주 제대로 알아봤어. 그때 그 기명 막내딸 같은 여자애는 없으니 안심해. 응?"

정 여사의 말에 석주는 생각에 잠긴 눈으로 허공을 응시했다. 정 여사가 거론하고 있는 세 번째 선 자리를 떠올리자 자연스럽게 이서가 머릿속에 들어찼다. 조금만 방심해도 순식간에 오랫동안 비어 있던 그의 속에 온 공간을 차지하고 비껴 나가지 않는 여자였다.

하지만 불행히도 지난번 이서의 집 앞에 서서 그녀를 기다리던 남자도 함께 떠올랐다. 자세한 사정은 알 수 없지만 두 사람 사이에는 끼어들 수 없는 무언가가 존재했다. 그것이 굉장히 불쾌했다.

남자의 눈은 분명 진한 사랑의 감정을 품고 있었고, 그녀
는…….

'어떤 감정인 거지?'

무언가가 신경 쓰이고 걱정되어 이렇게 매순간 불안감에 시달
리게 된 것은 태어나서 처음 겪는 일이었다. 지금 그와 그녀는 아
무런 사이도 아니었고, 그녀의 마음이 어디를 향하고 있는지 이런
감정을 처음 경험해 보는 그로서는 알 수 없었다.

"안 해요."

"석주야."

"좋아하는 여자 있어요."

"……뭐?"

자리에서 일어난 석주가 이제 식어 가려는 음식을 세팅하며 아
무렇지 않게 내뱉었다. 자신이 무슨 말을 들었는지 되새기느라 눈
만 깜박거리며 가만히 앉아 있던 정 여사가 이내 자리에서 벌떡
일어섰다.

"누구니?"

"말씀드려도 모르세요."

석주는 정 여사가 올려놓은 사진들을 한쪽으로 치우며 그릇을
내려놓았다.

"아니, 진짜 있긴 있어? 세상에 존재하니?"

"네."

"여자……는 맞지?"

"네."

힘이 풀린 정 여사가 다시 자리에 풀썩 앉았다. 그녀가 질문세
례를 퍼붓기 직전 잠시 쉬는 동안 석주는 애써 복잡한 머릿속을
지우며 아침상을 차렸다.

◆

　[오늘 점심 같이 먹자.]

　준희의 문자였다.

　이서는 오전에 받았던 문자를 열어 보며 한숨을 쉬었다. 석주
에게는 아까 이미 말을 해 둔 상태였다.

　그와 함께가 아닌 혼자 로비로 내려온 이서는 주위를 두리번거
렸다. 어렵게 찾을 필요도 없었다. 누구보다 화려하고 값비싼 정
장을 입고 헤어스타일 역시 완벽하게 세팅한 상태의 준희가 그녀
에게 다가왔다.

　"그분은?"

　"그분?"

　"한석주 대리님. 들어 보니까 항상 너랑 같이 점심 먹는다던
데."

　"오늘은 너랑 점심 먹는다고 말씀드리고 따로 온 거야."

　"그래? 데리고 오라고 말할 걸 그랬네. 아쉽다."

　준희가 어깨를 으쓱했다. 그녀가 홀리듯 던진 말에 이서는 벌
써부터 내리막을 치려는 감정 곡선을 다잡았다.

"가자."

"응."

걸음을 옮길 때마다 준희의 구두 소리가 딱딱거리며 바닥을 울렸다. 높은 굽의 뾰족한 하이힐이 자체로도 아슬아슬해 보였지만 항상 하이힐만 신어 온 준희에게는 편한 신발을 신은 것처럼 안정감 있어 보였다.

이서는 그런 준희를 잠잠한 눈길로 바라보았다.

준희는 지난번에 로비에서 만났을 때 했던 말 그대로 이서가 다니고 있는 회사에 취직했다. 갑작스러운 느낌이 만연한 낙하산 취직이었다.

주경백화점 상무이사의 비서로 채용된 준희는 요 며칠 회사 사원들의 이야깃거리 중 하나였다. 어디 집 막내딸이라는 신상정보 파악부터 누구누구 연줄을 이용한 낙하산 취직에, 입고 오는 옷마다 어지간한 샐러리맨 월급을 우습게 넘는다는 정보까지. 마치 준희가 연예인이라도 된 것 같은 분위기였다.

이서는 준희에게 묻고 싶었다. 회사원이 되는 것은 따분하다고 버릇처럼 말해 놓고 도대체 무슨 변덕이 나서 회사에 다니려는 마음을 먹은 것인지 알 수 없었다. 그것도 하필이면 자신이 다니는 이곳에.

"들어가자."

백화점 근처 작은 레스토랑에 들어간 두 사람은 직원이 안내해 주는 대로 자리에 앉았다. 각자 주문을 하고 요리를 기다리는 동안 이서는 속에 얹힌 것처럼 답답한 마음을 해결하기 위해 결국 먼저 입을 열었다.

"준희야."

"한석주 그 사람 말이야."

하지만 준희의 반응이 더 빨랐다. 이서는 준희가 석주를 거론하자 단번에 경계가 짙어진 얼굴로 그녀를 보았다. 준희가 본사에 발을 들인 것을 제 눈으로 확인했던 순간부터 예감하고 어느 정도 받아들였던 일이었지만 직접 그녀의 목소리로 듣게 되자 더욱 감정이 동요할 수밖에 없었다.

"알고 보니까 저번 내 선 상대였더라고."

"……."

"네가 나 대신 나갔던 그 선 자리 말이야."

이서를 보는 준희의 눈빛이 날카롭게 변했다.

"왜 얘기 안 했어?"

"뭘?"

"나 대신 봤던 선 상대를 회사 상사로 다시 만나게 됐다고. 대단한 우연이잖아. 나 같으면 너무 재밌고 신기해서 바로 말했을 거 같은데. 꼭 숨기기라도 하는 것처럼 너 아무 말도 없었던 게 조금 이상해서."

테이블에 팔을 들어 올려 손 위에 턱을 기댄 준희는 묘한 시선으로 이서를 훑었다. 마치 이서의 심중을 살피는 것처럼. 준희에게마저 자신의 마음이 드러났을까. 이서는 긴장이 번진 마음을 다잡았다.

"숨기려는 의도 같은 거 없었어. 회사에서 한 대리님 처음 보고 조금 놀라긴 했는데 일 배우는 데 급급해서 정신도 없었고. 그냥 딱히 말할 필요 없다고 생각했어. 그뿐이야."

"그래?"

이서의 대답에 준희는 시큰둥하게 고개를 끄덕였다.

"그럼 나 좀 소개시켜 줄 수 있지?"

"뭐?"

"한석주 그 사람 집안, 우리 엄마도 그렇게 눈독 들이면서 탐내는 집안이야. 지금은 평범하게 입사해서 평사원으로 일하고 있는 거 같지만 오래 안 갈 거야. 그 집안 특성이라더라. 짧게라도 그렇게 일 배우고 경험 쌓는 거."

"……."

"아, 혹시 관심 가졌던 건 아니지? 너는 감당 못 할 집안이야. 너희 언니가 우리 오빠한테 시집온 게 차라리 현실성 있을 정도로."

준희는 이죽거리듯 말하며 뭐가 그리 즐거운지 피식 웃었다. 연서의 이야기를 꺼내면 이서가 쉽게 마음이 흐트러진다는 것을 그녀는 아주 잘 알고 있었다. 이서의 가장 큰 아킬레스건.

그녀의 예상대로 이서는 테이블 아래 내려진 손에 힘을 주었다. 작게 주먹이 쥐어진 손이 파르르 떨려왔다.

"내가 그때 나갔어야 했는데 말이지. 조금 꼬이긴 했지만 이제 다시 시작해도 괜찮을 거 같아. 어차피 처음부터 내 인연이었던 사람이니까 나랑 그 사람, 잘되게 네가 좀 도와줘."

준희의 목소리는 너무도 확고하고 당당해서 이서는 하려던 말조차 잊을 정도였다. 그녀는 흔들리는 눈동자로 준희를 보았다.

준희가 왜 석주에게 관심을 갖는 것인지 모르지 않았다. 자신이 그를 좋아한다는 것을 준희는 이미 파악했을 것이다. 자신이 석주를 마음에 두었기 때문에.

하지만 왜 그렇게까지 하는 건지 이서로서는 알 수 없었다. 어째서 서준희는 이다지도 집요하게 자신을 괴롭히고 싶은 걸까.

끈질기게 이어지는 이 피로한 관계에 헛웃음이 나왔다.

"……한 대리님은 아마 거절하실 거야."

"괜찮으니까 한번 자리만 만들어 줘. 그 정도는 할 수 있잖아."

준희는 이서의 다음 말은 더 들을 생각이 없다는 것을 보여 주며 눈을 내리깐 채 휴대폰만 응시했다. 이서는 무릎 위에 얹어진 두 손을 맞잡은 채 힘을 주었다.

◆

어디서부터 이렇게 잘못된 걸까. 도대체.

컴퓨터 모니터 화면에 시선을 두고 있는 이서는 전혀 다른 생각에 휩싸여 있었다. 너무도 어린 시절부터 시작되어 온 준희의 이유 모를 견제와 미움이 이제는 오히려 당연하고 자연스럽게 느껴질 정도였지만 지금에 와서 다시 한 번 억울한 감정이 치솟았다. 며칠 전 준희가 대놓고 자신의 앞에서 노골적으로 했던 말들 때문이었다.

송이서를 괴롭히고 못살게 굴고 싶다는 마음을 전혀 숨기지 않았고 오히려 전부 보라는 듯이 훤히 드러내고 있었다. 나는 네가 이만큼 싫다. 이렇게 할 정도로 네가 밉고 혐오스럽다. 꼭 그렇게 말하고 있는 것 같았다.

어째서 그렇게까지 하는 걸까. 이서는 준희의 마음을 이해할 수 없었고 그녀가 건하를 탐냈던 그때보다 더한 화가 치밀었다. 물론 가장 화가 나는 것은 그녀에게 아무 말도 하지 못하는 자신이었다. 그 이유는 언제나 그렇듯 연서 때문이었다.

연서는 자신이 어떻게 살아가고 있는지에 대해 전혀 말해 주지 않았지만 얼마나 참담한 시집살이를 이어 가고 있을지는 상상이 갔다. 상상으로뿐만 아니라 준희에게 실제로도 이야기는 많이 들었다. 연서의 시어머니이자 준희의 모친이 연서를 얼마나 심적으로 피폐해지도록 구석으로 내몰고 있는지.

아이러니하게도 시댁 식구들에게 남보다도 못한 취급을 받는 연서에게 준희는 유일하게 어느 정도 마음을 터놓을 수 있는 시누이였다. 이서는 연서에게 그 말을 들었을 때 믿어지지 않아 몇 번을 되물었었다.

자신을 이유도 없이 죽일 듯이 미워하는 준희라 당연히 연서에게도 쌀쌀맞게 굴 거라고 예상했었다. 하지만 생각과 달리, 준희는 연서를 미워하지도 무시하지도 않았다. 특출 나게 다정하게 구는 것은 아니라도 남편인 승재와 사이가 벌어져 그마저 등을 돌린 지금, 연서가 집에서 평범하게 교류를 나누는 가족은 준희가 전부였다.

준희가 그것을 강조할 때마다, 아무것도 모르는 연서가 준희에 대한 고마움을 표할 때마다, 이서는 숨이 막히는 기분을 종종 느꼈다. 그리고 떨쳐지지 않는 생각 때문에 괴로웠다.

설마 그렇게까지는 아닐 거라고.

자신이 아무리 밉다 밉다 하는 준희지만 자신이 연서 때문이라도 준희의 말을 거부할 수 없도록 그런 상황을 만들고 있는 건 아닐 거다.

이서는 세게 고개를 저었다. 누군가에게 그렇게까지 증오받고 미움받는다는 것을 생각하는 것은 자체로도 생각보다 더 스트레스 받는 일이었다.

'처음부터 내 인연이었던 사람이니까. 나랑 그 사람, 잘되게 네가 좀 도와줘.'

그와 잘되도록 도와달라니.

백 보 양보해서 석주에게 갖는 관심이 준희의 진심이라 해도 이서는 그녀를 도와줄 수 없었다. 그에 대한 감정을 깨달은 것은 얼마 되지 않았지만 회사에 입사하고 차곡차곡 쌓아 온 마음은 그리 가볍고 어설픈 것이 아니었다.

자신에 대한 미움으로, 건하를 갖지 못했다는 것에 대한 몸부림으로 부러 자신을 도발하며 석주를 빼앗고 싶어 하는 준희에게 도대체 어떤 답을 들려줘야 하는 건가. 이런 관계가 언제까지 이어져야 하는 것인지 답 없는 상황에 말문이 막혔다.

옅은 한숨을 뱉어 내던 이서는 자동문 사이로 들어오는 낯익은 얼굴을 확인하고는 놀란 얼굴로 그를 보았다.

"이서 씨, 오랜만이에요."

"어? 경현 씨."

고객전략팀 소속인 경현이 이곳에 온 이유는 아마도 마케팅 1팀과 2팀의 경계선처럼 가운데에 있는 회의실을 사용하기 위해서일 것이다. 이서는 환하게 웃으며 자신에게 다가오는 경현에게 마찬가지로 웃으며 인사해 주었다.

"회의하러 온 거예요?"

"네. 참, 이서 씨가 기획한 기획안 통과됐다면서요? 축하해요."

"아, 감사해요. 근데 제가 했다기보다는 한 대리님이 다 도와주신 거예요."

"너무 겸손한 거 아니에요?"

"정말이에요. 사실 아이디어라고 생각하지도 못하고 넘길 뻔했던 건데, 한 대리님이 기획안 작성해 보라고 하셔서 하게 된 거기도 하고요."

잠시 비어 있는 석주의 자리에 시선을 내린 이서는 그를 생각하자 자연스럽게 흘러나오는 웃음을 입가에 담았다. 이서에게는 정말 여러모로 고마운 선배이자 별거 아닌 행동만으로도 자꾸 마음을 설레게 하는 남자였다.

"이서 씨."

"……네?"

그런 이서를 응시하고 있던 경현의 얼굴이 어두웠다. 눈치가 빠르고 상황 파악에 민감한 그로서는 그녀의 얼굴에서 비쳐지는 감정이 무엇을 말하고 있는지 모를 수 없었다. 비록 그녀가 지난번 석주에 대한 마음을 단호하게 부정했다고는 하지만 어쩐지 석연찮은 기분이 들었었다.

그래도 당사자가 절대 아니라고 말하니 안심하며 고개를 끄덕였다. 적어도 아직까지는 자신에게도 기회가 있을지 모른다고. 그런데 이서의 얼굴을 보자 애써 접어 두었던 생각이 다시 펼쳐졌다.

"내가 저번에 했던 질문, 다시 해도 될까요?"

경현은 주위 지나다니는 사원들이 들을 수 없도록 목소리를 낮춰 물었다.

"어떤……."

"한석주 대리님, 좋아하죠?"

생각지도 못했던 질문에 이서는 굳어진 채 입을 다물었다. 저번 경현의 질문에는 거짓말이 아니라 스스로 자각하지 못했었기 때문에 아니라고 당당하게 말할 수 있었다. 하지만 지금은 떳떳하게 그를 좋아하지 않는다는 말을 할 수 없을 것 같았다.

"그건……."

이서는 석주를 좋아하고 있었다. 언제부터인지는 아마 아무리 머릿속을 괴롭히며 떠올리려 해도 찾을 수 없을 것이다. 어느새인가부터 그에게 설레고 마음이 떨리고 온몸이 반응하고 있었다.

처음엔 무섭다고 여겼던 그의 담담하고 무표정한 얼굴을 몇 번이고 몰래 훔쳐보고, 그러다가 아주 가끔 지어지는 미소를 보게되면 몇 날 며칠을 떠올리며 잊지 않도록 가슴에 담아 두었다. 그의 조용한 배려들을 느낄 때마다 홀로 설레는 마음을 진정시켜야 했다.

동경하는 선배에게 느낄 만한 감정들이 결코 아니었다. 연애를 해 본 적이 없다지만 이 마음을 모를 수는 없었다. 처음으로 건하를 좋아하기 시작하면서 느꼈던 마음들. 어쩌면 첫사랑에게 주었던 것보다 더 깊게 누른 감정이었다.

"……네."

이서가 자신의 감정을 직시한 채 대답했다.

"좋아해요."

그를 좋아한다. 준희와 건하와의 지난 일들이 두려울 만큼. 그 일들이 다시 번복된다면 견딜 수 없을 만큼.

"……좋아해요."

"이서 씨."

"나 지금 무슨 말을 들은 거야?"

이서와 경현이 화들짝 놀란 이유는 두 사람 사이의 대화에 갑자기 끼어든 목소리가 서로의 것이 아니기 때문이었다. 이서는 경현의 뒤에 선 목소리의 주인이 그녀가 아니기를 간절히 바랐다. 하지만 언제나 그러하듯 하늘은 이서의 편이 아니었다.

"송이서 씨가 최경현 씨를 좋아한다고?"

주름 잡힌 치마를 펴던 홍 대리가 허리를 펴고 두 사람을 번갈아 바라보았다. 눈을 동그랗게 뜬 채 그들에게 시선을 주고 있는 그녀의 얼굴은 칙칙해 보이던 오전과는 달리 생기가 흘러넘쳐 보였다.

최근 회사 일에 완벽하게 적응을 해서 실수도 거의 하지 않고,

그럴수록 다시 자신감도 되찾아 능률도 오른 이서에게 따로 딴지를 걸 수 없었던 홍 대리는 던져 놓은 지 오래되었던 낚싯대가 꿈틀한 것을 보기라도 한 눈이었다.

"대리님, 그게 아니라……."

"무슨 그게 아니야? 방금 내 귀로 똑똑히 들었는데. 지금 경현 씨한테 좋아해요라고 말했잖아? 그랬어, 안 그랬어?"

"그건……."

홍 대리가 부러 더 큰 목소리로 사람들의 시선을 모았다. 그녀의 말에 주변에 있던 사원들이 대놓고 이서와 경현을 힐끗거리기 시작했다. 경현은 곤란함과 미안함이 담긴 얼굴로 이서를 보고 있었다.

이서는 머리가 다 지끈거렸다. 방금 좋아한다고 했던 대상이 석주라는 것을 말할 수도 없는 노릇이라 더욱 골치가 아팠다. 왜 하필 저 말을 할 때 홍 대리가 지나가서 일이 이렇게 된 걸까. 엎친 데 덮친 격이라고 요즘 들어 정말 되는 일이 없었다.

이서는 거리를 좁히며 다가오고 있는 석주를 발견하고는 입술을 깨물었다. 제발 이 순간 오지 말기를 기도했던 그까지.

이서가 깊게 한숨을 내쉬었다. 지금 그가 오지 않았다면 이렇게 최악의 기분까지 치닫지는 않았을 거다. 홍 대리 역시 석주가 오고 있는 것을 확인하고는 만면에 미소를 지으며 다시 입을 열었다.

"남자친구도 안 사귀고, 소개팅도 다 거절하는 거 보고 이상하다 했더니 경현 씨 좋아했었구나. 이서 씨. 혼자 속 끓였던 거야?

왜, 두 사람 아주 잘 어울리는데. 어, 석주 씨! 방금 송이서 씨가……."

신이 날 대로 난 홍 대리가 친근하게 석주의 팔을 잡았다. 순간 홍 대리를 비롯한 주변 모두의 분위기가 차갑게 얼어붙었다. 석주가 홍 대리의 손이 닿자마자 더러운 벌레라도 닿은 것처럼 너무도 싸늘하게 쳐 냈기 때문이었다. 평소에 그런 내색을 하지 않는 그이기에 사람들은 더욱 놀란 것 같았다.

"석주…… 씨."

주변 사람들도 놀랐지만 누구보다 가장 놀라고 당황한 이는 홍 대리였다. 그녀는 상처받은 얼굴로 석주를 보았다.

"방해되니까 네 자리로 돌아가."

그의 눈빛 역시 그 어느 때보다 매섭고 냉랭하기 그지없었다. 사람이 아닌 사물을 보는 듯한 온기 하나 없는 싸늘한 눈빛이었다.

하나하나 처음 보는 석주의 모습에 지켜보고 있던 사원들이 조용히 술렁였다. 홍 대리는 충격을 받은 얼굴로 그를 보다가 입술을 잘근 깨물면서 빠르게 걸음을 옮겼다. 그녀가 수군거리는 사람들의 시선을 피해 자동문 밖으로 나가 버리고, 그제야 주변 사람들도 정리가 된 상황에 자신들의 자리로 돌아갔다.

"미안해요. 이서 씨."

경현은 본의 아니게 그녀를 궁지로 몰았던 것이 미안했는지 그 말을 끝으로 급히 회의실로 향했다. 그리고 한바탕 소란이 있었던 자리에 덩그러니 남은 두 사람은 회사에서 처음 맞닥뜨렸던 때처럼 어색한 침묵을 사이에 두고 있었다.

이서는 자리에 앉는 석주를 보며 그의 눈치를 살폈다. 무슨 일이 있었던 건지 묻기도 힘들 만큼 화가 난 것 같았다. 그게 설마 자신 때문인 걸까. 이서는 좁혀지는 생각에 애써 아닐 거라 고개를 저었다.

그는 여전히 화가 난 얼굴로 앞을 보고 있었다.

협력회사와의 미팅을 마치고 본사로 돌아가는 길. 차 안에 석주와 단둘뿐인 이서는 오늘따라 말이 없었다. 석주가 과묵한 것은 항상 그래 왔기에 익숙하고 자연스러운 일이었지만 재잘재잘 그에게 참 여러 주제로 말을 붙여오곤 했던 이서가 이렇게 조용한 것은 흔치 않은 일이었다. 그는 걱정되는 낯빛으로 그녀를 살폈다.

"컨디션이 안 좋은 거예요?"

"네?"

"얼굴이 별로 안 좋아요."

"아, 조금 피곤해서요."

이서가 옅게 웃으며 대답했다. 그는 여전히 신경이 쓰이는 얼굴로 그녀를 주시했다.

"참, 대리님. 아까는 죄송해요. 저 때문에 괜히 홍 대리님께……."

"이서 씨가 미안할 일 아니에요."

석주가 아까 일을 떠올렸는지 다시금 인상을 찌푸렸다.

"나도 정말로 화가 났었으니까."

"……."

"물어보고 싶은 게 있는데."

석주의 차가 본사 건물 뒤편에 있는 야외주차장에 세워졌다. 그는 이제 이서에게 시선을 집중한 채 입을 열었다.

"정말로 최경현 씨, 좋아해요?"

그녀가 아는 그라면 결코 누구에게도 하지 않을 질문이었다. 아무리 눈치가 없는 사람이어도 알 수밖에 없는 확연한 관심을 그가 표현하고 있었다. 이서는 설마 했던 것이 점차 사실로 가까이 다가오는 것을 느꼈다.

여자기피증이란 말을 들을 정도로 과거에 여자로 인해 좋지 못한 경험을 했던 그였기에, 그가 자신에게 명확해 보이는 호감을 보일 때도 아닐 거라고만 생각했었다. 그런데 이번에도 틀린 모양이었다.

"그런 거 아니에요."

이서는 조금도 지체하지 않고 대답했다. 다른 걸 다 떠나서 그가 그렇게 오해하는 것을 견딜 수 없었다.

"그럼 됐어요."

"……."

"우선 들어가죠."

그는 어떤 재촉도 없었다. 이미 준희로 인해 머릿속이 복잡한 그녀가 아직은 이 주제에 대해 피하고 싶어 한다는 것을 알아챈 듯 보였다. 이서는 석주와 함께 차에서 내렸다.

"어? 이서야."

이서는 앞을 보고 있던 눈을 잠시 세게 감았다. 가장 듣고 싶지 않은 목소리가 들려온 탓이었다. 퇴근하는 길이었는지 가방까지 챙겨 든 준희가 미소를 지은 채 이쪽으로 다가오고 있었다.

"한 대리님, 안녕하세요."

"네."

준희의 인사에 석주도 예의를 갖추어 고개를 숙였다.

"아직 일이 안 끝나신 거예요?"

"끝났습니다."

"아, 이제 퇴근만 하시면 되는 거군요?"

"네. 생각보다 미팅이 길어졌습니다. 송이서 씨는 사무실에서 가방만 챙기고 바로 퇴근하면 됩니다."

아직 제대로 된 설명은 하지 않았지만 준희를 이서의 오래된 친구 정도로 알고 있는 석주는 준희가 이서에게 볼일이 있다고 여긴 모양이었다.

"아, 아니에요."

준희가 웃으며 고개를 저었다.

"네?"

"제가 볼일 있는 사람은 이서가 아니라 한 대리님이에요."

생각지 못했던 말에 석주가 눈썹을 비틀며 인상을 찌푸렸다. 말을 붙이기 저어될 만큼 차가운 모습이었지만 준희는 신경도 쓰지 않았다.

"이서가 아직 말 안 했나요? 지난번에 이서랑 선보셨죠? 서

준희라는 이름으로요. 원래 그 자리에 나갔어야 했던 사람이 저였어요. 인위적인 만남이 싫어서 철없이 친구한테 대신 봐 달라 부탁했었는데 이렇게 만나게 됐네요."

"저와 그다지 상관없는 말을 하시는군요. 제가 그 날 원래 서준희 씨를 만났어야 했다는 점에 대해서는 전혀 관심 없습니다."

"그 인연이 아니더라도 저 한 대리님한테 관심 있어요. 너무 솔직한가요? 그래서 이서한테 부탁해놨는데, 얘가 아무래도 상사라서 불편한지 말을 계속 못 하고 있는 거 같더라고요. 그래서 제가 먼저 이렇게 말씀드리는 거예요."

석주의 얼굴이 딱딱하게 굳어졌다. 그가 설명을 바라는 얼굴로 이서를 보았다. 이서는 그와 눈을 맞추기 힘들어 고개를 숙였다. 처음 만남부터 지금까지 가장 숨고 싶은 창피한 순간을 계속 그에게 보여 주게 되는 것이 원망스러웠다.

"미안하지만."

석주가 차가워진 얼굴로 준희를 보았다.

"전 서준희 씨를 만나 볼 생각이 조금도 없습니다."

"그건 저를 좀 더……."

"시간이 지나도 바뀌거나 하진 않을 겁니다."

"혹시 마음에 둔 사람이 있는 건가요?"

준희가 뾰족한 가시를 세운 말투로 물었다. 그녀의 눈빛이 석주의 곁에 선 이서에게로 향했다. 그것을 석주 역시 알고 있었다.

"답해야 할 의무는 없는 것 같지만 대답하죠."

그는 조금의 망설임도 없이 입을 열었다.

"있습니다."

준희가 새빨갛게 칠해진 입술을 질끈 깨물었다.

또 이렇게.

"정말……."

송이서란 존재는 끔찍했다. 처음부터 그랬다. 어린 시절, 처음 만났던 날부터 모자란 것 없이 살아오던 자신에게 누구한테도 느낀 적 없었던 열등감을 슬슬 부추기던 아이였다. 그렇지 않아도 자신이 받아야 할 주변 시선을 모두 빼앗아 가 자존심을 상하게 하고 자꾸만 거슬렸던 그녀는 자신이 처음으로 좋아했던 첫사랑에게마저 시선을 독차지했다.

처음에는 그런 유치한 이유가 다였던 것 같다. 단지 이서가 너무도 밉고 거슬렸다. 연서가 오빠인 승재에게 시집을 오면서 더욱 자신의 인생에 끼어들게 되자 이서와의 인연을 얼른 끊어 내고 싶었고 그러면서도 그녀 역시 자신과 같은 열등감을 느껴 보도록 만들고 싶었다.

누구도 이해하지 못할 이서를 향한 비틀어진 감정이 똬리를 틀었다. 준희의 질투와 증오는 시간이 흐를수록 더욱 깊어졌고 집요하게 이어졌다. 이서에게 수치심과 모욕감이 들게 하는 말을 하면서 우월감과 자부심을 느꼈다. 그렇게 살아가는 것이 버릇이 되고 점차 그게 당연하게 여겨졌다.

그러다가 처음 건하를 만나게 되었다. 이서와 함께 그를 만났던 날, 이서의 첫사랑이 그라는 것을 알게 된 순간, 욕망이 샘솟았다. 그를 빼앗아서 이서를 아프게 하고 싶었다. 분명 처음엔 그런 이유였다. 이서 때문에 처음 눈길이 갔던 건하에게 언제부터 진심으로 마음을 주기 시작한 것인지는 잘 기억나지 않는다.

시간이 갈수록 준희는 건하에게 진심이 되었고, 그 마음을 조롱하듯 이서와 건하 두 사람의 감정은 서로에게 온전히 향한 채 굳건했다. 이서는 건하를 밀어냈지만 건하는 영원히 변하지 않을 것처럼 단단했다.

그것이 더욱 준희를 참을 수 없게 만들었다. 전부 송이서 때문에. 자신의 모든 게 이서로 인해 엉망이 되었다. 감정의 비틀림이 가장 심해진 건 그때부터였다.

끝내 자신을 받아 줄 수 없다고 말하며 이별을 고하던 건하의 앞에서 태어나서 처음으로 세상이 무너질 것처럼 울었다. 아이처럼 우는 자신을 건하는 냉정하게 바라보다 자리에서 일어서 나갔다.

몇 년을 그만 바라보던 자신이었다. 숨도 제대로 못 쉬며 우는 자신을 한 번쯤 돌아봐 줄만도 했다. 그런데 그는 정말 단 하나의 감정조차 준희에게 남겨 주지 않았다. 애초에 이서에게 온전히 쏠린 마음이란 걸 알았다. 그런데도 시간의 힘을 믿으며 기다리고 또 기대했다. 그래서 더욱 아팠다.

그렇게 준희의 상처는 증오가 되었고 그 감정은 단 한 사람에게로만 향했다.

송이서.

자신이 갖고 싶은 것은 항상 손에 가진 채 아무것도 모르는 얌전한 얼굴로 자신을 괴롭혀 왔다. 자신도 무언가는 그녀에게서 소중한 것을 빼앗아야 공평했다.

그런데 또. 또다시. 항상 이렇다. 항상 이렇게 가지고 싶다고 생각하면 전부 이미 이서에게 다가가 있다. 자신이 가질 수 있는 틈은 조금도 없다.

"이제 난 건하 오빠랑 완전히 헤어졌어. 그러니까 잘해 봐, 송이서."

"······."

"길고 길었던 네 첫사랑 말이야. 너 건하 오빠가 아니면 안 되는 애잖아."

준희가 이서를 노려보다가 이내 등을 돌렸다. 또각또각 구두 소리를 내며 걸어 나가는 준희의 모습이 희미해질 때쯤에야 이서는 빙빙 도는 것 같았던 머릿속이 그나마 조금 나아지는 것을 느꼈다.

"계속 이런 민망한 모습만 보여서 죄송해요."

"이서 씨."

석주가 깊어진 눈으로 이서를 살폈다. 그는 뒷말을 더 하지 않았지만 이서는 알 것 같았다. 그가 무슨 말을 하고 싶은 것인지. 그의 마음이 어떤 것인지.

그는 언제부턴가 숨기지 않고 있었다. 이서가 스스로의 마음을 모른 척했었던 것처럼 그의 마음 역시 아닐 거라 모른 척하고 있었을 뿐. 그는 무감한 만큼 감정을 흘리는 남자가 아니었지만 이미 떠오른 감정을 속이고 감추는 남자도 아니었다.

석주는 지금 또한 확연하게 자신의 마음을 내보이고 있었다.

하지만 지금의 이서로서는 어떤 대답도 해 주기 어려웠다. 애매하고 어설픈 상태로 자신의 마음을 아직 제대로 갈무리하지도 않은 상태로는 그에게 어떤 말도 할 수 없었다.

"저는……."

"……."

"죄송해요."

아직 할 수 있는 말은 그것뿐이었다. 석주가 어떻게 받아들일지 모르지만 이서는 고개를 숙인 채 입을 다물었다.

11. 마음의 무게
✳✳✳✳✳✳✳✳

이번 마케팅팀 회의에서는 이서가 기획한 수중패션쇼 이벤트에 이목이 집중되었다. 석주가 많이 도와주기는 했지만 처음으로 담당을 맡아 이벤트를 준비하게 된 이서는 팀장의 질문에 막힘없이 대답해 나갔다.

"대형수족관 장소 섭외 완료했고요. 싱크로나이즈드 스위밍 선수 출신 모델들로 에이전시 통해 섭외 단계 중입니다."

앞을 본 이서는 순간 석주와 눈이 마주쳤다. 하지만 향했던 시선은 짧게도 이어지지 못하고 이서에 의해 잘려 나갔다. 그녀가 부자연스러울 만큼 재빨리 그의 시선을 피한 탓이었다. 굳어지는 그의 얼굴을 보지 못한 이서는 입술을 질끈 깨물었다.

그 날 이후 석주와의 관계가 다시 어렵고 불편해졌다. 그에 대한 마음이 어떤 것인지 스스로조차 알 수 없었다.

그를 좋아한다. 준희에게 그를 건하 때처럼 빼앗기고 싶지도 않다. 그 역시 자신을 좋아한다는 것을 안다.

하지만 왜일까. 쉽게 다가가지지 않았다.

'한석주 그 사람 집안, 우리 엄마도 그렇게 눈독 들이면서 탐내는 집안이야. 지금은 평범하게 입사해서 평사원으로 일하고 있는 거 같지만 오래 안 갈 거야. 그 집안 특성이라더라. 짧게라도 그렇게 일 배우고 경험 쌓는 거.'

'아, 혹시 관심 가졌던 건 아니지? 너는 감당 못할 집안이야. 너희 언니가 우리 오빠한테 시집온 게 차라리 현실성 있을 정도로.'

준희에게 간접적으로 들었던 그의 배경이 아니더라도 자신은 앞으로 갈 길이 멀었다. 경혜와 연서를 자신의 힘으로 책임지기 위해서는 앞만 본 채 열심히 일을 하고 커리어를 쌓아야 했다. 대학 때부터 자신에게 연애 따위는 사치라고 생각했던 것도 같은 맥락이었다.

스스로 세뇌시킨 오랜 족쇄가 건하 다음으로 다시 사랑이란 감정을 일깨운 석주에게 가고 싶은 마음을 훼방 놓고 있었다.

무엇보다 나 홀로 행복해져서는 안 된다는 마음이 항상 가슴한 자리를 차지하고 있었다. 그들을 위해 불행을 선택한 연서를 위해서라도 오래전부터 강박적으로 자신 역시 행복해선 안 된다고 생각했다.

친구들과 아무 걱정 없이 웃다가, 경혜와 단둘이 맛있는 음식을 먹기 위해 외식을 하러 갔을 때, 이탈리아에서 돌아와 재회했던 건하에게서 자신을 향한 감정을 느꼈던 날, 일상에 찾아오는 소소한 행복조차 때때로 죄의식이 느껴졌다. 자신이 행복한 지금 연서는 어떨까. 그걸 돌이키면 마음은 다시 무거워지곤 했었다.

"순조롭게 진행되어 가고 있네요. 좋아요. 이번 기획, 사장님도 기대가 크시니까 잘해 보도록 합시다."

"네."

회의가 마무리되고 사원들이 하나둘씩 회의실을 빠져나갔다. 앞에 마구잡이로 섞인 문서들을 정리하던 이서는 뒤늦게 자리에서 일어서야 했다. 오늘 회의를 준비하느라 며칠을 제대로 자지 못해서인지 평소보다 몸이 무겁게 느껴졌다. 점심시간에 약국이라도 들러 약이라도 사야겠다고 생각했다.

버거워 보이는 종이뭉치들을 들고 일어서던 이서는 아니나 다를까 어지러운 기운을 느끼며 몸을 휘청거렸다.

"어어……!"

그런 이서를 붙잡아 준 것은 아까부터 안색이 안 좋은 그녀를 불안한 눈빛으로 계속 지켜보던 석주였다. 그에게 안기는 꼴이 되어 버린 이서는 이 와중에 사람들이 모두 자리를 빠져나가 텅 빈 고요한 회의실이 다행스럽게 여겨졌다. 이런 모습을 다른 여자사원들, 특히 홍 대리가 보았다면 그녀를 정말로 맹수처럼 잡아먹으려고 했을지도 모르는 일이었다.

하지만 어지러움을 느끼며 온몸에 힘이 풀린 탓인지 손에 쥐고 있던 문서들이 아래로 추락하며 회의실 바닥을 어지럽히게 만들었다. 이서는 자신이 넘어질까 팔을 잡아 주는 석주에게 고개를 살짝 숙이며 인사했다.

"죄송해요, 한 대리님."

"괜찮으니까 앉아 있어요."

"아니에요."

"앉아 있어요."

석주가 이서를 의자에 앉힌 뒤, 거부할 수 없는 나직한 목소리로 단호하게 말했다. 이서는 머쓱해진 얼굴로 고개를 끄덕여야 했다. 그가 바닥에 뒤엉킨 서류들을 줍는 동안 이서는 조용히 그의 뒷모습을 바라보았다.

그가 종이를 모두 주워 이서에게 다가왔다. 이서는 그와 눈을 마주치자마자 흠칫 놀라며 시선을 피했다. 그의 눈빛이 세세하게 그녀의 행동 하나하나를 좇았다. 자신을 밀어내는 듯한 아픈 시선조차도 소중하다는 듯이.

"안색이 많이 안 좋은데, 아픈 거 아니에요?"

"컨디션이 좀 별로긴 한데 심각한 건 아니에요. 괜찮아요."

이서가 흐릿하게 웃으며 대답했다. 석주는 그 모습을 잠시 조용히 응시했다.

"한 대리님?"

"저번에 이서 씨 집 앞에 찾아왔던 그 남자한테 마음 있어요?"

"네?"

이서가 놀란 얼굴로 그를 보았다.

"회사에서 갑자기 이런 말 꺼내서 미안해요. 나도 이런 게……
이런 감정이 처음이라 많이 서툴러요."

"……."

"이서 씨가 나한테 마음이 없다는 건 알아요. 아니라면 다른
여자를 소개시켜 줄 생각은 하지 않았겠죠."

"한 대리님, 그건……."

"괜히 불편하게 해서 미안합니다. 앞으로 일하는 데 차질 없도
록 내가 알아서 조용히 정리할 테니 신경 쓰지 않아도 돼요."

석주의 말에 이서는 안타까운 얼굴로 그를 보았다. 결국 요즘
들어 그를 피한 그녀의 모습에 오해를 한 모양이었다. 그게 아니
라고 말하고 싶었다. 그럼 도대체 어디부터 말해야 할까. 쓸데없
이 복잡하고 뒤엉킨 자신의 상처투성이 속을 누군가에게 솔직히
드러내 본 적 없는 그녀로서는 모든 게 힘들고 버거웠다.

"대리님……."

"그리고 아프면 고집부리지 말고 꼭 말해요."

처음 회사에서 만났을 때의 차갑고 무뚝뚝한 목소리로 말했지
만 그 속에 담긴 마음이 얼마나 따뜻하고 부드러운지 이제 아는
이서로서는 왈칵 눈물이 터져 나올 것 같았다.

석주가 먼저 발길을 돌려 회의실을 빠져나갔다. 이서는 잠시
그 자리에 앉아 엎드린 채 답답한 숨을 내쉬었다.

[할 얘기가 있어.]

퇴근하고 잠깐 만나자는 건하의 문자를 확인한 이서는 담담한 눈으로 알겠다는 답장을 보냈다. 만나고 싶지 않았지만 언젠가는 풀어야 할 이야기가 있었다. 그녀는 조용히 자리에서 일어섰다.

사무실을 나서던 이서는 비어 있는 석주의 자리를 무심코 뒤돌 아보았다. 석주와의 관계는 선 자리 이후 처음 회사에서 봤던 그 때보다 못한 사이가 되어 버렸다. 아예 서로를 몰라 남과 같았던 전보다 못한, 함께 있으면 공기가 무거워지는 서먹서먹한 사이가. 어찌 보면 당연한 일이었다.

이서는 씁쓸한 미소를 지으며 건하를 만나기로 한 회사 근처 카페로 향했다. 오전과 다름없이 여전히 몸이 좋지 못했지만 그와 의 만남을 더 이상 미루고 싶지도 않았다.

카페에 들어선 이서는 이미 도착해서 자리를 잡고 있는 건하를 발견했다. 잠시 그 자리에서 가만히 그를 지켜보던 이서는 이쪽으 로 시선을 돌린 그와 눈이 마주쳤다. 이서가 머뭇거리던 발걸음을 움직여 그에게 다가갔다.

"왔구나."

자신의 앞에 앉는 이서에게서 눈길을 떨어트리지 않던 건하가 조용히 입을 열었다.

"우선 차부터 시킬까?"

"네."

종업원에게 차를 주문하자 다시 불편한 침묵이 두 사람의 자리 를 떠돌았다. 이서는 어둠이 깔린 창밖으로 시선을 돌렸다. 이 몇 년 동안 그에게는 거절의 말만 해 왔고, 그의 몸짓은 전부 밀어내

기만 했었다. 그래서 익숙한 일이었지만 그가 상처받는 만큼 자신
역시 아프기도 했었다.

"이서야."

건하가 자신을 보지 않는 이서를 안타깝게 응시했다.

"내가 전부 나빴어."

"……."

이서는 나직하게 힘겨운 말을 꺼내려는 그를 바라보았다. 서로
자신의 이야기만 고집한 채 상처를 덧내던 지난날들이었다.

"처음에 날 받아 주지 않았던 네가 원망스러운 적도 있었고,
끝까지 고집을 부리는 널 기다리다가 준희와 그렇게 되기 전까지
도 난 계속 너만 생각했다. 너와 나는 언젠가는 분명히 이어지게
될 거라고."

건하의 부드러운 음성이 침착하면서도 작은 떨림을 담고 있었
다.

"그렇게 되어 버리고, 자포자기한 심정으로 준희와 만나면서도
난 계속 네가 신경 쓰고 있지 않을까 하는 생각만 붙잡게 되더라.
준희가 옆에 있어도 항상 그랬어. 준희한테 미안하면서도 정말 원
망스럽고 증오스러웠고."

"건하 오빠."

"그런데 그때까지도 어리석게 전혀 의심하지 않았었어."

"……."

"네가 나를 잊게 될 날이 올 거라고는."

건하가 힘들게 내뱉은 말에 이서의 눈동자가 파르르 떨렸다.

"네 입으로 말해 줘. 내가 정말로 단념할 수 있도록."

"······."

"날 잊은 거야?"

"······."

"그 날 봤던 남자, 그 남자를 사랑하게····· 된 거니?"

자신은 깨닫기 참 어려웠던 자신의 감정을, 다른 사람들은 너무도 쉽게 알아채 버린다. 경현도, 다원도, 준희도. 그리고 건하까지. 그렇게 쉽게 드러난 자신의 마음을 자신만 모르고 있었다. 아니, 모르기 위해 갖은 애를 쓰고 눈을 감고 귀를 막았다.

"네."

이서가 질끈 깨물고 있던 입술을 뗐다.

"맞아요. 그 사람을 좋아해요."

"······."

"오빠에 대한 감정은, 이제 미련조차 남아 있지 않아요. 그러니까 오빠도 이제······."

"잊기를 바라?"

건하가 가라앉은 목소리로 이서가 할 뒷말을 자르며 먼저 말했다. 이서는 망설임이 담기지 않은 얼굴로 대답했다.

"네."

지금이었다. 그토록 집요하게 이어 온 관계를 완전히 절단 낼 수 있는 순간이. 그를 위해서도, 자신을 위해서도.

"이제 정말로 그만하고 싶어요. 오빠와도, 준희와도."

진심이었다. 이런 소모적인 관계를 이어 가면서 이서는 스스로 너무 많이 지쳐 있다는 것을 알았다. 그에 대한 풋풋했던 감정, 설렘은 기억도 나지 않을 만큼 그를 향했던 소중한 첫 마음은 잊혀진 지 오래였다. 그만큼 힘들고 괴로웠다. 준희를 향해 눌러 담은 미움조차 시간이 갈수록 그저 한없이 지치기만 했다.

"그 날, 그 남자 보던 네 눈빛 보면서 알 거 같더라. 네가 나한테서 완전히 마음이 떠났다는 거. 그 남자를…… 마음에 담게 됐다는 거."

"……."

"변명을 하자면 네가 나를 지금까지 사랑한다고 믿어서, 그래서 더 포기가 안 되더라. 그래서 그렇게 널 힘들게 하고 괴롭게 했어. 너무 오랫동안…… 네 마음 불편하게 괴롭혀서 미안하다."

건하가 씁쓸하게 웃었다.

"그래. 네 말대로…… 이제 그만해야겠지. 네가 몇 년 동안 수백 번을 나한테 했던 말인데, 이제야 들어주네."

"건하 오빠."

"나 조만간 다시 이탈리아로 출국해."

전혀 입에 대지 않고 있던 앞에 놓인 커피를 한 모금 들이켠 건하가 자신의 눈을 마주치지 못하는 이서를 오랫동안 눈에 담아 두었다. 아마 앞으로 오랫동안 볼 수 없을 자신의 첫사랑을.

"나중에…… 아주 나중에, 한번 보자. 이서야."

이서는 울음이 차오른 목 때문에 목소리가 제대로 나오지 않을 것 같아 고개만 연신 끄덕였다.

휴게실로 걸음을 내딛던 이서는 잠시 우두커니 멈춰 섰다. 안 그래도 요즘 들어 몸이 좋지 않았는데 오늘따라 더욱 머리가 깨질 것처럼 지끈거렸다. 몸도 누군가에게 두드려 맞은 것처럼 욱신욱신 아파 오는 게 확실히 평소의 컨디션에서는 멀어진 지 오래였다. 오늘은 야근도 없으니 반드시 미루고 있었던 병원에 가 봐야 할 것 같았다.

1년 중 한 번씩 꼭 이렇게 크게 앓는 일이 있었는데 올해도 그냥 넘어가지 않는구나 싶어 기운이 빠졌다. 답답한 상황까지 겹쳐져서 몸을 평소처럼 추스르기가 더욱 힘들었다. 아니면 반대로 이런 상황 때문에 더욱 크게 앓고 있는 것일 수도 있겠다.

워낙에도 아픈 내색을 하지 않으려고 하는 이서지만, 그런 노력에도 쉽사리 그녀의 컨디션을 알아챈 것 같은 석주를 보기가 민망했다. 퇴근시간이 이제 얼마 남지 않았다는 것이 그나마 불행 중 다행이었다.

이서는 파리한 안색 때문에 석주에게 괜한 신경을 쓰이게 할까 걱정되었다. 그 때문에 휴게실에서 잠시나마 쉬면 조금은 괜찮아지지 않을까 하는 생각에 조용히 사무실을 나온 것이었다.

사람이 텅 빈 휴게실 소파에 풀썩 앉은 이서는 머리를 편히 기대었다. 열이 가득 몰린 것 같은 머릿속이 잠깐 쉰다고 해서 괜찮아질 것 같지 않았다. 조금만 더 버티면 집에 가서 제대로 쉴 수 있다는 것을 위안 삼아야 했다.

'괜히 불편하게 해서 미안합니다. 앞으로 일하는 데 차질 없도록 내가 알아서 조용히 정리할 테니 신경 쓰지 않아도 돼요.'

지난번에 회의실에서 석주가 했던 말이 귓가를 아른거렸다. 이서는 몸이 제 상태가 아니라서 그런지 짧은 회상만으로도 갑작스럽게 감정이 북받치는 것을 느꼈다.

새삼 스스로의 어리석은 고집에 대해 다시 돌아보게 되었다.

이기적인 마음으로 아버지의 상처를 모른 척 했던 날, 아버지는 스스로 목숨을 끊었다. 가족을 끌어안아야 한다는 부담감을 안 채 시집을 갔던 언니의 소리 없는 고통 역시 저만 생각하느라 들어주지 못했다.

벌써 꽤 세월이 지난 일들이었지만 결코 잊혀지지 않는 것들이었다. 아마 아무리 시간이 흘러도 그들의 마음을 알아주지 못했던 것으로 인한 죄책감은 쉽게 씻겨 나가지 않을 것이 분명했다.

이서는 소파에 불덩이처럼 뜨거워진 몸을 파묻듯 기대면서 무거워진 눈을 살며시 감았다. 가장 뜨겁고 욱신거리는 열이 눈가로 몰리고 있었다.

그런 트라우마로 인해 생긴 이상한 고집이었다. 자신 역시 행복해져서는 안 된다고. 홀로 외롭게 생을 마감한 아버지. 가족을 위해 꿈꿔 온 미래를 포기한 언니. 그들을 생각하면 자신이 어떤 구김도 없이 웃는 상황은 있어서는 안 된다.

건하와의 일 역시 어쩌면 준희는 그저 자신의 그 오래된 고집을 이어 줄 수단에 불과했는지도 모른다. 불행한 삶을 사는 언니에게 죄책감을 느끼는 자신이 건하와의 행복한 인연을 꿈꿀 수 있을 리 없다. 그런 이서에게 준희는 그와 자신을 끊어 내기 위해 좋은 핑곗거리이기도 했다.

"송이서."

물에 젖은 것처럼 무거워져서 소파에서 몸을 일으키는 것조차 힘들 지경이었다. 그런 와중에 휴게실에 찾아온 준희의 부름은 결코 이서에게는 반갑지 않았다. 이서는 밀려오는 편두통에 머리를 부여잡으며 조용히 뇌까렸다.

"미안한데 나 지금 몸이 좀 안 좋아. 할 얘기 있으면 나중에 하자."

"건하 오빠, 다시 이탈리아로 돌아간다는 거 너 알고 있었어?"

"나 지금 정말……."

이서가 말을 다 끝내기도 전에 준희에 의해 몸이 일으켜졌다. 준희가 거친 손길로 그녀의 팔을 잡아끈 탓이었다. 내쉬는 숨조차 뜨거워져 속이 어지러운 이서로서는 성이 날 대로 난 지금의 준희를 감당하기 버거웠다.

"네가 가라고 한 거야? 건하 오빠한테 도대체 뭐라고 말한 거야! 당장 말해!"

"서준희."

"너 따위가 도대체 뭔데? 왜 이렇게 내 인생에 끼어들어서 거슬리게 만드는 거야?"

갑자기 찾아와 난동을 부리는 준희에게 한마디 하려던 이서는 그녀의 눈빛을 보고 말을 잃었다. 준희의 눈이 어둠 속에 빨려 들어간 것처럼 분노로 검게 타들어 가고 있었다. 그녀의 속에 내재된 이서를 향한 분노와 미움이 너무도 깊어서, 이서는 도리어 속이 텅 빈 허망한 기분이 들 정도였다.

뭐가 그렇게 미웠을까. 자신이 뭘 그렇게 잘못했던 걸까.

준희와 인연이 시작되고 긴 세월 동안 항상 답답해하며 속으로 찾던 질문이었다.

"내가 뭘…… 그렇게 잘못했어?"

식은땀에 이마가 젖는 것도 모르는 이서가 나직이 물었다.

"내 말 못 들었어? 네가 내 인생을 방해했잖아! 왜 모른 척이야? 내가 원하던 건 항상 네가 빼앗았다고!"

이서의 어깨를 움켜쥔 준희가 악에 받쳐 소리쳤다. 이서는 빙그르르 머릿속이 어지럽게 회전하는 것을 느끼며 발을 뒤로 주춤 뺐다. 자신을 비난하는 준희의 신랄한 말들이 점점 귓가에서 멀어졌다. 소리치는 말들은 작아지고 몸은 더욱더 열기를 품으며 머릿속은 아무것도 생각할 수 없도록 어지러워진다.

"송이서! 내 말……!"

풀썩.

이서를 거세게 몰아붙이던 준희는 제자리에서 힘없이 쓰러져 버린 이서를 보고 놀라서 발을 뺐다. 바닥에 축 늘어진 이서는 죽은 것처럼 미동도 하지 않았다.

"송이서……!"

무겁게 감겨 있던 눈을 겨우 위로 올려 뜨자, 하얀 천장이 가깝게 보였다. 이서는 직감적으로 병원이라는 것을 알아차렸다. 더 견디지 못하고 회사에서 쓰러져 버렸다는 사실이 속상했다.

이서는 잘 쉬어지지 않는 숨을 후 내쉬었다. 눌린 듯한 눈을 깜박이며 고개를 옆으로 돌리자 병실 보호자 의자에 힘없이 앉아 있는 연서가 보였다.

"……언니."

이서의 부름에 앉은 채로 눈을 감고 있던 연서가 눈꺼풀을 위로 올렸다.

"지금 몇 시야?"

"……."

"나 회사에 있었는데."

"지금 그게 중요해?"

연서의 목소리는 여느 때와 달리 무겁고 축축했다. 빨갛게 충혈된 눈을 보니 자신의 예상이 틀리지 않은 모양이었다. 이서는 자신이 쓰러져 있는 동안 무슨 일이 있었다는 것을 직감할 수 있었다.

"왜 그래?"

"다원이 다녀갔어."

연서가 화를 참듯 잠시 숨을 눌러 참았다.

"준희랑 있다가 쓰러졌다는 말에, 다원이가 전부 이야기해 줬어. 네가 나한테 숨겨 왔던 거 전부."

"언니, 나 준희 때문에 쓰러진 거 아니야."

"말 돌리지 마."

연서가 이렇게까지 화가 나서 언성을 높이는 모습을 보이는 것은 흔치 않았다. 그것을 알기에 이서 역시 무거운 얼굴로 눈을 내리깔았다. 다원도 자신이 준희와 얘기를 나누다가 쓰러졌다는 말을 듣고 얼마나 놀라고 화가 난 마음에 연서에게 말을 전했을지도 짐작이 갔다. 누구도 탓하기 힘들었다.

"왜 이렇게 바보 같니?"

"……."

"왜 그렇게 바보처럼 굴었던 거야? 네가 그러는 게…… 나를 위하는 거 같아? 그렇게 생각했어? 진심으로?"

이서를 다그치는 연서의 목소리가 떨려왔다.

"언니."

연서의 눈을 피한 채 허공을 바라보는 이서의 눈이 빠르게 젖어 들어갔다. 연서를 위해서랍시고 자신이 한 일 때문에 그녀가 또 다른 상처를 얻게 되었다는 것을 느낄 수 있었다.

"미안해."

"내가 지금 그런 말 듣자고……."

"너무 미안해서 그랬어."

연서에게 계속 말하고 싶었다. 이제 제발 언니의 삶을 살라고.

하지만 그런 말을 하기에 아직 자신이 할 수 있는 게 하나도 없어서 참았다. 그 말을 할 수 있는 자격이 생길 때까지 내내 참았다. 그게 참 바보 같은 생각이었다는 것은 알고 있었다.

결국 원하는 고등학교에 가고 싶다고, 포기하고 싶지 않다고 울던 열여섯의 송이서도, 밤새 아르바이트를 하면서도 미친 듯이 공부해서 성적 장학금을 기어코 받아내던 스무 살의 송이서도 조금만 더 기다려 달라고밖에 말할 수 없는 이기적인 자신이었을 뿐이다.

"나는 포기한 게…… 결국 단 하나도 없어."

자신의 잘못은 단 한 번도 욕심을 포기한 적이 없다는 거였다. 아버지와 연서가 자신의 삶을 버리고 가족의 삶을 짊어진 이후조차 그랬다. 좋은 대학에 들어가서, 제대로 취직해서 경혜와 연서를 자신의 힘으로 돌볼 거라고 생각했지만 그건 결국 자신의 욕심을 하나도 버리지 않았던 것이나 마찬가지였다. 아무것도 내놓지 않았고, 언제고 자신의 삶이 항상 먼저였다.

좋은 고등학교에 가고, 좋은 대학에 가고, 번듯한 곳에 취직을 하고, 좋은 사람을 만나고……. 연서로서는 한 번도 선택할 수 없었던 현실들이었다. 그것을 돌이킬 때마다 가슴이 푹 내려앉았다.

"나 있잖아, 언니. 아빠가 그렇게 떠나기 전날. 어쩌면 내가…… 그런 일이 벌어지지 않을 수 있게 막을 수 있었을지도 몰라."

"……."

"내가 너희한테 짐이라고, 미안하다고 아빠가 그랬는데…… 나 그런 아빠랑 눈도 마주치지 않았어. 정말로…… 그렇게 생각했나 봐. 아빠가 짐이라고. 엄마는 아픈 데도 우리 먹여 살리겠다고 일 나가는데, 혼자 집에서 술만 마시는 아빠 보면서 그게 너무 미웠나 봐. 아마 아빠도 느꼈을 거야. 내가 원망하고 있다는 거. 근데…….”

결코 잊혀질 수 없는 그 날이 떠오른다. 울음을 속으로 참아 내던 아버지. 택시에서 내려 천천히 걷던 그의 뒷모습. 누구보다 친하고 살가운 부녀지간이었는데 이제는 함께 걷는 것조차 어색해져 버려 뒤처져서 걸으며 그의 등만 보았다.

무엇보다, 그때의 자신은 그를 진심으로 원망하고 있었다. 사업이 실패하기 전 과거의 자랑스러웠던 그를 사랑했지만, 가족도 제대로 책임지지 못하고 있는 지금의 그는 한없이 밉고 원망스러웠다. 그런 어린 마음에 소리 없이 울며 걷고 있는 그를 알면서도 모른 체했다.

그의 얼굴을 마지막으로 보게 될 거라고는 꿈에서조차 상상하지 못했기에 그랬다. 그가 세상에 없다는 것을 단 한 번도 생각해 본 적 없어서…… 그래서 그랬다. 춥고 까마득한 미래만 생각했고, 어린 자신에게조차 이런 걱정을 하게 하는 그를 오로지 원망만 했다. 가족을 지켜내지 못하는 괴로움에 몸부림치는 그의 상처를 볼 생각이 없었다.

“아빠가…… 그렇게 될 줄 몰랐어. 정말로 몰랐어. 언니…….
내가 알아줬어야 됐는데……. 적어도 나는…… 아빠를 봐줬어야…… 그랬어야 됐는데.”

십 년 넘게 억눌러 온 말이 걷잡을 수 없는 눈물과 함께 쏟아져 나왔다. 아버지와의 마지막은 경혜와 연서에게조차 하지 못했던 말이었다. 그럴 리 없는데도 두 사람에게 원망과 비난을 들을까 겁이 났다. 모든 게 네 잘못이라고 사람들이 손가락질할 것 같았다.

아버지의 죽음과 그에 따른 죄책감을 함께 감당해 나가야 했다. 시간이 흐를수록 무뎌져가고 있다 여겼는데 속을 꺼내 보이자 아니라는 걸 알았다. 봉합도 하지 않은 그 자리에서 십 년이 흐른 지금조차 피가 철철 흐른다.

"미안해⋯⋯. 나 언니한테도⋯⋯."

눈물이 멈추지 않아 말을 제대로 하지 못하는 이서를 연서가 끌어안았다.

"이런 기분이었니?"

"⋯⋯."

"내가 너한테 미안하다고 할 때마다 이런 기분이었어?"

"⋯⋯."

"제발 미안하다고 하지 마. 이서야. 네 잘못⋯⋯ 절대 아니야."

이서를 안은 채 연서 역시 흐느꼈다. 감정을 터트리는 법은 모른 채 누르기만 하며 살아온 자신들이었다. 약한 속을 내비치면 자신보다 힘들게 견디고 있을 서로에게 더한 짐이 될까 애써 꾹꾹 눌러 담았던 것이다.

그렇게 오랫동안 담겨 있던 아픔이 이제야 바깥으로 밀려 나왔다. 이서는 연서의 등을 끌어안았다. 언젠가부터 너무도 말라 버린 그녀의 몸을 이서의 손끝이 부드럽게 쓰다듬었다. 두 사람은 정말 오랜만에 소리 내어 아이처럼 엉엉 울었다.

"다시는⋯⋯."

조금 진정이 된 연서가 이서의 머리카락을 정돈해 주며 말했다.

"다시는 그러지 마."

연서가 무슨 말을 하는 것인지 모르지 않았다. 이서 역시 스스로의 못난 선택을 알기에 대답 없이 고개만 작게 끄덕였다.

"형부랑은……."

"연서야. 나 승재 씨 사랑해."

연서는 승재에 대한 말을 거의 하지 않는 편이었다. 그런 연서가 그에 대한 말을 꺼낸 것이라 이서도 놀랐다.

"물론 그 사람과 처음은 돈으로 거래했고, 떳떳하지 못하지만…… 사랑하지 않았다면 지금까지 그 사람하고 살지 않았어. 사랑해서…… 그래서 나도 여태까지 바보처럼 굴었을 뿐이야."

"언니."

"나는…… 걱정하지 마. 포기한 거 아니야."

"……."

"나도 행복해질 거야. 이서야."

연서가 이서를 보며 흐릿하게 웃었다. 겨우 멈추어진 눈물이 다시 샘솟을 것만 같다. 이서는 열심히 고개만 끄덕거렸다. 제발. 제발 행복해지기를. 연서가 누구보다 행복한 삶을, 자신만의 삶을 살기를. 그렇게 바라면서.

"어머, 어떡해."

엄마가 아이를 달래듯 이서를 감싸 안은 채 토닥여 주던 연서가 황급히 몸을 일으켰다. 이서는 다급하게 구는 연서가 의아해서 그녀를 보았다.

"언니 왜 그래?"

"깜박하고 있었어."

"뭐를?"

"너 회사에서 병원까지 데리고 온 분, 한석주 대리님?"

연서의 입에서 갑작스럽게 튀어나온 이름에 이서는 멍해진 얼굴이었다. 석주가 자신을 여기까지 데리고 왔다니. 생각도 못 하고 있었다가 사실을 알게 되어 더욱 놀랄 수밖에 없었다.

"한 대리님이 나 병원으로 데리고 오신 거야?"

"응. 근데 그분이 많이 걱정되셨는지, 너 깨어나면 알려 달라고 하셨거든. 내가 병실 안에 들어와서 기다리시라고 계속 말씀드려도 아니라고만 하시고."

"……설마 아직까지 병원에서 기다리고 있는 거야?"

연서는 이서의 중얼거림을 듣지 못했는지 급한 걸음으로 병실을 나갔다. 그가 만약 아직까지 기다리고 있었다면 얼굴은 보여 주고 갈 것이다. 그가 들어올 것이라 생각하자 긴장감 섞인 두근거림이 이서를 덮쳤다. 이서는 자신의 상태가 어떤지 알 수 없어 침대 옆 탁상을 뒤져 가며 거울을 찾았다.

"왜 거울도 없는 거야."

이서가 속이 상한 얼굴로 투덜거렸다. 연서와 끌어안고 한바탕 울어서 몰골이 더 말이 아닐 거라는 짐작이 갔다. 얼굴 상태를 확인할 수는 없어도 머리카락이라도 정돈을 하며 결연한 마음으로 그를 기다리는데, 이내 병실 문이 다시 활짝 열렸다. 문을 열고 들어온 사람이 석주가 아니라 연서인 것을 확인한 이서는 그녀 뒤로 또 누군가가 들어오는 흔적이 없자 의아한 눈빛이었다.

"한 대리님은?"

"가셨어."

"어?"

"정말 너 깨어난 거만 확인하고 싶으셨나 봐. 아무 이상 없고 괜찮다고 하니까 알겠다고 하시더니 가시더라."

"……."

이서는 연서의 말에 멍한 얼굴로 병실 문만 바라보았다. 그 모습에 연서가 아리송하게 고개를 갸웃거리다가 이내 피식 웃었다.

"가셨다고?"

침대에 앉아 있던 이서는 몸을 덮고 있던 이불을 젖혔다. 석주가 자신을 보지도 않고 갔다는 말에 어디선가 찾아온 두려움이 그녀를 덮쳤다.

'혹시 이제 마음을 접을 생각인지도 몰라.'

거기까지 생각이 미치자 이서는 더 이상 여유롭게 생각하고 있을 시간이 없었다.

"다시 오시라고 전화라도 해 보든지."

"그럴……."

"응?"

"그럴 시간 없을 거 같아. 언니."

이서가 멍해 있던 정신을 언제 다시 차린 건지 벌떡 자리에서 일어섰다. 연서가 붙잡을 새도 없이 슬리퍼를 대충 구겨 신은 이서가 병실 밖으로 뛰었다.

"송이서!"

수액을 꽂고 있던 바늘이 빠져나가 따끔거리는 팔도 아랑곳하지 않고 이서는 오가는 사람들을 가로질러 엘리베이터로 향했다. 하지만 다 기다려야 한다는 것을 보고는 뒤돌아 비상구 계단으로 뛰었다.

아무리 이제 조금이나마 몸이 회복되었다지만 이렇게 무리를 해서는 안 되는 것이 당연했다. 하지만 이서는 그런 것을 신경 쓸 여력이 없었다. 석주를 붙잡아야 한다는 생각 외에는 아무것도 할 수 없었다.

1층 로비까지 내려왔는데도 석주는 어디에도 보이지 않았다. 벌써 병원을 빠져나간 걸까. 이서는 다급한 눈동자로 그를 찾아 헤맸다. 그리고 멀리서 그의 뒷모습을 발견했다. 로비를 빠져나가 병원 문밖으로 멀어지려 하고 있었다. 이서는 재빨리 문을 향해 뛰었다.

"한 대리님!"

병원 밖으로 나가서야 지금이 아까 준희와 대화할 때와 한참 시간이 지난 때라는 것을 알 수 있었다. 캄캄해진 하늘과 차게 식은 공기가 그것을 느끼게 했다. 이서는 어두운 밤 아래에서조차 단번에 눈에 띄는 석주를 재차 불렀다.

"한 대리님!"

이제야 그녀의 목소리가 닿은 것인지 막힘없이 걷던 그가 뒤를 돌아보았다. 그녀를 발견한 그가 반가운 기색은 전혀 없이 인상을 찌푸렸다. 이서는 그 반응에 잠시 움찔했다. 기가 잘 죽는 것은 트라우마로 인한 것보다는 본래의 습성인 것 같았다.

살벌한 기운을 내뿜는 석주가 무서웠지만 이서는 지금이 아니면 또 기회는 없다는 생각에 그에게로 천천히 다가갔다.

"대리님."

"지금……."

"좋아해요."

뜬금없는 고백이긴 할 거다. 스스로조차 그렇게 여겨졌다. 당사자인 석주는 얼마나 황당할까. 계속 그의 마음을 모른 척하고 대답을 피하던 후배가 환자복이 휘날리도록 산발을 하고 뛰어나와 고백을 하고 있으니.

이서의 예상대로 그는 그녀의 말이 믿기지 않는 듯 잠시 그 자리에 정지 상태로 가만히 있었다.

"뭐라고…… 했어요?"

"저 한 대리님 좋아해요."

"좋은 선배로 생각한다는……."

"아뇨. 남자 한석주를 좋아해요."

이서가 숨을 헐떡거리면서도 석주의 말에 열심히 대답했다.

"최경현 씨도 아니고, 전에 보셨던 그 남자도 아니에요. 한 대리님을 좋아하고 있었어요. 언제부터인지는 잘 모르겠어요. 무섭고 어렵다고만 생각했는데 언제부턴가 계속 생각하고, 바라보게 됐어요."

이서의 고백에도 석주는 아무 말도 하지 않았다. 이서는 당황스러운 기분에 어찌해야 할지 몰랐다. 이런 고백을 누군가에게 하는 것이 처음이기도 했고, 무엇보다 석주의 표정이 워낙 어두웠다.

아주 처음부터 설명을 시작해야 할까. 이서는 고민스럽게 그를 보았다. 그럼 뭐부터 말해야 할까. 자신이…….

"송이서 씨."

"네?"

갑작스러운 부름에 이서가 놀라서 그를 보았다.

"우선."

"네."

"신발 어디 있어요?"

"네?"

이서는 그제야 휑한 발을 내려다보았다. 분명 엘리베이터까지 뛰는 동안에는 신고 있었던 슬리퍼가 한 쪽밖에 남아 있지 않았다. 아마 계단을 미친 듯이 뛰어내려오다가 한 짝을 잃어버린 모양이었다.

남자에게 처음으로 고백을 하는 순간, 이런 꼴이었다니. 민망함에 얼굴이 토마토처럼 익으려 했다.

"그리고."

"……."

"팔에서 피나는데 뭐죠?"

"……."

"손으로 뽑았어요?"

석주의 목소리가 무섭게 그녀를 나무랐다. 정말로 이서의 왼쪽 팔에서는 수액 라인이 뽑아져 나가 피가 새어 나오고 있었다.

"후."

석주가 진한 한숨을 쉬었다. 이서는 죄인이 된 것처럼 그의 눈을 바라보지 못했다.

"내 신발은 못 벗어 줍니다."

"그건 당연히…… 어?"

석주가 이서를 두 팔로 안아 들었다. 한쪽에는 슬리퍼, 한쪽은 까맣게 까진 맨발인 그녀가 그의 품에 폭 안겼다. 이서는 말까지 더듬으며 그를 보았다.

"대, 대리님!"

"혼나는 건 안에 들어가서 하죠."

석주가 이서의 몸을 어디에도 떼어 놓지 않을 것처럼 강하게 안은 채 걸음을 옮겨 나갔다. 그의 목소리에 조금씩 따뜻함이 도는 것을 느끼고 이서는 그제야 안심한 듯 그의 가슴에 얼굴을 기대었다.

백 번이고 혼날 수 있을 것 같은 기분이었다.

12. 연애하고 있어요

✳✳✳✳✳✳✳✳✳

대충 짐을 챙겨 퇴원 수속을 밟고 병원을 나서는 이서의 곁에
는 석주가 있었다. 이틀 전, 맨발의 강렬했던 고백을 끝으로 두
사람은 마침내 길고 길었던 '썸'을 정리할 수 있었다. 주말 내내
병원 신세를 져야 했던 이서는 몸이 회복되어 가뿐한 걸음으로
앞을 내디뎠다.

"저 때문에 주말 동안 계속 병원에서 불편하셨죠?"

"안 불편했어요. 하나도."

한쪽 손엔 이서의 짐을 든 석주가 남은 손으로 그녀의 손을 잡
으며 말했다. 이서가 화들짝 놀라서 그를 보았다가 이내 배시시
웃어버린다.

"나도 한 고집 한다는 소리 들어왔지만 송이서 씨 고집은 아무
도 못 당하겠어요."

석주가 언짢은 기색으로 중얼거렸다. 내내 마음을 졸이며 걱정했는데, 결국 회사에서 쓰러져 버린 이서를 발견했을 때는 얼마나 놀랐던가.

잠시 직원휴게실로 쉬러 갔던 이서가 시간이 지나도 돌아오지 않자 왠지 모를 불안감이 치솟았던 그는 급히 그곳으로 향했다. 그리고 준희와 이야기를 나누다가 털썩 쓰러진 이서를 보고는 심장이 멎는 줄 알았다.

이서를 몰아붙이다가 그녀가 쓰러져 버리자 놀라서 행동을 멈춘 채 가만히 있던 준희를 밀치고 급히 이서를 안아 들었다. 병원으로 그녀를 옮기고, 그녀가 깨어날 때까지 기다리는 내내 피가 마르는 심정이었다.

이서의 언니인 연서에게 그녀가 깨어났다는 말을 듣고 난 후에야 걱정으로 제정신이 아닌 상태였던 머릿속이 그나마 안정될 수 있었다. 이서가 괜찮은 모습을 두 눈으로 확인하고 싶었지만 그녀가 불편할까 싶어 얼굴도 보지 않고 무거운 걸음을 뗐다.

그녀가 자신과 감정이 같지 않다는 것을 알기에 마음을 접어야 한다는 생각을 갖고 있었다. 머릿속은 답을 알지만 그게 그렇게 쉬운 일이라면 자신이 이토록 힘들지도 않을 거라는 것을 모르지 않았다. 그렇게 병원을 나서던 그에게 이서는 신발조차 제대로 신지 않은 채 달려왔다. 그리고 믿기지 않는 고백까지.

자신에게는 가만히 숨만 쉬고 있어도 사랑스러운 여자였는데, 그녀가 솔직하게 속마음을 고백할 때는 스스로조차 감당이 되지 않을 정도였다. 그렇게 원하던 대답을 들려주는 이서가 정말 사랑

스럽고 예뻤다. 그저 끌어안은 채 키스를 퍼붓고 싶었다. 피가 질
질 흐르고 있는 팔만 아니었더라도 아마 참지 못하고 정말 그랬
을 것이다.

"한 대리님, 무슨 생각하세요?"

석주의 애정 섞인 핀잔에도 웃음만 나오는 이서가 잡고 있던
그의 손안에서 손가락을 꼼지락거리며 물었다.

그는 대답 대신 이서의 입술에 자신의 입술을 가져갔다. 그녀
의 눈이 동그랗게 벌어졌다. 살짝 입맞춤한 그가 입술을 떼며 속
삭였다.

"고백했던 날, 이렇게 대답하고 싶었는데."

"……."

"그런 생각?"

◆

퇴근 시간이 가까워지고 있었다. 이서는 사무실 가운데 걸려
있는 시계를 봤다가 석주에게로 시선을 돌렸다. 묵묵히 제 할 일
을 하고 있는 그가 눈에 가득 들어온다. 이서는 자신도 모르게 배
시시 웃으며 그를 보았다. 순간 시선을 느낀 건지 그가 고개를 돌
려 이서와 눈을 맞추었다.

"아……."

이서는 후다닥 자신의 책상에 얼굴을 박았다. 부끄러움이 밀려
들었다. 넋을 놓고 보고 있었으니 얼마나 바보 같은 모습이었을

까. 그녀는 화르륵 달아오르는 얼굴을 식히기 위해 고개를 휘휘 저었다.

어느새 시간이 되자 사람들이 하나씩 일어서기 시작했다. 가장 일찍 칼퇴근을 하는 사람과 그 뒤를 따르는 멤버들은 정해져 있었다. 이서와 석주는 거의 맨 마지막까지 사무실을 지켰다.

연애를 시작하기 전에도 같이 카풀을 하고 있었기 때문에 괜한 오해를 살까 저어되어 남들의 눈길을 끌지 않도록 늦게 나간 것이었지만 요즘 들어 뒤늦게 사무실을 나서는 목적은 그때와는 달랐다.

"또 그때처럼 바보같이 굴면 정말 화낼 거예요."

석주가 그 날 일을 재차 나무라며 강조했다. 그는 참 성실하고도 무서운 연인이었다. 이서는 말 잘 듣는 강아지처럼 그의 옆에 바싹 붙어 서며 열심히 고개를 끄덕였다.

"네. 알겠어요. 대리님."

석주가 그런 이서를 빤히 바라보다가 다시 앞으로 반듯하게 시선을 향했다. 그의 말 없는 시선이 의아해 이서가 고개를 갸웃했다.

"왜요?"

"귀여워서요."

세상에.

한석주의 입에서 귀엽다는 형용사가 나왔다. 송이서가 귀엽단다. 표정 역시 진실되고 진지해서 더욱 놀랍다. 세상에 어떤 누가 저 사실을 믿을 수 있을까.

이서는 넋을 놓고 감탄하다가 엘리베이터에 안 타냐는 석주의 말에 급히 그의 팔짱을 끼고 걸음을 내딛었다.

그와 뒤늦은 퇴근을 하는 이유가 이거였다. 회사에서는 철저하게 공적인 모습만 보이며 일을 하다가 퇴근을 할 때면 사람이 아무도 없는 복도나 로비를 거닐며 이렇게 친밀하면서도 은밀한 스킨십을 나눌 수 있었다. 이서는 몰래 하는 애정 표현이 더욱 짜릿하게 느껴졌다.

"점심을 부실하게 먹었더니 벌써 배고파요."

"너무 적게 먹는다 했어요."

석주가 자신의 팔에 팔짱을 끼면서 아래로 내려온 이서의 자그마한 손을 부드럽게 만지며 중얼거렸다.

"얼른 집에 가서……."

"우리 집 올래요?"

"……네?"

석주의 갑작스러운 초대에 이서는 눈을 동그랗게 떴다.

"지, 집이요?"

"내가 저녁 해 줄게요."

"아……."

"싫어요?"

"아니요!"

이서는 다급하게 부정했다. 싫을 리가 없었다. 그녀의 반응에 석주가 피식 웃음을 흘렸다. 그녀의 앞에서만 웃음이 많아지는 그였다. 이서는 그런 변화 역시 기분 좋아 싱글벙글이었다.

석주의 집에 가는 것은 처음이었다. 당연히 설레고 두근거리는 마음이 동반되었다. 엘리베이터 계기판이 1층을 가리키며 멈추는 소리에 이서는 스르륵 그에게서 떨어지려 했다. 앞에 누가 기다리고 있을지도 모르는 일이었으니 어쩔 수 없었다.

하지만 석주가 손을 느릿하게 풀어 주어 아슬아슬하게 문이 열리면서 두 사람도 어정쩡한 거리를 유지하게 되었다.

"어라?"

"서 대리님!"

이서가 앞에 선 인물을 보고는 반가운 얼굴로 인사했다. 꼭 잊을 만하면 보게 되는 인물이었다.

"오, 이서 씨랑 한 대리! 그림 좋은데요?"

"무, 무슨 말씀이세요. 그게!"

"농담이에요. 그냥 잘 어울리는 커플 느낌이 확 나서요."

뭘 알고 저러나? 싶어 이서는 석주를 흘끔 보았지만 그는 원형과 지금 맞닥뜨리게 된 것이 영 귀찮은 기색이었다. 입이 무거운 석주가 자신과의 연애 사실을 벌써 원형에게 말했을 것 같지는 않아 보였다. 그렇다면 순전히 원형의 감이라는 건데.

이서는 희귀한 생물을 보듯 원형을 살폈다. 그는 특유의 얄미울 만큼 환히 웃는 영업용 미소를 지어 보였다.

"근데 둘은 매번 같이 오고 가는 거 같아요."

"아, 그게⋯⋯."

"저번에도 출근하는데 앞에 한 대리랑 이서 씨가 가고 있더라고요. 너무 멀어서 알은척은 못 했지만."

원형이 두 사람을 묘한 눈길로 훑었다.

"매일 그렇게 우연히 만나는 거예요? 아니면 같은 집에 사나? 아하하! 그럴 리는 없을 테니 두 사람은 그냥 운명인가 보네요."

지만 재밌는 농담을 하고는 혼자 웃기까지.

이서는 거짓말을 하기도 뭐해 사실을 말하기 위해 입을 열었다.

"사실 카풀하고 있……."

"우리 만나고 있어."

응?

네?

석주의 뒷말에 원형의 눈이 휘둥그레졌고, 이서는 넋이 나갔다. 너무도 담담하고 평이한 어조였지만 폭탄 발언임에는 분명했다.

두 사람 사이에 어느 정도 불이 붙었겠거니 예상은 했지만 벌써 이렇게 가까운 사이가 됐으리라고는 생각 못 한 원형은 당황한 얼굴로 두 사람을 살폈다. 그리고 이서는 사실이긴 하지만 숨기지 않고 연애 사실을 인정하는 석주를 보며 여전히 놀란 얼굴이었다.

"그러니까 귀찮게 하지 마. 먼저 간다."

석주는 간단하게 원형과 작별한 후, 이서를 데리고 회사를 빠져나갔다. 차에 타고 이서가 말이 없자 석주는 그녀를 살폈다.

"원형이한테 말해서 화났어요?"

"네? 아니요. 그게 아니라 좀 놀랐어요. 당연히 다 비밀로 하려고 하실 줄 알았는데."

"왜 비밀로 해요? 난 별로 비밀로 하고 싶은 생각 없어요."

"아…… 네?"

"이서 씨가 비밀로 하고 싶어 하니까 그 뜻을 존중하는 거뿐이에요."

석주는 조수석에 앉은 이서에게 몸을 가까이 다가갔다. 그녀의 몸이 움찔 떨린다. 그는 그런 작은 반응조차 귀여워서 피식 웃으며 안전벨트를 매 주었다.

❖

"그래서 그 지나치게 잘생긴 대리하고 지금 사귀고 있다고?"

규모가 크지 않은 조용한 한식당. 점심시간보다 약간 이른 시간이어서인지 손님은 그리 많지 않았다. 다원과 마주 보고 앉은 이서는 그녀의 질문에 하나하나 착실히 대답해 나가는 중이었다.

"응."

"잘됐네."

"어?"

"생각보다 더 속 터지게 진도 나갈 줄 알았는데, 속 터지기 직전까지밖에 안 간 게 놀라워. 장족의 발전이야, 송이서. 축하."

"고…… 고마워."

다원은 평소와 다를 바 없는 시니컬한 어조로 오래가라는 덕담을 전하고는 앞에 나온 스시 접시를 비워 나갔다.

그런 다원의 눈치를 살피던 이서는 음식점 자리 중 가장 구석진 곳에 위치한 테이블에 앉은 남자와 눈이 마주쳤다. 깊이 눌러 쓴 모자에 뿔테 안경을 쓴 남자가 '빨. 리.' 라고 입모양으로 그녀를 재촉하고 있었다. 이서는 후우 한숨을 한 번 내쉬었다.

"다원아."

"왜."

"너, 남자 만나 볼 생각 없어?"

"남자 누구."

"그…… 지난번에 합석해서 같이 술 마셨던 한 대리님 친구분. 서원형 씨라고 기억하지?"

"기억해. 그 사람 뭐."

다원의 반응이 심상치 않다. 이서는 숨을 죽였다. 접시에만 집중하던 다원이 고개를 홱 들었다.

"만나 보라는 게 그 사람이야?"

"어? 어어."

"싫어."

아주 단호한 칼답이었다.

"왜? 그 사람 꽤 좋은……."

"내가 향단이야?"

"어?"

"너는 이몽룡 같은 남자 만나면서 왜 나는 그 옆에 딸린 방자나 소개시켜 주겠다는 건데? 괜히 어영부영 같잖은 짝 맞추기 하지 마. 나 드라마 볼 때, 막판에 주인공들 친구끼리 엮어 주는 거 제일 싫어해."

얘가 원래 이렇게 목소리가 컸나. 아니면 손님이 없어서 그녀가 하는 말이 식당 전체를 울리고 있는 걸까.

"그것도 괜찮으면 말을 안 해. 그런 촐싹이를 무슨."

다원은 그 말을 끝으로 물을 한 모금 마시고는 자리에서 일어섰다. 그녀가 화장실로 가 버리고 이서는 고개를 들어 다시 식당 구석 자리에 앉은 남자에게로 시선을 향했다.

"그러게, 제가 오지 말라고 말씀드렸잖아요. 제가 잘 말해 본다고."

"방자…… 촐싹이……."

이서의 말에도 원형은 이미 넋이 나간 얼굴이었다.

"아무튼 이래저래 많이 상처받은 거 같았어요."

이서가 등을 돌린 채 서 있는 석주를 바라보며 말했다.

"이제 원형이가 뭐 부탁해도 들어주지 말고 나한테 말해요. 괜히 귀찮게 하잖아요."

"아니에요."

이서는 웃으며 고개를 저었다. 송송송. 도마에 칼질하는 소리가 귀를 즐겁게 한다. 요리하는 남자의 등은 역시 멋있다. 물론 그 남자가 한석주라서 더 가슴이 따뜻하고 말랑말랑해지는 느낌이었다. 이서는 탁자에서 슬그머니 일어서서 장난스러운 미소를 띠운 채 석주에게로 향했다.

"솔직히 말할게요. 원형이랑 따로 연락하는 거 별로 기분 안 좋……."

칼질을 하며 솔직한 심정을 토로하고 있던 석주는 말을 다 끝내지 못했다. 몰래 다가온 이서가 그의 등을 살며시 껴안은 탓이었다. 따뜻하고 부드러운 촉감이 등에 착 감기며 느껴지자 그는 원형을 질투하던 것도 잊고 미소를 지었다.

"이렇게 안고 있으면 요리하는 데 불편해요?"

"전혀."

대답한 석주가 칼을 내려놓았다. 그러고는 뒤를 돌아 이서를 마주 본 채 덥석 끌어안았다.

"어!"

먼저 그를 뒤에서 안아 버린 것은 자신이면서, 그가 힘껏 힘을 주어 자신을 안자 놀라서 짧은 감탄사를 내뱉는 이서였다. 그로 인해 어쩐지 두 사람만이 채우고 있는 집의 분위기가 묘하게 변한 것 같았기 때문이었다.

그건 이서만의 착각이 아니었다는 것을 증명하듯, 석주의 입술이 그녀에게로 내려왔다. 이서는 두 눈을 질끈 감았다.

"읍······."

이서의 허리를 안은 채 고개를 내려 그녀의 입술을 삼킨 그는 누구도 볼 수 없었던 뜨거움을 가진 그였다. 부드럽고 가볍게 시작되었던 키스는 점차 집요하고 끈적끈적하게 변해 갔다. 허리에 놓여 있던 그의 손 역시 이서의 몸을 부드럽게 쓰다듬었다.

움찔. 이서는 달아오르면서도 긴장되는 마음에 몸을 떨었다. 그는 그녀의 등허리를 깊게 쓸어 넘기고 있었다. 그 손길이 너무도 정성스럽고 다정해서 온몸에 힘이 다 풀릴 지경이었다.

"대리님……."

"석주 씨."

입술이 잠시 떨어진 틈에 이서가 그를 회사에서의 호칭으로 부르자, 그는 마음에 들지 않았는지 곧바로 이서의 말을 고쳐 주었다. 이서는 눈을 반쯤 감은 채 고개를 끄덕였다.

"석주 씨……."

"송이서."

찰나의 숨 쉴 틈을 주고는 다시 한 번 짓궂은 공격이 시작되었다. 그가 입술을 맞대고 그 속으로 깊게 들어와 안을 쓸어내리자 이서의 숨이 더욱 흐려졌다. 그의 혀에 함락되어 그녀가 갇힌 신음을 흘리자 그는 그녀의 허리를 바싹 끌어당겨 자신의 몸에 붙였다.

열기에 휩싸인 서로의 몸을 빈틈없이 끌어안게 되자 두 사람의 입맞춤은 더욱더 농도가 짙어졌다. 이서는 석주의 어깨를 껴안으며 까치발을 들었다. 석주는 더 이상 참을 수 없는지 그녀를 번쩍 안아 들었다. 그러고는 급히 거실로 나와 큼지막한 소파에 이서를 눕혔다.

"하아……."

부드러운 가죽 소파에 몸을 맡긴 이서가 나른한 한숨을 쉬는 사이, 석주가 그녀의 몸을 누르며 다시 한 번 짙은 키스를 해 왔다. 너무도 달콤하고 몸이 흐물흐물 녹아들 것만 같다.

이서는 그의 남자다운 커다란 손을 맞잡았다. 그 역시 자신을 잡는 그녀의 손을 세게 쥔 채 결코 떨어질 생각을 하지 않았다.

오랜만에 집을 찾아온 연서는 단 한 마디로 이서를 경악시켰다.

"이혼?"

"응."

"형부랑?"

"그럼 내가 그 사람 말고 이혼할 수 있는 사람이 또 있니."

연서의 농담에도 이서는 웃을 수 없었다. 이서는 어벙벙한 얼굴로 연서를 빤히 보았다. 그녀가 승재를 깊이 사랑하고 있다는 것을 모르지 않았다. 그것을 알고 있어서 이 긴 시간 동안 연서에게 이혼하라는 말을 쉽게 꺼내지 못한 것이기도 했다. 그런데 갑작스럽게 이런 소식을 전해주는 연서를 보면서 이서는 혹여 자신 때문이 아닐까 싶어졌다.

"그런 얼굴 하지 마. 너 때문에 그런 거 아니야."

"언니……."

"오래전부터 생각해 왔던 거야. 이미 승재 씨와는 돌이킬 수 없을 만큼 골이 깊어지기도 했고, 그 사람 가족들에게 난 언제까지고 이방인이더라. 그걸 생각하니까 더는 노력하는 게 무의미한 거 같았어. 그래서…… 그래서 선택한 거야."

저렇게 슬픈 말을 저토록 담담하고 차분하게 하기 위해선 얼마나 속으로 눈물을 삼키고 홀로 상처를 꿰매야 했을까. 이서는 혼자 모든 것을 감당했을 연서를 보며 목 아래가 울컥거렸다.

"형부는…… 언니에 대해 오해하고 있는 거잖아."

물기가 가득한 이서의 말에도 연서는 조용히 웃을 뿐이었다. 정작 울어야 할 사람은 울지 못하는 현실에, 이서는 다시 속이 무거워졌다. 자신은 이제 석주로 인해 조금씩 마음의 무게를 줄여 나가고 있는데 연서는 그러지 못하는, 오히려 더 상처만 짊어지는 모습이 안타까웠다.

"네가 생각하는 것처럼 그렇게 힘들지 않아. 나."

"……."

"솔직히 네가 안 믿을지도 모르지만, 홀가분해."

연서는 경혜가 항상 깔끔하게 정리해 놓는 거실을 느긋하게 둘러보았다. 자신의 집이지만 익숙하지 않은 곳이었다. 그렇다고 승재와 함께 들어가 살았던 시댁 역시 연서의 집은 될 수 없었다. 어디에도 속하지 못한 채, 십 년이 가까운 시간을 흘려보냈다.

자신이 선택했던 삶이고, 다시 그때로 돌아간다 해도 변하지 않을 선택이기에 후회스럽거나 억울하지는 않았다.

다만, 조금 덜 비참할 수도 있었을 텐데……. 조금 덜 슬프고 괴로울 수도 있었을 텐데……. 그런 생각은 때때로 했다. 뭐가 문제인지 모르지만 시간이 흐른 만큼 명확해진 것이 있었다. 그들과 자신은 절대 섞일 수 없는 물과 기름과도 같았다. 아마 앞으로 자신이 더 노력한다 해도 변하는 것은 없을 것이다.

연서는 오랜 버릇처럼 자신의 납작한 배를 부드럽게 쓰다듬었다. 차분하게 정리하려 했던 마음이 격해지는 것을 애써 누른다.

인연이 아니었던 것이다. 미운 정이라도 들 수 있었을 텐데, 십 년 동안 남보다, 아니 짐승보다 못한 취급을 하던 시어머니가 마지막의 마지막까지 서슬 퍼런 눈으로 이혼 서류를 내밀던 모습이 필름처럼 머릿속을 스쳤다.

그래. 이걸로 되었다.

더 이상은 노력하지 않아도 된다. 연서는 이제 우는 방법조차 잃어버린 자신을 대신해 눈물을 떨구고 있는 이서의 머리를 쓸어주며 희미하게 웃었다.

◆

마케팅팀 단체 회식이 있는 날이다. 그 말인즉, 절대로 빠질 수 없다는 것을 의미했다. 요즘 석주와 짧지만 알콩달콩한 퇴근 데이트를 항상 고대하며 기다리는 이서로서는 결코 반갑지 않은 회식이었다.

"결국 잘렸다며?"

함께 백화점 근처 회식 장소로 걸음을 하던 동료 중 한 명이 입을 열었다. 이서는 바로 앞에서 이야기 중인 두 사람을 보았다.

"그럴 줄 알았다니까. 낙하산들이 다 그렇지, 뭐."

"서준희 씨는 특히 더 오래 못 갈 것 같지 않았어? 뭔가 빈둥거리는 티가 확 났잖아. 나 취미로 일해요, 느낌이라고 해야 하나?"

"맞아. 무슨 회사에 패션쇼 하러 오는 앤 줄 알았다니까."

무심코 듣게 된 내용이 준희에 대한 이야기라는 것을 알고는 이서의 얼굴이 굳어졌다. 두 사람이 말하고 있는 그대로 준희는 얼마 전 퇴사했다. 다닌 지 한 달이 채 되지 않았으니 퇴사라는 말조차 아까울 정도였다.

휴게실에서 준희가 언성을 높이며 일방적으로 화를 냈던 그 날 이후, 준희는 퇴원하기 직전의 이서를 찾아왔었다. 아무 말 없이 차가운 시선으로 이서를 보다가, 석주와 잘되었냐고 물었다가, 건하에 대한 이야기를 지리멸렬하게 시작하다가, 결국은 울음을 터트리고 다시 악을 쓰며 끝이 난 자리였다.

그것이 어이가 없고 화가 난다기보다는 참 서준희다워서 웃음이 나왔다. 그럴 만한 계기도 없었으니, 그녀가 변할 거란 기대는 애초에 하지 않았다. 그나마 이제는 그녀의 유치한 괴롭힘 속에서 완전히 해방될 수 있다는 것에 안도했다.

준희에 대해 떠올리자 조금 머릿속이 복잡해졌다. 그런 이서의 마음을 알았는지 석주가 옆에서 남들 몰래 살짝 손을 잡아 주었다가 뗐다. 이서는 누가 보았는지 주위를 살피다가 결국 퍼져 나오는 웃음을 삼키지 못했다.

회식 장소에 들어서서 자연스럽게 사수인 석주의 옆에 자리를 잡던 이서는 자신들의 관계가 사내연애를 하기에 딱 안성맞춤이라는 생각이 들었다. 점심을 같이 먹어도 아무도 의심하지 않고, 내내 옆에 붙어 앉아 있으며 대화를 나누어도 어색하지 않고, 이렇게 회식 시간에도 같이 자리하는 것이 당연한 직속 선후배 관계니 말이다.

앞으로도 너무 방심만 하지 않으면 들킬 염려는 없을 것 같았다. 이서는 비실비실 새어 나오는 미소와 함께 술잔을 들어 올렸다. 그 모습을 석주가 불안하게 살폈다. 주위 사람들 역시 이서의 전적을 아는지라 짓궂은 눈으로 그녀를 보았다.

"이서 씨, 오늘 또 한 대리한테 찐하게 고백하려고 벌써 그렇게 들이마시는 거야?"

"아, 아니에요! 놀리지 마세요."

이서는 이미 다른 의미의 한석주바라기로 낙인찍힌 자신의 이미지를 깨닫고 절망해야 했다. 석주에게 이성으로서 호감을 표하며 다가가는 대부분의 여자들과 달리, 선배로서 존경과 동경만 가득한 이서가 꽤나 신기했던 모양이다. 그래서 이서는 지금은 자신역시 평범한 여자들과 다르지 않게 되었다고 말할 수 없었다.

이서가 발끈하자 사람들은 그 모습을 기대했던 것처럼 깔깔깔 웃었다. 이서는 한숨을 폭 쉬다가 옆에 앉은 석주를 힐끔거렸다. 그는 해석하기 힘든 특유의 무표정을 하고 있었다.

이제 막 코앞에 두고 있는 중요한 프로젝트 때문에 회식은 그렇게 길게 끌어지지 않았다. 그런 이유가 아니라 하더라도 회식에 끝까지 남아 있는 스타일이 아닌 석주는 때를 봐서 자연스럽게 이서를 데리고 자리를 빠졌다.

"괜찮아요?"

택시를 잡아 이서를 먼저 태운 석주가 어느 정도 취기가 오른 그녀의 상태를 확인했다.

"네. 네."

"혹시 적당히 취한 거예요?"

적당히 취했을 때, 진심을 말하는 아주 이상한 술버릇이 있다고 이서에게 이미 들은 석주는 고개를 갸웃거리며 물었다. 이서가 고개를 끄덕인다. 그 모습에 석주는 피식 미소를 흘렸다. 생각해보니, 이서가 취중고백녀로 낙인찍혔던 날 역시 그녀는 정말 백퍼센트 진심을 말했던 거다.

선배로서 존경한다고 했었나? 듣는 사람마저 민망해질 정도로 그를 선망하고 찬양하던 그녀가 처음이라 신기하면서도 왠지 모르게 기분이 가라앉았던 이유가, 그때는 불확실했지만 지금은 명확하다.

이서가 자신을 선배나 상사로만 보기를 원하지 않았다. 어느 순간부터 그녀가 자신을 남자로 여겨 주기를 바라고 있었던 거다.

석주는 희미하게 웃으며 이서의 머리를 자신의 어깨에 편하게 기대도록 했다. 그녀는 자신의 자리를 찾아가듯 그에게 얌전히 몸을 맡겼다. 향긋하고 포근한 향기가 밀려든다. 이제는 몸부터 달아오르게 만드는 이서의 냄새.

택시에서 내린 석주는 이서의 손을 꼭 잡고 자신의 오피스텔로 향했다. 집으로 걷는 내내 이서가 손을 꼼지락거리며 귀여운 장난을 쳤다.

"대리님."

"……."

"아니, 석주 씨."

"네."

"너무너무 좋아요."

이서가 석주의 팔을 껴안으며 속삭여 왔다. 석주는 그녀의 달콤한 고백을 들으며, 그녀의 엉뚱한 이 술버릇이 점차 마음에 들었다. 이렇게 귀여운 취중고백이라니.

"그래요?"

"네. 하루 종일 석주 씨만 생각나요. 오늘도 회식 안 하고 얼른 데이트하고 싶었는데……."

이서가 뾰로통하게 입을 내밀며 강제 회식 참가를 부르짖던 팀장을 향해 불만을 표했다. 석주는 그런 그녀가 마냥 귀여워 그녀의 결 좋은 머리카락을 부드럽게 쓸어 주었다.

집에 도착해, 안으로 들어가자 이서는 겹친 업무에 회식까지 꽤나 피곤했는지 쪼르르 소파로 향했다. 자신의 집 침대처럼 편안히 자세를 잡고 눕는 이서를 잠시 지켜보던 석주는 이내 그녀 앞에 앉아 짧게 키스했다.

"아……."

이서가 배시시 웃는다.

"왜요?"

"좋아서요."

술에 취해 이서가 잘 보여 주지 않는 애교에다가 좋아한다는 말을 남발했다. 그런데 듣기에 질리기는커녕 들을수록 좋으니 중증이었다. 석주는 다시 한 번 이서의 입술을 빨아들였다.

"사랑해."

"……."

"이서야."

석주의 말에, 졸려서 반쯤 감겨 있던 이서의 눈이 부릅떠졌다. 그녀가 눈을 크게 깜박거리더니 입을 벌렸다.

"다시, 다시 말해 줘요."

"사랑해."

"그리고……?"

"이서야."

이서가 벌려진 입을 손으로 가렸다.

"세상에."

"그렇게 놀랐어요?"

"저……."

석주가 피식 웃는 동안에도 이서는 놀란 마음을 추스르지 못했다.

"석주 씨한테 반말 듣는 게 예전부터 소원이었단 말이에요."

그쪽인가.

석주는 술에 취해서 더 기분이 들뜬 듯 보이는 이서를 자신의 무릎에 앉혔다. 이서는 감격한 눈으로 그를 보며, 여전히 그가 처음으로 반말을 한 것에 대해 깊은 감격을 느끼고 있었다.

"그렇게 좋았어요?"

"네!"

"그럼 아주 가끔씩만 해 줘야겠네."

석주가 나직이 중얼거렸다. 이서는 어느새 알딸딸하게 취해 있던 정신이 슬슬 돌아왔는지 지금 자신들의 자세와 분위기가 지난번 그의 집에서 식사를 했을 때와 비슷해져 있다는 것을 깨달았다. 그때 역시 분위기가 여느 때보다 더욱 고조되고 달아올라 아슬아슬했었다.

이서의 긴장된 표정을 알아차린 석주가 진지한 표정을 포기하고 결국 웃음을 터트렸다.

"표정에서 무슨 생각하는지 다 보여요. 송이서 씨."

"아……."

이서가 민망한 얼굴로 그의 시선을 피했다.

"이제 갈래요?"

"네? 벌써……."

"침대로."

저런 말을 할 줄 아는 남자였다니. 이서는 이제 더는 놀랄 여력조차 없었다. 돌덩이인 줄 알았는데, 처음부터 돌덩이가 아니었거나 아니면 자신이 그 딱딱했던 돌덩이를 흐물흐물하게 녹여 놓았나 보다. 하지만 남들이 하면 느끼할 말을, 그가 하면 저렇게 달콤하고 사랑스러운 밀어가 된다.

이서는 조심스럽게 고개를 끄덕였다. 석주는 긴말하지 않고, 이서를 번쩍 안아 들었다. 그리고 여유롭게 그녀를 안아 든 상체와 달리 그 어느 때보다 성급한 발걸음으로 침실로 향했다.

에필로그

✳✳✳✳✳✳✳✳✳

부드러운 입술이 맞닿았다. 무표정한 얼굴과 어울리게 차가울 거라 예상되었던 그의 입술은 열이 나는 것처럼 뜨거웠다. 이서는 입술 안을 파고드는 그의 혀를 받아들이며, 반듯하게 다려진 그의 셔츠가 구겨질 정도로 힘을 주어 꽉 움켜쥐었다.

"하아⋯⋯."

이서를 침대에 눕힌 석주는 숨을 돌릴 틈도 없이 입술을 내려 그녀의 하얀 목덜미에 자잘한 키스를 퍼부었다. 이서가 가늘게 신음하며 몸을 움츠렸다. 석주는 그런 그녀의 허리를 고정시키듯 잡은 채 바싹 자신의 몸으로 끌어당겼다.

그렇지 않아도 침대에 겹쳐 누여 착 달라붙어 있던 몸이 접착제라도 바른 것처럼 더욱 강하게 엉겼다.

"송이서."

이서의 허리에 위치해 있던 석주의 손이 하얀색 블라우스 끝을 타고 그 속으로 들어갔다. 부드러운 살결이 그의 손에 착 감겼다. 그는 손을 더욱 위로 올려 속옷에 감싸인 그녀의 봉긋한 가슴을 움켜잡았다.

"읏!"

이서는 그의 거침없는 손길에 어찌할 바 몰라서 다리를 바둥거렸다. 물론 그의 몸에 갇혀 제대로 움직이기는 힘든 상태였다.

블라우스와 브래지어를 위로 끌어올린 석주는 도톰하게 부풀어 오른 정점을 엄지로 눌러 압박했다. 그의 작은 손짓에도 크게 놀라고 움찔거리며 솔직하게 반응하는 그녀의 모습이 그저 사랑스러웠다.

하얗고 부드러운 젖가슴을 입안에 가득 차게 물자 그녀는 결국 참고 있던 신음을 터트렸다. 그녀의 살결을 탐하는 그의 소리와 그로 인해 반응하는 그녀의 신음으로 방 안은 점차 뜨겁게 달아오르고 있었다.

"아읏……."

그녀의 가슴 부근에서 납작한 배로 입술을 옮겨 가던 그는 아랫배 가운데 귀엽게 움푹 팬 배꼽을 혀로 핥았다. 동시에 그녀가 입고 있던 정장 치마를 벗기고 속옷 한 장 외엔 아무것도 감싸지 못한 그녀의 하체를 고정시켰다.

그녀의 엉덩이를 손으로 꽉 쥔 채 음모가 언뜻언뜻 비쳐지는 지점에 얼굴을 묻었다. 그의 손길에 떨려 하면서도 움찔움찔 반응을 보이던 이서였는데, 가장 은밀한 곳에 그가 입술을 가져가자 그 이상으로 놀랐는지 몸이 굳어졌다.

석주는 몸을 들어 침대에 얌전히 누운 채로 굳어진 이서와 다시 눈을 맞추었다. 그녀는 커다란 눈을 동그랗게 뜬 채로 있다가 그가 다시 올라와 몸을 겹치자 부끄러운 듯 눈길을 피했다.

"무서워?"

"아……아뇨!"

이서가 고개를 휘휘 저었다. 석주는 그 모습이 귀여운 듯 살짝 미소를 지었다. 이서는 그제야 한껏 긴장되어 있던 마음이 조금이나마 안심이 되는 것 같았다. 침대에 자신을 눕히고 은밀한 곳곳을 탐하던 그는 평소의 그가 아닌 것 같아서 어느 때보다 마음이 긴장되고 있던 참이었다. 그런데 그가 저렇게 웃어 버리자, 역시 평소의 그와 같구나 하는 생각이 들었다.

하지만 그런 안심도 잠시. 석주는 이서와 눈을 맞춘 상태로 손을 그녀의 사타구니로 집어넣었다. 이서는 놀라서 그의 표정을 보았다. 역시…… 평소와 무언가가 다르다.

그는 그녀에게 생각할 여유조차 주지 않겠다고 일갈하듯 다시 한 번 거칠게 그녀의 입술을 탐하기 시작했다.

햇살이 눈을 향해 가득 쏟아지는 기분이었다. 이서는 따가운 눈가를 꿈틀거렸다. 그러다가 이내 동작을 멈추었다.

'여기가…….'

이불의 감촉이 다른 것을 보아 여긴 그녀의 집이 아니었다. 이서는 아주 살며시 눈을 떠 옆자리를 보았다. 커다란 침대에는 그녀만이 덩그러니 누워 있었다. 그는 이미 일어난 것 같았다.

이서는 나른한 한숨을 쉬었다. 시간이 흐르면서 그와 차츰 농도 깊은 스킨십도 하게 되었지만, 처음 관계를 가지는 것은 차원이 다른 일이었다. 어제 일을 살짝 떠올리자 정신이 아득해지는 기분이었다.

이서는 이불을 가슴 위로 끌어올리며 온몸이 발갛게 달아오를 만큼 부끄러운 마음을 주체하지 못했다.

"일어났어요?"

"네? 네!"

안방으로 걸어오는 소리와 함께 석주의 목소리가 들려오자 이서는 가슴 언저리에 있던 이불을 머리끝까지 덮어쓰며 대답했다. 침대로 다가온 석주가 쿡쿡거리며 웃는 것이 느껴졌다. 하지만 그럼에도 이서는 그를 마주할 자신이 없었다.

"그거 숨은 거예요?"

"……"

석주의 진지한 놀림에 이서는 결국 이불을 살짝 내려 그와 눈을 맞추었다. 그가 침대에 걸터앉으며 이서의 흐트러진 머리카락을 쓰다듬었다.

저렇게 정중한 얼굴을 하고 있으면서 어제 그렇게……. 이서는 거칠었던 어젯밤과는 또 전혀 다른 그의 모습에 꿈이라도 꾼 기분이었다.

"배 안 고파요?"

"고……파요."

아침을 거르지 않고 챙겨 먹는 이서라지만 이 상황에서까지 정말로 배가 또 고팠다. 그녀의 솔직한 대답에 석주가 다시 한 번 미소를 지었다.

처음에만 해도 그의 미소를 목격하고는 보기 드문 광경이라며 놀라 했었는데, 이제 그의 미소를 보는 것은 전혀 어려운 일이 아니었다. 그는 그녀와 함께 있을 때면 별거 아닌 일에도 잘 웃곤 했다.

"식사 준비했어요. 일어나요."

"저…… 그…….."

"무슨 문제 있어요?"

자리에서 일어나지 못하고 그 상태로 있는 이서에게 석주가 물었다. 그녀는 눈을 이리저리 굴리다가 팔을 들어 침대 아래 떨어진 자신의 속옷을 가리켰다.

"저것…… 좀."

"아."

코 위로만 노출된 그녀의 얼굴이 토마토처럼 익었다. 어제 그와 깊은 밤을 보냈지만 아직도 부끄러운 건 부끄러운 거였다. 석주는 바닥에 떨어진 이서의 속옷을 줍고는 이불 속에 몸을 숨긴 이서를 끌어안았다.

"입혀 줄까요?"

"아, 안 돼요!"

이서가 고개를 홱홱 저으며 강하게 거부했다. 이렇게 환한 빛이 가득한 곳에서 그에게 알몸을 보여 주는 것도 부끄러워서 이

불로 온몸을 싸매고 있는데, 속옷을 입혀 주겠다니. 절대 안 될 일이었다.

정신이 없어 보이는 이서에게 석주는 말없이 다시 입을 맞추었다. 놀라서 눈을 깜박거리던 이서도 이내 천천히 눈을 감으며 그의 어깨를 껴안았다.

그는 그녀의 작은 몸짓으로 몸에 열이 오른 듯 사이를 방해하고 있던 이불을 옆으로 치웠다. 다시 그녀를 끌어안은 그가 그녀의 입술과 뺨, 목덜미, 쇄골까지 세세하게 입맞춤을 했다.

이미 샤워까지 마친 듯한 그는 말끔하게 옷을 차려 입은 상태였고, 그녀는 밤과 다름없이 속옷 하나 걸치지 않은 알몸이었다.

그렇지 않아도 부끄러움이 많았던 이서는 햇살이 가득 들어차는 방 안에서 그에게 조금도 가려지지 않은 나신을 보이게 된 것이 긴장되었지만 부드럽고 다정하게 만져 주는 손길에 점차 부끄러움조차 잊어 갔다.

"하아……."

석주는 이서의 평평한 배를 부드럽게 쓰다듬다가 그녀의 다리 사이로 손을 집어넣었다. 벌써부터 촉촉하게 젖은 그곳이 그의 손길을 환영했다. 그는 그녀의 사타구니를 위아래로 더듬으며 끈적끈적한 물기로 손바닥을 적셨다.

침대에 걸터앉아 있던 그는 어느새 그녀와 몸을 겹치고 있었다. 이미 알몸 상태인 그녀와 달리 그는 셔츠를 들어 올리고 그 아래 하체를 덮고 있는 바지와 속옷을 벗었다. 그의 노골적이고 자극적인 손길에도 설마 하고 있었던 이서는 그의 거침없는 행동에 넋을 잃은 채 신음만 가늘게 내뱉었다.

석주와 마주 보는 상태로 앉아 숟가락을 들던 이서는 멍한 눈
빛으로 맑은 국물을 들여다보았다.

세상에. 아침부터 또 하다니. 그것도 맨정신에.

어제는 밤이었고 또 약간의 술기운이 있었다. 그래서 분위기가
더 자연스러웠고 오늘만큼 부끄럽지는 않았다. 그런데 오늘은 방
안을 빛이 가득 채우는 이른 아침부터 섹스를 했다. 실제인가, 꿈
인가 분간이 잘 가지 않았다.

'근데 지금 나 맨정신은 맞나?'

오히려 술에 취해 있을 때보다 머릿속이 더 뿌옇게 안개가 낀
기분이었다. 이서는 정신을 차리기 위해 고개를 휘젓고는 다시 식
사에 집중했다.

딩동.

젓가락을 움직이며 아침밥을 먹고 있던 두 사람의 움직임이 마
치 약속이라도 한 것처럼 멈춰졌다. 그들의 평화로운 식사를 방해
하는 소리가 들려왔기 때문이다.

아직까지 그와 사랑을 나누었던 여운에서 벗어나지 못해 멍했
던 이서뿐만 아니라, 그런 그녀와 상반되게 여유로울 만큼 차분했
던 석주 역시 초인종을 누른 뒤 자연스럽게 비밀번호를 누르고
철컥 문을 열고 있는 존재로 인해 당황한 기색이었다.

이서는 황급히 고개를 내려 자신의 옷차림을 확인했다. 감각이
있는 이상 자신이 옷을 제대로 입고 있다는 것을 까먹을 리 없는

데, 그만큼 정신을 제대로 차리지 못했다는 증거였다. 어제 저녁 입었던 블라우스와 단정한 치마는 조금 구겨진 상태였지만 썩 나쁘지는 않았다.

'그런데 누구지?'

의아해하던 이서는 부엌으로 들어서는 여자의 모습을 보고는 직감적으로 그녀가 석주의 어머니라는 것을 알아차릴 수 있었다. 이서가 놀란 것과 마찬가지로 여자 역시 깜짝 놀라서 제자리에 걸음을 멈추었다.

"어머니."

"어머……."

정 여사는 꿈에서도 예상하지 못했던 장면을 접하고는 당황한 얼굴이 되어 이서를 보았다가 그 옆의 석주를 보았다가 하며 눈을 혼란스럽게 이리저리 굴렸다.

석주가 곤란한 얼굴로 앉았던 자리에서 일어섰다. 벙쪄 있던 이서 역시 스프링이 튕겨지듯 자리에서 벌떡 일어나 고개를 숙였다.

"아, 안녕하세요. 어머님."

어색한 분위기 속에서 입을 열어 먼저 인사한 이서는 자신도 모르게 어머님이라는 호칭을 붙인 것이 조금 오버스러운 것 같다는 생각이 뒤늦게 들어 입술을 살짝 깨물었다. 아침에 아들의 집에서 식사를 하고 있는 걸로도 모자라 처음 보자마자 어머님이라는 호칭까지 쓰다니, 되바라진 아이라고 생각한다 해도 할 말이 없었다.

이른 아침인데도 세련된 옷차림에 곱게 화장을 한 정 여사는 석주의 나이로 따졌을 때 대충 짐작되는 나이보다 훨씬 어려 보였다. 또 석주의 외모를 보아 예상 가능하기는 했지만 무척이나 미인이었다. 조금 깐깐하고 차가워 보이는 인상이 있어, 이서는 자신도 모르게 마른침을 삼켰다.

반대로 이 상황에 가장 놀라서 입을 달싹거리던 정 여사는 이서의 어머님이라는 호칭에 눈이 휘둥그레졌다.

지난번 석주를 찾아와 선을 보라고 강요했던 날, 좋아하는 여자가 있다는 석주의 충격 고백에 제대로 놀랐던 기억이 있었다. 무엇보다 다행이라는 생각과 함께 안심하며 집으로 돌아갔지만 그 이후로 별말이 없어서 부러 거짓말을 했던 것은 아닐까 다시 의심이 돋아나고 있던 찰나였다.

오늘은 주말이 아니고 석주가 회사에 출근하는 평일이었지만, 다른 이유로 찾아온 것은 아니었다. 석주가 항상 일찍 일어나서 일찍 회사에 간다는 것을 알기에 지금쯤이면 이미 출근했을 거라고 예상했다. 만들어 놓은 반찬만 냉장고에 넣어 두고 갈 생각이었는데 이런 진귀한 장면을 목격할 거라고는 전혀 생각지 못했다.

"석주 여……자 친구인 건가요?"

정 여사의 물음에 이서는 다시 한 번 고개를 숙여 인사했다.

"네. 송이서라고 합니다."

"어머나."

가만히 제자리에 서 있던 정 여사가 냉큼 이서에게로 다가갔다. 거침없이 손을 잡는 그녀로 인해 이서는 놀라서 석주를 보았다. 그는 이제는 이 상황에 적응을 한 듯 다시 차분한 얼굴이었다.

"여자친구, 그러니까…… 애인인 거죠?"

"네? 아…… 네."

"그래요."

이서가 당황한 얼굴로 정 여사의 손을 마주 잡고 웃었다.

"아, 미안해요. 놀랐죠? 석주가 대학생 때 이후로 여자친구를 사귄 걸 본 적이 없어서 나도 좀 놀랐어요. 물론 기쁘고."

차가운 인상이라고 생각했는데 활짝 웃자 굉장히 부드러운 얼굴을 볼 수 있었다. 이서는 긴장했던 마음이 차츰 가라앉는 것을 느꼈다.

"지난번에 석주가 좋아하는 아가씨가 따로 있다고 말한 적이 있는데, 그게 이서 씨였구나."

"네?"

정 여사의 말에 이서가 석주를 힐끗 보았다. 그녀와 눈이 마주친 그는 잠잠히 고개를 끄덕였다. 그의 반응에 이서는 괜스레 마음이 달아올랐다.

"나이가 어떻게 돼요?"

"스물다섯이에요."

"어머, 그래요. 딱이네."

정 여사가 조용히 중얼거렸다. 이서를 본 지 십 분도 되지 않은 정 여사의 생각이 이미 저 먼 미래까지 내다보며 그리고 있다는 것을 두 사람은 알지 못했다.

이서가 연서 그리고 석주와 함께 식사를 하게 된 것은 정말 우연이었다. 석주와 주말 데이트를 하다가 들르게 된 카페에서 연서와 그녀의 친구를 만나게 된 것이다. 그리고 지금은 연서가 친구를 보낸 후 두 사람과 함께 식당으로 자리를 옮긴 상태였다.

"그때 병원에서 뵌 이후로 정말 오랜만에 뵙네요."

연서가 앞에 앉은 두 사람을 번갈아 바라보다가 석주에게 초점을 맞췄다. 그녀는 어쩐지 즐거운 상황을 앞에 둔 사람처럼 방긋 웃고 있었다. 이서는 민망한 마음에 괜히 헛기침을 하며 물을 들이켰다.

"이서가 만나는 남자친구를 소개받게 된 건 처음이라 더 놀랍네요."

"언니."

자신을 놀릴 심산인 게 분명한 연서의 말에 이서가 그녀를 살며시 노려보았다.

"왜?"

"뭐가 그렇게 신났어?"

"왜 안 신나겠어. 송이서가 연애를 한다는데. 어렸을 때부터 시집 안 간다고 그렇게 고집을 부리더니. 얘가 항상 자기는 결혼 안 하고 엄마랑 평생 살 거라고 했었거든요."

연서의 놀림에 이서는 헛웃음을 지었다.

"이 여자가 혼자 왜 이렇게 진도를 나갔어? 연애에서 갑자기 결혼 얘기가 왜 나와?"

"그럼 뭐야? 아직도 독신주의를 안 버린 거야? 너 그거 석주 씨한테 너무 실례인 거 아니니?"

"어?"

생각지 못한 펀치를 맞은 이서가 힐끔 옆을 보았다. 연서와 이서 자매의 투닥거림을 묵묵히 듣고 있던 석주가 어느새 그녀를 응시하고 있었다. 이서는 흠칫 놀라서 다시 앞을 보았다.

"그……그게."

"석주 씨도 나이가 있고, 결혼 생각 해야 하는 나이인데 계속 연애만 할 생각이었던 거야?"

"언니!"

"호호, 알았어. 그만할게."

얼굴이 붉어진 이서가 다시 물을 들이켰다. 연서는 그녀를 놀리기 위해 반쯤 장난스럽게 건넨 말 같았지만 이서는 갑자기 생각이 복잡해졌다. 그와 사귀기 시작하고 반년 정도 흘렀으니 아직 결혼에 대해 생각하는 것은 저 먼 미래의 일이나 다름없다 여기고 진지하게 생각한 적이 없는 게 사실이었다.

그런데 어렸을 때부터 결혼에 대해 회의적이었던 이서는 아마 가족들이나 석주가 말을 꺼내지 않는다면 계속 결혼에 대한 진지한 생각은 전혀 하지 않은 채 연애만 즐겼을지도 모른다.

그런 상황에서 갑자기 던져진 연서의 말에 이서는 석주의 표정을 살폈다. 그는 그녀와의 결혼에 대해 생각을 한 적이 있을까?

자신이 부담스러워한다는 것을 알기 때문인지 그는 그런 쪽으로는 이야기를 아직 꺼낸 적 없었다. 이서는 그의 의중을 살피기 위해 그를 보다가 결국 포기했다. 저 포커페이스를 열심히 들여다보아 봤자 모르는 건 모르는 거였다.

"나 화장실 좀 다녀올게."

이서가 자리에서 일어서서 룸에서 나갔다.

둘만 남은 공간은 조용하기 그지없었다. 워낙에도 말이 없기로 유명한 석주와 연서였다.

"석주 씨."

"네. 말씀하세요."

"아까 제 외투 걸다가 석주 씨 코트를 떨어트렸었는데 봐 버렸어요."

연서는 룸의 가장 구석에 있는 외투 걸이를 눈짓으로 가리키며 말했다. 석주는 담담하게 고개를 끄덕였다.

"조금 힘드실 거예요."

연서가 젓가락을 내려놓으며 작게 미소 지었다.

"송이서가 워낙 바보라서요."

이서가 나간 자리를 보던 연서는 애정이 가득 깔린 눈을 하고 있었다. 그녀의 말의 의미를 파악한 석주 역시 살짝 웃으며 고개를 끄덕였다.

머지않아 화장실에서 돌아온 이서는 자리에 앉으며 묵묵히 식사에 집중하고 있는 두 사람을 추궁하는 눈길로 훑었다.

"내 욕했지?"

"이럴 땐 또 눈치가 빠르더라."

연서가 장난스럽게 웃었다. 그 말에 이서는 긴가민가한 얼굴로 고개를 갸웃거렸다.

연서와 식사를 마치고 식당 앞에서 인사를 하고 헤어졌다. 석주와 이서는 이제는 입김이 나올 만큼 추워진 거리를 함께 걸었다.

"언니가 그렇게 활발하고 외향적인 성격은 아닌데, 석주 씨가 마음에 들었나 봐요."

"그래요?"

"네. 모르는 사람 앞에선 원래 말이 아예 없거든요."

이서는 여느 때와 다름없이 석주의 옆에 착 달라붙어서 이것저것 신나게 떠들고 있었다. 석주는 그런 그녀를 사랑스럽다는 듯이 바라보았다가 이내 고개를 돌려 짧게 한숨을 쉬었다. 그녀가 팔짱을 끼고 있는 그의 반대편 손은 코트 주머니에 깊이 찔러 넣어져 있었다.

그리고 그 안에 그의 커다란 손에는 조그만 케이스가 덜그럭거리며 아직 만나지 못한 주인을 기다리고 있었다.

'조금 힘드실 거예요.'

아까 만났던 연서의 말을 떠올리던 석주는 고민하는 얼굴로 이서를 보았다.

연애도 겨우 달래서 시작했는데 결혼은 또 어떻게 구워삶아야 하려나.

석주는 피식 웃으며 그녀의 어깨를 제 품으로 감싸 안았다. 추운 날씨 속에서 서로 온기를 나누며 꼭 붙어 걷는 두 사람의 걸음이 지금 이 순간을 흘려보내기 싫은 듯 점차 느려졌다.

—The end

작가 후기

안녕하세요. 여섯 번째 종이책으로 인사드립니다. 지면으로 새로운 글을 선보이는 것은 항상 두근거리는 일인데, 〈케미스트리〉이후 약 9개월 만의 출간이라 더욱 떨리는 마음입니다.

연재를 하지 않고, 작가 역할과 독자 역할을 동시에 맡아 혼자써 내려간 글이라 진짜 독자님들은 어떻게 읽으셨을지 궁금하고살짝…… 아주 많이 걱정이 되기도 하네요. 요즘 유행하는 단어이기도 한 '썸' 타는 글을 써 보자! 하고 야심찬 마음으로 첫 장면을 쓴 게 올해 2월 초였는데 생각보다 조금 늦게 마무리하게되었어요.

제 전작들이 대부분 서로 첫눈에 반한 주인공들의 이야기라, 서로에게 천천히 빠져드는 사랑 이야기를 써 봐야겠다는 목적이었답니다. 많이 답답하셨을 것 같은데, 저도 이 두 사람이 이렇게까지 느릴 거라고는 예상 못 했어요. 정말입니다.

그래도 저는 오랫동안 제 머릿속을 맴돌던 두 사람이라 정이 많이 갑니다. 이 둘을 이제 이야기의 끝을 맺어 떠나보낼 수 있게 되어 기쁘기도 하고요. 느릿느릿하고, 조금 답답하고, 숙맥인 주인공들의 풋풋한 썸을 끝까지 지켜봐 주신 독자님들께 감사의 인사를 드립니다.

첫 작품부터 함께 작업하며 조언해 주시는 정 팀장님, 항상 도움 주시는 작가님들, 감사합니다. 글을 쓴 지 이제 2년이 조금 넘었는데, 앞으로 더 길게 꾸준히 글을 쓰고 싶습니다. 그럼 저는 다음 글에서 또 찾아뵙겠습니다.

연애의
무게

초판 1쇄 찍음 2015년 7월 22일
초판 1쇄 펴냄 2015년 7월 28일

지은이 | 정이준
펴낸이 | 정 필
펴낸곳 | (주)뿔미디어

편집장 | 이재권
기획·편집 | 정시연

출판등록 | 2002년 9월 11일 (제1081-1-132호)
주소 | 경기도 부천시 원미구 소향로 17, 303(두성프라자)
전화 | 032)651-6513 / 팩스 | 032)651-6094
E-mail | dahyangs@naver.com
블로그 | http://blog.naver.com/dahyangs
홈페이지 | http://bbulmedia.com

값 9,000원

ISBN 979-11-315-6627-5 03810

www.bbulmedia.com

www.bbulmedia.com